Martin arbeitet als Ranger im Nationalpark Pyrenäen. Unermüdlich ist er auf der Suche nach Cannellito, dem vermutlich letzten Pyrenäenbären, von dem seit Monaten jede Spur fehlt. Als glühender Tierschützer verfolgt er in seiner Freizeit Jäger in den sozialen Medien, um sie an den Pranger zu stellen. Als er auf ein Foto stösst, das eine junge Frau mit Jagdbogen vor einem erlegten afrikanischen Löwen zeigt, ist er fest entschlossen, sie zu finden und zur Rechenschaft zu ziehen. Es beginnt ein atemloses Jagdgeschehen zwischen den Pyrenäen und Namibia, das durch tragische Verknüpfungen in einem Drama für alle gipfelt.
Colin Niel legt grossartige Fährten und vereint schier unerträgliche Spannung mit poetischen Landschaftsbeschreibungen. Ein scharfsinniger Ökothriller, der die Gefahren des Klimawandels, des Jagdtourismus ebenso wie den Fanatismus von Naturschützern aufzeigt.

Colin Niel, geboren 1976 in Clamart, ist eine der grossen Stimmen des französischen Roman noir. Nach einem Studium der Evolutionsbiologie und Ökologie arbeitete er zunächst als Agrar- und Forstingenieur im Bereich Biodiversität, u. a. mehrere Jahre in Französisch-Guayana. Mit einer vierteiligen guayanischen Serie, die vielfach ausgezeichnet wurde, gelang ihm der Durchbruch als Autor. Sein Roman *Seules les bêtes* (deutsch: *Nur die Tiere*) wurde von Dominik Moll fürs Kino verfilmt. Heute lebt Colin Niel als Schriftsteller in Marseille.

Colin Niel

Unter Raubtieren

Roman

*Aus dem Französischen
von Anne Thomas*

Lenos Verlag

Die Übersetzerin
Anne Thomas wurde 1988 in Karl-Marx-Stadt/Chemnitz geboren und wuchs in Flensburg auf, nachdem sie 1989 mit ihrer Familie aus der DDR geflohen war. Seit 2013 ist sie als freiberufliche literarische Übersetzerin tätig (u. a. Éric Plamondon, Gabriel Katz, Anna Boulanger, Marie Desplechin). Sie lebt hauptsächlich in Paris. Regelmässige Arbeitsaufenthalte in Berlin und London. Anne Thomas organisiert und leitet Übersetzungsworkshops in Schulen in Deutschland und Frankreich und ist als Dolmetscherin bei literarischen und kulturellen Veranstaltungen tätig.

Dieses Buch erscheint im Rahmen des Förderprogramms des französischen Aussenministeriums, vertreten durch die Kulturabteilung der französischen Botschaft in Berlin.

Titel der französischen Originalausgabe:
Entre fauves
Copyright © 2020 by Rouergue

Erste Auflage 2021
Copyright © der deutschen Übersetzung
2021 by Lenos Verlag, Basel
Alle Rechte vorbehalten
Satz und Gestaltung: Lenos Verlag, Basel
Umschlagfoto: IanZA/Pixabay
Printed in Germany
ISBN 978 3 03925 013 4

www.lenos.ch

Im Gedenken an ausgestorbene Raubtiere
Opfer antiken Massensterbens
Und denen, die zusammengekauert
überleben, tief in uns drin

PROLOG

30. März

Charles
Die Zeit war gekommen, sich den Menschen zu stellen, die zweibeinigen Silhouetten ragten in der Dämmerung auf wie wandelnde Bäume, ihm jetzt so nah, kaum drei Sätze, dann hätte er sie, und ihr Geruch, mit nichts zu vergleichen, bitterer Schweiss und ferne Erde, und ihre unverständlichen Laute, und ihre Haut, bedeckt mit anderer Haut, die nicht ihre eigene war, noch nie war er ihnen so nah gekommen, sie hatten ihn erst dazu getrieben, einen ganzen Tag lang hatte er sie gewittert, ihm auf den Fersen, einen ganzen Tag lang herumstreifen im *bush*, unter den Kameldornbäumen durchkriechen, dicht an den sonnenentflammten Steinmauern entlangstreichen, hundertmal seine Fährte legen, auf und ab, von Busch zu Busch, die Tatzen in die eigenen Abdrücke setzen, unzählige Umwege zwischen den Baumstämmen, alles, damit sie aufgaben, einen ganzen Tag lang Freiwild sein, kein Raubtier mehr, mit der Geduld am Ende, verärgert, Nerven zum Zerreissen gespannt, einen ganzen Tag lang, jetzt hatte er ihn beendet, ihnen bloss nicht diesen Sieg überlassen, nicht er, nicht hier, nicht in dieser Wüste, die er seit jeher durchstreifte, in- und auswendig kannte, die Listen

und Tücken, eiskalte Nächte und brennend heisse Tage, die Stunden, wenn Schatten kostbar wurde, die windgeformten Sandmeere, die Wanderdünen, in denen seine Schritte einsanken, wenn die Strausse Reissaus nahmen, die Gewitter, die manchmal tobten und einem bis unter die Augenlider peitschten, die unendlich weiten Wege zwischen mickrigen, salzhaltigen Oasen, wo die Beute trank, die Steinwüsten mit ihrer hundertjährigen Flora, die dort wurzelte, die krummen Stämme von Mopane und Ebenholzgewächsen, die Felswände der ausgetrockneten Flussbetten, wie man sich dort bei der Jagd auf Bergzebras in der Senkrechten bewegen musste, und auch die Strände, der Ozean, der die Skelettküste verschlang, unverhoffte Kadaver gestrandeter Wale und vor Jahrzehnten zerschellter Menschenschiffe.

Von jeher war er der Jäger gewesen, seit seiner Kindheit im Flussbett des Agab, jener allzu fernen Zeit, als er im Rudel jagte, mit seinen Brüdern und Schwestern, seit jener ersten Giraffenjagd, an die er sich stets erinnern würde, als die Junglöwen die Riesin in einem Canyon in die Enge getrieben hatten; jeder seine Seite, jeder seine Aufgabe, den Blick auf die galoppierenden Hufe geheftet, hetzten sie die Beute auf eine alte Löwin zu, die weiter weg lauerte, voller Erfahrung, sprungbereit, sobald der Moment gekommen wäre, der entscheidende, genau berechnete Augenblick, und mit einem ungeheuren Satz warf sie sich auf die Giraffe, versenkte Krallen und Zähne in die Muskeln, die Jägerin klammerte sich fest, Meter um Meter im rasenden Lauf, ignorierte die Tritte, die sie abzuschütteln suchten, zerfetzte Haut und Fleisch, schlug Wunden, die den Geschmack frischen Blutes hatten, hing mit ihrem ganzen Gewicht an der Beute, damit sie strauchelte, um nichts in der Welt hätte sie losgelassen, so sehr brauchten die Löwen dieses Fleisch. Er hatte gelernt, ohne Deckung Beute ausfindig zu machen, nicht einmal ein Grasteppich, in den er sich ducken konnte, er nutzte den geringsten Dunst, um sich unbemerkt an seine Opfer heranzuschleichen, er hatte Genügsamkeit gelernt, hatte gelernt, Perlhühner, Stachelschweine, Kormorane zu erlegen, wenn es an Wild fehlte, Paviane und Gackeltrappen zu jagen, sogar andere Fleischfresser, wenn es ums Überleben ging. Der Jäger war er, er gab die Regeln vor, wurde niemals überrumpelt, deshalb, nein, er würde den Menschen nicht diesen Sieg überlassen, nun war er aus dem Schatten getreten, wollte sich ihnen endlich stellen, lauerte nur ein paar Meter entfernt im Sand, unter einem Strauch voller Krallen, Auge in Auge. Der Wind wirbelte Erdwolken empor, verstärkte die tierischen Düfte, aufgeladen mit der Angst und Spannung der vergangenen Stunden, vorsichtig sog er sie ein, wartete den Moment ab, kampfesungeduldig, doch stets reglos, bis er endlich seine mächtige Gestalt aufrichtete.

Und sich auf sie stürzte.

Sofort durchfuhr ihn der Schmerz.

Die ganze Brust mit einem Schlag in Flammen.

Im Sprung getroffen, setzte er über die Steine wie ein Springbock, das Rückgrat schmerzgekrümmt, die Glieder gehorchten nicht, er landete, beherrschte nichts mehr, rannte wie wild im Kreis durch den Staub, als würde er einen Dämon verfolgen, der an seinem Schwanz hing, in Todesqualen durchfuhren Erinnerungen seinen Schädel, die Festmähler der letzten Wochen in den Kraals*, die Schreie seiner Beute, als er sie tötete, die Schüsse der Menschen, die den Himmel selbst zerrissen, und die Blüte seines Lebens, jene längst vergangenen Zeiten als Alphamännchen, die brutale Entmachtung, deren Narben er noch in sich trug, in seinen Stolz gekratzt, Ruhmesstunden und Niederlagen in dem brennend heissen Land, misslungene Jagden und herrlichste Beutezüge, mit gewaltigen Sprüngen suchte er nun das Weite, floh ins Dickicht, um vielleicht zu überleben, weg von diesem verfluchten Ort, zu dem er sich nie hätte vorwagen sollen, er, der sich so stark vorkam, taumelte Meter um Meter mit unsicheren Schritten schwankend über Geröll und geknickte Halme, nichts Königliches mehr, nichts Fürstliches mehr, durchschlagene, zitternde Muskeln, er wuchtete seinen Leib voran, so weit er konnte, schöpfte aus den Reserven, seinem Überlebensinstinkt.

Und fiel, unfähig weiterzukämpfen, auf die Seite.

---

* Afrikaans für ›Viehpferch‹; früher kreisförmige Siedlung, heute kreisförmiges Viehgehege, vor allem im südlichen Afrika. *(Anm. d. Übers.)*

1. BEUTE AUSMACHEN

15. April

Martin
Ehrlich jetzt, ich schäme mich, dass ich ein Mensch bin. Ich wäre lieber ein Raubvogel gewesen, riesige Schwingen, über dieser Welt kreisen, mit der Gleichgültigkeit der Mächtigen. Ein Tiefseefisch, irgendwas Monströses, dem tiefsten Schleppnetz fremd. Ein Insekt, kaum zu sehen. Alles, nur nicht *Homo sapiens*. Alles, nur nicht dieser Primat mit anomal grossem Gehirn, auf den die Evolution mal lieber hätte verzichten sollen. Alles, nur nicht der Schuldige am sechsten Massenaussterben auf diesem elenden Planeten. Denn die Menschheitsgeschichte ist vor allem das. Die Menschheitsgeschichte ist die Geschichte eines massiven Rückgangs der Fauna, ein endloser Verlust. Die Geschichte der Mammuts, der Wollnashörner, der Säbelzahntiger, der Höhlenbären, der Auerochsen, die Europa bevölkerten und innerhalb von ein paar Jahrtausenden von unseren Vorfahren ausgerottet wurden. Es ist die Geschichte der Riesenbiber und der sechs Meter langen Faultiere, die ausstarben, nachdem die ersten Menschen über die Beringbrücke nach Amerika gekommen waren. Im Australien vor 50 000 Jahren ist es die Geschichte der Riesenkängurus, der Beutellöwen, der Diprotodons, dieser Megafauna,

die für immer verloren ist. Es ist mittlerweile bekannt: Jedes Mal, wenn unsere Scheissahnen irgendwo den Fuss hinsetzten, gab es ein Massensterben. Der einzige Unterschied zwischen denen und uns ist das Tempo, in dem wir heute unsere Umwelt vernichten. Darin sind wir unschlagbar, das ist mal sicher: zweihundert ausgestorbene Wirbeltierarten in nicht mal einem Jahrhundert, kein anderes Tier kann mit so einem Rekord aufwarten.

Über solche Dinge grübelte ich nach, als Antoine und ich im Morgengrauen die Tanne erreichten. Den ganzen Aufstieg lang hatte ich über das Foto nachgedacht, das diese Gedanken ausgelöst hatte. Ich kriegte es unmöglich aus dem Kopf, das Scheissbild hatte sich mir eingebrannt wie ein Kindheitstrauma.

Da stand der Baum senkrecht am Rand des Pfades. Der war unter dem Teppich aus Buchenblättern und dem Altschnee, der selbst auf den Südhängen noch immer nicht schmelzen wollte, kaum zu sehen. Der Stamm war mit Aststummeln gespickt, wie Eisenstacheln an einer Art mittelalterlichem Folterinstrument. Ich sah den Hang runter, wo sich unsere menschliche Fährte verlor, atmete die frühmorgendliche Luft ein, sie fuhr mir eiskalt in die Lungen. Wir hatten ganz schön klettern müssen, und weil wir keine Ski dabeihatten, waren wir auf den letzten Metern ziemlich tief im Schnee eingesunken. Aber ich war nicht ausser Atem, nein, ich bin nicht der Typ, der sich von einem kleinen Schlussanstieg beeindrucken lässt. Anders als Antoine, dem ich zurief: »Jetzt bereust du deine Kippe von gestern Abend, was.«

»Keine Ahnung, was du meinst«, sagte er, dabei bildeten sich permanent Atemwölkchen vor seinem Mund.

Der Buchen-Tannen-Wald streckte seine Stämme den Gipfeln entgegen, die irgendwo in der Wolkendecke ertranken. Dort oben erahnte ich Sommerweiden, Pässe und Grate, die unter der Schneedecke dieses völlig gestörten Winters auf ihren Auftritt warteten. Auf den Stämmen um uns rum waren massenweise Flechten, von den Ästen hing Usnea, wie ineinander verwickelte Bärte. Ein toter Baum stand noch immer aufrecht, wie eine Kerze, die niemand je anzünden würde. Ein Specht hatte auf der Suche nach Haus- oder Alpenböcken ins Holz gehackt und die Borke abgelöst.

»*Matin, fais lever le soleil ...*«, trällerte Antoine, wobei er die sinnliche Stimme von Gloria Lasso nachahmte. »*Matin, à l'instant du réveil ... Viens tendrement poser ... tes perles de rosée ...*«*

Ich hab nie kapiert, woher jemand in seinem Alter so viele alte Schnulzen kannte. Ich unterbrach ihn sofort: »Komm, gib mir mal die Lampe.«

Er seufzte, dann zog er die Handschuhe aus und holte die Taschenlampe aus dem Rucksack. Ich hielt sie waagerecht und inspizierte den Stamm der Tanne. Ich musterte jede kleine Rille in der Rinde, jede Verletzung in der hölzernen Haut des Riesen. Ich untersuchte auch das Stück Draht, das letzten Herbst ins Holz geschraubt worden war. Auf Wadenhöhe entdeckte ich ein

---

* *Chanson d'Orphée*, Gloria Lasso (1922–2005). In diesem Lied besingt die französisch-spanische Sängerin auf kitschige Weise den frühen Morgen. *(Anm. d. Übers.)*

Fellbüschel, es war an einem Stück Borke hängengeblieben, ich prüfte Form, Farbe, die dickere Haarwurzel.

»Wildschwein?«, fragte Antoine.

»Wildschwein«, bestätigte ich seufzend.

Mein Kollege kauerte zwischen den Wurzeln und siebte händeweise die Erde, Pflanzenreste, Steine, frischer Humus. Ich sah ihm zu, wie er jeden Krümel durch die Finger rieseln liess, wollte sichergehen, dass ihm nichts entging. Nicht dass ich ihm nicht vertraue, aber na ja. Als er nur noch eine feine Schicht Erde an den Händen hatte, pustete er drauf, richtete sich auf und sagte ohne eine Spur von Bedauern in der Stimme: »*Nada.*«

Wie auf Knopfdruck legte ich los: »*Nada?* Ist das alles, was dir dazu einfällt?«

Er lächelte, als wollte er sagen Du änderst dich auch nie. »Martin, jetzt fang nicht wieder an …«

»Womit denn anfangen? Wir haben den 15. April, seit eineinhalb Jahren nicht die geringste Spur, den ganzen Winter kein einziger Abdruck, nicht ein Scheisshärchen an den Hunderten von Bäumen, die wir beobachten. Seit eineinhalb Jahren gehen nur noch Wildschweine und Füchse in die Fotofallen. Und du, du bist genau wie alle anderen: Es ist dir scheissegal.«

»Ist es nicht, ich bin bloss geduldig. Der Winter dauert halt, und er hat's nicht eilig, aus seiner Koje zu kommen, das ist alles. Der hat eine hübsche Höhle gefunden und wartet gemütlich die Schneeschmelze ab, ehe er mit der Bärzeit anfängt. Denk dran, wie wir vor fünf Jahren vierzehn Monate lang keine Spur von Néré hatten. Wir haben uns ganz umsonst Sorgen gemacht: Er war einfach nur in die Haute-Garonne abgewandert.«

»Und du, denk mal an Claude, 94«, sagte ich barsch. Die Arme: Es hatte drei Jahre gedauert, ehe man ihren Kadaver am Fusse des Pic de la Cristallère fand. Die Kerle hatten ihn gut versteckt.

Darauf sagte Antoine nichts: 1994 war er noch aufs Gymnasium gegangen. Er holte getrocknete Aprikosen aus dem Rucksack und ass sie schweigend. Und ich hatte wieder einmal das Gefühl, dass ich der Einzige war, den Cannellitos Verbleib wirklich kümmerte, der letzte Bär mit ein bisschen Pyrenäenblut, der noch auf der Suche nach einem Weibchen durch diese Wälder streifte, finden würde er keins, weil die Jäger alle abgeknallt hatten. Sogar seine Mutter, die 2004 getötet worden war und mir so sehr fehlte, als wäre sie ein Familienmitglied gewesen.

Ich schaute forschend nach rechts zu der Schneise, die sich zwischen Buchenblättern und Tannennadeln auftat. Ganz unten erahnte man die Schieferdächer des Dorfes, das der Nebel bald entschleiern würde, die noch dunklen Häuser.

Ohne Antoine anzusehen, sagte ich ihm, was ich von der Sache hielt: »Ihr könnt euch alle einreden, was ihr wollt, ich bin mir jedenfalls sicher, dass die ihn abgeknallt haben. Wahrscheinlich im Herbst bei einer Treibjagd. Und wenn man ihn dann findet, sagen die Jäger, es wär ein Unfall gewesen.«

Er musterte die Wolkendecke, sie schnitt die Wipfel glatt ab, als wären sie geköpft.

»Du weisst immer alles besser, Martin. Aber das ist Quatsch, glaub's mir.«

Doch meiner Meinung nach wollte er vor allem sich selbst überzeugen. Denn solche Anschuldigungen gehörten sich nicht für Nationalparkranger.

Wir standen auf dem Pfad und rasteten ein Weilchen, sahen zu, wie der Tag das Aspe-Tal eroberte, die Strasse unten, über die bald Lkws aus Spanien rauschen würden, zum Vorschein brachte und die Druckstollen der Kraftwerke, die wie krepierte Riesenschlangen die Hänge verschandelten.

»Es ist saukalt, wollen wir?«, meinte Antoine. »Ich will den Mädchen einen Kuss geben, ehe sie in die Schule müssen.«

Ich nickte, warf einen letzten Blick zu den Gipfeln, richtete Anorak und Mütze. Und los ging's mit dem Abstieg, Schnee und nasse Blätter an den Schuhen, Antoine sang leise irgendein altes Chanson vor sich hin. Wir pflügten durch den Wald, an Buchsbäumen und schmaler werdenden Bergwiesen vorbei, liefen am Rand schwitzender, vereister Felswände lang. Was das Wetter anging, kapierte ich gar nichts mehr: Erst war Anfang des Jahres fast nichts runtergekommen, dann war es den ganzen März über richtig frühlingshaft gewesen, der Schnee war allmählich geschmolzen. Und nun kam noch mal ein ordentlicher Kälteeinbruch, für die nächsten zwei Wochen war wieder Schneefall vorhergesagt worden. In den Skigebieten zog man lange Gesichter: Der Schnee kam mehr oder weniger dann, wenn sie zumachten, und in den kommenden Jahren würde es wohl kaum besser werden. Aber auch das schien keinen zu interessieren.

Es war richtig hell, als wir siebenhundert Meter weiter unten endlich aus dem Eichenwald rauskamen. Unser Revierauto stand im Schlamm, das Nationalparklogo löste sich halb ab. Antoine flüchtete sich ins Innere, drehte die Heizung voll auf. Seit dort oben hatten wir praktisch kein Wort gewechselt.

»Apropos Jäger«, nahm er unser Gespräch von vorhin wieder auf, »hast du das von den Supermarktleitern mitgekriegt? Die kündigen mussten, weil sie in Afrika auf Krokodiljagd waren?«

»Jupp. Wobei, soweit ich weiss, waren's nicht bloss Krokodile.« Das sagte ich so nebenbei, als hätte ich es auch nur in der Zeitung gelesen.

Er liess den Motor an, fuhr auf den Waldweg. »Klar, das sind wirklich Idioten, ich versteh nicht, wo da der Spass ist, so viel Kohle ausgeben, damit man einen Elefanten oder eine Giraffe erlegen darf, und man muss schon selten dämlich sein, hinterher noch Jagdfotos zu posten. Aber das ist ja ausgeartet, die Adressen wurden veröffentlicht, die Leute haben Morddrohungen bekommen, ihr Unternehmen hat sie fallenlassen ...«

Ich zog die Nase hoch und sagte: »Na und? So hören sie vielleicht wenigstens damit auf.«

Danach herrschte Stille. Was bedeutete, dass Antoine die Dinge definitiv anders sah als ich. Schweigend fuhren wir am eisigen Gave d'Aspe entlang, passierten nacheinander die Riegel, die das Hochtal isolierten. Bis zur Bedous-Ebene mit ihren Ophitkuppen und Wiesen, auf denen ein paar Kühe grasten, ehe es hinauf auf die Sommerweiden ging. Antoine parkte vorm Verwaltungsgebäude, unter einer Wolkendecke luden wir die Ausrüstung aus, Antoine machte, dass er heimkam, um seine beiden Töchter zu sehen. Und ich ging rein und setzte mich vor den Computer. Ich schrieb das Protokoll unseres Kontrollgangs: *nada,* wie Antoine gesagt hatte.

Immer noch nichts von Cannellito.

In meinem Postfach wartete eine E-Mail, dir mir nicht besonders gefiel. Ich öffnete sie und erfuhr, dass unser Gebietsleiter, mein Vorgesetzter, mich noch mal wegen der Geschichte mit dem zerstochenen Reifen sprechen wollte. Wenn möglich morgen. Ganz ehrlich, ich verstand nicht, wieso die wegen einem Reifen so einen Aufstand machten. Das war letzten Oktober gewesen: Ich war eines Morgens auf das Auto von Wildschweinjägern gestossen, die gerade in ihrer Jagdhütte das Blutbad vorbereiteten. Und da ich den Verdacht hatte, dass die ihre Treibjagd wieder dort veranstalteten, wo der Bär sich aufhielt, hatte ich nicht widerstehen können. Bloss war ich erwischt worden, auch noch in Dienstkleidung. Ich schrieb zurück Morgen geht klar. Aber wenn ich richtig drüber nachdachte, machte ich mir keine grossen Sorgen wegen der Unterredung: Ich arbeitete am längsten von allen hier und war am qualifiziertesten. Sie brauchten mich viel zu sehr, damit der Laden lief.

Nach unserer frühmorgendlichen Runde schien es ein ruhiger Tag zu werden, und die Büros waren leer.

Der Chef war bei irgendeinem Meeting, kuschte vor wer weiss welchem Bauernverband, und ein Team war Richtung Lescun-Höhen aufgebrochen, um die Beschilderungen für Wanderer zu reparieren. Deshalb wartete ich nicht, bis ich zu Hause war, sondern loggte mich in die Facebook-Gruppe ein, die ich anonym seit ein paar Monaten gemeinsam mit zwei anderen Aktivisten betreute, denen ich noch nie begegnet war, die aber meine Überzeugungen teilten.

STOP HUNTING FRANCE, so hiess die Gruppe. Anfangs tauschten wir nur Informationen aus, liessen Petitionen herumgehen, damit die Jagd in Frankreich und weltweit verboten wurde. Aber im Laufe unserer Recherchen und weil unsere Quellen sich deckten, hatten wir beschlossen, konkreter zu handeln. Wir hatten uns näher mit Trophäenjagd beschäftigt, mit diesen Rohlingen, die zum Spass in fernen Ländern Tiere töteten, wie Luc Alphand, der ehemalige Skirennläufer, zu trauriger Berühmtheit gelangt, weil er auf Kamtschatka Braunbären und Riesenwildschafe abgeschossen hatte. Verzeihung, nicht abgeschossen: *erlegt,* das war der Begriff, den solche Leute verwendeten. Wir hatten festgestellt, dass im Netz nicht nur Amerikaner neben ihren Opfern posierten, auch in Frankreich gab es einen Markt und einen hübschen Haufen Unternehmer oder reiche Ärzte, die diesen Praktiken frönten. Diese Welt war ausserdem gar nicht so geheim, wie ich gedacht hatte: Wenn man sich die Zeit nahm, ein bisschen zu suchen, Website für Website, Profil für Profil, fand man am Ende immer die Identität der Jäger raus, denn oft posteten sie selbst ihre Jagdfotos in den sozialen Netzwerken und gaben noch damit an. Sobald wir also im Web auf eins dieser Bilder stiessen, begannen wir online mit unseren Ermittlungen, um die Täter zu identifizieren. Und da kein Gericht sie je verurteilen würde, veröffentlichten wir alles, was wir über sie rausfanden: Name, Adresse, Telefonnummer. Dann überliessen wir sie der Öffentlichkeit, die, wie wir wussten, voll hinter der Sache stand, ob es den Politikern nun gefiel oder nicht, die waren bei diesen Themen immer viel zu langsam.

Vor Antoine würde ich damit nicht angeben, aber die Supermarktleiter, die hatten kündigen müssen, weil sie mit ihren Krokodilfotos, aber auch mit Bildern von Flusspferden und sogar Leoparden Wirbel verursacht hatten, die hatten wir aufgestöbert. Eigentlich war es kaum der Rede wert, wir hatten lediglich die Fotos wieder ausgegraben und sie sichtbarer gemacht, den Rest hatte die Magie der sozialen Netzwerke besorgt. Ich sah uns als Whistleblower in Sachen Tierschutz, die Tiere hatten es bitter nötig. So hatte ich das Gefühl, irgendwie meinen Teil zu leisten. Jedenfalls mehr als mit meiner Arbeit im Nationalpark. Und auch mehr als die sogenannten Umweltminister, die liessen sich letztendlich immer von der Jagdlobby überfahren, die im Élysée-Palast ebenso ein und aus ging wie im Restaurant um die Ecke. Ich hoffte, dass es uns früher oder später gelang, den Import von Trophäen auf französischen Boden ganz zu verbieten. Das wäre schon ein grosser Sieg.

In der Facebook-Gruppe hatte sich seit meinem letzten Log-in einiges getan. Einer der Administratoren hatte die vollständigen Kontaktdaten eines Apothekers sowie sämtliche Fotos von seiner Jagd auf Pflanzenfresser in Kanada, auf Neukaledonien und in Südafrika gepostet. Dazu die Anweisung an unsere Follower:

> **Jerem Nomorehunt:** Bitte blamiert diesen Killer bis auf die Knochen. #BanTrophyHunting

Auf den Fotos, eins widerlicher als das andere, posierte der Mörder neben dem Kadaver seiner Beute, darunter bereits zahlreiche Kommentare anderer Nutzer, was zeigte, das sie ebenso schockiert waren wie wir.

> **Stef Galou:** Scheisshaufen.
> **Hugues Brunet:** Menschlicher Abfall, Drecksack.
> **Stophunt:** Selbst im Tod strahlen die Tiere eine Würde aus, die dieser Wichser nie erreichen wird!!!
> **Lothar Gusvan:** Nur Abschaum wie der kann sich über so ein Massaker noch freuen.

Ich widerstand und setzte nicht noch eins drauf, das war nicht meine Aufgabe. Ich scrollte durch die Seiten und hoffte, dass dieser Apotheker bis nach Hause verfolgt wurde.

Aber vor allem hatte ich mich so schnell nach der Bergtour eingeloggt, weil ich das Foto wiederfinden wollte, das mir seit dem Vortag nicht aus dem Kopf ging. Ein paar Klicks später erschien es erneut gross auf meinem Bildschirm. Es war ganz anders als alle, die ich bisher gesehen hatte. Eine Nachtaufnahme mit Blitz.

Im Vordergrund eine junge blonde Frau, man sah ihren Oberkörper bis zum Bauch, sie hielt mit ausgestrecktem Arm einen Jagdbogen. Aber sie posierte nicht, lächelte nicht wie all die anderen, die ich normalerweise durchs Netz geistern sah. Nein, ihr Blick war hart, die Lippen zusammengepresst, man ahnte die Mordlust, die sie antrieb. Das, was tief in ihr drin vorging. Dahinter sah man eine afrikanische Savannenlandschaft mit Büschen. Und einen riesigen Löwenkadaver. Ein Männchen mit schwarzer Mähne, eine herrliche Trophäe, wie es diese Unmenschen ausdrückten. Nur war dieser Löwe nicht in Szene gesetzt worden, wie Jäger es normalerweise tun, um ihr Verbrechen runterzuspielen. Nein, er lag ausgestreckt im Gras, den Kopf auf der Seite, eine rote Wunde am Halsansatz, blutiges Fell. Einen Moment lang betrachtete ich die Szene, konnte den Blick einfach nicht vom Kadaver der grossen Raubkatze abwenden. Mir zog sich richtig das Herz zusammen, als läge dort die Leiche von jemandem, der mir nahestand. Wie an dem Tag, als Cannelle getötet worden war.

Dieses Foto ähnelte keinem anderen.

Dieses Foto zeigte einen Mord in flagranti.

Aber es war auch deshalb besonders, weil es unseren Nachforschungen standhielt. Bisher war es keinem von uns gelungen, die Identität der Bogenschützin herauszufinden. Ich schrieb Jerem Nomorehunt, der gerade online war:

Martinus arctos: Hast du schon was über die Blondine rausgefunden?

Jerem Nomorehunt: Nein, hab den ganzen Abend gesucht, kam nix bei rum. Die Fotze macht einen auf diskret. Und es sieht so aus, als hätte sie grad erst ihr FB-Konto eröffnet.

Das Foto war am Vortag aufgetaucht, am späten Nachmittag, ein Nutzer hatte es entdeckt und sofort an uns weitergeleitet, ehe es massenhaft geteilt wurde und einen Shitstorm entfesselte. Jerem Nomorehunt war es gelungen, die Quelle ausfindig zu machen: Das Foto war am 13. April auf Facebook gepostet worden, wohl von der Jägerin selbst, wie wir annahmen. Ihr Nickname war Leg Holas, und das war eigentlich auch schon alles, was wir von ihr wussten. Das Profil war öffentlich, aber so gut wie leer, keine Stadt, nicht mal ein Land. Jerem meinte, sie hätte ein Ami-Gesicht, aber das war nur eine Hypothese. Ich versuchte wieder, mehr herauszufinden, klickte auf alle Links, die ich finden konnte, ich wollte sie aufstöbern und endlich den Jagdgegnern auf der ganzen Welt ausliefern. Aber jedes Mal kam ich wieder am selben Punkt raus. Genauso vage wie die Umrisse der zusammengeballten Wolken am Pyrenäenhimmel.

Die Mörderin mit dem brutalen Blick war ein echtes Rätsel.

17. März

Apolline
Heute werde ich zwanzig. Mein erster *birthday* ohne Maman. Der schönste Geburtstag, noch ehe ich das wunderbare Geschenk ausgepackt habe, das Papa mir machen wird, und zugleich der traurigste, weil sie mir schrecklich fehlt. *My God,* mir fällt ein, dass ich im selben Zimmer darauf warte, dass sie mich rufen, wie an meinem zehnten Geburtstag, als wäre ich nie älter geworden. An den Wänden hängen noch die Poster des kleinen Mädchens, das ganz besessen von wilden Tieren war und Dokus geradezu aufsog: ein Wolf, eine Elenantilope, ein Wanderfalke. Und natürlich mein Grizzly, den ich nach dem Familienurlaub in den Rockies an die Wand gepinnt hatte. Ich tigere total aufgeregt vor dem Himmelbett auf und ab, werfe ab und zu einen Blick aus dem Fenster, zu den Weinstöcken im Regen. Wie ein Kind trete ich auf der Stelle und versuche zu erraten, was sie unten wohl für mich aushecken. Eigentlich habe ich keine Ahnung, wen sie eingeladen haben, ich hab nur ihre gedämpften Stimmen gehört, versucht, den einen oder anderen Cousin zu erkennen.

»Apo!«, ruft Amaury schliesslich. »Du kannst jetzt runterkommen.«

Ich grinse von einem Ohr zum anderen, als ich endlich die Tür aufstosse. Ich springe die Treppe runter, ins grosse Wohnzimmer. Und halte mir gerührt eine Hand vor den Mund, als sie, dicht gedrängt unter dem riesigen Rothirschgeweih, losdröhnen: »Al-les Gu-te zum Ge-burts-tag, Apo!«

Es sind mindestens dreissig Leute. Mit Tränen in den Augen schaue ich jeden Einzelnen an. Meine beiden grossen Brüder, Amaury und Enguerrand, sehen mich mit gutmütiger Belustigung an, zur Feier des Tages tragen sie Krawatte, stolz, das Geheimnis in den letzten Wochen nicht verraten zu haben. Meine Cousins und Cousinen, die extra aus der Île-de-France und dem Poitou angereist sind. Selbst Maribé, Hippielook und Silikonbrüste, obwohl sie sonst Familienfeiern wie die Pest meidet. Und dann natürlich Sandra, meine einzige echte Freundin seit dem Gymnasium. Papa steht am Rand, ganz Patriarch, froh, dass ihm die Überraschung gelungen ist, und hat das iPhone auf mich gerichtet, um meine Reaktion zu filmen, die Freude seiner heissgeliebten Tochter zu verewigen. Er beobachtet hinter dem Minibildschirm, wie ich lache, hebt die Brauen, gibt mir einen Luftkuss. Ich zwinkere ihm zu. Auch ein paar Freunde von ihm sind gekommen, darunter Daniel Laborde, der Präsident des regionalen Jagdverbandes. So viele Leute, die meinetwegen da sind, das bin ich nicht gewohnt, aber ich muss zugeben, ich bin total gerührt.

»Die ganzen Vagabunden standen draussen herum, sie wollten ihre Zelte im Garten aufschlagen«, sagt

Papa. »Da hab ich sie reingelassen, ich hoffe, du bist mir nicht böse.«

»Du bist dumm, Papa. Ich hab dich lieb, aber du bist echt dumm.«

Er kichert, freut sich über seinen eigenen Witz. Sie singen *Happy birthday to you, Apo,* Enguerrand holt den Kuchen, eine Art mehrstöckige Minitorte von Saint-André mit zwanzig dicken Kerzen, die ich auf einen Schlag auspuste, woraufhin alle applaudieren. Amaury hüpft ungeduldig auf und ab und trompetet: »Geschenk! Geschenk! Geschenk!«

Alle sehen zu Papa.

»Geschenk? Was denn für ein Geschenk? Also ich hab nichts …«

»Papa …«, stöhnt mein Bruder.

»Ach, hätte ich was kaufen sollen? Das hat mir keiner gesagt! Sonst hätte ich doch eine Kleinigkeit besorgt, einen Schlüsselanhänger oder so …« Unter dem gezwungenen Lachen der Anwesenden zieht er das Theater noch ein bisschen in die Länge. Dann knickt er ein: »Na gut, dann bringe ich es mal her.«

Er holt ein grosses, über einen Meter langes Paket aus dem Versteck auf der Veranda, legt es vor mich hin.

»Okay, es ist ein ziemlich grosser Schlüsselanhänger.«

»Hahaha!«

Ich errate schnell, was es ist. Ich beginne mit dem Auspacken, die Gäste, von Papa und Amaury eingeweiht, tuscheln untereinander. Ich wickele den riesigen Bogen Geschenkpapier ab, sehe den schwarzen, rechteckigen Koffer, öffne die vier Schlösser, klappe vor aller Augen den Deckel auf.

Und nehme endlich den Bogen beim *grip*, erstaunt, wie leicht er ist.

»*Wow* ... Papa, der ist mega.«

Ernsthaft, genau von diesem Modell habe ich geträumt, um meinen aufrüstbaren Stinger Extreme zu ersetzen, den ich seit der Pubertät benutze: ein Mathews AVAIL. Der letzte Schrei unter den Compoundbögen, Hightech, leicht und kompakt, speziell für Frauen entworfen, mit zwei Cams statt nur einer wie beim Stinger. Laut den Testergebnissen, die ich im Internet gelesen habe, erreicht er eine Geschwindigkeit von bis zu dreihundertzwanzig fps* und ist unglaublich präzise. Ein Kleinod des Bogensports.

»Zuggewicht?«

»Fünfzig Pfund«, antwortet Papa.

»Und der Auszug ist schon eingestellt«, erklärt Amaury.

»Sechsundzwanzig Zoll?«

»Sechsundzwanzig Zoll: Apolline-Grösse.«

»Das ist mega. Echt, total krass.«

Ausserdem ist er *fully equipped*: Sehnenstopper, 5-Pin-Bogenvisier aus Glasfaser, Pfeilauflage, an der rechten Seite hängt ein Köcher, das volle Programm. Im Bogenkoffer stecken ausserdem sechs nagelneue Karbonpfeile Hunter Pro von Beman im Schaumstoff, auf meinen Auszug zugeschnitten und mit Realtree-

---

* *Foot per second* (Fuss pro Sekunde); Einheit zur Angabe der Pfeilabschussgeschwindigkeit. *(Anm. d. Übers.)*

Tarnmuster. Und genauso viele anschraubbare Striker-Magnum-Jagdspitzen mit Dreifachklinge, sie gelten als extrem scharf. Eine Spitzenausrüstung, insgesamt bestimmt tausendfünfhundert Euro wert. Ich schaue mir alles genau an, kann es kaum erwarten, ihn auszuprobieren, untersuche die sechs messerscharfen Spitzen.

»Oh, danke schön. Ich freu mich total, echt.«

Aber als ich aufschaue und sehe, wie sie alle um mich herumstehen und verschmitzt lächeln, errate ich, dass sie mir etwas verheimlichen.

»Was denn? Wieso lacht ihr so?«

Sekundenlang bleiben sie stumm, ziehen die Spannung in die Länge, ich komme mir ein bisschen dumm vor. Dann ruft Amaury: »Das richtige Geschenk!«

»Das was?« Ich reisse verständnislos die Augen auf, starre meine Brüder an, dann Papa, der vor mir steht, seine ganze Liebe steht ihm ins Gesicht geschrieben.

»Es ist bloss eine Kleinigkeit, Apo«, sagt er. »Nur eine Postkarte.« Und mit einer theatralischen Geste greift er in die Gesässtasche seiner Jeans und fördert einen Umschlag zutage, hält ihn mir hin.

Ich mache ihn auf, ziehe ein auf Karton gedrucktes Foto heraus. Ein Löwenmännchen mit prächtiger schwarzer Mähne und intensivem gelbem Blick, wie nur Raubkatzen ihn haben. Ich gerate ins Stammeln. »Ich ... Moment mal, das versteh ich nicht.«

Ein beinahe heiliges Schweigen breitet sich aus, sie lassen mich schmoren. Und endlich erklärt Papa es mir, diesmal bleibt er ernst: »Mein Spatz. Der Löwe auf dem

Foto ist dein eigentliches Geschenk. Diesen Löwen werden wir beide gemeinsam jagen.«

Mir verschlägt es kurz die Sprache. »Was? Ist das ... meinst du das ernst?«

Er nickt.

»Das ist nicht wieder so ein Scherz von dir?«

Er schüttelt den Kopf.

»Aber, Papa, du hast doch ... Also, du hast doch immer zu mir gesagt ...«

»... dass du zu jung bist, dass du auf Löwenjagd gehen kannst, wenn du es dir selbst leisten kannst, ja. Aber ich habe meine Meinung geändert.« Er holt Luft, wirkt auf einmal traurig, unsere Gäste senken die Köpfe. »Weisst du, Apo, einen Löwen zu erlegen, das war der Traum deiner Mutter. Wir haben auf die richtige Gelegenheit gewartet, sie und ich. Aber nun ist sie ... Jedenfalls hatte sie nicht das Glück, es zu erleben. Aber weil ich so einigen Berufsjägern davon erzählt hatte, erhielt ich weiterhin ihre Angebote. Und vor nicht mal drei Tagen kam eine E-Mail. Eine aussergewöhnliche Gelegenheit, wie man sie nur ganz selten bekommt.«

»Was ist es denn? Kein *canned hunting** oder so was, in Südafrika?«

»Tststs, mein Spatz, nun beleidigst du aber deinen alten Vater. Ich spreche von *free roaming*, von der Trophäe eines wilden Löwen. Eines Wüstenlöwen, um genau zu sein.«

---

* Trophäenjagd, bei der die Tiere gezüchtet und anschliessend in einem eingezäunten Bereich gehalten werden, wo sie den Jägern ausgeliefert sind.

»Ein Wüstenlöwe? Ernsthaft? Das heisst ... in Namibia?«

»Genau. Es ist mehr als zehn Jahre her, dass dort ein Löwe zur Jagd freigegeben wurde. Ich habe sofort zugegriffen.«

Daniel Laborde zu seiner Rechten nickt, er sieht neidisch aus, wo er doch eher auf Treibjagden geht, und das auch nur in Frankreich.

Ich brauche ein paar Sekunden, bis ich es begreife, schaue die Gäste an, die natürlich alle Bescheid wussten und lächeln, weil ich so perplex bin. Das Holz im Kamin sprüht Funken, genau wie mein Herz vor lauter Freude und Staunen, draussen prasselt weiter der Regen auf die Hänge. »Aber das hat doch bestimmt ein Vermögen gekostet, so eine Trophäe.«

»Du machst dir kein Bild, ich bin ruiniert. Übrigens, ehe ich's vergesse: Die Torte haben wir von der Armenspeisung.«

»Papa ... Du bist total verrückt.«

»Ja, nach dir, Apo.«

Und da falle ich ihm um den Hals, gebe ihm einen Kuss und sage immer wieder: »Oh, mein lieber, süsser Papa. Danke, danke, danke, danke ... Und wann fliegen wir?«

»Nächsten Samstag. Schon in einer Woche, es musste sehr schnell gehen! Du wirst ein paar Seminare schwänzen müssen ...«

»Echt?! Super. Oh, das ist so toll, echt!«

Da applaudieren alle, wie zum Zeichen, dass die Feier jetzt beginnt. Der Caterer bringt einen Haufen Sachen zu essen, stellt sie auf die Tischdecke der Wohnzimmertafel. Jetzt umarmt mich auch Amaury.

»Kleiner Glückspilz. Geniess es, ja.«

»Darauf kannst du dich verlassen, Bruderherz.«

»Das wär doch eine gute Gelegenheit, dir endlich ein Instagram-Profil zuzulegen, oder? Damit wir das Ganze wenigstens auf Fotos mitverfolgen können.«

»Äh, nein, eher nicht ... Dieses Privileg will ich Papa nicht nehmen.«

Er zieht mich auf: »Alte Eigenbrötlerin.«

»Mecker, mecker, mecker.«

Ich bekomme noch viele andere Geschenke, nicht ganz so grandiose, natürlich, eins nach dem anderen packe ich sie aus, die bevorstehende Reise im Kopf. Ich wünschte, Maman wäre noch da, hier bei uns, um all das zu sehen, um Papa auf den Teppich zu holen und sich über ihn lustig zu machen, wenn er zu weit geht. Alle sehen aus, als ob sie Spass haben, es bilden sich Grüppchen, Gespräche entstehen. Papa und seine Freunde reden über die Jagdreform, die der neue Minister angeleiert hat, und die Kampagne der *Fédération Nationale des Chasseurs**, um Ökos und anderen Tierschützern entgegenzutreten, die noch nie aus ihrer Stadt rausgekommen sind. Meine Tanten und Onkel kosten Weine aus dem Jurançon, zu lieblich für ihren Geschmack. Maribé erzählt Enguerrand ihre Abenteuer, mustert die unbekannten Gesichter, als würde sie nach einem neuen Typen Ausschau halten. Der Abend wird lang, die Unterhaltungen verlagern sich auf die Veranda

* Nationaler Jagdverband Frankreichs. *(Anm. d. Übers.)*

und schliesslich auf die Freitreppe, als es endlich aufhört zu regnen.

Es ist nach Mitternacht, als die ersten Gäste wegfahren, die Autos rollen auf der gekiesten Allee zum Tor. Ein bisschen müde und auch etwas angeheitert vom Wein, gehe ich ein paar Schritte weg von all den Menschen, um ein wenig allein zu sein, betrete die Eingangshalle. Und schaue hoch zu dem ausgestopften Kopf, der über dem Portal thront.

Der Kopf einer Leierantilope.

Meine allererste Jagdtrophäe.

Meine allererste Jagdreise nach Afrika. Vor zehn Jahren.

Damals hätte ich nicht im Traum gedacht, dass ich eines Tages einen Luftsprung vor Freude machen würde bei der Aussicht, einen Löwen zu jagen. Meiner Ansicht nach war die Jagd etwas für alte Leute, eine etwas altmodische Familientradition. Ein-, zweimal hatte Papa mich mitgeschleift, um mit Vorstehhund Niederwild zu schiessen, stundenlang suchten wir im Gestrüpp, das mir die Waden zerkratzte, seine Schnepfe. Ich war stolz, die Grosse zu spielen und mit ihm allein Zeit zu verbringen, aber um ehrlich zu sein: Es war öde. Als er verkündet hatte, dass wir alle zusammen nach Südafrika reisen würden, dachte ich nicht, dass ich auf irgendetwas schiessen würde. Ich mit meinen zehn Jahren freute mich nur auf die Tiere, hoffte, einen Löwen oder einen Elefanten zu sehen, damit ich hinterher was zu erzählen hatte, mehr nicht.

Aber als wir erst mal dort waren, liess ich mich verleiten.

Jagen war zu Papas grosser Verzweiflung nie Amaurys oder Enguerrands Ding gewesen. Nun blieb nur noch ich, um diese Leidenschaft zu teilen, ich, seine Jüngste, sein geliebtes und etwas eigenes Töchterchen, das er vergötterte. Und so, auch wenn er nicht wirklich dran glaubte, drängte er mich ein bisschen. Versuch es wenigstens mal, sagte er zu mir, als wir in der Lodge ankamen. Du musst ja nicht schiessen, du kannst bis zuletzt entscheiden, ob du abdrückst, weisst du. Ich war gross für mein Alter, aber als er mir die .222 Remington reichte, das weiss ich noch, fand ich sie extrem schwer. Meine ersten Kugeln, lange bevor ich mit dem Bogenschiessen anfing, habe ich dort abgefeuert, auf einen Termitenhügel, der am Schiessstand als Ziel diente. Dort lernte ich das Zielen mit dem Zielfernrohr, lernte, das Gewehr abzustützen, zur Präzision meine Atmung zu kontrollieren, denn bei einem kleinen Kaliber muss man genau sein, sagte Papa. Ich wollte es gut machen, ihm eine Freude bereiten. Als die Kuppe des Termitenhügels explodierte, schaute er mich ganz erstaunt an, als hätte ich gerade ein Wunder vollbracht. Und sagte: »Du hast das ja förmlich im Blut, Mäuschen.«

Ich streckte ihm die Zunge raus, dachte, dass er mich aufzog.

Aber am nächsten Tag, nach einer südafrikanischen Nacht voller Löwengebrüll und Hyänengeheul, als er mich fragte, ob ich mit in den *bush* kommen wolle, obwohl Maman und meine Brüder in der Lodge blieben, hatte ich ja gesagt. Dass ich mitkommen will. Wenigstens zum Gucken, hatte ich zu Maman gesagt, die etwas besorgt war. Mal ausprobieren.

Unser Jagdführer, ein *professional hunter* und Bure, war eindrucksvoll, aber er wusste mich zu nehmen. Er setzte mich neben sich in den Geländewagen und erzählte mir die ganze Fahrt über von der Leierantilope, einer der grössten Antilopen Afrikas. Er beschrieb mir ihre Gewohnheiten, die Kämpfe zwischen den Männchen, ihre ganz besondere Art, auf der Stelle zu stampfen und Staub aufzuwirbeln, ehe sie die Köpfe senkten und die Hörner ineinander verhakten. Du wirst sehen, Leierantilopen sind sehr schön, sagte er in seinem gebrochenen Französisch. Der perfekte Einstieg. Papa liess ihn machen, sagte nichts, er wirkte so glücklich, mich dabeizuhaben. Ich hatte Angst, glaub ich, und gleichzeitig war ich total aufgeregt, ich fühlte mich so erwachsen. Wir stiegen aus dem Jeep, und gemeinsam mit den beiden schwarzen Fährtenlesern, die uns begleiteten, liefen wir eine Weile durch eine Trockensavanne, um uns an die Leierantilopen heranzupirschen, ohne sie zu verscheuchen. Es war eine ganze Herde, ungefähr zwanzig Tiere auf einer Lichtung, sie ästen die gelben Halme, ihr Fell, rotbraun und schwarz, leuchtete in der aufgehenden Sonne noch herrlicher, und wenn sie zwischen zwei Happen Gras den Kopf hoben, schauten die gerillten Hörner über die Büsche. Wir beobachteten sie eine Weile vom Rand einer Strauchgruppe aus, während über dem *bush* die Sonne aufging. Das war schön, richtig schön, die Tiere so zu sehen. Ich fühlte mich weit weg von zu Hause und gleichzeitig so gut. Ich drehte mich zu Papa um und schenkte ihm ein breites Kinderlächeln.

Der Jagdführer hob den Zeigefinger, beugte sich zu mir und flüsterte: »Siehst du den mit den prächtigen Hörnern dort? Das ist ein altes Männchen.«

Ich nickte und konzentrierte mich auf das Tier, als würde es plötzlich aus der Herde herausstechen. Es stand günstig, seine Flanke war unbedeckt und uns zugewandt. Ich sah, wie der Jagdführer einen Blick mit Papa wechselte, seine Erlaubnis einholte, dann befestigte er mein Gewehr auf seinem *shooting stick,* auf meiner Kinderhöhe, und trat zurück. Ich beobachtete den Bock durch das Zielfernrohr. Einen Augenblick lang dachte ich natürlich daran, nicht abzudrücken, ihn laufenzulassen, er war so schön inmitten der anderen.

Aber etwas anderes drängte mich, es zu tun.

Ich wollte ihn irgendwie haben, ich weiss auch nicht.

Also hab ich geschossen.

Ich weiss noch, dass ich die Stirn runzelte, als die Kugel in sein Fell eindrang, als würde es mir ebenfalls weh tun. Ich hatte meinen Schuss komplett versaut, die Antilope war nur am Bauch getroffen, sagte der Jagdführer. Von dem Knall alarmiert, ergriffen die anderen Tiere die Flucht. Der Bock aber krümmte sich, Blut spritzte aus dem Loch im rötlichen Fell. Mit ein paar unsicheren Sprüngen entfernte er sich ein Stück. Ich sah ja, dass er Schmerzen hatte, biss gemeinsam mit ihm die Zähne zusammen.

»Du kriegst ihn«, sagte der Jagdführer ruhig. »Vergiss nicht, dass du ein kleines Kaliber hast, du musst gut zielen.«

Also drehte ich das Gewehr auf dem Stativ, damit ich meine Antilope, die erneut stillstand, wieder im Visier hatte.

Und schoss ein zweites Mal.

Wieder schlecht.

Die Kugel ging in den Oberschenkel, der Bock tat ein paar klägliche Sprünge, hinkte ganz furchtbar, und als ich ihn so verletzt sah, presste ich mir fest die Hand auf den Mund, Tränen stiegen mir in die Augen. Während das Tier hinter ein Gebüsch humpelte, sah ich den Jagdführer an, sah Papa an, die Finger um meinen Mund gekrallt. Es tat mir leid, es tat mir so leid. Es tat mir leid, dass ich sie enttäuscht, der Antilope weh getan hatte, es tat mir leid, dass ich bloss ein Kind war. Papa lächelte mir mitfühlend zu. Er sagte, das sei nicht so schlimm, beim nächsten Mal würde ich es besser machen. Er griff nach der .222 und sagte, dass er das Tier erlegen werde.

Doch der Jagdführer hielt ihn auf, mit ernster Stimme sagte er entschieden: »*Nee*. Sie muss zu Ende bringen, was sie angefangen hat.« Er sagte Komm mit und ging über den sandigen Boden zu der Stelle, wohin sich der Bock geflüchtet hatte. Er war nämlich nicht besonders weit gekommen, wir fanden ihn auf den Hinterläufen sitzend bei einem Gebüsch. Er bewegte sich überhaupt nicht mehr, sass nur da mit seinen Wunden, das Fell blutbefleckt. Er keuchte rasselnd, als hätte er Asthma, und selbst an den Nüstern war Blut, ich hatte wohl auch die Lunge getroffen. Er sah mich an, ich erinnere mich sehr gut an die grossen pechschwarzen Augen, und ich sah ihn auch an, Tränen auf meinen Kinderwangen.

Ich wünschte mir, dass ich nie auf ihn geschossen hätte, wollte es rückgängig machen, und gleichzeitig war ich fasziniert. Mit meinen zehn Jahren war mir durchaus bewusst, was uns verband, ihn und mich.

»*Kom*«, sagte der Bure. »Er hat Schmerzen. Du musst es jetzt machen.«

Also schluckte ich die Tränen runter. Ich hob das Gewehr, um stehend frei zu schiessen, wie beim Training, presste den Kolben gegen mein Schlüsselbein. Der Bock war ganz nah, fast in allernächster Nähe, sein Kopf und das Keuchen nicht mal einen Meter vor dem Gewehrlauf. Ich begriff, welche Macht ich in dem Moment besass, dass sein Leben nur davon abhing, was mein Zeigefinger in der nächsten Sekunde tun würde.

»Na los«, sagte der Jagdführer, als er merkte, wie ich zögerte.

Und da hatte ich abgedrückt.

Der Rückstoss warf mich nach hinten.

Das Blut spritzte.

Der Bock brach zusammen.

Und dann herrschte eine gewaltige Stille.

Ein paar Sekunden lang sagte niemand etwas, weder der *professional hunter* noch Papa, noch die Fährtenleser. Ich begann zu zittern, nur kurz, überwältigt von einer grossen Leere. Jetzt, wo er tot war, wusste ich nicht mehr, was ich tun sollte. Da kam einer der Fährtenleser zu mir und bedeutete mir mit einer Kopfbewegung, ihm zu folgen. Wir knieten uns vor den blutüberströmten Bock. Das war kein schöner Anblick, wirklich nicht, das Blut war überall. In gebrochenem Englisch sprach der Schwarze ein paar Worte, er betete, dankte Gott. Dann tauchte er den Daumen in eine Wunde, in das Blut, das über das Fell rann, hob die Hand an meine Stirn. Er malte ein rotes Kreuz und sagte: »So, jetzt bist du getauft.«

9. März

Komuti

Manche behaupten, dass die Himba sich an die Dürre gewöhnen werden müssen. Dass Jahre ohne Regen oder ohne Wasser im Trockenfluss nun die Regel sind, dass das ganze Kaokoveld so trocken wie ein Kuhfladen in der Sonne werden wird, dass wir bis nach Angola werden ziehen müssen, um Futter für unser Vieh zu finden. Meerepo behauptet, daran seien die Weissen schuld, erst hätten sie Afrika kolonisiert, dann hätten sie sogar den Himmel und die Wolken mit ihren Fabriken heimgesucht. Ich weiss nicht, ob er recht hat: Unsere Vorfahren haben in der Vergangenheit mehr als eine Dürre überstanden, unser Leben ist nun einmal so, manchmal sind die Zeiten rauer als sonst. Vielleicht hätten wir den Ahnen hingebungsvoller huldigen sollen, wie der Hüter des Heiligen Feuers sagt. Vielleicht ist es das Werk eines Hexers aus der Hauptstadt, der den Himba diesen Zauber aufgehalst hat, weil wir gegen den Staudamm sind, den der Präsident von Namibia auf unserem Land errichten will. Ich weiss es nicht.

Was ich dagegen sicher weiss, ist, dass wir noch nie ein so trockenes Jahr hatten. Und dass ich, wenn ich so darüber nachdenke, ohne diese Dürre niemals beschlossen hätte, den Löwen zu töten.

Ich hatte die Einfriedung gerade fertig, als mein Vater näher trat und sagte: »*Tara*. Hier ist es nicht stabil genug. Du musst noch Holz hinzufügen, ehe die Nacht hereinbricht.«

Ich seufzte, verärgert über seine Worte. So war mein Vater: stets viel anspruchsvoller bei mir als bei Tutaapi, stets machte er meine Arbeit schlecht. Er sah mich nicht einmal an mit seiner tiefernsten Miene und der dicken Halskette, der *ombongora**. Ich betrachtete den Kraal, in dem sich unsere dreiundneunzig Ziegen zusammendrängten. Ich hatte sämtliche Mopanestämme der Gegend zusammengetragen, die ich finden konnte, bis zum letzten gespaltenen Baumstumpf auf dem Hügel gegenüber, ich hatte das Holz in die Erde gerammt, die Äste ineinander verkeilt, um den Pferch zu bauen. Ich sah nicht, was ich sonst noch hätte machen können, damit mein Vater mit meinem Werk zufrieden war.

Ich musterte den kargen *bush* um uns herum. Nachdem die Sonne uns den ganzen Tag mit ihrer Gluthitze geschunden hatte, war sie endlich hinter dem Felsvorsprung verschwunden, bald würde die Nacht über die Wüste hereinbrechen. Bald kam die Stunde, in der ich, wären wir noch im Dorf, Vorbereitungen getroffen hätte, um Kariungurua zu sehen. Eigentlich hatte ich nicht die geringste Lust, hier zu sein, allein mit meinem Vater, unseren beständig meckernden Ziegen und nicht einmal einem Balken Netz für mein Mobiltelefon.

* Traditionelle Kette aus Strausseneierschalen der Himba, verweist auf eine bestimmte väterliche Vererbungslinie. *(Anm. d. Übers.)*

Normalerweise pflegten wir die ganze Trockenzeit im Dorf zu verbringen. Mit den Wasserreserven hielten wir durch, bis der Regen wiederkam, das umliegende Weideland reichte, um das Vieh zu ernähren. Ich mochte diese Zeit des Jahres, in der wir uns alle nach monatelanger Wanderschaft mit den Herden durch Ebenen und Berge wiedersahen. In diesen Monaten fanden Hochzeitszeremonien oder Opfergaben an die Ahnen statt, lauter Anlässe, eine Ziege zu opfern und ein wenig Fleisch zu essen. Jeden Morgen zogen wir scharenweise mit dem Vieh und unseren Stöcken zum Treiben los, Pfeifen aus Mopaneblättern im Mund. Tagsüber, zwischen dem Melken und dem Holzsammeln, während der Hüter das Heilige Feuer bewachte, hatten wir Augenblicke ganz für uns, zum Fussballspielen oder für *omuwa**. An manchen Abenden erhoben sich die Gesänge eines *ondjongo***, die Mädchen stampften mit den Füssen und klatschten in die Hände, ahmten in der schwarzen Nacht den Tanz eines verschreckten Tieres nach. Und sobald sich die Gelegenheit bot, fuhr ich auf einem Geländewagen mit nach Opuwo, meinen Freund Meerepo besuchen, wenn er in der Stadt war, schaute mir mit seiner Hilfe und einem vernünftigen Netz mein Facebook-Konto an, ging auf YouTube und Instagram, das hatte ich dank ihm entdeckt.

Aber dieses Jahr war alles anders.

* Spiel der Himba-Kinder: Die Mädchen verstecken einen Gegenstand im trockenen Flussbett, die Jungen müssen ihn finden und zurückerobern. *(Anm. d. Übers.)*
** Traditioneller Gesang und Tanz in der Gruppe, stellt meist Alltagsszenen nach. *(Anm. d. Übers.)*

Dieses Jahr war anders als alle anderen.

Zunächst einmal weil ich drei Abende hintereinander im Dorf mit Kariungurua geschlafen hatte, der Frau, von der ich seit Jahren träumte. Aber auch weil wir wegen dieser vermaledeiten Dürre früher als je zuvor aufgebrochen waren, seit ich alt genug bin, eine Herde zu hüten.

Als wir begriffen hatten, dass die Wasserstelle beinahe ausgetrocknet war, fühlte es sich an, als ob wir gerade erst von der Wanderschaft zurückgekommen wären. Der Brunnen, an dem wir Wasser holen, gab nur noch einen winzigen Kanister pro Tag her. Da, wo Weiden für Kühe und Ziegen hätten sein müssen, war das Gras kurz und verbrannt, das Vieh trottete in der sengenden Sonne umher, suchte noch den geringsten verkrüppelten Busch auf, um sich in den Schatten zu flüchten. Gerüchten zufolge hatten Züchter im Osten des Landes sich bereits dazu durchgerungen, ganze Herden zu verkaufen, aus Angst, dass sie vor ihren Augen eingingen. Mein Vater ist von Natur aus schnell beunruhigt, er hat Angst vor allem, aber ich hatte ihn noch nie so besorgt gesehen. Seine Miene wurde von Tag zu Tag verschlossener, während er zusah, wie sich die Haut der Tiere spannte und die Knochen hervortraten. Er hat nie auch nur eine einzige Kuh besessen, aber seine Ziegen liebte er mehr als seine beiden Söhne. Mehr als mich jedenfalls, so viel ist gewiss.

Eines Nachmittags war das Hirtenmädchen Uapeta mit einer Kuh weniger ins Dorf zurückgekommen. Sie hatte erzählt, dass das Tier auf dem Rückweg zusammengebrochen und nicht mehr aufgestanden war, niedergestreckt von Hunger und Durst. Die Neuigkeit hatte die Bewohner in Verzweiflung gestürzt, Männer und Frauen sprachen nur noch von dieser aussergewöhnlichen Dürre, die ganz Namibia heimsuchte. Das musste ja so kommen, hiess es, es hat vor der Trockenzeit nicht genug geregnet. Mein Vater hatte den ganzen Abend nicht den Mund aufgemacht, Sorgenfalten verriegelten seine Stirn. Vor allen anderen war er in seine Hütte gegangen, still und nachdenklich in der dunklen Nacht. Und am nächsten Morgen, noch vor Tagesanbruch, als ich mich kaum von dem erholt hatte, was Kariungurua und ich am Abend zuvor getan hatten, sagte er, ohne sich um meine Meinung zu kümmern: »Komuti. Du und ich, wir ziehen mit den Tieren in die Berge.«

Und ich wusste, dass Protest zwecklos war.

Er war in die Stadt gefahren, hatte eine Ziege verkauft, Vorräte für einige Wochen besorgt: Maismehl, Zucker, Öl, Streichhölzer. Wir hatten den Esel so vollgeladen, wie es nur ging, alles festgezurrt. Ich hatte mich von meiner Mutter und meinem kleinen Bruder verabschiedet, die im Dorf bleiben würden, meinen Stock genommen, der an meiner verputzten Hütte lehnte. Wir liessen unsere abgemagerten Ziegen raus, ich trieb sie mit Pfiffen aus dem Dorf. Und mit dem Gedanken, dass es eine ganze Ewigkeit dauern würde, ehe ich die Frau meines Lebens wiedersah, war ich mit meinem Vater zu einer verfrühten Wanderschaft aufgebrochen.

Die Herde schob sich langsam vorwärts, meckernd und träge. Stumm wachte mein Vater darüber, dass sie nicht zu weit auseinanderliefen. Ich ruderte mit den Armen, bewarf ihre Flanken mit Steinchen, um sie zu lenken. Wir passierten den alten Brunnen mit dem Solarmodul, das nur noch zum Handyaufladen diente; *omutara,* ein Unterstand aus Holz und Stoffen, unter dem Frauen und Kinder Schutz suchten, wenn die Sonne zu sehr brannte. Und bald war nichts mehr zu sehen ausser dem *bush,* Staubwüste, Dornbüsche und krumme Baumstämme, zwischen denen wir durchgingen. Ich dachte beständig an Kariungurua, von ihrem Bild beseelt, als hätte ein Geist Besitz von mir ergriffen. Ich war wütend auf meinen Vater, überzeugt, dass wir noch länger im Dorf hätten bleiben können, die Ziegen hielten sich noch wacker. Andere Tiere waren selten, auch sie hatte die Dürre dezimiert, sie beobachteten uns, ohne auch nur an Flucht zu denken: eine einsame Oryxantilope auf einer kleinen Düne im ausgedehnten Schatten eines Felsblocks; eine Giraffe und ihr Kalb, die sich nach den oberen Blättern eines Kameldorns reckten. Zweimal mussten wir bei unserem Esel die Stricke fester zurren, damit die Last nicht herunterfiel.

Wir trieben unsere erschöpften Tiere vor uns her, durchquerten die Ebene, überwanden steinige Dünen, auf denen meine Sandalen fast den Geist aufgaben. Dann erklommen wir die Hänge des Gebirges, wo es, so hoffte mein Vater, für unser Vieh etwas zu weiden geben würde. Es war ein Massiv aus roten Felsen und grauem Sand, das wir jedes Jahr durchmassen und wo einst der Vater des Vaters meiner Mutter umgekommen war, niemand hatte je erfahren, woran er gestorben war, womöglich ein böser Zauber, mit dem ihn jemand aus dem eigenen Dorf belegt hatte. Ich kannte alle Einzelheiten des Gebirges, die schmalen Rinnen wie die Gipfel. Die Ziegen bekamen beim Aufstieg keine Luft mehr, ich pfiff, was ich konnte, um sie zu ermutigen, Baumstümpfe ragten aus dem Geröll und richteten einem die Füsse übel zu. Auch mein Vater feuerte die Herde auf der letzten anstrengenden Etappe mit Rufen an.

Und dann kamen wir endlich zu der kleinen, von Hügeln umgebenen Senke, die die untergehende Sonne in purpurrotes Licht tauchte. Hier pflegten wir jedes Jahr in den ersten Wochen der Wanderschaft Rast zu machen, ehe wir noch weiter zogen. Normalerweise gab es in der Gegend einige der schönsten Graswiesen der Buschmänner von ganz Kaokoveld. Ich hatte die Stelle noch nie so trocken erlebt, kurze gelbe Halme, aber wenigstens konnten die Ziegen ein paar Blätter aus dem Gestrüpp rupfen, das hier und da überlebt hatte. Mein Vater hatte den mehr toten als lebendigen Esel entladen, das Zelt aufgebaut und das Lager neben dem kleinen Schäferbaum aufgeschlagen. Und er hatte mir aufgetragen, zu reparieren, was vom Kraal aus dem letzten Jahr übrig war.

Was ich meiner Ansicht nach auch getan hatte, ehe er ihn inspizierte.

Während er sich dem Zelt zuwandte, fluchte ich innerlich, und trotzdem verstärkte ich das Bauwerk noch, um ihm nicht zu widersprechen. Mit dem mitgebrachten Stück Drahtzaun steckte ich einen kleineren, aber besser geschützten Pferch ab, darin brachte ich die erst wenige Tage alten Kitze unter. Und bald würde ich mich, die Sandalen im Sand, an die Feuerstelle hocken, wo der Kessel mit dem Maisbrei köchelte. Mit einer Hand strich ich über meinen *ondato,* den in Stoff gewickelten Zopf auf meinem ansonsten kahlrasierten Schädel, und dachte wieder an Kariungurua. Die meisten unserer Habseligkeiten hatten wir über unserem ausgeblichenen Zelt *made in China* in die Äste des Schäferbaums gehängt, damit die Schakale, die bald herumschleichen würden, nicht auf dumme Gedanken kamen.

Als mein Vater sich zu mir gesellte, schwiegen wir lange Zeit, er war in wer weiss was für neue Sorgen versunken, ich zu verärgert über unseren hastigen Aufbruch, um mit ihm zu reden. Die Nacht umhüllte die Berge, verschlang Hochebenen und Felsvorsprünge, nur die Schreie der Nama-Flughühner zerrissen die Stille. Ich schöpfte grosszügig mit der Hand aus dem Maisbrei und ass dicht am Feuer, die Flammen liessen unsere Gesichter wie tanzende Masken anmuten.

»Hast du nachgeschaut, ob alle Ziegen eingesperrt sind?«, fragte mein Vater schliesslich.

»*Iiii*«, bestätigte ich.

»Morgen treiben wir sie nach Norden. Dort müsste es ein bisschen Gras geben.«

»*Iiii.*«

Die Ziegen, ein anderes Gesprächsthema kannte er nicht.

Wir legten uns schlafen, als Wind aufkam, ein wenig Frische brachte und diesen brennend heissen Tag beendete. In unsere ausgefransten Decken gewickelt, lagen wir eingezwängt im Zelt, ich spürte, wie der Schlaf mich übermannte, während mein Vater weitergrübelte und seine kostbaren Tiere ein Stück weiter weg meckerten, ein nur allzu vertrautes Hintergrundgeräusch.

Aber als sie uns mitten in der Nacht weckten, klangen die Schreie ganz anders.

Schreie der Angst und des Schreckens.

Ich setzte mich mit einem Ruck auf, fand meinen Vater in der gleichen Position vor, die Augen weit aufgerissen, reglos und starr unter der Plane aus Kunstfaser, die im Wind vibrierte. Draussen herrschte Panik, die Ziegen kreischten wie Dämonen. Wir hörten das Hämmern der Hufe im Staub, wie sie sich gegen die Palisade warfen, dumpfe, heftige Schläge, das Holz krachte, als ob der Kraal in sich zusammenbrechen würde. Mein Vater presste die Lippen zusammen, das Entsetzen stand ihm ins Gesicht geschrieben, er wirkte, als müsste er mit ansehen, wie seine eigene Familie massakriert wurde.

»Gehst du nicht raus?«

»Da ist nichts zu machen«, sagte er mit tonloser Stimme.

Ich musterte ihn. Angst, erriet ich. Die Angst lähmte ihn. Und ich hasste ihn in diesem Moment: Der Mann hatte überhaupt keinen Mut. Ich zögerte sekundenlang, ebenfalls schreckensstarr angesichts des anhaltenden Gemeckers draussen. Dann schlug ich die Decke zurück und machte den Reissverschluss des Zeltes auf.

Er wollte mich zurückhalten, packte mich am Arm. »Nein, Komuti. *Ovyo ovizepe.* Das ist zu gefährlich.«

Aber ich riss mich rüde los und stürzte nach draussen, überliess ihn seiner Feigheit.

Der Kraal stand noch: Im Licht des bleichen Mondes, der die Berge überstrahlte, konnte ich die Umrisse ineinander verkeilter Äste ausmachen, missgebildeten und versteinerten Kreaturen gleich. Die Ziegen sassen in der Falle, rannten wild durcheinander, schubsten sich gegenseitig, warfen sich gegen die Einfriedung, die unter dem Ansturm erbebte. Staub wirbelte über der schreienden Herde auf. Ich stand auf dem ausgedörrten Boden und suchte die Umgebung ab.

Und entdeckte endlich die Gestalt des Löwen.

Seinen Schatten zumindest, schwarz und mächtig, der wieder und wieder um den Kraal strich. Der Geruch und die Laute der Tiere hatten ihn bis zu uns gelockt, so viel Beute auf einem Fleck. Ich sah, wie er sich der Umzäunung näherte, zurückwich, hörte, wie er die eingesperrten Ziegen anknurrte, mit ihren Schreckensschreien wetteiferte. Ich versuchte, mir einzureden, dass ich das Nötige getan hatte, dass der Pferch stabil, der Zaun unüberwindbar war. Aber ich sah, wie er die Schwachstelle suchte, einen Weg, um an das Fleisch zu gelangen, das ihm bereits zu gehören schien.

Ich hatte natürlich schreckliche Angst. Aber ich konnte nicht tatenlos zusehen. Während mein Vater mich ins Zelt zurückrief, wiederholte, dass wir gegen ein solches Raubtier nichts ausrichten konnten, rannte ich zu dem halb ausgegangenen Feuer, packte einen weissglühenden Ast, schwenkte ihn Richtung Kraal, wobei ich nun ebenfalls schrie. Ich befahl dem Löwen, das Weite zu suchen, lieber Zebras oder Springböcke zu jagen, uns diese Tiere zu lassen, ohne die wir nichts waren. Ich bewarf ihn mit Steinen, versuchte, ihm Angst zu machen. Die Raubkatze zuckte zusammen, wich zweimal zurück. Aber jedes Mal näherte sich das Tier wieder dem Kraal und schritt aufs Neue das Flechtwerk aus Mopane ab, noch bedrohlicher als zuvor. Ich probierte alles, was mir einfiel, alles, was den Löwen hätte vertreiben können. Ich nahm den Topf, schlug mit einem Stück Eisen darauf herum, machte so viel Krach wie möglich bei all dem Geschrei. Ich sah, dass ich ihn durchaus verärgerte, dass seine Bewegungen gereizter wurden. Aber zu keiner Zeit liess er davon ab, er erkundete jeden Winkel meiner Einfriedung, eilte ans eine Ende, kam langsamer zurück. Als er ganz nah bei mir war, nur ein paar Meter entfernt, blieb er stehen. Einen Augenblick lang stand er reglos, knurrte und brüllte nicht. Und ich schwöre, trotz der Dunkelheit sah ich, wie er mich mit seinen gelben, leuchtenden Augen fixierte. Forderte mich sogar heraus. Ich hörte seinen Atem inmitten des Ziegengeschreis, stellte mir sein offenes Maul vor, die Zunge, die Fangzähne. Mein Herz hämmerte wie wild, ich spürte die Schläge bis in die Schläfen.

»Verschwinde, Dämon!«, schrie ich noch einmal und warf die Fackel nach ihm.

Die Glut erlosch zu seinen Tatzen, liess ihn einen Meter zurückweichen. Ich dachte, er würde sich auf mich stürzen und mich an Ort und Stelle in Stücke reissen. Aber er tat nichts. Kaum beeindruckt, wandte er sich wieder den Ziegen zu und terrorisierte sie. Da legte ich all meine Hoffnung in die Einfriedung, letztes

Bollwerk vor dem Massaker. Ich rief mir jede Einzelheit meiner Arbeit vom Vortag in Erinnerung, jeden Baumstamm, den ich dem bestehenden Pferch hinzugefügt hatte, um ihn zu verstärken. Ich sah, wie der Löwe an den geflochtenen Holzwänden entlangstrich, die Furcht anfachte, die sein Raubtiergeruch auslöste, wieder hörte ich unsere Herde schreien, sie schrie und schrie, von ein und demselben Entsetzen beseelt. Ich sagte mir immer wieder Es hält, Es hält, mein Kraal war stabil, das Ungeheuer würde irgendwann ablassen.

Doch im nächsten Augenblick gab der Kraal nach. Das Krachen gegeneinanderschlagender Stämme, berstendes Holz, das zusammenbrach: In der Einfriedung war eine Bresche. Nun konnte ich nichts mehr tun. Ich erahnte nur den Schatten der Raubkatze, wie sie sich ins Gehege stürzte. Und wie in der todgeweihten Herde das Chaos ausbrach.

10. März

Charles
Schatten, so kostbar wie Fleisch, wenn die Sonne hoch am Himmel stand und mit der sengenden Hitze die Bäume zum Tanzen brachte, der Schatten war seine Zuflucht, er hätte sein ganzes Leben dort verbringen können, hätte er nicht fressen müssen, stundenlang lag er so ausgestreckt unter dem Laubdach, hundertfünfzig Kilo im Geröll, die scharfen Kanten unter Bauch und Schenkeln, und beobachtete von weitem, wie die beiden Menschen fortgingen, den merkwürdigen Unterschlupf zusammenfalteten, den sie überallhin mitnahmen, den Esel, der verschont geblieben war, mit dem beluden, was sie noch hatten, und diese Duftspur zurückliessen, er riss das riesige Maul auf, gähnte, zeigte Zunge und Zähne, schüttelte die Ohren, wartete noch, dass die Zweibeiner abhauten, die ihn am Vorabend so verärgert hatten, vor allem der eine, der Kleine, der schrie und mit Feuer warf, er, dessen Bild noch frisch war, er, der ihn herausgefordert und so getan hatte, als hätte er keine Angst, dabei war sein Duft so stark, als er sich ihm genähert hatte, er wartete also und erhob sich schliesslich, Aasgeruch wehte in beissenden Böen zu ihm hinüber.

Die Zeiten waren schwerer seit seiner Verbannung, seit er, das alte Männchen, sein Rudel hatte verlassen müssen und allein die trostlosen Ebenen durchstreifte, wo es wegen der Dürre keine Tiere gab, bohrenden Hunger im Bauch, ganze Tage musste er nach Nahrung suchen, eine Zeit der Not, in der selbst die Oryxantilopen kurz vor dem Aussterben zu stehen schienen; er hatte jenen Durst erlebt, den manchmal allein das Fleisch anderer Tiere stillen konnte, das Blut, das darin floss wie der Hoanib in seinem Bett, wenn er wie durch ein Wunder zum Fluss wurde: Denn in diesen Breiten war Trinken ein Luxus, er und die Seinen hatten gelernt, ohne Wasser auszukommen, die Organe hatten sich seit Generationen angepasst, seine Art war fürs Überleben in der Wüste gemacht wie keine zweite.

Auf Samtpfoten lief er durch den brennenden Sand, hinterliess Riesenabdrücke und legte den Weg zum Massengrab zurück, die Kadaver lagen offen herum, für alle Aasfresser zugänglich, Hyänen, Schakale, Schildraben, haufenweise Insekten klebten in den verwesenden Wunden, alle griffen zu in dieser riesigen Speisekammer. Festmahle kannte er noch von früher, die Zähne in das Fleisch aufgeschlitzter Zebras versenkt, Muskeln und Eingeweide zwischen gebrochenen Rippen, Königsbankette, von denen alle Fleischfresser träumten, aber keins glich denen, die er entdeckt hatte, als er anfing, sich den Menschen zu nähern, sobald er das Holz überwunden hatte, das sie als Schranke errichteten, als ob die Beute ihnen gehörte, folgsame Tiere, machten kaum einen Fluchtversuch, wenn sie den nahenden Tod witterten, ganze Herden, einen Tatzenhieb entfernt. Vor allem glich keins dem Festschmaus letzte Nacht, eine Fleischorgie, in der er sich gesuhlt hatte wie nie zuvor, er hatte die Tiere zu Dutzenden gerissen, erinnerte sich nur verschwommen, so viele hatte er getötet, trunken vor Fleisch und Blut, abgestumpft von den Schreien seiner halbtoten Opfer, hatte die noch warmen Kadaver verschlungen, die blanken Knochen abgenagt, bis er nicht mehr konnte. Nun kam er an den Ort seines Massakers zurück, stieg über am Boden liegende Stämme an einer der Stellen, wo die Einfriedung gebrochen war, strich noch einmal zwischen den Kadavern umher, die mit aufgerissenen Bäuchen, zertrümmerten Gliedern, durchgebissenen Kehlen auf der Erde lagen, den Kopf voller Bilder dieses krönenden Schmauses, er vertrieb die Schildraben, die sich auf die Holzpflöcke zurückzogen und ihm freie Bahn liessen, suchte sich ein Stück Fleisch, das noch gut war, tauchte das Maul hinein, das Fell bis zur Mähne blutverklebt. Und entschied, dass es während der Dürre für alte Einzelgänger wie ihn, selbst wenn manche dieser Menschen versuchten, einen davon abzubringen, so wie der gestern Abend mit seinen Steinen und glühenden Stöcken, nichts Besseres als jene eingepferchten Tiere gab, um am Leben zu bleiben.

16. April

Martin
Gleich nach dem Aufwachen, während meine Hündin noch auf ihrem Kissen schlief und der Tag draussen nur langsam aus den Federn kam, klappte ich den Laptop auf und loggte mich bei Facebook ein, nachsehen, ob die Suche irgendwas ergeben hatte. Das Foto der Löwenjägerin war über Nacht in den sozialen Netzwerken verbreitet worden. Es war schockierender als das, was man sonst so sah, roher, nicht so steril, und Hunderte Male geteilt worden, wie ein neues Symbol für die barbarischen weissen Jäger in Afrika. Es tauchte auf allen Aktivistenseiten auf, aber auch bei Leuten, die nicht drauf spezialisiert waren, sich nur für das Thema interessierten. Unter jedem Post standen unzählige Kommentare, auch auf Englisch, die Leute tobten sich richtig aus.

> **Hugo Girbal:** Armes Tier. Wer einen Löwen tötet, tötet die Schönheit selbst.
> **Angela Johnson:** Cowardly enough to kill a lion but definitely not brave enough to give her name!
> **Stphn Vnn:** Die Fotze müsste man aufspiessen und ausgestopft an die Wand hängen.

> **Clément Fuckleschasseurs:** Wir sollten auf die Jagd gehen und das Gleiche mit ihr machen.
> **Love Animals:** Scheisshure mit zu viel Kohle!!!
> **Claire Anato:** I would like to see that girl trampled by elephants and eaten by lions. THAT would make a wonderful photograph.

Natürlich gab es auch ein paar Trolle, die sich in die Diskussion einmischten, Typen, die Unruhe stiften wollten, indem sie Zweifel bei uns säten und uns als Pseudoökos bezeichneten. Manche tischten uns die Argumente der Jäger auf, so von wegen, dass es ohne die Trophäenjagd schon längst keine Löwen mehr in Afrika gäbe, weil Wilderer sie ausgerottet hätten, der ist gut, also echt, wer's glaubt. Andere zweifelten an, was auf dem Foto zu sehen war, angeblich sei es unmöglich, einen Löwen mit Pfeil und Bogen zu erlegen, man würde ganz genau sehen, dass nicht sie das Tier getötet hätte, und ausserdem könne man sich angesichts der Position der Raubkatze durchaus fragen, ob das überhaupt ein Löwe war. Manche behaupteten sogar, es sei eine Montage, das Foto gefälscht. Aber mir konnten sie diesen Schwachsinn nicht weismachen.

Die Identität des Mädchens dagegen blieb, trotz allem Wirbel, unbekannt. Wir Administratoren von STOP HUNTING FRANCE hatten uns mehrmals zum Thema ausgetauscht, stundenlang im Netz gesucht. Die einzige Info, die wir zu haben glaubten, war die Nationalität der Jägerin. Auf ihrem Basecap waren ein winziges Emblem und zwei Wörter zu sehen, Jerem

Nomorehunt hatte sie schliesslich entziffert: *Universität Stuttgart.* Er hielt sie daher nicht für eine Amerikanerin, sondern eher für eine Deutsche, was ihn zu folgender Feststellung veranlasste:

Jerem Nomorehunt: Über vierzig Millionen potentielle Verdächtige.

Wir hatten also nichts Konkretes.

Cannelle knurrte auf ihrem Kissen. Sie hob die Schnauze und sah mich mit ihrem Hundeblick an, das hiess, sie wollte ihr Futter.

»Jaja, geht gleich los«, sagte ich zu ihr.

Aber ich blieb noch ein bisschen vor dem Bildschirm sitzen. Da es mir nicht gelang, diese Blondine ausfindig zu machen, überprüfte ich andere Sachen im Internet. Um *den Tatbestand festzustellen,* wie wir im Büro sagten, unter uns Umweltpolizisten. Es war schlimmer, als ich gedacht hatte: In Afrika gab es nur noch zwanzigtausend Löwen, zehnmal weniger als Mitte des zwanzigsten Jahrhunderts. Sie bevölkerten den Alltag unserer Kinder, stolz wie Könige in Walt-Disney-Filmen, kuschelig wie Teddybären auf kunterbunter Bettwäsche. Die Kinder hielten diese aussergewöhnlichen Raubkatzen für unsterblich. Aber die Wirklichkeit sah anders aus, auf diesem Planeten, den der Mensch immer weiter kaputtmachte, gab es mehr Löwen aus Plüsch als in freier Wildbahn. Und jede Wette, eines Tages werden wir in der Vergangenheitsform von ihnen sprechen.

Ich versuchte mir vorzustellen, wie viel das wohl gekostet haben musste, so eine Jagd. Zehntausend Euro? Fünfzigtausend? Irgendwas in der Drehe jedenfalls. Fünfzigtausend Mäuse, um sich das Recht zu erkaufen, einem der letzten Vertreter einer vom Aussterben bedrohten Art das Leben zu nehmen, das sind doch Psychopathen, echt. Ich seufzte, klickte noch mal auf das Foto, wählte es als Hintergrundbild, um sicherzugehen, dass ich diesen Mord nicht vergass. Dann stand ich auf und füllte Cannelles Napf, kraulte sie am Kopf.

»Na komm, friss mal. Sollst ja nicht für die Verrückten büssen müssen.«

Draussen entschloss sich der Tag aufzutauchen, ganz grau, von den Wänden des Hauses gegenüber bis hinauf zum wolkenverhangenen Himmel. Ich würde bald losmüssen, meine Rangerjacke anziehen und zur Verwaltung des Nationalparks fahren, und dann noch der Termin beim Chef, was mich nicht gerade erheiterte. Ich schenkte mir Kaffee ein und trank ihn im Stehen in meinem kleinen Wohnzimmer. Während meine Hündin sich in der Küche den Bauch vollschlug, stand ich vorm Bücherregal voller Naturkundebände und Entdeckergeschichten. Ich musterte noch mal das Foto, ganz gross auf meinem Bildschirm.

In dem Moment bemerkte ich das Emblem.

Ich runzelte über meiner kochend heissen Tasse die Stirn, ging näher ran.

Als der Fotograf auf den Auslöser gedrückt hatte, war die Blondine gerade dabei gewesen, sich zu ihm umzudrehen. Sie trug zwei Ketten um den Hals, die nicht besonders gut zusammenpassten: eine Art afrikanische, handgemacht aus weissen Perlen, die im Blitzlicht hell leuchteten; und ein Goldkettchen mit einer ovalen Medaille. Die meisten hätten darin nur eine unbedeutende kitschige Devotionalie gesehen. Aber ich nicht. Weil mir was aufgefallen war. Auf der goldenen Oberfläche bildeten ein paar Buchstaben ein kleines Emblem, das mir bekannt vorkam. Das Symbol sagte mir anscheinend was. Ich wusste nicht, wo, aber ich hatte es schon mal gesehen, ganz sicher. Ich versuchte, die Buchstaben zu entziffern, kramte in meinem Gedächtnis.

Hinter mir beschwerte sich Cannelle.

»Sekunde. Lass mich mal kurz nachdenken.«

Ich öffnete neue Fenster im Browser, warf die Suchmaschine an, ging jeder Spur nach, die mir in den Sinn kam. Bis endlich das Emblem ganz gross auf meinem Bildschirm erschien. Und mir alles wieder einfiel. Das war schon eine ganze Weile her, damals ging ich noch zur Schule, in Pau. Die Lehrer hatten uns zu einer Art Berufsmesse für Freiwilligenarbeit geschleppt, und ein paar Nonnen hatten da ihren Stand gehabt: Les Petites Sœurs de Saint-Martin de Lourdes. Die anderen hatten mich damit aufgezogen, Sankt Martin, Sankt Martin, ich solle doch den Kleinen Schwestern mal meine Dienste anbieten, Jesus brauche mich, damit ich seinen Anhängern im Rollstuhl die Hand hielte. Das war der Witz der Woche gewesen, die Idioten hatten mir sogar meinen Rucksack geklaut und mit Filzstift aus ›US‹ ›PSSM‹ gemacht. Das hatte natürlich einen bleibenden Eindruck hinterlassen.

Und genau das Emblem war auf der Medaille der Blonden.

PSSM: Les Petites Sœurs de Saint-Martin de Lourdes.

Ich hob die Hand zum Mund und fuhr mir übers unrasierte Kinn, verarbeitete die Information, die ich, wenn man den Threads auf Facebook glauben durfte, als Einziger besass. Ohne mich umzudrehen, den Blick auf den Bildschirm geheftet, sagte ich zu Cannelle: »Am Ende ist die Gute weder Deutsche noch Amerikanerin.«

Ganz stolz auf meinen Fund, ging ich wieder auf meine Antijagdgruppe, die nur darauf wartete: eine Information, damit es weiterging, damit die Löwenmörderin endlich an den Pranger gestellt wurde, wie wir es jede Woche mit neuen Namen taten. Ich begann eine Nachricht an Jerem Nomorehunt zu tippen:

Martinus arctos: Ich glaub, ich hab was. Auf dem Foto ist ...

Aber ich hielt inne.

Einen Moment lang sass ich reglos vor dem Computer.

Lourdes, das war ganz in der Nähe. Anderthalb Stunden Fahrt, nicht mehr.

Ich sah auf die Uhr, dachte an die Kollegen, die bald schon ins Büro kommen würden, an den Chef, an die Geschichte mit dem zerstochenen Reifen, mit der er mir auf den Wecker gehen würde. Ich drehte mich zu Cannelle um, die mich, das Maul voller Trockenfutter, ansah. Und sagte zu ihr: »Lust auf einen Ausflug zu den Nonnen?«

Fünfzehn Minuten später war ich unterwegs, am Steuer meines eigenen Autos und in meine Winterjacke eingepackt, Cannelle lag träge auf dem Rücksitz. In Richtung Vorland, das in dichten, eisigen Nebel gehüllt war. Die Lkws aus Spanien kamen mit einem beständigen Strom von Gütern, die die europäischen Supermärkte eroberten, so langsam staute es sich richtig. Der Somport-Tunnel, der die beiden Täler verband, war auch so eine schöne Scheisse. Aber was wirklich ins Auge stach, waren die Antibärenslogans. Hier und da Buchstaben in weisser Farbe, direkt auf der Strasse, an Einfahrten von Kreisverkehren und Ortschaften:

BÄREN, NEIN DANKE!
NEIN ZU BÄREN AUS DEM OSTEN

Die waren in den letzten Wochen aufgetaucht, als der Minister erneut die Idee aufs Tapet gebracht hatte, Bärenweibchen aus Slowenien in diesem Teil der Pyrenäen auszuwildern. Der Gedanke war, wieder eine Population von Béarn-Bären zu schaffen, wie sie es in den Zentralpyrenäen gemacht hatten. Es war ziemlich klar, dass solche Graffiti wohl das Werk der Züchter waren, die zusammen mit ihren Schafen auf den Sommerweiden ihre Ruhe haben wollten, wo der Mensch die Sohlengänger nun fast ausgerottet hatte. Aber ehrlich jetzt, im Gegensatz zu den Kollegen glaubte ich absolut nicht an die Wiederansiedlung. Der Staat würde garantiert wieder einen Rückzieher machen, vor den Kommunalpolitikern und der FNSEA* kuschen. Wie damals, 2011, als sie uns faule Ausreden präsentiert hatten. Es machte mich ganz krank, aber wenn man mich fragte, war es seit Cannelles Tod mit den Béarn-Bären vorbei.

Als ich durch den tiefsten Punkt des Tals durch war, den ein Kreidebruch verschandelte, hielt ich mich östlich.

Und war bald, immer dem Gave de Pau folgend, im Gletscherbecken dieser verdorbenen Stadt angelangt, in der sich jedes Jahr sechs Millionen Pilger drängten, weil eine Erleuchtete eines Tages die Jungfrau Maria gesehen zu haben meinte. Die Saison hatte noch nicht begonnen, die Strassen waren nicht voller als die in meinem Dorf hinten im Tal. In der Innenstadt schaute die Festung von ihrem Kalkvorsprung hochnäsig auf mich herab. Ich fuhr an kitschigen Hotels und den verrammelten Eisengittern von Einzelhändlern vorbei, die Jungfrau-Maria-Trinkflaschen verkauften, dann parkte ich vor dem Gebäude, in dem die Petites Sœurs de Saint-Martin de Lourdes untergebracht waren. Verglichen mit den Bauwerken, in denen die wichtigsten religiösen Ordensgemeinschaften der Stadt sassen, die Filles de Notre-Dame des Douleurs, die der Croix de Saint-André und wie sie alle hiessen, wirkte das Gebäude winzig, nur der Name der Gemeinschaft stand über der Tür. Es war das erste Mal, dass mich die Jagd auf Trophäenjäger aus den sozialen Netzwerken und Websites hinaus und *ins*

---

* Französische Dachorganisation der Bauernverbände. *(Anm. d. Übers.)*

Feld führte, wie die Polizei sagen würde. Ich neige nicht dazu, mir Sachen zusammenzuphantasieren, ich wusste, dass die Chancen, was rauszufinden, nur gering waren. Aber ich wollte es trotzdem probieren.

Eine nicht besonders gesprächige Kleine Schwester mit einem Holzkreuz um den Hals öffnete mir die Tür, dann führte sie mich einen Gang entlang, der Boden war mit kleinen beigen Quadraten gefliest. Nichts rührte sich in dem Laden, man hätte denken können, dass ausser ihr und mir keiner da war. An der Tür zum Sekretariat angekommen, schenkte sie mir etwas, was wohl ein Lächeln sein sollte, und klopfte ganz sachte an. Sofort ging die Tür auf, und ich dachte: Die scheinen hier ja nicht gerade in Arbeit zu ersticken. Kurz darauf sass ich einem Verwaltungsangestellten im Rollkragenpullover gegenüber, der meinen Lügenmärchen so aufmerksam lauschte wie ein Priester der Beichte.

»Ja, also es tut mir wirklich leid, Sie zu belästigen, ich nehme an, das kommt eher selten vor, aber ich suche jemanden, der hier gearbeitet hat. Vielleicht auch als Freiwillige, das weiss ich nicht so genau.«

»Hm, hm«, machte der Mann.

»Die Sache ist die ... Ich habe gerade meinen Vater verloren«, begann ich, um ihn zu erweichen. »Er hatte Parkinson ... Vor ein paar Jahren ist er nach Lourdes gekommen, das hat ihm sehr gutgetan. Er hat oft von dem jungen Mädchen gesprochen, das ihn damals zur Grotte begleitet hat, er sagte, sie war wirklich nett, sie haben sich über alles Mögliche unterhalten. Das wollte ich ihr gern sagen. Also mich bei ihr bedanken, verstehen Sie.«

»Hm, hm.«

Der Sekretär sah mich mit zusammengekniffenen Augen an, und ich dachte kurz Komm, vergiss es, der Schreiberling wird dich gleich hochkant rausschmeissen. Aber ich irrte mich. So sind die Leute: Die wollen gern schöne Geschichten glauben, um alles andere zu vergessen.

Er rieb sich übers Kinn, wirkte verlegen. »Wissen Sie, wir haben hier jedes Jahr Hunderte Freiwillige. Sie kommen aus ganz Frankreich zu uns, sogar aus anderen Teilen Europas. Ich nehme an, Sie haben keinen Namen, sonst wären Sie ja nicht hier.«

»Genau das ist das Problem. Ich weiss nicht mal ihren Vornamen. Wenn er von ihr gesprochen hat, nannte mein Vater sie immer *die Kleine.* Ich weiss nur, dass sie blond war, das hat er ständig wiederholt.«

»Hm, hm.«

»Und dass sie eine Medaille mit dem Emblem Ihrer Kongregation um den Hals trug.«

Da runzelte der Sekretär die Stirn. »Eine Medaille der Petites Sœurs de Saint-Martin de Lourdes? Aber so etwas haben wir doch gar …«

Er brach plötzlich ab, machte merkwürdige Lippenbewegungen, als hätte er einen allzu klebrigen Kaugummi im Mund. Dann lächelte er zum ersten Mal.

»Wissen Sie, wie viel Glück Sie … also, dass Sie unglaubliches Glück haben?«

»Wieso?«

»Im Gegensatz zu anderen Ordensgemeinschaften lassen wir bei den Petites Sœurs de Saint-Martin de

Lourdes normalerweise nicht in rauen Mengen Medaillen prägen. Um genau zu sein, haben wir das, seit ich hier arbeite, erst einmal gemacht. Vor vier Jahren, anlässlich des hundertjährigen Bestehens der Kongregation, im Rahmen einer Aktion mit dem Lycée Saint-André.«

»Saint-André? Das katholische Gymnasium in Pau?«

»Ganz genau. Mit anderen Worten, die Person, die Sie suchen, ging dort zur Schule. Vielleicht habe ich sogar noch irgendwo die Namensliste der betreffenden Schüler.«

Ich war völlig sprachlos.

Mit einem Mal erschien mir all das, diese Blondine, ihre Leidenschaft fürs Töten geschützter Arten, ihr Bogen, seltsam konkret. Es ging nicht mehr nur um ein Facebook-Profil, eine Onlinesuche wie die anderen, die wir bei STOP HUNTING FRANCE durchgeführt hatten. Nein, die Jägerin war vierzig Kilometer von hier zu Schule gegangen. In Pau. Genau wie ich also.

19. März

Apolline
Noch fünf Tage bis zur grossen Reise.

Kaum zu glauben, dass ich so bald in Namibia sein werde: Ein feiner, stetiger Regen durchnässt meinen Wollmantel. Es kommt mir durchaus wärmer vor als letztes Jahr, als ob es schon Frühling würde. Meine geliebten Pyrenäen in der Ferne sind nicht zu sehen, Wolken haben den Pic du Midi d'Ossau verschluckt. Ich habe den Bogen in der Hand, mein Release von TRU BALL Shooter am rechten Handgelenk, und schaue zu Papa, der auf seinem iPhone herumwischt wie so ein richtiger Nerd.

Er sieht auf und ruft: »Probier mal fünfzig Meter!«

Eingemummelt in seinen Härkila-Parka, steht er im nassen Gras und schaut mich mit seinem verschmitzten Lächeln an, überglücklich, dass ich nach der Uni zum Trainieren vorbeigekommen bin. Er würde es niemals zugeben, aber ich weiss, dass er sich, seit ich meine eigene Wohnung in der Stadt habe, sehr einsam fühlt auf dem Gut. Und ich bin gerne hier, muss ich zugeben: Kann nicht behaupten, dass ich im Studium einen Haufen Freunde gefunden hätte.

»Meinst du wirklich?«

»Apo, verglichen mit dir ist Robin Hood ein Waisenknabe. Der limitierende Faktor ist der Bogen, nicht du.«

»Ach, Papa. Sei bitte mal ernst.«

Durch den Regen wirft er mir einen Luftkuss zu, die Lippen zu einem Herz geformt. »Na gut. Aber stell trotzdem mal den letzten Pin auf fünfzig Meter ein, du wirst sehen.«

Fünfzig Meter: Mit meinem Stinger hätte ich auf die Entfernung nie im Leben einen präzisen Schuss abgeben können. Das Ganze ist sowieso eher theoretisch: Mitten bei der Jagd würde ich es nicht riskieren, aus so einer Entfernung zu schiessen. Zu unsicher, für mich wie für das Wild. Aber Papa hat recht, Ausprobieren kostet nichts. Vor allem mit einem Mathews AVAIL. Also drehe ich mich um und schreite mit grossen Schritten etwa zwanzig Meter weiter weg. Dann wende ich mich wieder meinem Ziel zu. Der extra robuste Schaumstoffwürfel mit hoher Dichte auf dem Kastanienbaumstumpf am Waldrand, hinten am Grundstück, scheint mir viel zu weit weg. Ich zögere einen Moment, reglos und stumm stehe ich im Béarner Regen.

»Na los!«, feuert Papa mich an.

»Hey, jetzt hetz mich nicht.« Seine Ungeduld nervt. Ich hab ihn lieb, aber er nervt.

Die Füsse fest auf dem Rasen, atme ich tief ein, meine Lunge füllt sich mit Bergluft. Auf meinen Pfeilen stecken Trainingsspitzen, ich nehme einen aus dem Köcher, lege ihn auf die Pfeilauflage meines AVAIL und spanne die Sehne. Mit dem Zeigefinger fahre ich über die Medaille der Petites Sœurs an meinem Hals, mein Ritual vor jedem Schuss. Dann hake ich das Release in den D-Loop ein, hebe den Bogen, wobei ich den Bogenarm ruhig halte. Und spanne die Sehne, beeindruckt, wie leicht die beiden Cams es mir bei fünfzig Pfund Zuggewicht machen, ziehe die Befiederung zum Kieferknochen.

Die ersten vier Pins habe ich schon eingestellt, wenn ich dann erst mal in Namibia bin, regle ich noch nach: zehn, fünfzehn, zwanzig und dreissig Meter, jeder an Ort und Stelle im schwarzen Kreis meines Visiers, jeder ein leuchtender Punkt mit eigener Farbe. Jetzt ist nur noch einer übrig, die Glasfaser leuchtet rot. Ich richte ihn zwischen dem Peep Sight und der Mitte meines Ziels aus, ein perfekter Tunnel, die gespannte Sehne wird vom Release gehalten, gut fünfzehn Pfund auf meiner Zughand, die Atmung tief und gleichmässig, kein Zittern, aufrecht und fest wie die Tannen im Aspe-Tal. Ich stelle mir meinen Löwen vor, dort vorne, statt des Schaumstoffwürfels, eine katzenhafte, mächtige Gestalt mitten im *bush*. Welche Seite er mir wohl zudrehen wird, wenn ich ihm eine meiner Pfeilspitzen ins Fell bohre? Würde er stehen, stolz auf allen vier Pfoten, Herrscher des afrikanischen Tierreichs? Oder wäre er mitten beim Fressen, das blutige Maul im Brustkorb eines Zebras?

Mit dem Zeigefinger drücke ich den Auslöser des Release, lasse den Pfeil los.

Fünfzig Meter.

Fünfzig Pfund.

Dreihundert fps.

Er bleibt genau in der Mitte des neongelben Kreises stecken.

Perfect shot.

Hochkonzentriert, ohne einen Blick für Papa, der mich stumm beobachtet, lege ich einen weiteren Pfeil ein, spanne meinen AVAIL, ziele mit dem Visiertunnel und schiesse erneut. Dann schicke ich einen dritten, einen vierten hinterher, einen ganzen Schwung Trainingspfeile. Alle bleiben im selben, weniger als zehn Zentimeter grossen Kreis stecken. Als ob dieser fünfte Pin schon immer eingestellt gewesen wäre, extra für mich. Als würde dieser Bogen seit Jahren mir gehören.

Einen Augenblick bleibe ich stumm.

Bis Papas Händeklatschen erschallt. Ja, er applaudiert, sieht beeindruckt aus. Er applaudiert und kommt auf mich zu.

»Der ist perfekt, der Bogen!«, sage ich, als er auf meiner Höhe ist. »Nicht das leiseste Vibrieren beim Abschuss. Die Präzision ist wirklich total unglaublich.«

»Du bist unglaublich, mein Spatz.«

Ich zucke die Schultern, den Bogen in der Hand.

»Die werden staunen, die Jäger in Namibia.«

»Hör auf.«

Bei zwei Söhnen, deren Interesse für die Jagd schnell wieder erloschen war, hat Papa seine Leidenschaft stets auf mich projiziert, und seit Mamans Tod wird es nicht besser. Mir ist bewusst, dass es nicht jedem gegeben ist, mit zwanzig Jahren auf Löwenjagd zu gehen: Ich bin auf dem besten Weg, sämtliche Etappen des üblichen

Parcours afrikanischer Grosswildjäger zu überspringen. Meist beginnt man mit Niederwild in Westafrika, dann kommt ein erstes Warzenschwein, dann Antilopen. Erst bei der fünften oder sechsten Safari ist von Büffeln die Rede, und erst danach kommt ein Löwe oder Leopard überhaupt in Frage. Und all das vor dem Elefanten, eine noch spätere Etappe, auch wenn ich sagen muss, dass es mich im Moment nicht besonders reizt, einen Elefanten zu erlegen. Aber na ja, Papa hält mich für eine kleine Überfliegerin, ein Wunderkind des Bogenschiessens, fähig, zu erahnen, was sich im Kopf der Beute abspielt. Angeblich habe ich das im Blut, und meine Skiläuferanatomie verstärkt diese Überzeugung nur noch. Klar, ich bin total geschmeichelt, aber manchmal ist mir das unangenehm. Manchmal habe ich Angst, den Ansprüchen nicht zu genügen.

Und als er mir zu meinen perfekten Schüssen auf fünfzig Meter gratuliert, durchfährt mich der Zweifel: Wenn ich es nun nicht schaffe? Mehrmals hat er mir von seiner einzigen Löwenjagd in Tansania erzählt. Löwinnenjagd, um genau zu sein. Eine Raubtierjagd, ausser natürlich beim *canned hunting,* ist etwas ganz Besonderes: Ihm zufolge ist da wohl eine Anspannung, die du so nicht hast, wenn du dich an Pflanzenfresser heranpirschst, das Gefühl von Gefahr, unmöglich, es wirklich zu beschreiben. Manche springen wohl in letzter Minute ab, zu viel Respekt, sie schaffen es nicht, abzudrücken, wenn sie dem Tier gegenüberstehen. Manchmal, wenn der begleitende Jagdführer nicht schnell genug reagiert, wird's gefährlich. Tatsächlich passieren fast jedes Jahr Unfälle, vor allem im südlichen Afrika, wo die Löwen an Menschen gewöhnt sind. Sekundenlang gebe ich mich diesen Zweifeln hin, von plötzlicher Angst ergriffen. Papa merkt es natürlich. Er legt mir eine Hand auf die Wange, streichelt mit dem Daumen darüber, himmelt mich geradezu an.

»Was ist denn los, Apo?«

Ich begegne seinem liebevollen Blick, seinem Vaterstolz, all den Hoffnungen, die er in mich setzt. Und so lächle ich ihn strahlend an, um ihm keinen Kummer zu machen. Und erfinde eine dicke Lüge: »Nichts. Ich hab an Maman gedacht.«

»Ach, mein Spatz …«

Er nimmt mich in den Arm, der Regen weicht unsere Wintersachen weiter ein. Und ich bemühe mich, diese Angst zu verdrängen, die da in mir aufkeimt.

12. März

Komuti

»Dreiundneunzig Ziegen! Er ist in den Kraal eingedrungen und hat meine dreiundneunzig Ziegen getötet. Mein ganzes Leben, auf einen Schlag vernichtet.«

Die Stimme meines Vaters zitterte bei den letzten Worten. *Ombongora* um den Hals, *ondumbu** auf dem Kopf, biss er sich auf die Lippen. Er war nie besonders angesehen gewesen, aber diesmal blieben die Versammelten sekundenlang stumm, mitleidig angesichts des Ausmasses der Tragödie, von der er gerade berichtet hatte.

»Ich dachte schon, er fängt an zu weinen«, flüsterte Meerepo mir zu.

Ich nickte, ein Auge auf dem Display meines Mobiltelefons.

Anschliessend ergriff Tjimeja mit lauter, fester Stimme das Wort: »Mir hat er die schönste Kuh geraubt«, verkündete er. »Vor zwei Jahren wurde schon ihr Kalb von einem Leoparden gefressen, und jetzt sie! Er hat den Kadaver aus dem Kraal geschleift, Dutzende Meter.«

---

* Traditionelle Kopfbedeckung für verheiratete Himba-Männer; turbanähnliche Stoffhaube. *(Anm. d. Übers.)*

Wenn Tjimeja sprach, hörten die Leute zu, ohne ihn je zu unterbrechen, *ihn* respektierten sie.

Er schloss die Klage in seinem fast perfekten Afrikaans: »*Meneer,* sagen Sie es dem Minister: Dieser Löwe ist ein Viehmörder. *Vee moordenaar.*«

Und alle bestätigten seine Aussage mit einem langgezogenen »*Iiii…*«.

»Er hat meinen Esel gerissen«, fügte Karikuruka hinzu, er kam aus Okandjambo und war in den langen beigen Mantel gehüllt, den er schon trug, solange ich denken konnte. »Ein Sechshundert-Dollar*-Esel!«

»Sechshundert Dollar? Er übertreibt«, flüsterte Meerepo mir ins Ohr. »Sein Esel war doch schon halb tot.«

Ein Herero-Farmer, Sonnenbrille und zerlöcherter Hut, erhob sich. »Bei mir hat er es nicht geschafft, in den Kraal zu kommen. Ich hatte meinen Pick-up: Hab die Scheinwerfer angemacht und die ganze Nacht den Motor laufen lassen, das hat ihn vertrieben. Aber der kommt wieder, da bin ich mir sicher. Er hat den Kopf gegen die Einfriedung gerammt, bam, bam, um dem Vieh Angst zu machen.« Er schlug mit der Faust gegen seine Handfläche, um den Angriff zu demonstrieren. »Ich hab so was noch nie gesehen.«

»*Iiii…*«, machten die anderen wieder.

Der Herr vom Ministerium für Umwelt und Tourismus hockte unbequem auf dem Klappstuhl und nickte, um zu zeigen, dass er sich für unsere Angelegenheiten interessierte, er machte sich in seinem Heft Notizen. Mindestens dreissig Leute waren versammelt,

* Sechshundert Namibia-Dollar entsprechen ungefähr 40 Euro.

und nicht nur Mitglieder der *conservancy**. Wir waren quasi von überall her gekommen, um dem Mann im weissen Hemd dieselbe Botschaft zu überbringen, aus Kaoko Otavi, aus Otjinanwa, aus Orupembe und sogar aus Sesfontein. Rechts die Männer, jeder auf einem Behelfssitz, Kühlbox, Plastikkanister, grosse Steine. Links die Frauen, unter einem Schäferbaum versammelt, die meisten in traditioneller Himba-Tracht, Stoff unter den Schenkeln, damit die mit Ockerpaste eingeriebene Haut nicht schmutzig wurde; andere in bunten Herero-Kleidern aus der Stadt, das Haar zu zwei steifen Zöpfen geformt, die Rinderhörner darstellen sollten. Kühe und Ziegen spazierten ungeniert um das Grüppchen herum, ab und zu legte ein Kalb sich daneben, nutzte das kostbare Fleckchen Schatten aus. Ich lauschte der Versammlung in einiger Entfernung, stand auf meinen Stab gestützt in der prallen Sonne, an einem strategisch günstigen Ort, wo mein Mobiltelefon ein bisschen Netz hatte. Meerepo stand neben mir, er war aus Opuwo gekommen, um zu hören, was besprochen wurde. In Fussballtrikot und Wollmütze, sein Telefon in einem hübschen Etui am Gürtel, kommentierte er leise jede Wortmeldung, wie es seine Art war.

Am Morgen nach dem Angriff hatten wir, sobald die Sonne über der zum Massengrab gewordenen Einfriedung aufgegangen war, der Boden übersät mit den

---

* *Conservancies* oder *Communal Wildlife Conservancies* sind Gebiete, in denen die Verwaltung des Ökosystems den Leuten vor Ort übertragen wird, im Gegensatz zu den Nationalparks, die dem Staat unterstehen, und privaten Wildreservaten. *Conservancies* machen 20 % der Fläche Namibias aus.

Kadavern unserer Tiere, den Rückweg angetreten und waren ins Dorf zurückgekehrt, mein Vater und ich. Die einzigen Überlebenden waren unser Esel, der die Nacht zum Glück weit weg vom Lager verbracht hatte, und unsere acht Zicklein, kaum eine Woche alt, die in ihrem Maschendrahtpferch wie durch ein Wunder verschont worden waren. Aber ohne Mütter, um sie zu säugen, war es, als hätte der Löwe sie ebenfalls zum Sterben verdammt.

Mein Vater war lange Zeit stumm geblieben, das Gesicht verschlossen, dann hatte er das Schweigen gebrochen: »Ich habe es dir gesagt, Komuti. Die Einfriedung hätte verstärkt werden müssen.«

Natürlich, aus seiner Sicht war alles meine Schuld.

Aber ich sah die Dinge anders.

Von dem Baumstamm aus, auf dem er inmitten der anderen Männer sass, beobachtete er mich, aus Angst, ich könnte in dieser offiziellen Versammlung das Wort ergreifen. Dabei hätte ich so einiges zu sagen gehabt. Ich hätte erzählen können, dass er, der Hirte, sich ganz hinten im Zelt verkrochen hatte, als unsere Ziegen starben, wie ein Erdmännchen in seinem Bau. Mit etwas mehr Beherztheit hätten wir beide die Raubkatze sicher in die Flucht schlagen können, wie dieser Herero-Züchter mit den Scheinwerfern seines Jeeps. Ich hätte erzählen können, dass er es gewesen war, der entschieden hatte, das Dorf zu verlassen, in den Bergen nach Weideflächen zu suchen und die Herde einer solchen Gefahr auszusetzen. Ich hätte auch sagen können, dass wir, wenn er und sein Klan nicht so arm gewesen wären, Kühe besessen hätten, nicht bloss Ziegen. Und dann hätte der Löwe sich mit ein, zwei Tieren begnügt, wie bei Tjimeja.

Nein, es war gewiss besser für meinen Vater, wenn ich schwieg.

Denn in meinen Augen war er der einzig Schuldige an diesem Drama.

Als alle Geschädigten Bericht erstattet hatten, hob der Mann vom Ministerium den Stift vom Notizbuch und fragte: »Der Löwe, von dem Sie sprechen, hat den irgendjemand aus der Nähe gesehen? Können Sie mir sagen, wie er aussieht?«

»*Dit is'n leeumannetjie*«, versicherte Tjimeja sofort. Ja, ein Männchen. Mit einer mächtigen Mähne.

»Genau. Mit schwarzer Mähne«, fügte Karikuruka hinzu.

»Ist das alles, was Sie gesehen haben? Eine schwarze Mähne?«

Stimmengewirr kam auf, die Männer raunten einander Bemerkungen zu über die Fragen dieses Städters, die Frauen schüttelten missbilligend den Kopf. Ich sah mir das alles an, unsicher, ob ich den Mund aufmachen sollte.

»Was glauben Sie denn?«, gab der Farmer mit dem Hut zurück. »Dass ich ganz nah an ihn rangehe und ihm die Krallen saubermache? Wir reden hier von einem Löwen, *meneer*, das ist kein Schakal! Standen Sie schon mal einem Löwen gegenüber?«

Der Mann verzichtete auf eine Antwort, und die Einwürfe flauten wieder zu wirrem Gemurmel im Publikum ab. Entrüstung, Schuldzuweisungen, Na und, hast du vielleicht was gesehen? Bis: »Er hat eine Narbe!«

Die Worte waren mir herausgerutscht, ich hatte sie nicht zurückhalten können, und Meerepo zuckte zusammen. Jetzt waren alle Blicke auf mich gerichtet, unter den Haartrachten, *ondumbu* und *erembe**, gerunzelte Stirnen, fragende Gesichter. Ich warf meinem Vater einen Blick zu, er gab auf meine Worte acht.

Und endlich ging ich näher zur Versammlung, deutete auf die Seite meines unter den Armen grosszügig ausgeschnittenen Shirts, das ich ausser meinem Lendenschurz trug. Und wiederholte: »Hier, auf der linken Seite, hat er eine lange, gerade Narbe. Das habe ich ganz genau gesehen.«

Einen Augenblick lang hing Schweigen in der Luft, bei dem ich nicht wusste, ob man mich für einen Lügner, einen Leichtsinnigen oder aber für einen Mutigen hielt, von denen es bei uns Himba immer weniger gab.

Die Stimme des Mannes im weissen Hemd war kaum zu hören, als er vor sich hin flüsterte: »Charles…«

Als die Aufmerksamkeit sich von mir auf ihn verlagerte und alle erneut an seinen Lippen hingen, wand er sich verlegen auf seinem Klappstuhl.

»Wir nennen diesen Löwen Charles«, wiederholte er endlich, diesmal laut.

Erleichtert, dass ich nicht mehr im Mittelpunkt stand, beugte ich mich zu Meerepo: »Warum geben diese Leute den Löwen denn Namen? Soweit ich weiss, sind sie nicht verwandt!«

* Traditionelle Haube aus Lammleder für verheiratete Himba-Frauen. *(Anm. d. Übers.)*

Was meinen Freund zum Lachen brachte, er war ganz meiner Meinung. Ich starrte wieder auf mein Telefon, für den Fall, dass die Nachricht angekommen war, die ich wie ein Zeichen meiner Ahnen sehnlichst erwartete. Aber das Display blieb schwarz.

»Es ist ein Männchen, acht Jahre alt«, fuhr der Mann im Hemd fort. »Als er jünger war, hat eine Oryxantilope ihm mit dem Horn die Flanke aufgerissen: Die Narbe ist sein Erkennungszeichen. Wir wussten, dass er aus seinem Rudel verstossen worden ist, ein Einzelgänger. Aber wir haben vor ein paar Monaten seine Spur verloren. Durch die Dürre gibt es viel weniger Wild, deswegen gehen die Löwen zu den Viehherden.« Er rieb sich die Wangen, zögerte angesichts der Ungeduld, die er bei uns aufsteigen sah. »Wir könnten eventuell über eine … Umsiedlung nachdenken. An der Skelettküste leben zwei Löwinnen, die sich neben einer Seebärenkolonie niedergelassen haben, ohne dominantes Männchen. Dort könnten wir ihn hinbringen, weg von den …«

»*Nee!*«, unterbrach Karikuruka ihn. »Sie können ihn sonst wohin bringen, Sie wissen ganz genau, dass er in nicht mal einer Woche wieder da ist. Ihre komischen Umsiedlungen funktionieren doch nie! Das wird böse enden, wie in Tomakas. Der Löwe muss abgeschossen werden, und Schluss.«

»*Iiii…*«

Ich sah, wie der Städter sich versteifte, als hätte Karikuruka etwas Verbotenes gesagt. Wir alle wussten, was in Tomakas passiert war. Die Herero- und Damara-Farmer dort hatten mehr Angriffe von Löwen erlitten, die aus dem trockenen Hoanib gekommen waren, als irgendwer sonst. Also hatten sie, weil sie es leid waren, dass ihre Herden dezimiert wurden, das Problem selbst gelöst, indem sie die Kadaver vergifteten, von denen die Raubkatzen unweigerlich noch tagelang fressen würden. Innerhalb weniger Monate waren so drei Löwen vergiftet worden.

»Wär nicht gut für Namibia, wenn so was noch mal passiert«, meinte Meerepo mit hochgezogenen Augenbrauen. »Ganz schlechte Publicity …«

Der Mann schabte mit dem Stift in seinem Notizheft herum, als wollte er Zeit gewinnen. »Wissen Sie, der Abschuss von Löwen ist zurzeit wirklich nicht gerade …«

Aber den Versammelten riss der Geduldsfaden. Die Farmer auf den behelfsmässigen Sitzen regten sich auf, die Frauen, im grossen Staat und in viktorianischen Kleidern, wurden ebenfalls unruhig. Die Kritik flog dem Besucher um die Ohren, die Regierung kriegte ihr Fett weg:

»Die in Windhuk haben uns Himba doch sowieso immer für Affen gehalten.«

»Denen ist ein einziger Löwe mehr wert als unsere ganzen Kühe zusammen.«

Ein Mann sprang wütend auf, wies mit dem Zeigefinger anklagend auf das makellose Hemd des Städters. »Und wenn die Dürre auch noch unser Vieh vernichtet hat, wenn die Löwen unsere Frauen und Kinder angreifen, weil es nichts anderes mehr zu fressen gibt, was machen Sie dann? Muss es erst so weit kommen, ehe Sie reagieren, muss das Ungeheuer erst Menschen angreifen? Sie wissen, dass das schon passiert ist.«

Von meinem Sonnenplatz aus konnte ich den Schweiss erahnen, der dem Städter nun übers Gesicht rann. Er suchte nach einem Ausweg aus dem Wespennest, in das ihn bestimmt seine Vorgesetzten geschickt hatten. Aber keine seiner in der Hauptstadt erdachten Lösungen konnte den Zorn der Hirten besänftigen, den ich grösstenteils teilte.

Ich zuckte beinahe zusammen, als mein Mobiltelefon in meiner linken Hand vibrierte. Mein Herz machte einen Satz, mit einem Mal vergass ich all die Farmer und ging ein paar Meter in den Schatten, so dass ich lesen konnte, was auf dem Display stand. Als ich wieder bei Meerepo war, ging die Versammlung gerade zu Ende.

»Grinst du so dämlich, weil du deine ganzen Ziegen verloren hast?«

»Äh, nein …«, stammelte ich. »Nein, ich …«

Amüsiert zog er die Brauen hoch. »Du bist ein schlechter Lügner, mein Freund. Wer ist denn die Glückliche?«

»Niemand, also, ich meine …« Ich wollte nicht, dass Meerepo es erfuhr, das musste geheim bleiben. Aber ich wusste, dass er nicht lockerlassen würde.

»Na los, Komuti, wir kennen uns doch schon ewig, du und ich.«

»…«

»*Kambura mwami*. Ich kann es für mich behalten. Himba-Ehrenwort.«

»Du, ein Himba?«, neckte ich ihn. Ich zögerte, sah mich um, wollte sichergehen, dass niemand mithörte. Dann zeigte ich meinem Freund das Display.

»Kariungurua? Die Tochter von Tjime…«

»Schscht«, schnitt ich ihm das Wort ab. »Das darf niemand wissen, verstanden.«

»O ja, das verstehe ich sehr gut«, meinte er. »Kariungurua … *Wow!*«

Und er schien mich mit anderen Augen zu betrachten, beeindruckt von der Neuigkeit, als wäre ich mit einem Schlag um fünfzig Kühe reicher.

Hastig wechselte ich das Thema. »Was hat er denn nun eigentlich gesagt, der Herr vom Ministerium?«

Meerepo kratzte sich durch die dicke Wollmütze den Kopf. Inzwischen erhoben sich die Dorfbewohner von ihren Sitzen und gingen mit einer Art stummer Wut in den Mienen zu den Hütten zurück. Die Tiere zerstreuten sich allmählich.

»Was wohl? Er hat gesagt, er schaut mal, was sich machen lässt.«

Ich seufzte. »Was sich machen lässt … Das ist doch nicht so schwer, der Löwe muss abgeschossen werden, und gut.«

»Für dich ist es nicht schwer, Komuti. Für die ist das was anderes … Früher war es einfacher, aber wenn sie heutzutage beschliessen, einen Löwen abzuschiessen, ist das nicht gut für den Ruf unseres Landes. Für den Tourismus, die Wirtschaft, die Politik, das glaubst du gar nicht. Ein Löwe ist kein Warzenschwein, mein Freund. Für die Weissen ist er der König der Tiere, verstehst du, man darf ihm kein Haar krümmen. Und in Afrika gibt es immer weniger.«

Ich rückte den Stoff zurecht, in dem mein Zopf steckte. »Wie es in ganz Afrika ist, weiss ich nicht, aber im Kaokoveld gibt es viel zu viele Löwen, finde ich. *Pena ovina ovingi.*«

»Denk, was du willst«, neckte mich Meerepo und zeigte seine weissen Zähne. »Aber den Rest der Welt interessiert nicht, was die Himba denken.«

Ich seufzte.

Manchmal beneidete ich Meerepo. Ich hätte nicht so leben wollen wie er; seit er in die Stadt gezogen war und die traditionelle Kleidung gegen Jeans und amerikanische Schirmmützen eingetauscht hatte, schien er vergessen zu haben, was es hiess, ein Himba zu sein, wie man eine Kuh molk, eine Herde hütete. Aber er wusste so vieles andere. Er erzählte mir von Orten, von denen ich nicht einmal gewusst hatte, dass es sie gab, zu allem hatte er eine Meinung. Eine Zeitlang war er in einem Internetcafé in Opuwo angestellt gewesen, niemand kannte sich so gut mit Informatik aus wie er. Jetzt arbeitete er für einen Jäger, war fürs Häuten des Wilds zuständig. Deshalb wusste er so viel über das Thema.

Er machte das Etui an seinem Gürtel auf, nahm sein Telefon heraus und suchte etwas. »Hier, guck mal. Das hab ich heute Morgen entdeckt, mit einem Kollegen vom Jagdcamp. Ein Amerikaner.«

Sein Telefon hatte ein grösseres Display als meins, kaum zerkratzt. Er zeigte mir das Foto einer toten Oryxantilope und eines weissen Jägers, der mit seinem grossen Gewehr in der Hand posierte.

»Na und?«, sagte ich, weil ich nicht verstand, worauf er hinauswollte.

»Warte, du wirst gleich sehen.« Mit einem Daumenwischen öffnete er die Kommentare, die sich zu Dutzenden darunter ergossen. »Der Jäger wird beschimpft«, erklärte er, weil er wusste, dass ich kaum Englisch beherrschte.

Ungläubig starrte ich ihn an. »Warum? Weil er eine Oryxantilope gejagt hat?«

»Jaja, nur deshalb, ich sag's dir. Guck, hier zum Beispiel, weisst du, was das heisst?«

»Sag.«

»Der Hurensohn ... soll ... verrecken.«

13. März

Komuti

Mit klopfendem Herzen wartete ich, dass die Nacht sich übers Dorf legte, die Sterne einer nach dem anderen am weiten Himmel über dem Kaokoveld aufblitzten. Die Gäste vom Vortag waren wieder abgereist, Meerepo mit ihnen. Manche hatten hier übernachtet, vereinzelte Zelte zwischen den Hütten. Andere hatten sich sogleich wieder auf die Suche nach eventuellen Weideflächen gemacht, die von der Dürre verschont worden waren, mehrere Tagesmärsche entfernt. Wir aber hatten kein einziges Tier mehr, das wir auf die Weide hätten treiben können, keinen Grund mehr, auf Wanderschaft zu gehen. Mein Vater war den Tag über in Opuwo gewesen, die Gesichtszüge abends noch genauso angespannt wie am Morgen. Er floh die Blicke der anderen, selbst den meiner Mutter, seiner einzigen Frau, die ihn geringschätzig ansah.

Ich schämte mich für meinen Vater, ich hätte alles getan, damit ich nicht so endete wie er. Mehrmals hatte er mir erzählt, wie er im Krieg an der Seite der Südafrikaner gegen die Ovambo-Separatisten gekämpft hatte, die den Himba von jeher Böses wollten. Er hatte noch immer sein Gewehr aus dieser Zeit, bewahrte es sorgsam in der Hütte auf, er hatte es mir öfter gezeigt. Aber diesen Mann, den Kämpfer, hatte ich nie kennengelernt. Ich hätte gern einen starken, geachteten Vater gehabt. Einen Vater, der sich beim Angriff des Löwen nicht im Zelt verkroch, einen Vater, der dem Städter vom Ministerium am Vortag auf der Versammlung die Stirn geboten hätte, anstatt sein Schicksal zu beweinen wie er. Er konnte mir so viele Predigten halten und mich vor anderen schlechtmachen, wie er wollte, in Wahrheit war er schwach. Im Moment begnügte er sich damit – fügsam und resigniert angesichts des über uns hereingebrochenen Unheils, als hätten wir die Ahnen erzürnt –, die versprochene Entschädigung des Ministeriums für seine Verluste abzuwarten. Vielleicht genug, um mit neuen Tieren wieder so etwas wie eine Herde aufzubauen.

Doch als die Nacht undurchdringlicher wurde, als nur noch die flackernden Feuer vor den mit Kalebassen und Plastikkanistern zugestellten Hütten leuchteten, als Gesichter und Umrisse nach und nach in der Dunkelheit versanken, dachte ich gar nicht mehr an all das. Ich hatte, brennend vor Aufregung und Ungeduld, nur noch ein Bild im Kopf.

Kariungurua.

Kariungurua und ihr runder Hintern, verborgen unter ihrem Rock aus Kalbsleder.

Seit dem Morgen verfolgte ich jede ihrer Bewegungen im Dorf: Kariungurua, wie sie die Kühe ihres Vaters aus dem Kraal trieb, Kariungurua, die ihre Kalebasse voll Milch schüttelte, um Dickmilch herzustellen, Kariungurua, wie sie Stücke von Strausseneierschalen auffädelte und Ketten daraus machte, um sie an die wenigen Touristen zu verkaufen, Kariungurua, die auf einer Felsplatte Ocker zerrieb. Mein Mobiltelefon hatte den ganzen Tag über hoch in einem Mopane gehangen, in einem Plastikbecher an einem Ast, das sicherste Mittel, um trotz schlechtem Empfang keine Nachricht zu verpassen. Sobald ich mich davonschleichen konnte, kletterte ich hoch und schrieb an Kariungurua, sagte ihr, wie sehr ich sie wollte, wie sehr sie mir während der letztendlich abgebrochenen Wanderschaft gefehlt hatte. Sie schrieb zurück, dass sie mich auch wollte, aber dass wir, Achtung, Komuti, vorsichtig sein mussten, sonst würde ihr Vater mich umbringen. Und kaum hatte ich die Worte gelesen, begann ich zu beben, so sehnte ich mich danach, dass es Abend wurde.

»Ich gehe schlafen.«

Als mein Vater das sagte, begann alles in mir zu brodeln. Er erhob sich von der Feuerstelle, sein Gesicht verschwand, er ging zur Hütte, deren Kuppel man im Dunkeln gerade noch ausmachen konnte. Meine Mutter sah ihm seufzend nach, vielleicht schämte auch sie sich, mit so einem Mann verheiratet zu sein. Genau wie ich wartete sie, dass Stille sich um uns her senkte, dass nur noch das Knistern des Holzes und das Gemurmel der Männer zu hören waren, die irgendwo im Dorf noch immer von dem Löwen und ihren getöteten Kühen redeten. Dann sah sie mich lange an und senkte die Lider, das hiess Na los, geh schon. Sie kannte mich zu gut, als dass sie nichts bemerkt hätte. Es hiess, dass ich mich davonstehlen konnte zu der unbekannten Prinzessin, die eine solche Anziehungskraft auf mich zu haben schien.

Also stand nun auch ich auf.

»Wo gehst du hin?«, fragte Tutaapi, den Mund voll Maisbrei.

Aber ich gab meinem kleinen Bruder keine Antwort.

Ich zügelte meine ungeduldig vorwärtsdrängenden Schritte, wartete, dass meine Augen sich an die Dunkelheit gewöhnten, und stahl mich zwischen den benachbarten Hütten durch, mit Abstand zu ihren Lagerfeuern und elektrischen Lampen, heimlich wie ein Leopard. Ich schlich um den grossen Kraal und die ihm zugerichteten Äste des Heiligen Feuers herum. Um den Baum, in dem der alte Katukuruka vorsorglich Rinderschädel für die nächsten Beerdigungen aufbewahrte. Und bald war ich an der letzten Hütte vorbei, eine verschwommene Grenze zwischen unserem Dorf und der Wüste. Die Feuer lagen hinter mir, nun begann ich wirklich zu rennen, fiel fast über Hindernisse, die diese Nacht barg, tote, staubige Baumstämme, Steine in der trockenen Erde. Vor mir wurde der schmächtige, buschige Umriss des Makalani grösser, mein Orientierungspunkt.

Am Fusse dieser Palme würde ich Kariungurua treffen. Im Bett des Trockenflusses, der aus den Bergen kam, aber seit zwei Jahren kein Wasser geführt hatte.

Wie die letzten Male, ehe ich mit meinem Vater auf Wanderschaft gegangen war.

»Komuti? Du hast dir ja Zeit gelassen!«

Ihre warme Stimme durchbrach die Stille, als ich ans Ufer kam. Da war sie, sass im Dunkeln auf einem flachen Felsen, umgeben von den knotigen Wurzeln einer Wilden Feige, und spielte mit ihrem Mobiltelefon, es tauchte die Blätter in bläuliches Licht. Still und dennoch so präsent, gleich dem Geist einer ganz besonderen Ahnin. Ich konnte die Einzelheiten ihrer Aufmachung erahnen: *ombware** um den Hals, weil sie noch keine Kinder hatte; *otjitenda*** am Handgelenk, seit dem Tod ihrer Mutter nur noch am rechten; *ohumba****, die grosse Muschel zwischen den vollkommenen Brüsten. Wie keine andere präsentierte Kariungurua den Himba-Schmuck, modern und traditionell zugleich. Die mit Ocker und Fett eingeschmierten Zöpfe mit den schwarzen Puscheln fielen ihr über die Schultern wie die Schwänze eines ganzen Löwenrudels, das sie überwältigt hatte.

»Kariungurua ... du bist ... also, die ganze Zeit über hab ich dich so ...«

»Ach, sei still«, unterbrach sie mich spöttisch, als ob sie viel besser Bescheid wüsste als ich.

Und sie packte mich ungeduldig am Handgelenk und zog mich näher zu sich heran, und da überrollte mich eine Woge der geheimen Düfte, in denen sie gebadet hatte, Blätter, Rinde, Samen, Myrrhe****, was weiss ich, und als sie sich bewegte, schlugen die Perlenschnüre

* Traditionelles weisses Halsband, Symbol kinderloser Frauen. *(Anm. d. Übers.)*
** Traditionelles Armband. *(Anm. d. Übers.)*
*** Traditionelle Kette mit einer einzelnen grossen weissen Muschel, wird von Mutter zu Tochter weitergegeben. *(Anm. d. Übers.)*
**** Namibische Myrrhe, *omumbiri*. Die Himba ernten sie und stellen ätherisches Öl daraus her. Ab der Pubertät baden die Himba-Frauen im parfümierten Rauch. *(Anm. d. Übers.)*

aneinander, die sie um die Hüften trug, ein Geräusch, das sie stets begleitete; und des Verlangens bewusst, das sie bei mir auslöste, liess sie mir keine Atempause: Gleich darauf war ihr Rock hochgeschoben, klebte mir am Bauch, und mein Glied in ihr, ihr Hintern an mich gepresst und ihre Schenkel, rotglänzend und reichlich eingefettet. Und ich glaube, es war noch intensiver als beim letzten Mal, als wir das gemacht hatten, an diesem Ort, der ein wenig zu unserem geworden war, unter den Ästen dieses Baumes und den Sternen, die ganz dort oben am Himmel funkelten. Es hätte ein Wunder geschehen, Wasser durch das Flussbett aus Sand und Kieseln strömen können, ohne dass wir es bemerkt hätten, so zusammen waren wir. Und wir blieben lange eng aneinandergeschmiegt, ich keuchte noch, kaum zurück aus dem Woanders, in das sie mich geführt hatte, sie atmete in langen, tiefen Zügen, das *ohumba* hob und senkte sich auf ihrer Brust, wo Schweiss und Ocker sich vermischten, ihr Mobiltelefon lag abseits auf dem Felsen. Die Hitze des Tages fiel langsam ab, frischer Wind auf meiner feuchten Haut. Die Bäume am anderen Ufer zeichneten sich als schwarzes Flechtwerk vor den Bergen ab. Im Dorf war alles still, alles schlief unter den Dächern aus getrocknetem Kuhdung, die Feuer erloschen allmählich, und einen Augenblick lang träumte ich, wir wären nicht so nah bei den Hütten unserer Familien, sondern in der abgelegensten Savanne von Kaokoveld, bei Marienfluss, an den wilden Ufern des Kunene, jenes Flusses, der stets Wasser führte, als triebe ihn ein Zauber an, zu dem wir hier keinen Zugang hatten.

Ich drehte mich zu Kariungurua um, verschlang sie mit Blicken und sagte: »*Eyuva rimwe me ku kupu.* Ja, eines Tages werde ich dich heiraten.«

Sie lächelte, meine Worte amüsierten sie. »Komuti ... du bist lustig.« Sie lehnte sich an den rauen Stamm, sah hinauf zu den Sternen. »Ja, du gefällst mir. Aber du weisst doch ganz genau, dass es nie dazu kommen wird.«

»Doch, natürlich wird es dazu kommen.«

Sie schwieg eine Weile, und ich ahnte, dass sie hinter ihrer abgeklärten Fassade dennoch ab und zu ein bisschen träumte.

Sie strich sich ihre Löwenschwanzfrisur glatt. »Mein Vater sähe es gern, dass ich Kaveisire heirate. Er wird niemals zustimmen, dass ich mit jemandem aus einem Klan wie dem deinen eine Verbindung eingehe. Und seit dem, was deiner Familie passiert ist, erst recht nicht.«

Die Worte trafen mich wie ein Schlag mit der Hacke in der Ockersteinmine in Ruacana. Kaveisire, der Sohn eines benachbarten Dorfältesten, er hatte bereits eine Frau und war böse wie ein Pavian. Sich Kariungurua mit einem solchen Menschen vorzustellen war unerträglich. Dabei wunderte es mich gar nicht mal so sehr: Kariungurua war nicht irgendeine junge Frau. Sie war nicht nur die schönste Himba, die je in diesem Wüstenland das Licht der Welt erblickt hatte; vor allem entstammte sie einem vermögenden Klan, der in ganz Kaokoveld geachtet wurde. Tjimeja war ihr Vater. Er besass eine der berühmtesten Rinderherden der Gegend, Kühe von aussergewöhnlicher Schönheit, die er hegte und pflegte wie kein Zweiter, stundenlang begeisterte er sich für die Farbe ihres Fells oder die Form ihrer Hörner. Tjimeja hatte drei Frauen, eine kleidete sich nach der Herero-Mode, und ich wusste nicht einmal, wie viele Kinder er gezeugt hatte. Verglichen mit ihm war mein Vater ein Bettler, jetzt erst recht, wo seine Ziegenherde vernichtet worden war. *Ein Himba ist nichts ohne sein Vieh,* die Redewendung war allgemein bekannt. Es war die traurige Wahrheit: In den Augen der anderen Familien waren wir nie viel wert gewesen, aber seit dem Angriff waren wir gar nichts mehr.

Lange Zeit schwieg ich, sann dem nach, was wir gerade erlebt hatten, Kariungurua und ich; die Schauer, die mich durchfuhren, sobald ich an sie dachte, die kurze Wanderschaft in den Bergen, das Herz zerlöchert von ihrer Abwesenheit. Dachte an die Nacht des Massakers, die alles verändert hatte. An meinen Vater und seine Feigheit, an diese vermaledeite Familie, der anzugehören ich das Pech hatte.

Und mit so fester Stimme wie nie verkündete ich: »Du wirst sehen, Kariungurua, dein Vater wird zustimmen, dass ich dich heirate. Und du wirst meine einzige Frau sein.«

Ungläubig und erstaunt ob meiner Sicherheit starrte sie mich an.

»Er wird zustimmen, denn den Löwen, der seine Kuh gerissen hat, werde ich erlegen.«

18. April

Martin

Antoine sah durchs Fernglas und trällerte mit nasaler Stimme: »*Mon truc en plumes ... Plumes de zoiseaux ... De z'animaux ... Mon truc en plumes ... C'est très malin ...*«*

»Wo hast du das denn jetzt wieder her?«

»Wie, kennst du etwa nicht Zizi Jeanmaire? Das ist doch ein Klassiker.«

Ich seufzte und warf einen Blick auf die Uhr.

Fünfzehn Uhr dreissig: über eine halbe Stunde.

Heute ging es um die Bartgeier. Wie alle zehn Tage während der Brutzeit: vier Stunden, in denen wir den Horst der grossen Raubvögel mit dem Fernglas beobachten, um zu sehen, wie es dem Jungen ging, das Antoine *truc en plume,* Federdings, nannte. Falls es noch da war, falls niemand seine Entwicklung störte. Die Skischuhe im Schnee und eingepackt in unsere Anoraks, hatten wir uns unter Spirkenästen versteckt, vor uns erhob sich die Felswand wie ein gewaltiges Schloss bis rauf in die Wolken. Der Nebel war wieder hoch zu den Bergkämmen gezogen, liess uns freie Sicht. Ehrlich

---

* *Mon truc en plumes,* wörtlich: Mein Federdings (1961), humorvolles Kultlied über einen Federfächer. Interpretin: Zizi Jeanmaire (1924–2020), französische Tänzerin und Sängerin. *(Anm. d. Übers.)*

jetzt, der Ort war wirklich herrlich, und Monitoring hatte mir eigentlich immer Spass gemacht, aber heute war ich mit den Gedanken woanders. Ich hatte es eilig, wieder runterzukommen. Und war nicht in Stimmung für die Schnulzen meines Kollegen.

Er liess das Fernglas sinken, streckte sich unter dem Nadelbaum, mit sich und der Welt zufrieden. »Na, das sieht doch gut aus. Wird wohl kein schlechtes Jahr für die Raubvögel.«

»Wenn du meinst.«

»Ja, das meine ich. Man nennt das auch Optimismus, Martin.«

»Und wenn jetzt ein Hubschrauber vorbeikommt und die Brut stört, was willst du dann machen? Ihn abknallen? Du weisst ganz genau, dass eine *vorsätzliche Störung* unmöglich zu beweisen ist. Dein Strafzettel wandert direkt in den Papierkorb, Verfahren eingestellt. Ein Bartgeierjunges ist der Justiz völlig egal, hast du das immer noch nicht kapiert?«

Der Optimist zog sich die Mütze tiefer über die Ohren, rieb die behandschuhten Hände aneinander. »Muss ziemlich anstrengend sein, wenn man du ist. Würdest du nicht manchmal gern Urlaub nehmen?«

»Nein. Oder doch: Nach dem Zusammenbruch der Industriegesellschaft könnte ich vielleicht drüber nachdenken.«

Er verdrehte die Augen, und ich guckte nun auch durchs Fernglas, erkannte das graue Federbündel, es regte sich in dem riesigen Horst aus Ästen, den der ausgewachsene Geier gerade verlassen hatte.

Aber Antoine gab keine Ruhe: »Komm, Martin, jetzt mal im Ernst: Die Raubvögel sind doch wirklich ein Erfolg, oder? Seit der Vogelschutzrichtlinie sind die Bestände in ganz Europa in die Höhe geschossen.«

»Nachdem jahrzehntelang alles getan wurde, damit sie aussterben ... Und ich darf dich dran erinnern, dass zum Beispiel der Schmutzgeier noch lange nicht übern Berg ist.«

»Okay. Dann die Pyrenäen-Gämsen? Als der Nationalpark gegründet wurde, waren sie vollkommen aus dem Massiv verschwunden. Ist das etwa kein Erfolg?«

»Na ja. Und was ist mit dem Auerhuhn? Die Bestände sind seit 1960 um fünfundsiebzig Prozent zurückgegangen, aber die Jagd ist immer noch erlaubt. Und der Bär? Und der Wolf? Und der Eurasische Luchs?«

»Moment mal, Luchse gibt es in den Pyrenäen schon seit über hundert Jahren nicht mehr.«

»Eben ... Und die Schneehühner, mit der globalen Erwärmung und allem? Und die Ringeltauben, die man auch kaum noch sieht? Und die Sperlingsvögel, die Buchfinken, von denen früher Millionen hier durchgezogen sind? Und die Stieglitze, mal ehrlich, wann hast du das letzte Mal einen Stieglitz gesehen? Tut mir leid, aber ich finde nicht, dass wir Grund zum Optimismus haben.«

Diesmal schwieg er, meine paar Wahrheiten hatten ihm das Maul gestopft. Um uns rum fiel packenweise Schnee von den Kiefern, rieselte uns in den Kragen, es wurde eiskalt im Nacken. Stellenweise war der weisse Teppich von der Fährte gefiederter Auerhahnläufe geriffelt, die suchten für die kommende Balz nach Gesangsplätzen. Irgendwo oben im Kiefernwald stiess eine Ringdrossel ihren durchdringenden Ruf aus.

»So, können wir dann?«

»Noch zehn Minuten«, meinte Antoine nach einem Blick auf die Uhr. »Du hast es ja heute ganz schön eilig. Hast du eine kennengelernt, die dein Miesepeterdasein mit dir teilen will, oder was?«

Ich gab keine Antwort, aber dachte bei mir Ja, genau: eine Blondine, muss ständig an sie denken.

Er beobachtete noch einmal das Küken durchs Fernglas, trällerte: »*Mon truc en plumes ... Ça vous caresse ... Avec ivresse ...*«

Da machte ich mich daran, meinen Rucksack einzuräumen, und zog meine senkrecht in den Schnee gerammten Ski raus. Sie waren altmodisch, Dynastars aus Fiberglas, die mit den alten Diamir-Bindungen. Die Kollegen zogen mich damit auf, die schworen alle auf ihre Carvingski und ultraleichte Bindungen, aber ich war dran gewöhnt. In meinen dicken Schuhen mit den vier Schnallen wurde mir wenigstens nie kalt.

Wir warteten, dass die vier Stunden endlich um waren, ich liess meine Uhr nicht aus den Augen, als müsste ich zum Zug. Dann schnallten wir die Ski an und fuhren zwischen den Kiefern runter. Der Schnee, morgens hart wie Glas, wurde nachmittags nass und schwer, eine richtige Suppe. Zu dieser Jahreszeit konnte eine Lawine, selbst eine kleine, einem beide Beine brechen. Ich ging bei jedem Schwung betont in die Knie und federte danach wieder hoch, der Rucksack schwer von

LVS-Gerät*, Sonde und Schaufel. An manchen Stellen verliefen Fährten durch die Schneedecke, die Pyrenäen-Gämsen suchten nach Löchern, um die ersten Halme der Bergweiden zu ergattern. Als nicht mehr genug Schnee lag, schnallten wir die Ski beiderseits an unsere Rucksäcke und setzten den Weg auf schlammigem Boden zu Fuss fort. Ich ging vorneweg, marschierte eilig durch den Buchenhain, wo die Misteldrosseln tschilpten. Von dem zum Teil abgetauten Hang gegenüber stieg Rauch auf. Die Bauern brannten Zwenken und Wacholder ab, damit ihre Parzellen nicht zuwuchsen und eines Tages zu Wäldern wurden, so dass sie nie wieder ihr Vieh dorthin treiben konnten.

Als wir einen Pfad runterliefen, bog ich, so eilig ich es auch hatte und obwohl ich schwer bepackt wie ein Esel war, nach rechts ab, um mir die Fotos von einer unserer Wildkameras anzusehen, sie hing an einer Buche, kein grosser Umweg.

»Xavier hat das am Wochenende schon gecheckt«, wandte Antoine ein.

Aber ich hörte nicht auf ihn. Ich nahm den kleinen Apparat vom Baum, holte ihn aus dem wasserdichten Gehäuse und liess die Fotos durchlaufen, Dutzende, Rehe und Wildschweine, die waren mir völlig egal. Auch ein Skiläufer war dabei, oder eine Skiläuferin, einfach vor die Linse geraten. Aber immer noch kein Bär. Immer noch nichts von Cannellito, dabei hatten wir schon den 18. April. Während ich den Apparat wieder am Baum befestigte, liess ich meinen Kollegen seine

* Lawinensuchgerät, um Verschüttete aufzuspüren.

naiven und haltlosen Erklärungen abspulen, er war felsenfest davon überzeugt, dass der Sohlengänger noch lebte. Und ich machte mich wieder auf, Rucksack und Ski auf dem Rücken, für die letzte halbe Stunde Abstieg.

Ich kam mit einigem Vorsprung am Auto an.

»Nun mach mal, wir wollen los«, drängte ich meinen Kollegen, der bummelte.

»Ist ja gut, wir haben Feierabend. Mann, du musst echt mal runterkommen.«

Wir fuhren bis zur Nationalparkverwaltung, räumten unsere Ausrüstung in den Geräteraum. Aber als Antoine die Tür zu den Büros aufhielt, um noch seine Mails zu checken, folgte ich ihm nicht.

»Fährst du direkt nach Hause?«

Ich nickte.

»Sag mal, was ist eigentlich zurzeit mit dir los, Martin? Du weisst, dass der Chef fuchsteufelswild war, weil du Dienstag nicht gekommen bist. Ich glaub, er wollte mit dir reden.«

»Jaja. Ich weiss.«

Doch eine Minute später schloss ich mein Privatauto auf. Und fuhr, nach einem kurzen Zwischenstopp zu Hause, wo ich Cannelle aufsammelte, auf dem kürzesten Weg aus den Bergen. Die Nacht senkte sich übers Tal, verdüsterte Strassen und Dörfer noch ein bisschen mehr, als ob die beiden Talhänge sich über uns zusammenschlössen und endgültig von der Welt abschnitten. Ich kam durch Oloron-Sainte-Marie, in einen Nacht- und Winterschlaf versunken, die Häuser erhoben sich über dem Gave d'Aspe wie unbewohnte Festungen.

Dann raste ich, die Berge im Rücken, nach Pau. Wie am Vortag.

Auf der Liste, die mir der Schreiberling bei den Petites Sœurs netterweise gegeben hatte, standen zweiundzwanzig Namen, davon vierzehn Mädchen. Vierzehn brave Katholikinnen, die vier Jahre zuvor in Saint-André zur Schule gegangen waren, die berühmte Medaille mit dem Emblem PSSM bekommen hatten und sie, vielleicht, bis heute trugen. Es bedeutete, dass Vor- und Familienname der in den sozialen Netzwerken unauffindbaren Löwenjägerin auf jeden Fall irgendwo auf dieser Liste standen. Jerem Nomorehunt suchte weiter, durchkämmte Jagdseiten, wollte sehen, ob er nicht dasselbe Foto irgendwo wiederfand und vielleicht eine neue Spur, aber bisher hatte sich nichts ergeben. Heute Morgen hatte er mir geschrieben, gefragt, ob ich denn vorangekommen war. Aber ich hatte, wie Antoine neulich, geantwortet:

Martinus arctos: Nada.

Kein Wort über die Medaille, meine Fahrt nach Lourdes oder die Liste, die ich nun ständig in der Jackentasche hatte. Damals dachte ich, dass ich meine Ermittlungen erst abschliessen wollte, ehe ich mit ihm drüber sprach. Sobald ich alle Informationen hätte, würde ich das Mädchen dem Internet ausliefern, wie wir es davor auch schon mit anderen gemacht hatten.

Ich hatte online nach den vierzehn Namen gesucht, Gelbe Seiten, Instagram und auch LinkedIn. Ich war mir nicht ganz sicher, aber ich glaub, ich hatte mehrere der ehemaligen Gymnasiastinnen gefunden: Mädchen im entsprechenden Alter, also um die zwanzig, die eine Verbindung zum Departement hatten oder gar Saint-André in ihren Profilen erwähnten. Da gab es eine Amandine Capdevielle, studierte im vierten Semester Medizin in Lyon; eine Mathilde Lamarque, die eine Vorbereitungsklasse in einem Pariser Lycée machte; eine Chloé Tisne, Kellnerin in einer Bar in Biarritz, auf Instagram waren Fotos von ihr mit ihren Stammgästen; eine Noémie Olhagaray, die offenbar noch immer in Pau wohnte, es war mir nicht gelungen, ihre derzeitige Tätigkeit herauszufinden. Wenn ich einen Glückstreffer landete und Fotos fand, verglich ich sie mit dem der Jägerin, so hatte ich ein paar Namen ausschliessen können, Jenny Lamothe zum Beispiel, die bestimmt gut hundertzwanzig Kilo wog und die ich mir schlecht mit Bogen in der Savanne vorstellen konnte. Ich hatte ausserdem versucht, rauszufinden, ob die Mädchen irgendeine Verbindung zur Jagd hatten, hatte bestimmte Stichwörter in der Suchmaschine kombiniert, gehofft, dass ich eine von ihnen posierend neben einem toten Tier wiederfinden würde. Aber dabei war nichts rausgekommen. Also hatte ich beschlossen, aktiv zu werden, zu den Adressen zu fahren, die ich fand, solange sie nicht zu weit ausserhalb des Tals lagen. Ich war gestern bereits in Pau gewesen, hatte es geschafft, eine, die ich für Madeleine Peyroutet hielt und die mir vielversprechend erschienen war, zu sichten, als sie gerade nach Hause kam, in eine Familienvilla im Viertel Trespoey. Aber sie hatte nichts mit der Blondine auf dem Foto gemeinsam: Sie war klein, brünett und trug einen Pagenschnitt.

Als ich an meinem zweiten Ermittlungsabend die Stadt erreichte, war es schon richtig dunkel. Mit Hilfe des Navis im Handy fuhr ich zur Adresse eines anderen Mädchens, Monique Mathurin, die ich in den Gelben Seiten gefunden hatte. Avenue du Loup, Wolfsallee, das entbehrte nicht einer gewissen Ironie, war vielleicht sogar irgendwie prophetisch, sagte ich mir. Cannelle schlief auf der zugehaarten Rückbank. Ab und zu langte ich nach hinten und kraulte ihr den Bauch. Ich verlor mich in den Strassen Paus, wie jeden Abend zu dieser Jahreszeit waren sie kalt und leer. Ich mochte hier Abitur gemacht haben, in diese Ecke ausserhalb der Altstadt hatte ich noch nie einen Fuss gesetzt. Aber sobald ich die Hochhäuser sah, kamen mir Zweifel. Die Adresse war in Saragosse, das war mir nicht klar gewesen. Eins der ärmsten Viertel der Stadt, voller Hochhäuser und Sozialwohnungen aller Art.

»Was meinst du?«, fragte ich Cannelle, als wir an den Betonblöcken vorbeifuhren. »Ehrlich jetzt, kannst du dir vorstellen, dass eine, die sich Fünfzigtausend-Euro-Jagden gönnt, in so einer Gegend wohnt?«

Trotzdem gab ich nicht gleich auf: Vielleicht war ich zu voreingenommen, wer wusste denn, ob nicht irgendwo in diesen Wohnungen eine Verrückte hauste, die mit ihrem Jagdbogen auf die Fenster gegenüber zielte. Also parkte ich vor der Avenue du Loup Nummer 56.

»Warte hier«, sagte ich zu Cannelle.

Im feinen Nieselregen und im grellen Schein der Strassenlaternen rannte ich zum Eingang. Die Sprechanlage war kaputt, ich kam rein, ohne mir was ausdenken zu müssen. Mathurin: 4. Stock, ich nahm den Fahrstuhl. Ich schwankte zwischen irgendwo warten oder ganz frech klingeln. Schliesslich klingelte ich. Wartete ein bisschen. Und dann ging die Tür auf, im Rahmen stand eine etwa fünfzigjährige Schwarze, sie trug ein kleines silbernes Kreuz um den Hals. Falsche Fährte, dachte ich sofort. Sie schaute mich mit grossen Augen hinter ihrer Brille an, als wäre ich, eingepackt in meinen Anorak, von dem ich das Nationalparkabzeichen entfernt hatte, ein Bär, geradewegs aus den Bergen.

Ich bemühte mich um einen vertrauenerweckenden Tonfall: »Entschuldigung, wohnt hier eine Monique Mathurin?«

Sie antwortete nicht gleich. »Was wollen …«

»Maman, wer ist da?«, rief jemand von drinnen. Und ein junges Mädchen erschien, ihr Vater war wohl weiss, sie hatte einen wolligen Lockenkopf, Rollkragenpullover, eine dicke weisse Katze im Arm und die Miene eines braven Kindes.

»Monique?«, fragte ich probehalber.

»Ja, das bin ich«, gab sie zurück und hielt sich dicht neben der Frau, wohl ihre Mutter.

Definitiv die falsche Fährte, dachte ich. Die hat nichts mit der Blonden zu tun. Jetzt musste ich mir nur noch schnell eine Ausrede einfallen lassen und abhauen, zurück zu meiner Liste, andere Hypothesen überprüfen. Aber als mich das Mädchen mit seinen dunklen Augen ansah und dabei liebevoll die Katze streichelte, wagte ich ein »Und Sie waren auf dem Lycée Saint-André?«.

»Moment mal«, sagte die Mutter misstrauisch, kurz davor, die Tür zu schliessen. »Wer sind ...«

Doch das Mädchen unterbrach sie, eher erstaunt als besorgt: »Ja! Woher wissen Sie das?«

Also tischte ich ihr dieselbe Geschichte auf wie dem Sekretär der Petites Sœurs: Mein Vater habe an Parkinson gelitten, sei gerade verstorben und ich nun auf der Suche der Schülerin, die sich vier Jahre zuvor in Lourdes um ihn gekümmert hatte, und ich sei wirklich in der Klemme, weil ich nur diese Namenliste hatte, um sie vielleicht zu finden. Offensichtlich war meine Geschichte glaubwürdig, denn im nächsten Moment hatte Familie Mathurin mich in ihr kleines Wohnzimmer gebeten, der Empfang war deutlich wärmer. Die Mutter stellte mir ein Glas Wasser hin, auf einen Untersetzer mit Bibelsprüchen, so nach dem Motto »Jesu, meine Freude«.

»Es tut mir leid, ich kann mich nicht an Ihren Vater erinnern«, begann das Mädchen, die Finger im Katzenfell. »Aber die Freiwilligenarbeit in Lourdes war wirklich schön. Also ... prägend jedenfalls. Wir waren ein tolles Team, haben uns gut verstanden. Ich würde Ihnen gern helfen, aber ... ich weiss nicht, was wissen Sie denn über das Mädchen?«

»Im Grunde nicht viel. Dass sie blond war.«

Sie verzog das Gesicht, als würde sie ihr Gedächtnis durchstöbern.

Also setzte ich hinzu: »Und dass sie … also, sie war Bogenschützin. Oder hat gejagt oder so. Ja, das hat mein Vater mal erzählt.«

Sobald ich die Worte ausgesprochen hatte, stahl sich ein Lächeln auf Moniques Gesicht, sie gab ein Schnalzen von sich. Der Kater in ihren Armen miaute.

»Sagt Ihnen das was?«

Sie nickte mit hochgezogenen Augenbrauen. »Ja … Ja, ich glaub, ich weiss, wen Sie meinen. Apolline.« Und sie sagte langsam, Silbe für Silbe: »A-po-lline La-ffour-cade.«

Apolline Laffourcade: Der Name brannte sich bei mir ein wie der Geruch eines brünstigen Bären in einen Baum, wenn er sich schubberte.

»Die war ein bisschen merkwürdig«, fuhr sie fort. »Nicht unfreundlich, aber ein bisschen … seltsam. Ein bisschen scheu vielleicht. Sie war im vorletzten Jahr in meiner Klasse, aber wir haben nur zwei-, dreimal miteinander geredet, glaub ich. Ich hab sie oft allein gesehen oder mit einer einzigen Freundin. Ich weiss noch, dass sie kein Smartphone hatte, nur so ein altes Nokia, wissen Sie, ohne Internet, wie früher halt. Ich wusste eigentlich gar nicht, dass sie jagt. Das hat mir ein Freund erzählt. Angeblich war sie mal in den Osterferien mit ihren Eltern in Südafrika. Gazellen schiessen oder irgend so was.« Sie wandte sich an ihre Mutter. »Weisst du noch, ich hatte dir das erzählt? Ich fand das ziemlich finster, so als Hobby, aber okay …«

Die Mutter nickte, und ich auch, ganz ihrer Meinung. Ich nahm einen Schluck Wasser, die heiligen Worte vor der Nase.

»Wissen Sie, ob sie noch in Pau wohnt?«

»Nein, keine Ahnung. Wir haben ehrlich gesagt gar keinen Kontakt mehr.« Sie bewegte die Lippen, in ihre Erinnerungen aus der Schulzeit versunken. Dann sagte sie: »Ah, doch, jemand hat neulich erst von ihr gesprochen. Sie hat wohl letztes Jahr ihre Mutter verloren, die Arme.«

Sie sah mich mit mitleidiger Miene an.

»Wie Sie. Also, ich meine … wie Sie Ihren Vater halt.«

2. ANPIRSCHEN

24. März

Apolline

»Papa, hör auf!«, sage ich lachend. »Die gucken schon alle.«

Jetzt sind wir wirklich unterwegs: Gerade sind wir in Johannesburg gestartet, der A319 fliegt nach Windhuk. Papa ist mir ein bisschen peinlich, aber ich muss zugeben, dass es auch witzig ist: Mitten bei der Sicherheitsunterweisung macht er die Stewardess nach. Von seinem Sitz aus flüstert er mir mit schmachtender Stimme ins Ohr: »Leider gibt es nicht genug Sauerstoff für alle Passagiere. Stürzen Sie sich daher bei Druckabfall in der Kabine unbedingt vor Ihrem Sitznachbarn auf die Masken.«

»Ach, du bist doch ... Dich kann man nirgendwohin mitnehmen, weisst du das?«

»Auweia.«

Er hört mit dem Quatsch auf, schaut mich intensiv an. Er ist glücklich, das sieht man. Es ist das erste Mal, dass wir allein nach Afrika reisen, ohne Maman. Wir denken natürlich an sie, alle beide, es tut weh, dass sie nicht bei uns ist. Aber wir wollen beide, dass der Urlaub schön wird. Ihn geniessen, so gut es geht.

Für einen Augenblick vertiefe ich mich wieder in *Professional Hunter* von John A. Hunter:

Da waren Zebras, Elenantilopen, Giraffen, Topi-, Wasserbock-, Riedbock-, Buschbock- und Steinbock-Antilopen, Thomson- und Grant-Gazellen, Impala-Antilopen, Gnus, kleine Duiker- und Oribi-Antilopen und Strausse. So, dachte ich, muss das ganze afrikanische Veldt ausgesehen haben, ehe der weisse Mann ins Land kam, und dieser isolierte Krater war nun das letzte Bollwerk des afrikanischen Wildes.

Das Buch hat Papa mir geschenkt, zum dreizehnten Geburtstag. Ich nehme es jedes Mal mit, wenn ich nach Afrika reise. Ich muss zugeben, die Jagdgeschichten von früher faszinieren mich. Damals war das wirklich noch was anderes; wenn die Männer zur Expedition zum Ngorongoro aufbrachen, kamen sie möglicherweise mit Dutzenden Löwenfellen oder Elefantenstosszähnen zurück. Und manchmal eben auch gar nicht.

Rechts von mir schliesst Papa die Augen, Schlaf finden, der auf unserem Nachtflug von Frankreich nach Südafrika nicht kommen wollte, trotz Businessclass. Ich schaue aus dem Fenster, mustere das Land unter mir, die Städte weichen nach und nach der wüstenartigen Landschaft des südlichen Afrikas. Ich war erst einmal in Namibia, vor drei Jahren, da hatten wir in einem privaten Reservat gejagt, das auf Steppenwild spezialisiert war, östlich von Windhuk. Lange genug, dass ich Lust hatte, wiederzukommen und vielleicht eines Tages jenen Nordwesten zu erkunden, über den ich so viel Schönes gelesen und so viele Reportagen gesehen hatte. Von oben mustere ich die weiten Flächen, sie scheinen grenzenlos, Rot, Gelb und Ocker ringen in einem Wirrwarr aus

Linien um ihren Platz, ab und an ausgetrocknete Flusswindungen, als hätte Gott sie gezeichnet, um uns glauben zu machen, dass irgendwann tatsächlich Wasser in diesen Kiesbetten geflossen war. Stellenweise stehen einzelne Bäume auf der trostlosen Fläche, wie heldenhafte Kundschafter, die von einer feigen Armee in feindliches Gebiet gesandt wurden. Mich packt mit einem Mal das Gefühl unendlicher Freiheit, das mich jedes Mal überkommt, wenn ich auf diesem Kontinent bin, von dem wir alle stammen, *birthplace of humankind*. Das ist mir sonst noch nirgendwo begegnet, weder in Amazonien auf unserer Brasilien-Rundreise mit Amaury und Enguerrand noch als ich mit Maman in Australien gewesen war, ehe wir erfuhren, wie krank sie war. Und doch erahnt man sogar hier die Stigmata menschlicher Zivilisation. Seltsam geradlinige Pisten in der Wüste, die nichts miteinander zu verbinden scheinen, vielleicht stecken sie die schwindelerregend ausgedehnten Weideflächen ab. Und Hütten, sie bilden winzige Dörfer, bei denen ich mir kaum vorstellen kann, dass sie bewohnt sein sollen.

Papa kennt dieses Land gut, er hat mindestens fünfmal hier gejagt, glaub ich, aber unserem *professional hunter,* unserem *PH,* wie es heisst, ist er vor dieser Reise noch nie begegnet. Die NAPHA, der namibische Berufsjagdverband, hat den Kontakt hergestellt. Er hat das exklusive Jagdrecht auf Trophäen in dem Gebiet, wo der Löwe abgeschossen werden soll.

»Bestimmt ein netter Kerl«, hatte Papa mir zu Hause versichert. »Er hat einen sehr guten Ruf, bis runter nach Südafrika.«

Aber als ich ihn kennenlerne, habe ich einen anderen Eindruck von unserem *PH*.

Schon als unsere Blicke sich kreuzen, habe ich das Gefühl, dass wir beide uns nicht gut verstehen werden. Er heisst Lutz Arendt: natürlich ein Deutscher, bei dem Namen. Er erwartet uns in der Ankunftshalle des kleinen Windhuker Flughafens, inmitten der Fremdenführer, die ihre Gäste in Empfang nehmen, ehe es zum Elefantenbeobachten in den Etosha-Nationalpark geht oder zu den roten Dünen am Sossusvlei. Mein erster Gedanke, als ich den Brocken sehe, ist *My God,* der Typ wiegt bestimmt eine Tonne! Er ist tatsächlich übergewichtig, man fragt sich, wie er mit einer solchen Masse im *bush* zurechtkommt. Er trägt Shorts und ein kurzärmeliges XXXL-Hemd, noch nie hab ich so weite Klamotten gesehen. Auf seinem Kopf sitzt ein verwaschenes Basecap mit einem Logo und winziger Schrift: *Universität Stuttgart.* Er schaut uns aus zusammengekniffenen Augen an, als wir auf ihn zugehen. Ich habe mehrmals Jagdführer sagen hören, dass sie Frauen lieber mögen, dass Jägerinnen eher auf ihren Rat hören, eine persönlichere Herangehensweise an die Jagd haben als die Männer. Aber auf ihn trifft das offensichtlich nicht zu.

»*Welcome to Namibia*«, ruft er Papa mit deutschem Akzent entgegen, der Händedruck mit den riesigen Pranken lässt meinen Vater mickrig wirken.

Aber mir sagt er nicht mal guten Tag, guckt mich kaum an. Vielleicht hat er ein Problem mit Frauen, denke ich. Oder damit, dass ich in meinem Alter auf Löwenjagd gehe. Ich müsste mich behaupten, zeigen, dass ich da bin, auch wenn ich jung und eine Frau bin. Aber ich traue mich nicht, bin eingeschüchtert von dieser Gestalt. Papa reagiert genauso wenig, tut, als wäre alles ganz normal, nutzt das WLAN, checkt seine E-Mails und twittert irgendetwas über unsere Ankunft. Mit unseren Rollkoffern und dem schwarzen Koffer mit meinem AVAIL kommen wir aus dem Flughafen.

Man kann in Windhuk nicht viel machen, ausser Jagd- oder Campingausrüstung in einem dieser westlichen Einkaufszentren kaufen: Eine Stunde später fahren wir in Lutz Arendts Geländewagen nach Nordwesten. Papa ist dabei, vom Beifahrersitz aus die Speicherkarte seines iPhones mit ersten Fotos unserer Reise zu füllen. Ich sitze hinten, erwidere sein seliges Lächeln, mit mir hier zu sein, das er mir alle zehn Minuten zuwirft. Als ich aus dem Fenster schaue, versuche ich, das Namibia wiederzufinden, das mich beim letzten Mal so verzaubert hat. Schon nach ein paar Kilometern habe ich das Gefühl, dass etwas anders ist, ohne zu wissen, was. Am Strassenrand werden an behelfsmässigen Ständen Strohbündel und selbstgemachtes Spielzeug verkauft. Kinder rennen zwischen zwei Kolonnen von Pick-ups über die Autobahn, die Armen, ich habe Angst um sie. Es erinnert mich an Burkina Faso: Mit achtzehn habe ich dort an einem Schulbauprojekt teilgenommen, mit den Amis de Sœur Emmanuelle*. Das war eine unglaubliche Erfahrung, ich kam richtig mit den Leuten von

---

* Belgische Stiftung zur Unterstützung privater Hilfsaktionen für bedürftige Mütter und Kinder ohne Ansehen von Religion, Hautfarbe oder Herkunftsland. *(Anm. d. Übers.)*

dort in Berührung, wir veranstalteten Feste mit den Kindern, die waren total süss. Ich weiss noch, was die Expats aus der Stiftung immer sagten: dass in Afrika ein Menschenleben nicht denselben Stellenwert hat wie bei uns. Aber ich bin ja auch nicht wegen der Begegnung mit den Namibiern hier.

Jedenfalls ist das nicht der Plan.

»*Look, this is new!*«, meint Lutz, als wir an einem Schild vorbeifahren.

Ein riesiges Plakat, das mich daran erinnert, wie vorbildlich das Land in Sachen Tierschutz ist: Fotos von gewilderten Nashörnern und Elefanten mit abgesägten Hörnern und Stosszähnen. Darunter der Slogan:

**SAVE OUR RHINOS AND ELEPHANTS.
RHINOS AND ELEPHANTS ARE NOT JUST ICONIC
WILDLIFE, BUT PILLARS OF OUR ECONOMY.**

Ohne den Blick von der Strasse zu wenden, hebt Lutz, dessen riesiger Bauch vom Lenkrad zusammengedrückt wird, anerkennend den Daumen, er unterstützt die Aussage hundertprozentig.

»Kommen wir heute Abend noch zum Jagdcamp?«, fragt Papa.

»*Yes.* Sieben Autostunden, wir müssten vor Einbruch der Dunkelheit da sein. Wenn wir vor siebzehn Uhr durch Opuwo kommen, klappt es.«

Papa nickt: Das passt ihm. Das Reisebüro hat zwei Nächte in einer erstklassigen Lodge an der *Skeleton Coast* für uns reserviert, zum Abschluss der Reise. Ein bisschen Komfort, mit Swimmingpool und feiner Küche, damit man alle Arten von Wild probieren kann. Aber im Moment haben wir es vor allem eilig, endlich ins Camp zu kommen.

Zum ersten Mal wende ich mich, zögerlich, an unseren Jagdführer: »Und ... und der Löwe? Können wir uns morgen schon mal anpirschen?«

Er verzieht das Gesicht, findet mich offenbar ganz schön ungeduldig. »Bei einem Löwen würde ich lieber noch ein, zwei Tage warten. So können wir uns erst mal kennenlernen, damit ich sehe, wie sie schiesst.«

Wie sie schiesst, wiederhole ich im Kopf. Und mir wird klar, dass er mit Papa redet, nicht mit mir. Im Grunde ignoriert er mich.

Papa geht nicht darauf ein, er kontert auf seine Weise: »Kennen Sie Legolas? Den Elben aus *Herr der Ringe,* mit dem Bogen? Sie müssen sich meine Tochter als weibliche Version von ihm denken. Ich kenne niemanden, der so mit dem Jagdbogen umgehen kann wie sie.«

Ich werde rot, bin mir nicht sicher, dass ich so viel Lob verdiene.

Lutz zieht die Augenbrauen hoch. »Legolas ... Das glaube ich gern. Aber vielleicht fangen wir doch mit einer Oryxantilope an. Oder mit einem Bergzebra, wenn Sie wollen. Gibt einige in der Gegend.«

Papa zwinkert mir zu und lächelt verschwörerisch: Hartmann-Bergzebras, die schönste der beiden Unterarten. Mega.

»Machen Sie sich um den Löwen mal keine Sorgen«, fährt der *PH* fort, »auf einen Tag mehr oder weniger kommt es nicht an. Das ist ein sogenanntes *problem animal:* ein Löwe, der zu sehr in den Viehherden gewütet hat, deshalb hat die Regierung ihn zum Abschuss freigegeben. Ich konnte es selbst kaum glauben: Wenn es nach den Ökos geht, darf man Wüstenlöwen kein Haar krümmen, angeblich ist die Population zu kostbar und ähnlicher Quatsch, Sie wissen schon, ja? Meinetwegen könnte man durchaus drei, vier pro Jahr abschiessen, würde auch nichts schaden: Seit den Achtzigern ist der Bestand von etwa zwanzig auf mehr als hundertdreissig Löwen gewachsen, und ich bin nicht der Einzige, der das sogar ein bisschen zu viel findet. *Anyway,* Sie brauchen sich keine Sorgen zu machen, das wird keine schwierige Jagd: Ich habe ihn schon vierundzwanzig Stunden lang anfüttern lassen. Dieser Löwe rührt sich nicht vom Fleck, nicht in den nächsten Tagen. Am Ende ist er auch nur eine grosse Katze. Der Ansitz ist sechsunddreissig Meter entfernt, müsste gehen, oder? Wenn es Sie beruhigt, beim letzten Mal, als jemand auf Löwenjagd gehen durfte, hat ein Amerikaner ihn erlegt, einer meiner Stammkunden: Er kam im Camp an, hat am selben Abend den Löwen geschossen, quasi aus dem Auto raus, also fast. Und am nächsten Tag ist er wieder abgereist.«

Stille im Auto.

Die Worte des Deutschen haben mich eher ernüchtert, nicht beruhigt, mit Werbung hat er es anscheinend nicht so. Eine grosse Katze: Ich wusste, dass wir vom Ansitz aus schiessen würden, aber so, wie er es darstellt, wird meine Jagd nicht besonders aufregend. Kein Vergleich zu dem, was Papa mir erzählt hat, dieses Gefühl von Gefahr, das sich offenbar einstellt, wenn man ein Raubtier jagt. Und meilenweit entfernt von John A. Hunters legendären Jagden, in jenen längst vergangenen Zeiten, als der Mensch sich tatsächlich mit der Natur messen musste.

Der Geländewagen fährt an endlosen Zäunen vorbei, dahinter tauchen die ersten Termitenhügel auf, schon bald sind sie überall, die Landschaft ist davon übersät, wie seltsame, dickliche Finger. Ziegen strecken sich, um Blätter und Dornen verkümmerter Kameldornbäume abzuknabbern. Allmählich zeigen sich auch Wildtiere: eine Warzenschweinfamilie, die mit dem Rüssel im Gras wühlt; ein paar Paviane können sich nicht für eine Strassenseite entscheiden und riskieren dabei ihr Leben. Ich beobachte all das, denke nach. Und endlich kapiere ich, was sich in drei Jahren verändert hat und mich beschäftigt, seit wir losgefahren sind. Die Ziegen sind abgemagert, es gibt weniger Tiere, als ich es in Erinnerung habe, die Bäume sind nicht so grün, irgendwie dehydriert.

Die Dürre: Alles ist trockener.

Man könnte denken, ich wäre beim ersten Besuch in einem anderen Land gewesen.

Es ist eine lange Fahrt, wir kommen durch eine Ortschaft nach der anderen, und ihre Namen beschwören das Afrika herauf, das ich so liebe: Otjiwarongo, Outjo, Kamanjab. Meine Pyrenäen scheinen mir unendlich weit weg. Jetzt wäre ich vielleicht gerade zu einer Wanderung aufgebrochen, im Ossau-Tal oder nach Cauterets, vielleicht hätte ich in einer Berghütte übernachtet, ganz allein in meinen Schlafsack eingekuschelt. Stattdessen bin ich hier, in Namibia. Es geht nach Norden, eine stundenlange Fahrt durch Trockensavannen, ich sehe ein paar Gackeltrappen und die eine oder andere Perlhühnerschar mit grauem Gefieder.

»No more fences …«, brummt Lutz bald darauf.

Und ich stelle fest, dass tatsächlich kein einziger Zaun mehr die Strasse säumt. Wir sind jetzt im Nordwesten. Das Land hier gehört nicht mehr den Farmern, es ist eine offene Fläche, das Wild wird von den *conservancies* gemanagt, und Jäger wie Lutz haben einen Exklusivvertrag mit ihnen.

Der Tag neigt sich dem Ende zu, als wir durch Opuwo fahren, was Lutz zufolge in der Sprache der Herero so etwas wie *Endstation* bedeutet. Durchs Autofenster beobachte ich die Einwohner. Fast überall sind Jugendliche, sie gehen über die Strasse oder in Supermärkte, tragen amerikanische Basecaps, Adidas-Mützen, Poloshirts, zerrissene Jeans, überdimensionierte Sneakers. Ich muss zugeben, dass ich mir die Einheimischen hier nicht wirklich so vorgestellt habe, wirkt irgendwie nicht so *authentisch,* finde ich. Aber in dem Haufen amerikanisierter Afrikaner fällt mein Blick schnell auf andere Gestalten. Frauen, die sich einen Weg über die Gehsteige bahnen, als schritten sie durch die Wüste, rotglänzende Haut, das Haar mit einer Art Schlamm eingeschmiert, Schmuckreife an Armen und Fussgelenken, richtig dicke Schnüre. Und sie tragen Röcke aus Leder, keine Ahnung von welchem Tier. Himba, errate ich. Ich habe sie schon in mehreren Dokus im Fernsehen gesehen.

»Na, die waren wohl ein bisschen zu lange in der Sonne.«

»Papa, ernsthaft jetzt, so was kannst du doch nicht sagen.«

Er gibt keine Antwort, lächelt nur voller Stolz über seinen Witz vor sich hin.

Ich sehe noch mehr vor Geschäften und an Tankstellen, sie sitzen auf alten Stofffetzen. Eine von ihnen, so scheint es mir, sieht unserem dicken Geländewagen nach. Ich lächele ihr zu, sie bleibt ernst. Dann verlassen wir Opuwo, und ich habe den Eindruck, einen Blick auf etwas erhascht zu haben, ein winziges Stück eines mir völlig unbekannten Volkes.

Es ist kurz vor achtzehn Uhr, als Lutz rechts abbiegt. Wir lassen die geteerte Strasse hinter uns und nehmen eine Piste durch den *bush*, der Wagen rumpelt über die Steine. So geht das eine halbe Stunde, ich klammere mich an den Haltegriff, werde auf der Rückbank hin und her geschüttelt. Und über vierundzwanzig Stunden nach unserer Abreise in Pau sind wir endlich am Ziel. Mitten im Nirgendwo, fern jeder Siedlung, begrüssen uns am Fuss eines felsigen Hügels links und rechts des schlichten Eingangstors zum *hunting camp* zwei Elefantenschädel auf einem Zaun aus Holzpflöcken. Dahinter erahne ich die Zelte, in denen wir übernachten werden, Bäume wie Sonnenschirme an einem ausgetrockneten Flussbett. Ich sehe uns schon um die Feuerschale sitzen, wo Papa abends sein Erzähltalent beweisen und allen, die es hören wollen, seine schönsten Jagderinnerungen schildern kann.

15. März

Komuti
In einer nicht allzu fernen Vergangenheit, die zu kennen ich jedoch zu jung bin, damals, als Namibia noch eine südafrikanische Kolonie war, liessen jene, die uns regierten, die Himba ihre Probleme selbst lösen. In Pretoria hatten sie genug mit ihrer Apartheid zu tun, um Wildtiere kümmerten sie sich nicht. Aufgrund des Krieges und der Wilderei gab es viel weniger Löwen als heute, hat man mir erzählt, aber wenn sich doch einmal einer zu nah ans Dorf wagen sollte, Vieh oder Familien bedrohte, entschieden die Männer, sich ihm zu stellen. Sie brachen als Gruppe in den *bush* auf, zu Fuss, manchmal mit einem Gewehr, meist eher mit Pfeilen, Bögen oder Lanzen und so vielen Hunden, wie sie nur finden konnten. Sie spürten das Raubtier in der Nähe des Kadavers seines letzten Opfers auf, Ziege, Kuh, Schaf. Die Hunde fungierten als Ablenkung, sollten seine Aufmerksamkeit auf sich ziehen. Nur die Mutigen wagten sich an das Ungeheuer heran, setzten ihr Leben aufs Spiel, wenn die Tatzenhiebe flogen, wenn der Löwe sich mit aufgerissenem Maul auf die Kehlen stürzte, um seine Zähne hineinzugraben. Doch oftmals hatte ein einziger Mann unter den Tapferen den nötigen Mut und die Kraft, dem Raubtier seine

Lanze ins Fell zu stossen. Und ihm, wenn das Ganze nicht in einem Drama endete, den Todesstoss zu versetzen. Diese Männer, jene, die einem Löwen das Leben genommen hatten, ohne dabei ihr eigenes zu lassen, wurden zu Helden. Dank ihnen musste kein Vieh mehr sterben, mussten Frauen und Kinder keine Angst mehr haben. Das Leben konnte weitergehen. Zurück im Dorf, bejubelten die Himba ihren Retter, ein grosses Fest wurde ihm zu Ehren gefeiert. Der Löwentöter zog der Raubkatze das Fell ab, legte es sich um und schritt mit dem Stolz eines grossen Kriegers zwischen den Hütten umher. Er schnitt Kopf und Tatzen ab und hielt sie hoch, lauter Beweise seines Heldenmutes. Er packte das blutige Herz, schlug sich damit gegen die Brust, damit die Stärke des Raubtiers auf ihn überginge, vergewisserte sich, dass er keine Furcht mehr vor ihm hatte, ihm ebenbürtig war. Und, falls nötig, am nächsten Tag die Grosstat wiederholen könnte. Und natürlich begehrten alle Frauen nur noch ihn.

Heute ist alles anders. Gewiss, es gab Gesetze zum Schutz der Löwen, Leoparden, Nashörner, Elefanten und sogar der Schakale. Es gab Tourismus, es gab die *conservancy,* es gab die Leute vom Ministerium, die uns erklärten, wie wir Dinge zu machen hatten, die wir von jeher taten. Und es gab die Ranger, die Wilderer jagten. Aber meiner Überzeugung nach waren all das nur Ausreden für Männer wie meinen Vater. Damit sie der Wahrheit nicht ins Auge sehen mussten: Was uns am meisten fehlte, war der Mut unserer Vorfahren, sich mit einem grossen Raubtier zu messen. Wenn die wutentbrannten Farmer sich heutzutage eines Löwen entledigen wollten, taten sie es heimlich, mit Gift, oder sie engagierten erfahrene Wilderer, die dann von woanders her kamen und die Arbeit an ihrer Stelle erledigten.

Heutzutage waren die Männer nur noch Feiglinge.

Aber ich nicht.

Ich, Komuti, war nicht wie sie, nicht wie mein Hasenfuss von Vater. Ich war vom Schlag der Tapferen von einst, derer, die im Angesicht der Gefahr nicht zurückwichen, deren Heldenmut gepriesen wurde. Mir machte dieser Löwe, der unsere dreiundneunzig Ziegen und Tjimejas schönste Kuh gerissen hatte, keine Angst. Ich wusste noch nicht, wie ich es anstellen würde, aber meine Entscheidung stand fest: Ich würde ihn töten. Die Polizei und die Ranger würden niemals erfahren, dass ich es gewesen war, ich würde dafür sorgen, dass es sich nicht herumsprach. Aber die anderen Himba, vor allem die aus meinem Dorf, die sollten es erfahren. Dann wäre ich in ihren Augen nicht mehr der junge Komuti, ältester Sohn jenes bettelarmen Klans, dem alle mit Verachtung begegneten, sondern ein Mann von aussergewöhnlichem Mut. Ein Held. Und dann würde Kariungurua mich begehren, wie nie eine Frau einen Mann begehrt hat. Und dann würde Tjimeja diese unsinnige Idee, sie mit Kaveisire zu vermählen, vergessen, mich gar anflehen, sie zur Frau zu nehmen, ganz gleich, wie viele Tiere mein Vater ihm für eine solche Heirat würde bieten können.

Den Löwen töten: Ich dachte an nichts anderes mehr.

Ich wollte so nah wie möglich an ihn heran, ihm meinen Mut demonstrieren, ehe ich ihm das Leben nahm. Allerdings mit dem Gewehr. Ich bin nicht wahnsinnig:

Mir war klar, dass ich ganz allein, bei meinem noch jugendlichen Körperbau, ohne Feuerwaffe keine Chance hätte. Ich hatte noch nie mit einem Gewehr geschossen, aber mein Vater hatte mir mehrmals genau erklärt, wie seines funktionierte. Es musste mir nur gelingen, mich unbemerkt der Waffe sowie einiger Patronen zu bemächtigen. Sodann musste ich den Löwen aufstöbern, die Stelle finden, an der ich ihn erschiessen konnte. Ich wusste, dass er noch in der Gegend war: Gestern hatte er erneut grossen Schaden angerichtet, in einer Rinderherde irgendwo zwischen Otjitaa und hier. Was der Farmer erzählte, liess einem das Blut in den Adern gefrieren: Der Löwe hatte nicht einmal versucht, in den Kraal hineinzukommen, er war aussen herumgestrichen und hatte das Vieh allein durch seine Anwesenheit in Panik versetzt, dann hatte er offenbar auf seine Schwanzspitze uriniert und sie in Richtung der Herde geschwenkt, seinen mörderischen Duft verspritzt. In Todesangst hatten die Kühe auf der Suche nach einem Fluchtweg die Umzäunung niedergetrampelt, ein einziges Chaos. Einer der Kühe hatte der Löwe wenige Meter vor dem Farmer und dessen Frau, die in der Nähe des Kraals übernachteten, die Kehle durchgebissen, sie standen gelähmt vor Angst unter einem Schäferbaum, hatten nicht mal ein Zelt als Schutz. Heute war er gewiss irgendwo in der Nähe, am Ort seines Verbrechens, frass sich weiter satt an seinem Opfer. Aber ich konnte mich ihm unmöglich unbemerkt nähern: Das Ganze war nahe bei den Baracken einer Einheit *rhino rangers* passiert, Soldaten mit dem Auftrag, die kostbaren Schwarzen Nashörner zu schützen, auf die Namibia so stolz war. Ich musste eine andere Gelegenheit abwarten, an einem abgelegeneren Ort.

Das einzig Gute daran, dass wir unsere Herde verloren hatten, war, dass wir nicht mehr das Dorf verlassen und nach den letzten Weidefetzen suchen mussten, die wie durch ein Wunder von der Dürre verschont worden waren. So bekam ich alles mit, was über den Löwen erzählt wurde: von Hirten auf Wanderschaft, Fahrzeugen auf der Durchreise, Hausierern, die zu horrenden Preisen Alkohol oder Mehlsäcke feilboten, stets erhaschte man irgendeine Information. Jeden Abend, wenn mein Vater zu Bett gegangen war, schlich ich mich weg und traf Kariungurua an derselben Stelle, am Ufer des ausgetrockneten Flusses unter dem grossen Makalani, der zum Symbol unserer Liebe geworden war, und wir liebten uns heimlich unter den Sternen, die uns zuschauten, als hätten sie nie etwas Schöneres gesehen. Ich war verrückt nach diesem Mädchen; kaum sah ich sie frühmorgens mit ockerroter Haut aus der Hütte treten, stieg etwas in mir auf, was ich nie zuvor empfunden hatte. Sie gab weiterhin die Prinzessin, machte sich gutmütig über mich lustig, als empfände sie keine Liebe für mich, als liesse sie sich nur zum Vergnügen von mir nehmen, als wäre all das nur ein Spiel. Ich aber wusste, dass sie mich tief im Inneren genauso liebte wie ich sie. Vor allem seit sie wusste, und nur sie allein, welche Heldentat ich vollbringen würde.

Als an jenem Tag gegen Mittag der Pick-up kam, packte ich die Gelegenheit beim Schopf. Seit dem Morgen war nicht viel geschehen, der Hüter des Heiligen Feuers hatte nach dem Melken die Qualität der Milch begutachtet, die Ahnen angerufen, damit sie unserem Volk zu Hilfe kamen, in der Nähe sammelten Kinder trockenes Holz, bündelten es. Ich tigerte auf und ab, die höllische Hitze der Sonne war erdrückend. Der Wagen gehörte einem Angestellten der *conservancy* in Orupembe, er hatte nur unterwegs haltgemacht, um seinen Vater zu sehen, ein alter Mann namens Uaondjavi, der eine wulstige Narbe auf dem Schädel hatte, wohl ein Andenken an einen Leopardenangriff. Kaum hatte der Besucher seinen nächsten Halt, Opuwo, verkündet, quetschte sich schon das halbe Dorf auf Rückbank und Ladefläche, die kleine Uapeta hatte eine Ziege zwischen den Knien. Er startete den Motor, wobei er über die Frauen schimpfte, weil die Sitze nach der stundenlangen Fahrt Flecken haben würden von der mit Ockerpaste eingeriebenen Haut.

Als wir ankamen, parkte er den staubigen Pick-up an der Tankstelle, und wir paar Himba kletterten hinaus und zerstreuten uns in den Strassen der Stadt. Wenn sich die Gelegenheit bot, hatte jeder etwas in Opuwo zu tun. Uapeta führte ihre Ziege zu den Marktständen, wo sie hoffte, zwischen Chili- und Schnapshändlern einen Käufer zu finden, damit sie ihrer Mutter knapp tausend Namibia-Dollar nach Hause bringen konnte. Die anderen Frauen, in traditioneller Aufmachung, gingen zu SPAR, um Margarine zu kaufen. Ich dagegen stand bei einer Gruppe Ovazemba*, die in ihrem merkwürdigen angolanischen Akzent bunte Armbänder an weisse

---

* Indigenes Volk Namibias, das vom Staat nicht als indigen anerkannt wird. Sie leben ähnlich wie die Himba weitgehend als Jäger und Sammler. *(Anm. d. Übers.)*

Passanten verkauften, und machte als Erstes mein Mobiltelefon an. In Opuwo musste ich mir wenigstens keinen Winkel suchen, damit ich ein bisschen Netz hatte, oder das Telefon in einem Plastikbecher in die Höhe hängen, um ganz bestimmt keine Nachrichten zu verpassen. Ich ging auf Facebook und Instagram, wie Meerepo es mir gezeigt hatte. Da er nicht auf meine SMS antwortete, machte ich mich auf die Suche nach ihm, hoffte, dass er heute auch wirklich in der Stadt war und nicht in dem Jagdcamp, wo er arbeitete. Er, der stets alles wusste, so viele Leute kannte, hatte vielleicht Zugang zu Informationen über den Löwen, die ich nicht bekam, dachte ich bei mir. Irgendetwas, was mir helfen könnte, damit ich vorankam.

Schwitzend ging ich im T-Shirt unter den Blicken anderer Jugendlicher in meinem Alter die Hauptstrasse hinunter, sie hatten sich von den Traditionen frei gemacht, trugen zu grosse Shorts, Schirmmützen und *God protect you*-Armbänder. Sie starrten meinen Lendenschurz und meinen in Stoff gewickelten Zopf an, als handele es sich um Attribute eines bereits untergegangenen Volkes. Verächtlich streckte ich die Brust heraus, überzeugt, dass ich viel mehr wert war als sie, ich, der ich einem Löwen trotzen würde. Ich kam an Händlerinnen vorbei, die Ocker und Pflanzenparfums verkauften, ihre Kosmetikprodukte lagen auf Stoffen auf dem nackten Beton aus. In den Geschäften der Chinesen verglichen Herero-Frauen bunte Stoffe für ihre neuesten Kleider.

Auf den Höhen von Opuwo erstreckten sich die Villen von Familien, die es sich hatten leisten können, legal zu bauen, aber dort lebte Meerepo nicht. Ich hielt mich rechts, kam zu der kleinen Ebene, wo Jahr um Jahr immer mehr Baracken entstanden, für die, die den *bush* verliessen und sich in der Stadt zusammenpferchten, Himba, Ovazemba, Ovambo, Damara. Die Parzellen waren durch halb eingegrabene Reifen näherungsweise abgesteckt, auf dem staubigen Boden standen Wellblechbuden neben traditionellen Hütten und chinesischen Zelten.

»Meerepo?«, rief ich an der Schwelle seines Hauses.

Aber niemand gab Antwort. Ein Springbockfell diente als Fussmatte, an der rissigen Wand lehnte ein Elefantenknochen: Mein Freund war stolz darauf, in einem Jagdcamp zu arbeiten. Zu meiner Rechten kamen religiöse Gesänge aus einer zur Kirche umfunktionierten Blechhütte.

»Meerepo?!«

»Tã nēti !au!«, rief es hinter mir. »Schrei nicht so!«

Ich drehte mich um. Ein Mann stand von Kopf bis Fuss eingeseift in dem kleinen Bereich aus Holz und löchrigem Stoff, der ihm als Bad diente und seinen Unterkörper verdeckte, er sah mich kaum an. Ein Damara, erriet ich sofort, er sprach Khoekhoegowab, lauter Klicklaute, ich verstand nur die Hälfte.

»!Gû i !khai!khari! /gâub dawa si kõ«, rief er und goss sich einen Eimer Wasser über den Kopf. »Guck mal im *bottle store.* Vielleicht ist Meerepo dort.«

Er fuhr mit seiner Toilette fort, taub für meine Dankesbezeugungen. Ich ging aus der Township und fragte mich, wie mein Freund an einem solchen Ort leben konnte, fernab vom Land unserer Vorfahren, unserer Traditionen und des Viehs, von allem, was uns zu Himba machte. Ich kam an einigen Supermärkten vorbei, an Ständen, wo unter einem Strohdach Fleisch an Haken hing, dann ging ich der Musik nach, die aus dem *bottle store* heraus durch das ganze Viertel plärrte, *kwaito** aus Südafrika. Ich kannte mehr als einen Dörfler, der nur wegen dieses Getränkeladens nach Opuwo fuhr, ein paar Stunden später schwankend wieder heraustorkelte und grölend seine Liebe zu einem sehr jungen Mädchen kundtat, das nie im Leben etwas von ihm würde wissen wollen. Ich nahm die paar Stufen zu der kleinen Terrasse. Drinnen war die Lautstärke ohrenbetäubend, die Jukebox stand in einem Schutzkäfig, zwei Frauen schwangen auf der Tanzfläche die Hüften. Meerepo war tatsächlich hier, mit Sonnenbrille und einem Bier in der Hand stand er vor der vergitterten Theke. Er erkannte mich in meiner Aufmachung des Himba-Hirten, sobald ich den Laden betreten hatte, begrüsste mich sofort.

»Wolltest du mal sehen, wie es in der zivilisierten Welt zugeht?«, schrie er, um die Musik zu übertönen.

»Vor allem ein bisschen Netz abzweigen«, erwiderte ich und hielt mein Mobiltelefon hoch.

Er lächelte mich mit tadellosen Zähnen an. »Trinkst du Bier?«

Ich schüttelte den Kopf. Er lachte spöttisch, als wollte er sagen, du weisst ja nicht, was gut ist. Bei dem Getöse

---

* Musikrichtung, die Anfang der 1990er Jahre in den Johannesburger Townships entstand, Mischung aus House und Rap mit afrikanischen Einflüssen.

konnten wir uns unmöglich unterhalten, wir traten aus der Bar und setzten uns draussen auf eine Reihe zusammengezimmerter Bänke, gegenüber dem Schild *Opuwo Gambling House*. Meerepo, eine Flasche Windhoek Lager in der Hand, lief der Schweiss aus allen Poren.

»Na, alter Herzensbrecher, wie läuft's denn so mit Miss Kaokoland?«, rief er, ohne zu merken, dass er noch immer brüllte.

»Schscht!« Automatisch musterte ich die vielen Menschen in der Nähe, hatte Angst, dass man uns hörte.

Mein Freund fuhr mit übertriebenem Flüstern fort, sein Bieratem nur wenige Zentimeter von mir entfernt. »Kariungurua … Tjimejas Tochter … Ganz ehrlich, ich versteh nicht, wie ein Typ wie du dazu kommt, so ein Mädchen zu vögeln.«

»Tja, da kannst du mal sehen.«

»Also nicht dass ich es dir wünsche, aber bereite dich drauf vor, sie zu verlieren, hm. Würde mich wundern, dass so eine Schönheit lange bei … einem Himba ohne Vieh bleibt. Na ja, wenigstens hast du dann ein paar schöne Erinnerungen …«

Ich hielt mich zurück, widersprach ihm nicht, überzeugt, dass die Zukunft ihn Lügen strafen würde. Überzeugt, dass ich Kariungurua mehr verdiente als irgendjemand sonst.

Mit angeheitertem Grinsen hob er die Flasche zum Mund, wollte einen Schluck nehmen. »Und deine Familie, wie ist es? Immer noch so eifersüchtig auf deinen kleinen Bruder?«

»*Aye.* Gar nicht.«

»Hm. Und dein Vater, wie hält der sich?«

»Ach, weisst du, mein Vater … Er wartet auf die Entschädigung, das war's.«

Meerepo zog die Brauen hoch, trotz des ganzen Alkohols im Blut wirkte er seltsam ernst.

»Du bist hart zu ihm, mein Freund … Weisst du, du solltest öfter mal auf deinen Vater hören. Er ist arm, aber weise.«

»*Iiii…*«, wich ich aus, bemüht, schnell das Thema zu wechseln. »Gibt es eigentlich etwas Neues von dem Löwen? Hast du in den letzten Tagen irgendetwas gehört?«

Er trank noch einen Schluck, starrte auf zwei ausgebeulte Kanister am Strassenrand.

»Warum interessiert dieser Löwe dich so? So, wie es steht, kann er euch nichts mehr nehmen.«

»Nur so«, log ich. »Ich bin neugierig, sonst nichts.«

Er musterte mich, sein Blick hinter den getönten Gläsern war verschwommen.

»Neugierig bist du, ja … Aber die Neuigkeiten brauchen anscheinend eine Weile, bis sie im Dorf ankommen.«

»Was meinst du? Wovon redest du? Vom letzten Angriff bei Otjitaa?«

»Nein. Von der Entscheidung des Ministeriums.«

Ich runzelte die Stirn, unsicher, was er meinte.

»Die Nachricht kam gestern Nachmittag«, erklärte mein Freund zwischen zwei kräftigen Schlucken Alkohol. »Nach der Versammlung neulich und den ganzen Beschwerden der Farmer hat der Minister endlich zugestimmt, den Löwen zum *Problemtier* zu erklären.«

»Was heisst das? Dass sie ihn abschiessen?«

»Nein, sie nicht. Darum kümmert sich ein Berufsjäger, so wie es aussieht, mein Boss. Deshalb hatte ich die Info vor allen anderen, verstehst du. Er schreibt gerade all seinen amerikanischen Kunden und aktiviert seine Kontakte, um zu sehen, wen das interessieren könnte. Es wird ganz schnell gehen. So ist das Problem aus der Welt.«

Ich kratzte mich am Zopfansatz. Ein Jäger: Damit hatte ich nicht gerechnet. So, wie der Städter bei der Versammlung geschaut hatte, hatte ich wirklich gedacht, das Ministerium würde nichts tun und uns mit unseren Farmerproblemen vollkommen alleinlassen. Und für mich hiess das freie Bahn, die grosse Raubkatze heimlich zu töten.

»Was ziehst du denn für ein Gesicht?«, fragte Meerepo und deutete mit der Flasche auf mich. »Das sind doch gute Neuigkeiten, oder? Wenn die in Windhuk schon mal auf die Himba hören.«

»…«

»Ein Wüstenlöwe wie der, mit schwarzer Mähne, ist ganz, ganz selten. Für so eine Trophäe zahlt der Kunde ein Vermögen, mindestens eine Million Namibia-Dollar*. Viel Geld für die *conservancy*. Das ist allemal besser, als wenn er vergiftet würde wie in Tomakas: Die sind da zwar das Problem losgeworden, aber niemand hat etwas davon gehabt.«

»*Owatjiri*«, sagte ich leise. »Stimmt.«

Aber ich log: Ich war absolut nicht seiner Meinung. In diesem Moment kümmerte mich das Geld, das ein

* Entspricht etwa 61 000 Euro.

Jäger aus Amerika, Deutschland oder wer weiss woher meiner Gemeinschaft einbringen würde, wenig. Es war an mir, Komuti, diesen Löwen zu töten. An mir und niemand anderem. Mein Freund schwieg, nahm noch einen Schluck Bier, stolz, vor allen anderen über alles Bescheid zu wissen. Er wippte im Takt der Musik, die noch immer hinter uns erklang, mit dem Kopf, sang leise mit.

»Weisst du, wie das ablaufen wird?«, fragte ich unschuldig. »Erschiessen sie ihn in der Nähe eines Kraals, nach einem Angriff? Oder spüren sie ihn im *bush* auf?«

Amüsiert über meine Frage, schüttelte er den Kopf. »Nein, viel einfacher als das, mein Freund ... Mein Boss wird den Löwen anfüttern: Er bezahlt Farmer, damit sie mehrere Tage hintereinander an einer abgelegenen Stelle Eselskadaver platzieren, und niemand darf in der Zeit seine Herde in die Gegend treiben. Damit der Löwe an Ort und Stelle bleibt, verstehst du. Damit wir ganz genau wissen, wo er ist, wenn der Kunde ihn abschiessen will.«

Eine abgelegene Stelle, wiederholte ich im Geiste. Genau abgesteckt und mehrere Tage lang für die Herden tabu. All das vor der Jagd des Amerikaners. Letztendlich war es vielleicht doch eine gute Neuigkeit. Die Gelegenheit, die ich gesucht hatte, um mich der Raubkatze zu nähern.

20. April

Martin
Eingepackt in Anorak und Mütze, fror ich im Auto vor mich hin, verborgen hinter ein paar blätterlosen Eichen und Haselnusssträuchern am Rand eines Waldes, der bis zum Grundstück ging. Cannelle schmollte auf der Rückbank, ab und zu hob sie den Kopf und sah mich mit grossen Augen an, als ob sie sich fragte, was zum Henker wir hier so lange machten.

»Wir warten«, sagte ich zu ihr. »Wie die Bullen beim Beschatten.«

Apolline Laffourcade: Seit die Kleine aus Saragosse den Namen genannt hatte, hatte ich alle anderen links liegenlassen, mich bei meinen Ermittlungen auf sie konzentriert. Eine harte Nuss: Online war sie schlicht unsichtbar. Keinerlei Eintrag auf diesen Namen in den Gelben Seiten oder sonst einem Verzeichnis im Internet. Dasselbe bei Facebook, Twitter, Instagram: Ich hatte eine Violaine Laffourcade, eine Jeanne Laffourcade, eine Aurélie Lafourcade (mit einem f) gefunden, aber keine Apolline. Meiner Meinung nach versteckte sie sich auf den ganzen Netzwerken hinter Pseudonymen, um sich Umweltschützer wie mich vom Leib zu halten. Wie auf dem Profil, wo Jerem Nomorehunts Recherchen zufolge das Jagdfoto erstmals aufgetaucht war, unter dem Namen Leg Holas. Vielleicht eine Anspielung auf Legolas, den Typ mit Pfeil und Bogen aus *Herr der Ringe.* Aber ich hatte nicht aufgegeben. Und herausgefunden, dass mehrere Laffourcades in und um Pau wohnten, darunter ein Osteopath und ein Allgemeinmediziner. Verwandte von ihr, nahm ich an. Und nach intensiverem Geschnüffel wurde ich fündig: Bertrand Laffourcade, Vermögensberater, nobel geht die Welt zugrunde. Vor allem war er im Vorstand des Jagdverbandes Pyrénées-Atlantiques (laut Website im Ausschuss für Grosswild und Wildschäden). Als ich das sah, hatte ich mich zu Cannelle umgedreht und gesagt: »Der gefällt mir, dir etwa nicht? So ein richtig saublödes Jägerarschloch mit Geld wie Heu.«

Und so überwachte ich nun heimlich das Kommen und Gehen vor seinem Anwesen, eine Art Landgut in den Hügeln des Jurançon, ein paar Kilometer ausserhalb der Stadt, aber inmitten von Bäumen und Weinbergen gelegen. Schon am Vortag hatte ich einen guten Teil des Nachmittags hier rumgehangen. Viermal hatte ich durch die Bäume hindurch gesehen, wie das grosse Metalltor aufging und ein Auto durchliess. Automatisch natürlich, die würden ja wohl kaum jedes Mal selbst rausrennen und aufmachen. Am Steuer sass ein Mann, den ich für Bertrand Laffourcade hielt. Ehrlich jetzt, von meinem Versteck aus wirkte er ganz normal, kurze Haare, die schon grau wurden, um die fünfzig, schätzte ich. Aber bisher keine Blondine in Sicht. Der Mann mochte vielleicht Vermögen verwaltet haben, aber sein

Leben schien auch nicht aufregender zu sein als meins: Ich hatte den Eindruck, dass er ganz allein auf seinem Gut lebte. Heute war Samstag, da tat sich hoffentlich ein bisschen mehr.

Ich rieb mir die Hände und hauchte drauf, damit sie warm wurden. Dann holte ich mein Handy raus, damit ich was zu tun hatte. Einer der Administratoren meiner Facebook-Gruppe hatte einen weiteren Trophäenjäger aufgestöbert, einen Schönheitschirurgen aus der Lyoner Gegend, seine kompletten Daten waren nun allen, die sie haben wollten, zugänglich. Auf den Fotos präsentierte der Kerl sich neben dem Kadaver einer Spezies, die meiner Meinung nach niemals irgendjemand anrühren dürfte: ein Eisbär, erlegt in Nunavut. Ich starrte das Foto an und seufzte angewidert, der Mörder in seinem dicken Parka, so weiss wie das Eisbärenfell, grinste breit. Ehrlich jetzt, wie konnte man überhaupt auf die Idee kommen, ein solches Tier töten zu wollen? Es gab auch ein Video, wo ein Hirsch von einer Hundemeute zu Tode gehetzt wurde, im Rahmen einer dieser barbarischen Hetzjagden aus vergangenen Zeiten, die Anhänger im Namen angeblichen Traditionsbewusstseins bis heute verteidigten. Ich hatte die Hoffnung, dass eines Tages wenigstens diese Jagden verboten würden, wenn solche Videos oft genug geteilt und die Franzosen ausreichend schockiert wurden.

Das Foto vom Löwen mit der blonden Jägerin war immer noch online, erntete weiterhin ordentlich Hass in den Kommentaren. Ungeduldige Nutzer drängten die Administratoren:

Vaness Catcat: Hey, STOP HUNTING FRANCE, worauf wartet ihr noch, wer ist diese Nutte mit dem Jagdbogen???!!!

Doch ich stellte mich tot, sah nur kurz auf zu dem bewegungslosen Tor wenige Meter vor meinem Auto. Vielleicht verrannte ich mich, überlegte ich. Vielleicht hatte Bertrand Laffourcade, Vorsitzender eines Jagdverbandes hin oder her, überhaupt nichts mit Apolline Laffourcade am Hut. Vielleicht war diese Apolline nicht die Schuldige, die ich suchte. Vielleicht war die Jägerin ja wirklich Deutsche, wie Jerem Nomorehunt glaubte, wegen ihres Basecaps der Universität Stuttgart.

»Tja, womöglich lieg ich so richtig daneben«, sagte ich laut.

Cannelle brummte begütigend. Ich kraulte ihr den Kopf.

Eine gute Viertelstunde später kam ein Auto die Strasse lang, aber hielt nicht, sondern fuhr weiter in die benachbarten Weinberge. Ich wartete noch eine ganze Weile. Es war schon fast dunkel, als mein Handy von sich aus piepte. Eine SMS von Antoine:

Cannellito is back!! Ein Naturkundler hat wohl heute Morgen im Aspe-Tal Aas und Bärenkot gefunden. Ich hab's dir gesagt: optimistisch bleiben, Martin!

Immerhin, falls das stimmte, war es eine gute Nachricht. Es hiess, dass ich mir umsonst Sorgen gemacht hatte, dass Cannellito nicht von den verdammten Jägern abgeknallt worden war.

Eine zweite Nachricht folgte, wieder von Antoine:

Aber der Chef hat gestern wieder gefragt, wo du bist. Keine Ahnung, was du grad aussheckst, Martin, aber ich wär lieber mal vorsichtig.

Ich las es zweimal. Ich wusste, dass ich mir zu viel rausnahm, gestern hatte ich nicht mal den Fuss ins Büro gesetzt, so stark nahm mich meine Ermittlung in Anspruch. Aber ich glaub, es war mir irgendwie egal. Im Grunde hatte ich das Gefühl, dass ich hier eher hergehörte, als wenn ich mit den Kollegen einen Nationalpark bewachte, der kaum was schützte, und Strafzettel ausstellte, die nie weiterverfolgt wurden. Mit dem Daumen am Touchscreen begann ich, eine Antwort an Antoine zu tippen.

Dann hielt ich inne.

Ein Auto hatte vor dem Tor gehalten, schon öffneten sich die Flügel. Ein Auto, das ich seit Beginn meiner Beschattung noch nicht gesehen hatte. Von meinem Standort aus konnte ich es nur schlecht erkennen, es wurde auch dunkel, aber mir schien, dass vorne zwei Personen sassen, wahrscheinlich Männer. Der Wagen fuhr aufs Grundstück, das Tor ging wieder zu. Es war Samstagabend: Bertrand Laffourcade empfing Gäste. Ich blieb ein bisschen unschlüssig hinter dem Steuer sitzen. Doch als ich wieder Motorengeräusche die Strasse raufkommen hörte, zog ich den Reissverschluss hoch, stiess die Tür auf und sagte zu Cannelle: »Du bleibst hier, okay?«

Dann stieg ich aus, damit ich das näher kommende Auto besser sah. Die kühle, feuchte Luft packte mich, wie eine Erinnerung, dass der Winter noch nicht mit uns fertig war. Ich eilte unter die Kastanienbäume, als das Auto vor dem Tor hielt. Ein grauer Yaris, noch ganz neu, schätzte ich. Im Auto ging ein Lämpchen an, vielleicht suchte der Fahrer sein Handy. Und da fiel Licht auf das Gesicht einer Frau, rosige Wangen, Wollmütze, blonde Haare, soweit ich sehen konnte. Ein Gesicht, das ich nur erahnte, aber es konnte durchaus dem Mädchen auf dem Foto gehören, und die fuhr seelenruhig im Yaris rum, als könnte sie kein Wässerchen trüben. In meinem Kopf überschlugen sich die Gedanken: Womöglich hatte ich gerade zum allerersten Mal, ganz real und quicklebendig, die Täterin eines dieser Verbrechen vor mir, die durch die sozialen Netzwerke geisterten. Ich sah zu, wie das Lämpchen im Auto ausging, das Tor aufschwang. Einen Moment lang stand ich unschlüssig in meinem Versteck hinter den Bäumen. Dann rannte ich los und schlüpfte schnell noch durch die sich schliessenden Metallflügel.

Ehrlich jetzt, der alte Laffourcade nagte nicht gerade am Hungertuch. Das war ein Hammergrundstück, das er da hatte, Wiesen, ein Waldstück am Hang, weite Aussicht auf die Weinberge des Jurançon und bestimmt auch auf den Pic du Midi d'Ossau, wenn der mal aus den Wolken kam. Ihr Auto verschwand auf der Allee zwischen den Bäumen, ich war mir sicher, dass sie mich nicht gesehen hatte. Mit klopfendem Herzen lief ich quer durch das Wäldchen, um näher ans Haus weiter unten zu kommen. Also Haus ... Schloss trifft's wohl eher. Eine Art Gutshaus aus dem achtzehnten Jahrhundert, massiv und protzig, der erste Stock war erleuchtet. Ich kauerte mich hinter ein Natursteinmäuerchen, die Füsse im nassen Gras. Allmählich wurde es Nacht, die Bäume ertranken in der beginnenden Dunkelheit. So langsam wurde es arschkalt. Das Mädchen stieg aus dem Auto, sie trug einen langen Mantel, trat eilig ins Haus. Und von drinnen kamen Stimmen. Die der Blonden vor allem, ich hörte den schnippischen Ton bis ins Unterholz. Ich sah mich um, vergewisserte mich, dass niemand da war, und schlich näher, um etwas vom Gesagten zu verstehen, versteckte mich neben der Steintreppe.

»Beruhige dich, Apo«, sagte eine Männerstimme. »Ganz ehrlich, ich wette, du machst dir umsonst Sorgen.«

»Umsonst?!«, entgegnete sie. »Komm, sogar Sandra hat's mitgekriegt, sie hat's mir auf ihrem Handy gezeigt. Es ist überall, in euren ganzen komischen Netzwerken ...«

»Ja, aber da wächst Gras drüber. Du weisst doch, wie das ist, die Leute regen sich krass schnell auf, und danach wird's wieder ruhiger.«

»Nein, Amaury, ich weiss überhaupt nichts. Ich hab keine Ahnung von dem ganzen Zeug, das weisst du genau.«

Kurze Stille, und ich dachte: Volltreffer! Die Adresse stimmte.

Ihr Tonfall änderte sich: »Aber ernsthaft, Papa, was hast du dir bloss dabei gedacht? Wenn du nicht dieses

Foto gemacht hättest, wenn dir dein Handy nicht runtergefallen wäre, stünden wir jetzt nicht da. Und das Mädchen wäre noch ...«

»Mein Spatz«, unterbrach eine ältere Stimme, »darüber haben wir doch schon hundertmal gesprochen. Das konnte ich doch nicht wissen. Es tut mir wirklich leid, ich weiss, dass ich nicht hätte ... Komm mal her.«

Sie schwiegen eine ganze Weile, bestimmt hatte der Vater sie in den Arm genommen.

»Du musst mal auf andere Gedanken kommen. Ausgehen, Leute treffen, was weiss ich.«

»Nein, ich will niemanden sehen«, gab sie schmollend zurück. »Ich hab sowieso keine Freunde ausser Sandra, von daher ... Die an der Uni halten mich alle für eine reiche Zicke.«

»Ach, Apo ...«

»Ich will einfach nur in die Berge. Da hab ich wenigstens meine Ruhe. Es soll diese Woche wieder schneien.«

Die Stimmen wurden leiser, verschwanden in den Fluren des Prachtbaus. Ich trat ein Stück von der Mauer weg, sah hoch zum ersten Stock. Jetzt war es richtig dunkel, die acht Fenster als erleuchtete Rechtecke auf der Fassade. Ich versuchte mir auszumalen, wie es wohl innen aussah, der unverschämte Luxus, in dem solche Leute leben mussten. Ins Haus gehen konnte ich nicht, da wäre ich ihnen womöglich begegnet. Ich drehte mich um. Ein Stück weiter weg stand ein einzelnes Gebäude, schon älter, bestimmt war es früher anderweitig genutzt worden, vielleicht für Wein. Drinnen brannte Licht, aber die ganze Familie schien im Gutshaus zu sein. Also schlich ich geduckt unter den Fenstern lang und drauf zu.

Auf der renovierten alten Holztür war ein Schild:

LAFFOURCADE CONSULTING
Vermögensberatung

Das Büro von Papa Jäger, erriet ich.

Ich sah über die Schulter, vergewisserte mich, dass ich nicht beobachtet wurde. Da nichts abgesperrt war, ging ich hinein.

Und stand in einem echten Gruselkabinett.

Ein ganzer Raum war den Verbrechen gewidmet, die die Familie Laffourcade begangen hatte. Alle möglichen Gazellen, Zebras, Paviane, Warzenschweine, Schakale, bestimmt gut zwanzig Kadaver von Wildtieren wurden hier gelagert, in Szene gesetzt, als ob sie noch ihren einstigen Lebensraum bevölkerten. Als wären es Kunstwerke. Mit einem Mal zog sich mir das Herz zusammen, und eine Art dumpfe Wut begann in mir zu brodeln. Mit geballten Fäusten und zusammengepressten Lippen ging ich zwischen den sterblichen Überresten der Tiere umher. An einer Wand hingen Schädel kleiner Antilopen, deren Namen ich nicht wusste, in einer Reihe, die dunklen Hörner hoben sich von den weissen Knochen ab. Ich sah mir alle genau an, einen nach dem anderen. Ich ging um das gefleckte Fell eines Leoparden herum, den Blick auf ihn geheftet, versuchte mir vorzustellen, dass die arme Raubkatze eines Tages lebendig gewesen war. Ich kam zur Büroecke ganz hinten im Raum, ein alter Tisch aus lackiertem Holz stand auf einem Zebrafell, als wäre es ein profaner Teppich. Oben drauf ein Laptop, der neueste Mac. Vielleicht hatte der Vater von hier aus das Foto seiner Killertochter hochgeladen, überlegte ich, nach dem, was ich eben gehört hatte. Noch einmal liess ich den Blick über die Horde toter Tiere schweifen, alles Beweise für die Barbarei der Menschen, am liebsten hätte ich den ganzen Scheiss angezündet. Ich suchte auch nach dem Löwen vom Foto. Er hatte hier garantiert seinen Platz, zwischen Springbock und Tüpfelhyäne. Schaumstoff statt Organe, die Wunde kaschiert, um den Schmerz runterzuspielen, den der Pfeil verursacht hatte. Das Mädchen dachte bestimmt, dass er perfekt hierherpasste, weit weg von seinem Lebensraum. Aber ich fand ihn nicht. Die Trophäe war wohl noch nicht in Frankreich angekommen. So eine Fracht dauerte bestimmt, und ich wusste ja nicht so genau, wann die Jagd gewesen war. Es sei denn, sie hatte beschlossen, ihn woanders auszustellen, im Wohnzimmer oder über ihrem Bett, wer weiss, was für kranke Einfälle die hatte, dieses Scheusal.

Ehrlich jetzt, in meinen Augen waren diese Leute Monster.

Die hätten es verdient, dass man sie auch ausstopfte.

23. März

Charles
Das Fleisch von diesem Tier hatte, neben dem von ein paar anderen, einen besonderen Geschmack, weckte Erinnerungen zwischen Zunge und Gaumen, stocherte in der Wehmut nach Zeiten, die nie wiederkamen; da war das Fleisch der Giraffen, hoch wie Makalanis, einmal am Boden, wirkten sie noch riesiger, das erinnerte ihn an seine Kindheit, als die Löwenwelpen ins Rudel der Mutter aufgenommen wurden, jene Zeit, als es vor allem galt, überleben zu lernen, die Härte der Wüste, in die sie hineingeboren worden waren, Abstand zu den anderen Löwinnen halten, zum Alphamännchen, das mit nervösem Blick beäugte, wie sie grösser wurden; da war das so einzigartige Fleisch der Katzenwelse, das sein Erwachsenwerden heraufbeschwor, die Zeit, als er Mutter und Brüder verlassen hatte, als Nomade die Weite jener Welt erkundet hatte, die sich zwischen Ozean und Bergen ausbreitete, gelernt hatte, jene wunderlichen Kreaturen ohne Füsse zu packen, die auf wundersame Weise die Sümpfe bevölkerten, wenn das Wasser die Flüsse eroberte.

Doch als er sich dem von den Menschen zurückgelassenen Eselskadaver genähert hatte, der am Ast eines

Schäferbaums hing, blutrote Muskeln unter dem braunen Fell, schon verendet, man musste nur noch die Zähne hineinschlagen; als die Gerüche und Aromen aus dem Inneren des verendeten Tieres ihn erfüllt hatten, da kam in einem Schwall Erinnerungen die Blütezeit seines Lebens zurück, die Zeit, als er der Herrscher gewesen war, dominantes Männchen eines mit Gewalt eroberten Rudels, drei Löwinnen unter sich, und Söhne, die er in die Verbannung schickte, sobald er sie für alt genug befand, eine Zeit, in der alle Beute ihm zustand, eine unendlich ferne Zeit, bevor die zwei Brüder gekommen waren, die ihn gemeinsam entthronten, jünger und kräftiger, waren sie wie arglistige Skorpione zwischen den Dünen aufgetaucht, markierten mit tiefen Pfotenabdrücken das Ende seiner Herrschaft. Auf dem Höhepunkt dieser Zeit hatte der Klan sich in gebührendem Abstand zu einer wilden Eselherde angesiedelt, die die Menschen zurückgelassen hatten, etwa hundert Einhufer, die nur darauf warteten, von den vier Raubkatzen getötet zu werden, monatelang hatten er und seine Weibchen sich an diesen Tieren satt gefressen, der Fleischgeschmack auf ewig mit diesem Abschnitt seines Lebens verknüpft.

Sein Magen hatte erneut vor Hunger rumort nach dem letzten Festschmaus an einer eingepferchten Herde, eine Kuh war von selbst aus der Einfriedung aus Stämmen gekommen, so sehr hatte er die Herde in Schrecken versetzt, sie von draussen bedrängt mit seinem Knurren und seinem Raubtiergeruch; da war er, angelockt vom Aasgeruch und von den kreisenden Geiern, Ohrengeier,

Kapgeier, Weissrückengeier, in der namibischen Nacht von der Ebene in die Hügel gewandert, hatte mit geübtem Auge das Gelände gemustert, nach der Gefahr rund um dieses Fleisch gesucht, das sich ihm einen Meter über dem Boden darbot, misstrauisch gegenüber dem Gebaren der Menschen, wie er war, hatte er sich Zeit gelassen, bis er sich auf den Esel stürzte, war um die Sträucher geschlichen, struppige Wolfsmilchgewächse, die zwischen den Schatten aufragten, hatte die Stelle geprüft, vorsichtige Schritte im schwarzen Sand, in dem Bewusstsein, dass sich hinter einer toten Beute oftmals ein anderer, unsichtbarer Fleischfresser verbarg; dann pfiff er auf Schabrackenschakale und Braune Hyänen, die ihm nichts anhaben konnten, seine Wachsamkeit hatte nachgelassen, er war zum Kadaver geschlichen, hatte sich auf die Hinterbeine gestellt und das Maul unter die kaputten Knochen geschoben, hinein in die blutgetränkten Muskeln, und jenen Geschmack von einst wiedergefunden, der allein Grund genug gewesen wäre, dass er sich hier niederliesse, solange noch ein Happen Fleisch an diesem Kadaver hing.

25. März

Apolline
»*You see them?*«, flüstert Lutz, der schweissgebadet unter den dürren Ästen neben mir kauert.

Es gibt in ganz Afrika keine schreckhafteren Pflanzenfresser als Zebras. Bei der leisesten Bewegung, beim leisesten verdächtigen Dufthauch ergreifen sie die Flucht. Wenn sich ein paar Zebras unter eine Gnuherde gemischt haben, glauben die Leute, sie hätten sich ihnen wegen der grösseren Anzahl angeschlossen, aber in Wirklichkeit ist das Gegenteil der Fall: Die Gnus suchen die Gesellschaft der Zebras und profitieren von deren Überempfindlichkeit, der Fähigkeit, Gefahren zu wittern. Das Heranpirschen an ein Zebra, vor allem wenn man es mit dem Bogen schiessen will, ist eine Kunst: Man braucht Gegenwind, muss extrem leise sein. Es geht nur mit ein bisschen Vegetation zum Verstecken, ansonsten *no way*. In einer Dornstrauchsavanne zum Beispiel, wie der, in der wir gerade sind.

Die drei Hartmann-Bergzebras sind zwanzig Meter entfernt, sie knabbern an dornigen Ästen, weil es keine Blätter gibt. Sie sind kleiner und stämmiger als die Steppenzebras und vor allem schöner, wird mir klar, jetzt, wo ich sie völlig fasziniert in echt sehe. Ihre Streifen sind dunkler, deutlicher gezeichnet, gehen bis zu den Hufen hinunter. Sie sind irgendwie anmutiger, selbst in ihren Bewegungen. *My God,* es ist zauberhaft, sie so zu sehen, hier, direkt vor uns. Ich werfe Papa einen Blick zu, der hinter mir hockt, er lächelt mir mit hochgezogenen Brauen zu, auch er entzückt von dem Schauspiel. Er hat sein iPhone in ein geländetaugliches Gehäuse gesteckt, das riesige Teil schliesst das Handy komplett ein und soll vor Sand und Stössen schützen. Er macht ein Foto von der Szene, bestimmt verwackelt. Die Zebras haben uns nicht gewittert: In meinem Khaki-Top und der Tarnhose bin ich für sie unsichtbar, Teil der Sträucher. Ich trage meine Lieblingsmütze, von Deerhunter mit Realtree-Muster. In der linken Hand halte ich den Bogen, spüre den *grip* in der Faust, die Schlaufe vom Release am rechten Handgelenk.

Trotz seiner hundert Kilo kennt Lutz sich gut aus im Gelände, kann man nichts sagen. Gleich morgens beim Briefing im *hunting camp* hat er uns erklärt, dass wir dort, wo er heute mit uns hinfahren wollte, gute Chancen hätten, auf Zebras zu stossen, weil sie zur Stunde, wenn die Hitze zu heftig wurde, dort Schatten suchten. Wir hatten den Geländewagen unten am Hang stehengelassen, den Rest zu Fuss zurückgelegt, ein paar hundert Meter, ohne ein Wort zu reden, wir wanden uns durch Sträucher, die uns Arme und Waden zerkratzten, stolperten über Steine. Unser massiver *PH* ging im übergrossen, nassgeschwitzten Hemd mit sicheren Schritten voran, sein Grosskaliber in der Hand, eine .470 Nitro Express mit enormer Stoppwirkung. Falls wir auf ein gefährliches Tier stossen sollten. Er beriet sich kaum mit seinem Fährtenleser, einem unauffälligen Schwarzen, der selten sprach, und wenn, dann in einem Englisch, das nur sein Boss zu verstehen schien. Wir kamen genau bei den Zebras raus. Fast zu einfach, das Anpirschen, hatte ich beinahe enttäuscht gedacht.

Lutz wendet sich mir zu, als ob ich endlich für ihn existiere. »*Okay, Miss Legolas …*«, flüstert er mir ins Ohr. »*From here you can shoot.*«

Legolas: Na toll, seit Papa mich mit dem Elben aus *Herr der Ringe* verglichen hat, habe ich bei dem Deutschen meinen Spitznamen weg.

»*Remember,* ein bisschen rechts über den Vorderbeinen.«

Ich sage nichts dazu, aber seine herablassende Art mir gegenüber gefällt mir nicht. Ja, okay, ich bin zwanzig, aber es ist auch nicht meine erste Jagd. Ich weiss sehr gut, wohin ich schiessen muss. Ein Pfeil ist keine Kugel: Das Eindringvermögen ist gross, aber die Schlagkraft bei harten Knochen begrenzt, selbst mit Cams. Das Ziel ist ein Blutsturz: Man muss das Vitalzentrum Herz/Lunge treffen, wo alle Blutgefässe zusammenlaufen, grob gesagt ein Fussball über den Vorderbeinen. Anders als bei einem Gewehrschuss muss ich ein paar Zentimeter versetzt zielen, damit der Pfeil nicht gegens Schulterblatt kommt. Ich weiss auch, dass ich nur einen Versuch habe: keine zweite Chance für Bogenschützen. Selbst für die schnellsten nicht, zu denen ich nicht unbedingt gehöre, egal was Papa sagt.

Ich kann mich unmöglich hinstellen, ohne die Zebras zu verschrecken, knie mich auf den Boden, ein

Stein unter der Kniescheibe, nicht gerade bequem. Ich streiche über meine Medaille, wie vor jedem Schuss. In einer ruhigen Bewegung hebe ich inmitten der Äste meinen AVAIL. Ich stabilisiere den Bogenarm, nehme einen Pfeil aus dem Köcher, lege die Sehne in die Führungskerbe, hake mein Release in den D-Loop. Dann ziehe ich den Pfeil zu mir, die beiden Cams drehen sich, während ich in der Wand ziele, bis zum Anschlag, die gleiche Bewegung, hundertmal im Training geübt. Die Befiederung streichelt mir die Wange, ich richte den Tunnel aus, Peep Sight–Visier–Ziel, der grüne Zwanzig-Meter-Pin über dem Oberschenkel des Zebras. Ich hole Luft, warte. In diesem Augenblick weiss ich, dass sein Leben an meiner Pfeilspitze hängt, das ist jetzt etwas zwischen ihm und mir, die anderen zählen nicht mehr. Ich zittere nicht, das passiert mir manchmal, nein, ich bin ganz ruhig. Mich überkommt ein Schwindel, flüchtig und vertraut, als wäre ich gar nicht mehr richtig hier, Teil einer Welt, wo Leben und Tod nicht mehr ganz dieselbe Bedeutung haben, miteinander verschmelzen. Zurückversetzt in eine Zeit, in der die Jagd für Menschen kein Hobby war, in der die Frage töten oder leben lassen sich nicht einmal stellte. Dieser Instinkt wohnt uns auch noch nach Jahrtausenden inne, nie ganz erloschen. Ich warte noch kurz, bis meine Gedanken wieder ihren gewohnten Gang gehen, mir der Augenblick wieder bewusst ist. Ich begreife, dass ich in ein paar Sekunden ein Hartmann-Bergzebra getötet haben werde, dass sein Schicksal allein von meiner Entscheidung abhängt. Bis zum letzten Moment kann ich es verschonen, kann darauf verzichten, auf den Abzug des Release zu drücken. Aber es ist bereits zu spät: Diesen Pfeil, das weiss ich, werde ich loslassen. Der Tod des Zebras ist unausweichlich, auf gewisse Weise gehört er schon mir.

»*Shoot*«, drängt Lutz mich mit seiner schweren Stimme, wie ein Eindringen in meine Privatsphäre. »*Shoot now.*«

Bei seiner Penetranz runzele ich die Stirn: Ich hasse es, wenn man mir Druck macht, selbst bei Papa, so liebevoll er auch ist. Aber ich bleibe *focused,* AVAIL schussbereit, linker Arm stabil.

Und mit dem Zeigefinger lasse ich den Pfeil los.

Der schiesst aus unserem natürlichen Ansitz heraus in die Streifen des Zebras.

In dem Moment habe ich wirklich das Gefühl, mein Schuss sei gelungen. Ich meine zu sehen, wie die Spitze des Striker Magnum genau an der Stelle ins Fell meines Ziels eindringt, die ich angepeilt hatte, und die dahinterliegenden lebenswichtigen Organe durchbohrt. In einer Staubwolke krümmt sich das Zebra zusammen, während die beiden anderen davonstieben, es macht einen Wahnsinnssatz, landet ungelenk auf allen vier Hufen. Nun will es auch davonstürmen, um ein Stück weiter weg zu sterben: *no problem,* ich weiss, dass das ganz normal ist. Wenn Wild durch einen Pfeil tödlich verwundet wurde, läuft es im Allgemeinen fünfzig bis hundert Meter, man muss es mindestens zwanzig Minuten in Ruhe lassen, ehe man hingeht, dann liegt es tot im Gras. Sonst könnte es wieder aufstehen und noch weiter weglaufen. Selbstbewusst lasse ich den Bogen sinken.

Aber ich fahre zusammen, als neben mir ein Gewehrschuss knallt.

Mitten im Lauf gestoppt, die Motorik von der Kugel zerstört, krümmt sich das Zebra erneut zusammen, stürzt zu Boden und bleibt mit zuckenden Beinen im Geröll liegen. Wieder wirbelt Staub auf, hüllt es ein wie ein Leichentuch aus Dunst, verbirgt seinen Todeskampf.

Ich drehe mich zu Lutz um.

Und der verfolgt das Schauspiel, hält mit beiden Händen seine noch rauchende .470, die wulstigen Lippen reglos. Er sieht mich ebenfalls an, das Gesicht seltsam verzogen. Und sagt endlich: »*You missed it, girl.*«

Ich kapiere nicht gleich, was er sagen will, stehe noch unter Schock von dem Knall. Unmöglich, darauf irgendetwas zu erwidern, ich starre ihm wie betäubt ins aufgedunsene Gesicht.

»Legolas hätte fast seine Trophäe verloren«, spottet er, mehr an Papa als an mich gerichtet.

Und der Fährtenleser nickt, stets einer Meinung mit dem Boss.

In diesem Moment, während das Zebra zwanzig Meter vor uns verendet, sage ich mir innerlich Nein, sie irren sich! Es war vielleicht kein *perfect shot,* aber doch ein gelungener, ich habe gesehen, wie die Spitze ins Vitalzentrum eingedrungen ist. Der *PH* hat gerade einen Backupschuss abgegeben, das begreife ich jetzt, nach meinem Pfeil, ich glaub's nicht. Das gehört sich einfach nicht, davon war beim Briefing nie die Rede. In mir kocht die Wut hoch, es ist, als hätte man mir meine

Jagd genommen, ja mich gedemütigt. Ich will reagieren, ihm widersprechen, bin mir sicher, dass der dicke Deutsche was gegen mich hat, gegen mein Geschlecht, mein Alter. Aber ich schaffe es nicht, pralle an seiner fetten, ungerührten Gestalt ab, die Worte bleiben mir im Halse stecken.

Ich schaue zu Papa, hoffe auf seine Unterstützung, dass er Lutz seine Missbilligung zeigt, wenigstens was seine Vorgehensweise angeht. Aber von der Seite ist nichts zu erwarten, Papa wirkt genauso beschämt wie ich, kuscht vor dem *PH,* dabei ist er der Kunde. So ist er, mein Vater, fällt mir ein: Er mag zwar ein Finanzmann sein, aber im Grunde ist er ein Guter, eher zu Scherzen als zum Kontern aufgelegt. Vor Konflikten flieht er wie ein Springbock vor Savannenbränden. In solchen Momenten bin ich enttäuscht von ihm, muss ich zugeben. Was er dagegen gut kann, ist, die Stimmung aufzulockern: Als der Deutsche unter den Ästen hervorkommt und zu dem nun toten Zebra geht, klatscht Papa in die Hände und sagt mit einem breiten Lächeln, als wäre das hier gerade nicht passiert: »So, Zeit fürs Klassenfoto!«

Noch immer verärgert, blicke ich ihn an.

Dann sehe ich zu Boden. »Ja. Dann mal los.«

Und bald wird das ganze Ritual in Stellung gebracht. Ich war noch nie ein Fan von Jagdfotos, muss ich zugeben: Die sagen meiner Ansicht nach absolut nichts darüber aus, was sich vor dem Foto abgespielt hat, das Anpirschen, wie lange man gebraucht hat, um das Wild zu finden. Und seit diesen ganzen Stalkinggeschichten im Internet gefällt mir das noch weniger. Nein, danke, ich behalte mein Hobby lieber für mich. Aber ich weiss, dass Papa das wichtig ist, das hat was mit Tradition zu tun, etwas, was er weitergeben will. Ganz zu schweigen von den *PHs,* die brauchen solche Fotos für ihre *books,* um neue Kunden anzulocken, *business is business.* Also spiele ich mit.

Der Fährtenleser geht zu dem Tier, es liegt im Gras, praller Bauch, die Hufe seltsam über Kreuz, der Kopf verdreht. Mit Hilfe seines Bosses dreht er es um, drapiert es in der Landschaft. Er achtet darauf, das Fell nicht zu beschädigen, bürstet mit den Händen den Staub ab. Dann macht er ringsum Ordnung, hebt herumliegende Zweige auf, ebnet den Boden, räumt die grössten Steine aus dem Weg und wirft sie ein Stück weiter in die Büsche. Ich hebe meinen Pfeil auf, der ein paar Meter weiter zwischen Wurzeln gelandet ist: Er ist buchstäblich durch das Zebra durchgegangen, immerhin der Beweis, dass er nicht am Schulterblatt abgeprallt war. An der Dreifachklinge der Jagdspitze klebt Blut, auf dem Karbon auch, das Dunkelrot vermischt mit den Tarnfarben. Das Zebra liegt auf dem Geröll, die angewinkelten Beine unter sich, der Kopf liegt auf der Seite. Die Wunden werden gesäubert und anschliessend mit ein bisschen Sand verschlossen, um die Blutung zu stoppen.

Papa knipst sämtliche Vorbereitungen mit dem Handy, ganz wie immer. »Es hätte sich ruhig ein bisschen zurechtmachen können fürs Foto«, scherzt er. »Der gestreifte Schlafanzug wirkt doch zu leger.«

Ich reagiere nicht mal.

Lutz holt eine Spiegelreflex aus dem Rucksack, macht sie am Stativ fest, das er ein paar Meter vor dem Zebra zwischen den Steinen aufstellt. Und ich gehe in Pose, so von wegen triumphierende Jägerin, als hätte ich als Einzige geschossen. Ich lege meinen Bogen vor das Zebra, die Pfeile hübsch aufgereiht im Köcher, dann stelle ich mich hinter das Tier, eine Hand auf der noch warmen Flanke. Ich rücke mein Basecap zurecht, streiche mir eine Haarsträhne hinters Ohr. Einen Augenblick lang bewundere ich eingehend das feine Muster der schwarzen und weissen Streifen, unten an den Beinen, über den Nüstern, in der aufgerichteten Mähne: Es ist wunderschön, ernsthaft, kein Vergleich zum Steppenzebra. Ja, doch, das ist mega, es wird eine herrliche Trophäe abgeben.

»Na, komm, Apo, lach doch mal«, bettelt Papa.

Ich seufze. Aber lächele trotzdem, ihm zuliebe. Und rufe: »Das stellst du aber nicht auf Twitter, ja!«

Komuti
Der Riemen am Gewehr meines Vaters schnitt mir beim Gehen in die Schulter, mein Herz klopfte, die Entschlossenheit trieb mich voran, doch die Angst, dem Ungeheuer zu begegnen, bremste mich. Ich achtete auf das geringste Zeichen, das Keckern der Gackeltrappen, das Rascheln des Windes im Dickicht, die Fährten der Tiere im erdigen Boden, Antilopen, Fleischfresser, Schlangen. Ich stand oben in den flachen Hügeln in einer Senke, eine Art trockenes, staubiges kleines Plateau,

das ziemlich viel freie Fläche bot, mit gerade genug Milchbüschen und Sträuchern, um sich zu verstecken. Der Jäger hatte diese Stelle gewählt, so hatte es mir Meerepo erklärt, damit seine Kunden den Löwen ganz leicht töten konnten. Vielleicht morgen. Oder übermorgen, wenn sie Lust hatten herzukommen, natürlich im Geländewagen. So jagten sie, die Weissen: Alles war genau geplant, auf keinen Fall durfte man ein Risiko eingehen. Sie würden sogar mehrere Gewehre mitnehmen, erzählte man, zur Sicherheit, falls ein Kunde nicht traf.

Die Regierung hoffte, dass die Entscheidung, den *Problemlöwen* zur Jagd freizugeben, sich nicht allzu sehr herumsprach, hiess es. Um Namibias Ruf nicht zu gefährden, denn wir brauchten Touristen und das Geld anderer Länder, um unseres weiter aufzubauen. Aber im Kaokoveld war das mit der Geheimhaltung gescheitert: Das Gerücht hatte sich von Dorf zu Dorf verbreitet. Himba, Herero, Damara, inzwischen wusste die ganze Gegend, dass seit dem Vortag eine Französin im Jagdcamp weilte, wo Meerepo arbeitete. Wir wussten sogar, dass sie heute irgendwo beim Hoarusib auf Zebrajagd gewesen war, zum Üben, ehe sie es mit dem Raubtier aufnahm.

»Denn siehst du, sie wird ihn mit Pfeil und Bogen zur Strecke bringen, den Löwen«, hatte mein Vater voller Hochachtung gesagt. »Wie einst unsere Vorfahren.«

Bei diesen Worten hatte ich die Zähne zusammengebissen: Nie hatte er seinem eigenen Sohn derartigen Respekt gezollt.

Aber er wusste nicht, welcher Mut mich beseelte.

Ich, Komuti, würde dieser Französin zuvorkommen. Den Löwen töten, ganz allein, ohne Geländewagen oder Ersatzgewehr. Noch heute, ehe die Jägerin einen Fuss auf dieses öde Plateau setzte mit ihrem Bogen. Vorausgesetzt, in diesem Punkt stimmte das Gerücht, was ich nicht so recht glauben konnte, die Weissen waren stets so viel besser ausgerüstet als wir Himba.

Die Stelle war mir nicht ganz unbekannt, im letzten Jahr war ich nach der Wanderschaft auf dem Rückweg ins Dorf schon mit den Ziegen durchgezogen. Doch ich wusste nicht, wo genau der Köder ausgelegt war, der die Raubkatze anlocken sollte, ein Esel, der Jäger hatte ihn den Farmern abgekauft. Zunächst einmal schritt ich auf gut Glück vorwärts, vorsichtig wie ein Zebra am Wasserloch, Gewehr an der Schulter, Patronenschachtel in der Hand. Dann liess ich mich vom Kreisen der Weissrückengeier leiten, drei schwarze Segler im Himmelsblau, angelockt vom Fleischgeruch, den die Hitze bis zu ihnen emportrug. Wenn wir eines unserer Tiere verloren, weil die Wüste oder ein Leopard es niedergestreckt hatte, führten uns oft genau diese Geier zum Kadaver. Der Tag ging zu Ende, die Sonne brannte mir auf den Rücken, bald schon würde sie hinter den Bergen verschwinden und der Nacht weichen. Ich lief in Sandalen durch den Staub, um die Milchbüsche herum, gespickt mit fetten Halmen, erklomm einen kleinen Hügel, auf dem ein Teppich aus Süssgräsern überlebt hatte. Der Boden war grau und von helleren Adern durchzogen, die von lang zurückliegenden Schauern zeugten. Mir war bewusst, dass der Löwe bereits überall sein konnte, ganz in der Nähe oder meilenweit weg. Das Blut in mir pochte, als ich mich dem Köder näherte, zumindest deuteten die geflügelten Aasfresser darauf hin, dass ich näher kam.

Bald schon entdeckte ich zu meinen Füssen den ersten Abdruck. Ein riesiger Abdruck, mindestens einen Tag alt, schätzte ich, die Ballen zeichneten sich perfekt im grauen Sand ab. Ein Abdruck, den ich sogleich wiederzuerkennen meinte, ähnelte er doch denen, die zwei Wochen zuvor zu Dutzenden um meinen Kraal herum den Boden bedeckt hatten.

Er war es, erriet ich.

Der Viehmörder.

Ich schritt weiter voran, mit trockener Kehle, die Finger ums Gewehr gekrallt. Schon bald konnte ich die Schildraben ausmachen, die aufgeregt in der Krone eines Schäferbaums lärmten, vorsichtigen Schrittes lief ich auf sie zu. Der Köder des Jägers hing an einem dicken Strick vom Ast. Ein grösstenteils aufgefressener Eselskadaver, kaum noch zu erkennen, ohne Beine und Kopf, das Innere eher schwarz als rot, halb gebraten von der Wüstensonne. Ein Stück weiter weg war an einem ausladenden Wolfsmilchgewächs eine Art Unterschlupf aus Ästen errichtet worden, wie eine Hütte, aus der heraus die Raubkatze erlegt werden würde. Mit Angst im Bauch ging ich weiter, überwältigt von dem Geruch des Todes, der über diesem Ort lag. Kein Löwe in Sicht, nur die schwarzweissen Vögel, die sich um das Fleisch stritten wie Kinder um einen Topf Maisbrei und aufflogen, als ich kam. Auch ein Schakal strich in der abendlichen Kühle nervös um das unerreichbare Aas herum, es hing zu hoch für ihn. Ich umrundete diese offene Fleischkammer für Tiere, mir fiel ein, dass ich selbst seit Wochen kein Fleisch mehr gegessen hatte. Ich wusste, dass der Löwe da war, irgendwo, dass er in der Nähe sein musste, wenn sich ihm ein solches Festmahl bot. Ich sah mich nach allen Seiten um, musterte scharf die Umgebung, Schatten, umliegende Hügelkuppen, mit dem sonderbaren Gefühl, dass er ganz in der Nähe war, hinter mir lauerte, bereit, mich mit einem einzigen Tatzenhieb niederzustrecken. Ich suchte nach neueren Abdrücken rund um den Kadaver und fand zahlreiche, ebenso blutgetränkte Exkremente. Manche Spuren waren frisch, führten von dem Schäferbaum weg. Im Licht der untergehenden Sonne ging ich ihnen nach, klammerte mich an meine Waffe wie an einen Ast in reissender Strömung.

Und endlich fand ich ihn.

Ohne grosse Schwierigkeiten, das wäre sicher auch dem Jäger und seiner Kundin so gegangen, wenn ich nicht beschlossen hätte, ihnen zuvorzukommen.

Da war der Löwe, allein unter einem Mopane. Sofort erkannte ich ihn wieder, er hatte unsere Tiere vernichtet. Lag der Länge nach auf dem steinigen Boden, massig und mächtig, die Narbe von den Oryxhörnern gut sichtbar auf der Flanke, die dunkle Mähne, das gewaltige Maul, die runden Ohren. Der Mörder ungezählter Ziegen und Kühe, Erzfeind der Hirten des Kaokoveld, direkt vor mir. Er hatte mich gewiss gesehen, schaute mich jedoch nicht an, tat, als beachte er mich gar nicht, wie Kariungurua, wenn wir nicht allein waren. Mein Herz begann zu rasen, mein ganzer Körper bebte von den Pulsschlägen.

Es ist so weit, dachte ich.

Ich hatte ihn.

Ich holte tief Luft, hob das Gewehr, in das ich bereits zwei Patronen eingelegt hatte, hielt es vor mich. Und schlich endlich ganz behutsam näher heran. Er wandte mir den Kopf zu, starrte mich aus gelben Augen an, und mir war, als ob der Blick mich durchdrang. Ein Schauer durchfuhr mich, von den Sandalen bis hoch zum Zopf. Das Gebiet war für die Farmer gesperrt, kilometerweit kein Mensch, nur er, ich und mein Mut, an den ich mich klammerte, so gut es ging. Brennend heisser Wind wirbelte Staubwolken auf, trug sie auf die Ebene. Von da, wo ich stand, hätte ich schiessen können, aber wie ich es mir geschworen hatte, ging ich näher heran, das Herz zersprang mir fast. Der Löwe hob den Kopf, stützte sich auf die Vorderpfoten, er lag noch immer, aber wirkte eindrucksvoller, reine Muskelmasse, sandfarbenes Fell, Ohren gespitzt, den goldenen Blick in meinen versenkt, als könnte er mich allein damit töten. Er blieb, wo er war, wachsam, aber reglos. Nur sein Schwanz zuckte, peitschte Luft und Staub.

Vielleicht hatte er grössere Angst als ich, sann ich, um mir Mut zu machen. Vielleicht war er gar nicht so gefährlich, wie wir nach dem, was er unseren Herden angetan hatte, glaubten. Das Gewehr im Anschlag, ging ich mit zitternden Knien noch näher, von neuem Mut erfüllt, den mein Vater für Leichtsinn gehalten hätte. In jenem Augenblick war ich trunken von der Vorstellung, meinen Ahnen ebenbürtig zu sein, jenen heldenhaften Löwen- und Leopardentötern, nur mit einer Lanze bewaffnet, gezwungen, mutig zu sein und ihr Leben aufs Spiel zu setzen, um Frauen und Kinder zu schützen. Hielt mich dem Löwen selbst für ebenbürtig, als hätte ich ein Herz wie er, das ich ihm bald schon mit blossen Händen herausreissen und mir auf die Brust pressen würde. Hielt mich Kariunguruas Liebe für würdig, mehr als jeder andere Mann. Noch heute Abend, sagte ich mir immer wieder, wenn ich sie unter dem Makalani treffen und meine Heldentat berichten würde.

Nun war ich ihm sehr nahe. Näher, als die Französin herangegangen wäre, glaubte ich, die sich im Ansitz verstecken würde. Die Stunde der Wahrheit. Langsam hob ich das Gewehr meines Vaters, wollte zielen und sagte mir immer wieder, dass ich keine Angst hatte.

Nein, ich, Komuti, hatte vor nichts Angst.

Vor nichts und niemandem.

Genau in dem Moment kam Leben in den Löwen. Er starrte mich an und stiess ein kurzes, tiefes Brüllen aus, wie das Bellen eines bösen Hundes. Und mit einem mächtigen Satz stiess er sich vom Boden ab und griff an.

Apolline

»Hast du das gehört?«

»Was?«, fragt Papa.

Lutz, der neben uns auf der Ladefläche sitzt, schlägt gegen die Karosserie des Land Cruiser, damit der Fahrer anhält: Ich habe mir nichts eingebildet, er hat es auch gehört. Mit erhobenem Zeigefinger bringt er uns zum Schweigen. Der Geländewagen bleibt sekundenlang mitten im *bush* stehen, über den allmählich die Nacht hereinbricht, ohne dass noch der geringste Laut zu hören wäre. Als würden selbst die Tiere unserem *PH* gehorchen.

»Was war denn?«, raunt Papa mir zu.

»Ein Schuss. Weit weg, aber ja, klang wie ein Schuss.«

Papa schiebt die Unterlippe vor, schüttelt den Kopf.

»Hab nichts gehört ...«

»Du wirst wohl langsam alt.«

Er schneidet eine Grimasse, zieht die Lippen nach innen wie ein Greis ohne Gebiss. Wir bleiben noch einen Augenblick stehen, Lutz lauscht auf das Echo des Knalls, schaut seinen Fährtenleser fragend an, der hinter uns steht. Papa will ihn befragen, aber wir sind schon wieder unterwegs, als wäre nichts gewesen. Mein Zebra, das mit einer Winde auf die Ladefläche gehievt wurde, liegt unter den Sitzbänken, der Land Cruiser wird auf der Sandpiste durchgerüttelt, das Gelände ähnelt Wellblech. Wir ziehen eine Staubwolke hinter uns her. Ich beobachte, wie die Sterne einer nach dem anderen über abgerundeten Bergkämmen und tafelartigen Plateaus um uns herum am Himmel aufblitzen, die Felsen werden dunkler. Ich denke an Maman, merke, wie gern ich sie in diesem Moment bei uns hätte.

Lutz Arendts *hunting camp* ist mega, kann man nichts sagen. Eine Einfriedung aus Holzpflöcken umgibt die für Gäste reservierten Bereiche und verbirgt den *staff* aus Fährtenlesern, Köchinnen und Allroundern, die ein Stück abseits in Campingzelten untergebracht sind. Von Sukkulenten gesäumte Wege aus weissen Steinen führen durch den Sand, in der Dämmerung gehen Laternen an, total heimelig, sehr afrikanisch, finde ich. Unsere Zelte sind geräumig und bequem, Zementboden, handgefertigte Regale aus Mopaneholz, Warmwasserdusche (solarbetrieben), eigene Toilette und ein Safe für Wertsachen. Der Blick geht auf ein Rivier hinaus, am Ufer wachsen Kameldornbäume, Tamarisken, Makalanis, Zahnbürstenbäume. Morgens nach dem Aufwachen, als Papa noch schlief und die Frankoline gackerten, hatte ich das Glück gehabt, eine Giraffe und ihr Kalb durchs steinige Flussbett schreiten zu sehen, als wäre es eine für sie angelegte Strasse, wobei sie mich fürstlich ignorierten. Der Anblick war zauberhaft, so frei und stolz, ohne dass irgendwelche Zäune ihre Wege begrenzten. Solche Orte werden immer seltener, sogar in Afrika. Als er uns durch sein kleines Anwesen führte, hatte Lutz erzählt, dass einer seiner Kunden vor einem Monat von seinem Zelt aus sogar ein Schwarzes Nashorn gesichtet habe. Ernsthaft, ein Schwarzes Nashorn ausserhalb eines Nationalparks, das ist krass, wie in den Geschichten von John A. Hunter.

Der Geländewagen hält im Sand. Lutz verliert keine Zeit: Kaum ist er ausgestiegen, holt er sein Handy raus und verschwindet, eine Nummer wählend, in Richtung seiner Bleibe, er wirkt beunruhigt. Zwei Einheimische begrüssen uns und hieven das Zebra von der Ladefläche. Einer der beiden baut sich vor mir auf, Sonnenbrille auf dem Mützenschirm, Nike-T-Shirt, *cellphone* im Lederetui am Gürtel.

»*Welcome, welcome* ... Ich bin Meerepo. *Professional skinner.*«

Breit lächelnd schüttelt er mir die Hand. Seine beiden oberen Schneidezähne bilden eine Dreieckslücke, als wären sie gefeilt worden. Ihn finde ich auf Anhieb sympathisch.

»*Hartmann's zebra, Hartmann's zebra* ...«, macht er, während er das Tier mit seinem Kollegen runterwuchtet, wie ein Refrain, weil er schon Dutzende gesehen hat.

Papa und ich gehen zu den Zelten, uns umziehen, leichtere Kleidung mit langen Ärmeln. Ich räume meinen Bogen in den Koffer, untersuche meine Pfeile, reinige die Dreifachklinge der blutigen Jagdspitze.

Aber schon bald haste ich über die weissen Steine zu den *skinners,* die unterm Sternenhimmel bei der Arbeit sind. Sie sind schnell: Mein Zebra hängt bereits am Haken, mehr als drei Meter hoch haben sie es mit der kleinen Winde gezogen, Beine in der Luft, Fell zur Hälfte abgezogen, die Muskeln liegen frei. Das Blut rinnt über die Betonplatte und in den Sand, der sich sofort verfärbt. Sie arbeiten sich mit dem Messer vor, durchtrennen mit kurzen, scharfen Schnitten das Gewebe. Sie achten darauf, meine Trophäe nicht zu beschädigen, damit der Tierpräparator was Verwertbares auf den Tisch kriegt. Das Fell wird komplett abgezogen und in den *skinning room* gebracht, ein vergittertes Hüttchen gleich nebenan, wo die beiden es dick mit Salz bestreuen, damit es sich länger hält. Meerepo beginnt fröhlich zu pfeifen, während er sich an den Überresten des Tiers zu schaffen macht, schaut ab und zu hoch und lächelt mir zu, als wollte er die Stimmung auflockern. Aber mir wird beim Anblick von Zebra- oder Antilopenkadavern schon lange nicht mehr schlecht. Und das hier ist sowieso anders. Jetzt gucke ich vor allem, wo meine Jagdspitze eingedrungen ist. Ich gehe in die Hocke, schaue mir die Verletzungen von der Dreifachklinge und Lutz' Kugel an, im Fell, in den Muskeln, den lebenswichtigen Organen. Soweit ich das sehen kann, scheint mein Pfeil ins Schwarze getroffen zu haben, wie ich in dem Moment auch dachte. Aber bei dem Schaden, den die .470 angerichtet hat, kann man das unmöglich mit Sicherheit sagen.

Da komme ich natürlich ins Grübeln, werde unsicher. Und wenn der *PH* nun recht hatte, wenn mein Pfeil tatsächlich das Vitalzentrum verfehlt hatte? Und wenn er nun geschossen hatte, damit wir nicht die paar tausend Euro verloren, die Papa so eine Strecke in jedem Fall kosten würde? Denn auch angeschweisstes Wild ist teures Wild, so ist die Regel. Und wenn ich nun nicht die begnadete Bogenschützin bin, von der mein Vater so gerne schwärmt? Dann denke ich an den Löwen: Morgen fängt die richtige Jagd an, für die wir hergekommen sind. Wenn ich nicht mal in der Lage bin, ein einfaches Zebra tödlich zu treffen, wie soll ich dann erst einen Löwen erlegen? Ich schiebe den Gedanken weg, werfe einen letzten Blick auf das Gebilde aus Muskeln und Knochen, das abgehäutet an einem Haken über dem Beton hängt. Das Fleisch wird zerlegt und an die Einheimischen in den umliegenden Dörfern verteilt. Die Armen kriegen wohl nicht so oft Fleisch zu sehen.

In stockdunkler Nacht gehe ich die laternenerleuchteten Wege entlang zur Feuerschale, wo gerade das abendliche Feuer angezündet wurde. An der Campeinfahrt fällt mir ein weisser Geländewagen auf, er steht neben dem Land Cruiser, ich habe ihn nicht kommen hören. Lutz steht daneben und spricht auf Afrikaans mit dem Fahrer. Ich verstehe kein Wort, aber höre am Tonfall, dass unser *PH* aufgebracht ist.

Komuti
»*Ami Komuti, ami hinokutira;* ich, Komuti, habe keine Angst; ich, Komuti, habe keine Angst.«

Ich konnte es mir noch so oft laut vorsagen, mich an meinen Mut klammern, ich zitterte dennoch am ganzen Körper, als ich von dem Hügel floh. Arme, Beine, Rückgrat, mir liefen Schauer über die Glieder, als wäre plötzlich der Winter der Weissen übers Kaokoveld hereingebrochen. Ich verhedderte mich mit den Sandalen in Steinen, die die Nacht verbarg, stolperte noch übers kleinste Hindernis. Die fernen, ohnmächtigen Sterne als einzige Freunde, ihr kaltes Flackern genauso schwankend wie ich. Alle paar Meter fuhr ich herum, hing an meinem Gewehr wie ein Kalb an der Mutter. In der Gewissheit, dass der Löwe, wenn auch ich ihn nicht sehen konnte, mich lautlos beobachtete, irgendwo im Dickicht lauerte, mit seinen gelben Augen die Nacht durchdrang, das riesige Maul bereits leicht geöffnet. In der Gewissheit, dass meine Stunde gekommen war, er sich im nächsten Moment auf mich stürzen, mir die Zähne in die Kehle graben, mich verschlingen würde wie einen geopferten Esel, wie eine im Kraal eingesperrte Kuh, ohne dass irgendjemand etwas dagegen tun konnte in diesem für Hirten gesperrten Gebiet. Ich rannte beinahe in Richtung meines Dorfes, das ich mehr als zwei Stunden Fussmarsch entfernt wusste, hatte es eilig, in seine Sicherheit zu kommen, zu meiner Mutter, meinem Bruder. In meiner Angst ertappte ich mich sogar dabei, dass ich jetzt gern mit meinem Feigling von Vater am Feuer sitzen würde, schämte mich für einen solchen Gedanken, so sehr war er, was ich nicht sein wollte. Niemals würde ich es später zugeben, aber in diesem Augenblick hatte ich nichts mehr mit dem entschlossenen Himba gemein, der den Viehmörder töten wollte, seines Mutes und seiner Kraft gewiss. Ich hatte das Gefühl, wieder zum Kind geworden zu sein, gerade gut genug zum Ziegenmelken und Feuerholzsammeln.

»*Ami Komuti, ami hinokutira.* Nein, ich habe keine Angst.«

Alles war so schnell gegangen. Ich sah erneut vor mir, wie das Raubtier in ausgreifenden Sätzen auf mich zustürmte, der Angriff so plötzlich, gerade als ich es am wenigsten erwartet hatte. Seine mörderischen Augen bohrten sich in meine wie scharfe Lanzen, entschlossener, als ein Mensch es je sein könnte. Die mächtige schwarze Mähne wehte im Lauf. Unter dem kurzen Fell arbeiteten die Muskeln, zum Töten gemacht.

In ein paar Sätzen wäre er bei mir gewesen, ohne das Gewehr war ich dem Tod geweiht. Ich weiss noch immer nicht, wie es mir gelang, zu reagieren, auf ihn zu schiessen, den Finger um den Abzug gekrümmt, ohne erst zu zielen. Der Schuss hatte sich von ganz allein gelöst, der Kolben prallte mir gegen die Schulter, ich wurde zurückgeworfen, fiel rücklings ins Geröll, der Rücken übel zugerichtet, der Schädel von Sträuchern zerkratzt. Benommen hatte ich den Kopf gehoben, das Tier gesucht, das aus meinem Blickfeld verschwunden war. Er war nicht mehr da, stand nicht mehr vor mir, als hätte er sich in Luft aufgelöst. Ich konnte unmöglich sagen, ob er verletzt, erschrocken war oder sich versteckt hatte, um mich umso besser umbringen zu können. Ich hatte mich nach allen Seiten umgeblickt, der Schrecken befiel mich wie ein böser Geist. Ich war aufgestanden, hatte mich auf der Stelle gedreht, über das leere Plateau gespäht, über das sich schon die Dämmerung senkte, unter jedem Baumstumpf nach der Gestalt des Ungeheuers Ausschau gehalten.

»Dämon, wo bist du?!«, hatte ich gebrüllt, unbezwingbare Tränen hinter den Lidern. »Wo versteckst du dich?«

Minutenlang war ich schreckensstarr stehen geblieben, bereit, im nächsten Moment zu sterben, den Ahnen zu folgen, ohne in meinem kurzen, elenden Leben etwas vollbracht zu haben.

Dann hatte ich die Flucht ergriffen.

Nun war ich schon weit weg von der Stelle, an der ich den Löwen gefunden hatte. Ich begann den Abstieg zur

Ebene. Weiter unten konnte ich die sandige Weite am Fuss der Hänge ausmachen. Feuerschein in der Ferne, vielleicht hatte ein Hirte bei seinem Kraal die Flammen neu angefacht, in Erwartung der Nacht, in der ein Angriff möglich war. Ich beschleunigte meine Schritte, um dorthin zu gelangen, in der plötzlichen Hoffnung, lebend aus dieser Prüfung herauszukommen. Zu meiner Rechten blitzten die gelben Scheinwerfer eines Geländewagens auf, der über eine Böschung kam. Still beobachtete ich ihn, die riesigen Reifen holperten übers Geröll. Einen Moment lang erwog ich, zu ihm zu laufen, mein Heil im Wagen suchen.

Ehe ich mich anders besann.

Sie waren wegen des Löwen hier, ahnte ich.

Natürlich: Das waren die Männer des Jägers. Sie hatten den Schuss gehört, kamen nachsehen, was es damit auf sich hatte. Ob nicht ein Farmer die kostbare Trophäe der Französin getötet hatte. Wie sollte ich, wenn sie auf mich stiessen, erklären, was ich hier machte? Welche Lüge könnte ich mir einfallen lassen? Daher kauerte ich mich dicht hinter einen Felsen. Und liess sie passieren.

22. April

Martin
An dem Montag war morgens fast das ganze Team im Büro, kommt zu dieser Jahreszeit, wo das Monitoring der Bartgeierpopulation und die Standortbestimmung der Balzplätze von Auerhühnern anstehen, eher selten vor. Die Kollegen gaben die Daten sowie ihre Arbeitszeiten in die Software ein, die das Ministerium uns aufgezwungen hatte, damit sie uns besser überwachen konnten. Die Politiker konnten noch so oft sagen, dass die Umwelt jetzt oberste Priorität hatte, *Make our planet great again* und ähnlicher Schwachsinn, der Staat strich den Nationalparks jedes Jahr Rangerstellen, wir hatten nicht mehr die Mittel, um unsere Arbeit vernünftig zu machen. Da mussten sie natürlich jeden Furz kontrollieren, überprüfen, dass das, was wir machten, auch wirklich *dem Revier dienlich* war, wie es so schön hiess.

Als ich am Büro meines Gebietsleiters vorbeikam, hob er den feinbebrillten Kopf und sprach mich an: »Ach, gibt's dich auch noch? Schön, dass du mal wieder reinschaust.«

Ich zuckte die Schultern, aber sagte nichts.

»Wir hatten letzten Dienstag einen Termin, falls du dich erinnerst.«

»Jaa, ich weiss, ich ...«

Er schüttelte seufzend den Kopf, stützte sich auf die Armlehnen seines Bürostuhls. »Also, Martin ... Ich weiss nicht mehr, was ich machen soll. Die Leitung will dich sprechen, wahrscheinlich wirst du in die Zentrale zitiert.«

»Warum das?«

»Warum wohl? Wegen der Reifengeschichte. Wegen dem Streit mit dem Schäfer letzten Sommer. Weil du nicht mal mehr deine Arbeitszeiten einhältst. Soll ich noch weitermachen, oder reicht das erst mal?«

Sein bedauerndes Gesicht gefiel mir nicht, vielleicht war es auch entnervt oder sauer, weiss nicht genau.

Und weil ich keine Antwort gab, sagte er: »Wirklich, Martin, ich hab dich immer verteidigt, selbst wenn du über die Stränge geschlagen hast. Ich hab dich so manches Mal gedeckt, wenn die Kommunalpolitiker aus dem Tal sich über deine Methoden beschwert haben, weil du meiner Ansicht nach der beste Naturkundler hier bist. Aber jetzt ...«

Ich sah ihn an, wusste nicht, was ich auf seine kleine Tirade sagen sollte. Aber mir fiel nichts ein, deshalb machte ich nur: »Okay.« Und ging aus seinem Chefbüro.

Ich hörte Antoine den Gang runter im *open space* vor sich hin trällern: »*Reviens donc ici petit Gonzalès ... C'est maman qui te dit ça ... Sinon tu connais papa ...*«*

---

* Aus *Le Petit Gonzalès* (Der kleine Gonzales), 1962. Interpret: Danyel Gérard. Wörtlich: »Komm doch zurück, kleiner Gonzales. Hör auf deine Mama. Sonst ... Du kennst ja Papa.« *(Anm. d. Übers.)*

Es hätte schon einiges passieren müssen, um ihm die Laune zu verderben.

Ich schloss mich in meinem Büro ein, machte die Tür fest zu, damit mir niemand auf den Sack ging. Zum Direktor zitiert, das hatte ich nicht erwartet, muss ich ehrlich sagen, es passierte mir zum ersten Mal. Ich kann nicht behaupten, dass mich das wirklich beunruhigte, was konnte der mir schon? Der Nationalpark brauchte meine Kenntnisse viel zu dringend, die machten mir keinen Ärger: Ich arbeitete mit am längsten in dem Laden, eine Art wandelnde Erinnerung für die ganzen neuen Ranger, die mit dem Diplom in der Tasche hier aufkreuzten. Keiner hatte so viel Erfahrung mit Fauna und Flora wie ich. Nein, ehrlich jetzt, ich war nicht beunruhigt: Der grosse Häuptling würde mir höchstens den Kopf waschen und dann zur Tagesordnung übergehen, das war's. Wütend war ich allerdings, aber hallo: Hatten die in der Zentrale nichts anderes zu tun, als den Chef raushängen zu lassen? War ja nicht so, dass die Biodiversität des ganzen Planeten gerade vor die Hunde ging.

Ich hockte auf meinem Bürostuhl und kochte vor mich hin.

Aber ich hatte andere Sachen im Kopf, die mir in dem Moment wichtiger schienen. Vor allem dachte ich an Apolline Laffourcade. Nach dem Samstagabend bei ihrem Vermögensberater-Vorsitzender-des-Jagdverbandes von Vater war ich unbemerkt ihrem Auto aus den Hügeln des Jurançon gefolgt. Sie wohnte in Pau, in einer Wohnung in der Altstadt, erster Stock eines kleinen Miethauses, ziemlich gute Lage. Dort war garantiert die Trophäe ihres Löwen, in dem Gruselkabinett hatte ich sie ja bei meinem heimlichen Besuch nicht gefunden. Als Vorleger oder Tagesdecke, irgend so was. Aber ich dachte auch noch an was anderes, und deshalb war ich wirklich ins Büro gekommen: Heute Vormittag würde der Naturkundler den angeblichen Bärenkot vorbeibringen, den er neulich im Aspe-Tal gefunden hatte. Der Beweis, dass Cannellito noch lebte, wie Antoine meinte. Als der Typ klingelte und von den Kollegen begrüsst wurde, ging ich ebenfalls runter ins Erdgeschoss.

Er war noch ganz jung, völlig unbekannt, trug einen nagelneuen Anorak, als wäre er soeben Decathlon entsprungen. Er sah mächtig stolz auf sich aus, als er unter den Blicken der anderen Ranger die Pappschachtel auf den Tisch stellte. Ich hielt mich im Hintergrund, lehnte an der angepinnten Wandkarte, wo die Auswilderungsgebiete der Iberiensteinböcke verzeichnet waren.

»Es war am Samstagmorgen«, erzählte er. »Ich hab's am Waldrand gefunden, so eine Stunde Fussmarsch oberhalb von Urdos. Zusammen mit einem Freund, wir waren gerade beim Abstieg, da haben wir Aas gerochen.«

»Eine Gämse?«, fragte Xavier, der stellvertretende Gebietsleiter.

»Nein, ein Reh, sah übel aus«, erwiderte er und machte die Schachtel auf. »Der Kot lag ein Stück weiter unten, unter einer Buche. Hab sofort die Form erkannt.«

Die ganze Mannschaft beugte sich über das Exkrement, das da auf einem Küchentuch lag wie Schmuck im Kästchen. Antoine hob es hoch, achtete darauf, nur das Papier anzufassen, roch daran.

»Der Geruch ist verflogen«, erklärte der Grünschnabel, »aber es hat sehr gestunken, nach Fleisch.«

Der Kot war ein bisschen eingetrocknet, aber hatte die zylindrische Form behalten, eine dicke Wurst, etwa fünf Zentimeter Durchmesser. Die Kollegen beguckten sie alle, sie ging von Hand zu Hand.

»Das ist doch vom Bär, oder?«

»Sieht stark danach aus«, meinte Antoine. »Wir müssen es zur Sicherheit für die DNA-Analyse ins Labor schicken, aber meiner Ansicht nach ist das Bärenkot, ja.«

»*Ursus arctos arctos*«, setzte Xavier noch eins drauf, er war derselben Meinung. »Bravo«, fügte er hinzu und klopfte dem Naturkundler auf die Schulter, »du hast hiermit das letzte Bärenmännchen des Tals auferstehen lassen!«

Und da erschien ein breites Lächeln auf dem kindlichen Gesicht, als hätte er gerade die Welt gerettet. Mit einem Mal freuten sich alle, begeistert von der guten Nachricht. Der Kotfinder nutzte die Gelegenheit, Infos abzugreifen: »Meint ihr, das wird was mit der Wiederansiedlung? Am Strassenrand sind überall Graffiti.«

Der Stellvertreter hob die Augenbrauen. »Also, ich denk schon. Sieht so aus, als ob die Regierung diesmal entschlossen ist, dem Druck der Bärengegner nicht nachzugeben. Soweit ich weiss, wurde der Kontakt mit Slowenien bereits hergestellt, die beiden Weibchen schon bestimmt … Natürlich können sie immer noch einen Rückzieher machen, aber es sieht auf jeden Fall gut aus.«

»Cool. Wär echt klasse, wenn das klappt.«

»Wem sagst du das! Cannellito da oben, der wartet nur drauf! Weibchen!«

Um ein Haar hätten sie schon mal vorsorglich den Champagner rausgeholt, so sehr glaubten sie dran. Ich lehnte an der Wandkarte, liess sie ein bisschen träumen. Und sagte schliesslich: »Kann ich den Haufen mal sehen?« Und trat näher, nahm den kostbaren Kot in die Hand, beguckte ihn von allen Seiten. Man sah Tierhaare in der Fäkalie. Es ähnelte Bärenkot tatsächlich sehr stark. Aber ich machte die Stimmung kaputt, als ich verkündete: »Das war kein Bär. Das ist Wildschwein.«

Xavier starrte mich mit gerunzelter Stirn an. »Wildschwein? Unsinn, absolut nicht. Wildschweinkot hat doch eine ganz andere Form.«

»Nicht wenn sie Aas gefressen haben. Das ist der Haufen von einem Wildschwein, das totes Reh gefressen hat, mehr nicht. Der Fleischgeruch überdeckt den vom Wildschwein.«

Es wurde still im Raum, der Anfänger-Öko verzog das Gesicht.

Antoine nahm noch mal den Haufen, sah ihn sich genauer an, seufzte. »Ich weiss echt nicht, wie du auf die Idee kommst, Martin, das sieht doch total nach Bärenkot aus. Weil du dir sicher bist, dass Cannellito getötet wurde, oder was?«

Ich schüttelte den Kopf. »Absolut nicht. Ihr könnt's ja einschicken, dann werdet ihr's sehen. Ich sag euch, das ist Wildschwein.«

Kurz herrschte peinliches Schweigen. Dann sagte der Stellvertreter laut: »Weisst du was, Martin? Du bist grade wirklich ätzend. Schon mal was von *in dubio pro reo* gehört? Kannst du vielleicht mal deinen Überlegenheitskomplex runterfahren? Wir machen hier nämlich alle unsere Arbeit, du bist nicht der Einzige, der sich Sorgen um Cannellito macht. Bleib uns mit deinen Gewissheiten vom Hals. Wir werden sehen, was das Labor sagt, ja. Aber bis dahin versuchen wir einfach mal zu glauben, dass es Bärenkot ist, okay?«

Ich sah sie an, wie sie alle dastanden, in diesem Raum voller IGN*-Karten und Fotos, die unsere Heldentaten als sogenannte Naturschützer zeigten, hier posierte einer neben einer betäubten Gämse, dort stand ein anderer vor den neuen Schildern des Nationalparks, die den Besuchern erklären sollten, was sie durften und was nicht, als ob das was am unvermeidlichen Artenrückgang bei Pflanzen und Tieren ändern würde. Ich sah in ihre Gesichter, die vor Begeisterung und Naivität nur so strahlten, während der saure Klumpen in meinem Bauch immer grösser wurde. Ich erwiderte: »Wenn jemand ätzend ist, dann ihr. Ihr versteht überhaupt nichts.« Und ich ging und verfluchte sie innerlich.

---

* Institut national de l'information géographique et forestière. Staatliche Behörde mit dem Auftrag der Pflege und Verbreitung geographischer Informationen für Frankreich. *(Anm. d. Übers.)*

Im Geräteraum zog ich meinen Anorak an, nahm meinen Rucksack und meine Skitourausrüstung, LVS-Gerät, Sonde, Schaufel. Und nicht mal eine Stunde später hatte ich das Auto oberhalb von Urdos am Rand einer eingeschneiten Strasse geparkt und war Richtung Col du Couret aufgebrochen. Noch immer stinksauer, marschierte ich zunächst durchs Unterholz, die Ski beiderseits am Rucksack festgeschnallt, stapfte mit meinen dicken Tretern durch Schlamm und faulende Eichenblätter, folgte der steilen, traurig vertrauten Route, die ich wie kein Zweiter kannte. Dann ging es auf Skiern weiter, ich schwitzte in meinem Anorak, die Steigfelle rutschten erst mal weg, ehe sie im mittäglichen Schnee Halt fanden. Mir fiel ein, dass ich sie demnächst austauschen musste: Sie wurden langsam alt und griffen nicht mehr so gut, ich rutschte nach jeder Wendung nach hinten weg, sobald die Steigung zu steil wurde. Ich kam an der Rouglan-Hütte vorbei, die zu dieser Jahreszeit verlassen war, auf dem Dach lag eine feste Schneeschicht. Das Tal im Rücken, stieg ich weiter bergan, immer am Kamm entlang, hinein in den Tannen-Buchen-Wald, es war, als ob ich dort jeden Baum kannte, als wäre dieser symbolträchtige Ort irgendwie mein Zuhause. Immer weiter, dann glitt ich ins Unterholz und fuhr einige Dutzend Meter abwärts. Ich behielt die aufgesprühten Nummern auf den grauen Buchenstämmen im Auge, lauschte dem Gesang einer Tannenmeise, der bis an mein Ohr drang, erahnte die Gorges d'Enfer und den Matûre-Weg weiter unten im Tal. Bitter dachte ich an die Zeit zurück, als ich im

Nationalpark angefangen hatte, an den jungen Ranger, der ich zu Beginn gewesen war, voller Eifer und guter Absichten, überzeugt, dass ich meinen Traumjob gefunden hatte. Seit damals war ich ernüchtert, das ist mal sicher, hatte kapiert, dass die Menschen mehr Talent zum Zerstören als zum Erhalt der Natur hatten, Nationalpark hin oder her. Vor allem seit dem, was nur ein paar Meter von hier passiert war.

Am 1. November 2004.

Der Mord an Cannelle.

Cannelle war die letzte echte, reinrassige Pyrenäenbärin, Cannellitos Mutter; sein Vater war Néré, ein aus Slowenien eingeführtes Männchen, das mittlerweile aus dem Béarn in die Zentralpyrenäen abgewandert war. Ich kannte die Geschichte, wie alle im Tal, wie die Kollegen. Sie waren zu sechst gewesen. Sechs Wildschweinjäger, die wussten, dass die Bärin und ihr Junges seit ein paar Tagen in der Gegend waren, die aber beschlossen hatten, sich nicht drum zu scheren und ihre Scheisstreibjagd trotzdem zu veranstalten. Mit den Hunden hatten sie die beiden natürlich aufgestöbert. Angeblich hätte Cannelle angegriffen, der Kerl aus Notwehr gehandelt. Was für ein Schwachsinn: Jeder, der sich ein bisschen mit Bären auskennt, weiss, dass ihr Verhalten damals, um ihr Junges zu beschützen, eine *Scheinattacke* war. Kann man überall nachlesen, selbst Grizzlys machen das, Löwen übrigens auch: Sie rennen auf einen zu, wenn man ihnen zu nahe gekommen ist, als ob sie einen gleich anspringen wollen. Aber im letzten Moment bleiben sie stehen. Cannelle hatte nicht die Absicht, diesen Scheissjäger zu verletzen, sie wollte ihn bloss einschüchtern. Ein Bär greift keine Menschen an.

Aber der Kerl war durchgedreht.

Und hatte auf sie geschossen, wohl aus allernächster Nähe. Ihr Kadaver war dann mit Hilfe eines Hubschraubers aus einer Schlucht gefischt worden. Das Bärenjunge Cannellito war geflüchtet, irrte als Waise mit seiner Hälfte pyrenäischen Erbguts durch die Berge, der Letzte seiner Linie. Mittlerweile war Cannelle ausgestopft worden, die Franzosen standen Schlange, um sie im Naturkundemuseum in Toulouse zu bewundern.

In den Wochen nach ihrem Tod redete die ganze Gegend von nichts anderem, jeder gab seinen Senf dazu, sowohl Befürworter als auch Bärengegner. Selbst in Paris wurde gefachsimpelt, Jacques Chirac sagte, es sei *ein grosser Verlust für die Artenvielfalt,* ehrlich jetzt, wenn man mich fragt, hätte der mal lieber seine Klappe gehalten. In den Monaten danach erzählte man, besagter Jäger habe geweint, weil er Cannelle erschossen hatte. Dass es im Grunde nicht seine Schuld gewesen sei, sondern die des Anführers, der entschieden hatte, die Treibjagd trotz allem durchzuführen, dass dieser eine Jäger stellvertretend für die anderen alles abkriege. Dass man ihn jetzt mal in Ruhe lassen solle. Sogar die Kollegen im Nationalpark sagten solche Sachen.

Aber ich nicht.

Mir war es scheissegal, dass er verurteilt worden war, zehntausend Euro sind doch gar nichts für das, was er getan hat. Ich trug Cannelles Tod noch immer in mir, wie eine Trauer, die niemals aufhören würde. Als ich es erfahren hatte, war für mich irgendwie eine Welt zusammengebrochen. Als hätte ich jemanden verloren, der mir nahestand, und niemand konnte mich trösten, was weder Antoine noch mein Chef jemals kapiert hatten. Eine Woche nach Cannelles Tod hatte ich, vom Schmerz zerfressen, die Adresse des Mörders rausgefunden. Und damit er eine Ahnung davon kriegte, was er meiner Meinung nach verdiente, hatte ich ihm anonym ein Paket geschickt: einen kleinen Plastiksarg. In dem Moment hatte ich aufgehört, an meine Arbeit als Nationalparkranger zu glauben. Und ab da hatte ich auch einen derartigen Hass auf die Jäger entwickelt.

Ob sie nun Bären oder Löwen töteten.

25. März

Apolline

»Das war die anstrengendste Jagd meines Lebens«, erzählt Papa. »Dabei lief anfangs alles wie am Schnürchen. Wir waren fünfzig Meter entfernt, Gegenwind, gut versteckt im *bush*. Die Fährtenleser hatten sie entdeckt, weil die Ohren über die Sträucher guckten und sich bewegten. Wir haben sie eine ganze Weile mit dem Fernglas beobachtet, sie hatten uns nicht bemerkt, und wir haben das ausgenutzt. Dann hat der *PH* mir einen gezeigt, einen alten Bullen, Prachtkerl. Ich hatte damals das Kaliber gewechselt, bin auf .375 H & H umgestiegen. Aber ich glaube, ich war mir an dem Tag zu sicher: Ich hätte nicht aus so einer Entfernung schiessen sollen, selbst mit Stativ. Deshalb ist es ausgeufert. Ich hatte auf die Gelenke gezielt, damit er sich nicht mehr bewegen kann. Aber nach dem Schuss schoss Blut aus den Nüstern, und ich hab sofort begriffen, dass ich zu weit nach links gezielt und die Lungen getroffen hatte. Da kriegt man plötzlich einen Adrenalinstoss, das kann ich Ihnen sagen, alle werden todernst. Wir hatten Angst, dass der Büffel angreift, haben uns zum Schutz hinter den Bäumen versteckt, aber er ist davongaloppiert, ehe wir ein zweites Mal schiessen konnten.«

»*And …?*«

»Und wir haben ihn im *bush* verloren. Ich weiss nicht, ob Ihnen das klar ist, aber ein verletzter Büffel, oder eigentlich auch jedes andere gefährliche Tier, das frei herumläuft, ist das Schlimmste, was passieren kann. Da hat man keine Zeit mehr, gross zu fragen: Man muss ihn vor Einbruch der Dunkelheit finden.«

Man kann es nicht anders sagen, Papa ist der geborene Erzähler, sogar auf Englisch. Seine Geschichte von der Büffeljagd in der Kalahari habe ich schon zehnmal gehört, aber sie wird nie langweilig. Er baut Spannung auf, redet mit den Händen, reisst die Augen auf, mit seltener Ernsthaftigkeit. Er hätte auf die Bühne gehört, mein guter alter Papa. Wir sitzen zu viert um die riesige Feuerschale: er, ich und ein Paar aus Spanien, der Mann ist zum Antilopenschiessen hier. Es ist seine zweite Jagdreise nach Afrika, da flösst ihm Papas Erfahrung natürlich Respekt ein. Der Spanier und seine Frau hängen ihm förmlich an den Lippen.

»Wir sind zurück zum Geländewagen«, fährt er fort, die heikle Lage betonend. »Der Führer hat einen zweiten Wagen kommen lassen, der den Fährtenlesern helfen sollte, die Spur des Büffels wiederzufinden. Wir haben ihn dann auch mehrmals gesichtet, aber jedes Mal war die Vegetation zu dicht zum Schiessen. Am frühen Nachmittag hat es dann natürlich angefangen zu regnen: Das hat die Fährte weggespült, sonst wäre es ja zu einfach gewesen.« Der Spanier legt eine Hand vor den Mund, vollkommen gefesselt. »Ich weiss noch, wie der *PH* sagte: *It's going to be long.* Und er hatte recht, es hat den ganzen Tag gedauert, ich dachte sogar, dass wir mehrere Tage brauchen. Schliesslich haben wir ihn gegen siebzehn Uhr wiedergefunden, hatte sich in ein Wäldchen geflüchtet. Wir haben das Gebiet mit vier Geländewagen umstellt, damit er wirklich nicht mehr entwischen konnte. Er kam dann im Galopp rausgerannt, kein Angriff, eher ein verzweifelter Fluchtversuch. Ich hatte keine andere Wahl, als aus dem Auto zu schiessen, ohne Stativ. Zweimal. Mitten im Lauf ist er zusammengebrochen, lag der Länge nach im Gras. Und als ich aus dem Geländewagen ausgestiegen bin, habe ich noch einen dritten Schuss aus allernächster Nähe abgegeben, wie man es mir für die Büffeljagd erklärt hatte. Man nennt das *den Toten noch einmal töten.* Abends waren wir alle erschöpft, das können Sie mir glauben, aber die Jagd haben wir ordentlich gefeiert. Sogar die Fährtenleser haben den Champagner probiert.«

Nach Papas Erzählung herrscht Schweigen, er nimmt einen Schluck Rotwein aus seinem Metallbecher, das Gesicht von den Flammen erhellt. Das Abendessen ist vorbei, die Kudusteaks waren total lecker, jetzt ist es Zeit, sich auszuruhen, ums traditionelle Lagerfeuer zu sitzen und die Frische des südafrikanischen Abends zu geniessen. Mein Buch liegt auf dem Betonboden, ich sitze unter dem riesigen Anabaum, der überall seine gedrehten Hülsenfrüchte in den Sand geworfen hat, und lausche dem Keckern der Geckos, dem Schnattern der Nama-Flughühner und vielleicht auch der Gackeltrappen. Ernsthaft, ich glaube, für mich gibt es keine schöneren Abende als nach dem Jagen in Afrika. Mein Vater, ein Lagerfeuer, rundherum der *bush:* Hier geht es mir hundertmal besser als in irgendeiner Bar in Pau mit all den Studenten, die mich für Bernard Arnaults* Tochter halten. Vielleicht hat Amaury recht, und ich bin irgendwie doch unsozial.

Die Spanierin heisst Valentina, sie lächelt viel, ist geschminkt und künstlich herausgeputzt, als wären wir in der Stadt, es ist komisch, sie so hier im Camp zu sehen.

Ihr Mann lässt den Wein im Mund kreisen, schliesst wie ein Kenner die Augen. »Sie haben doch bestimmt schon Ihre *Big Five,* oder?«, fragt er.

Papa schüttelt den Kopf. »Leider nein. Die *Big Five* waren eher was für die Generation unserer Eltern, wissen Sie. Gut, ich bin schon nah dran.« Er hebt die Hand, zählt an den Fingern ab. »Leopard ist erledigt, in Mosambik. Löwe auch, das heisst ... eigentlich eine Löwin. Büffel ebenfalls. Elefant ... noch nicht, ich hoffe, das klappt nächstes Jahr in Simbabwe.« Er wirft mir einen Blick zu, als wäre er auf mein Einverständnis angewiesen. »Aber ein Nashorn, heutzutage ... Ich glaube, hier in Namibia ist das letzte Schwarze Nashorn für 350 000 Dollar weggegangen. Das ist nur was für Reiche, nicht für kleine Leute wie Sie und mich.«

Der Spanier lacht verständnisinnig. »Und ... gibt es eine Art, die Sie nicht jagen?«

»Giraffen, ganz klar. Zu einfach, und auch zu schön. Eine Giraffe zu erlegen, das ist für mich, als würde man ein Monument zum Einsturz bringen. Gut, wenn das Tier alt ist und die Gelegenheit sich bieten sollte, würde

* Französischer Unternehmer und Milliardär (geb. 1949). *(Anm. d. Übers.)*

ich nicht unbedingt nein sagen, aber nun ja, aus meiner Sicht wäre das eher Sterbehilfe als Jagd.«

Das Paar nickt zustimmend, das Thema begeistert sie.

Valentina wendet sich mir zu, ihre Ohrringe funkeln im Feuerschein. »*What about you?*«, fragt sie mit schmachtender Stimme. »Jagst du seit deiner Kindheit?«

»Seit ich zehn bin.«

»*Wow* … Und immer mit dem Bogen?«

»Mittlerweile ja. Ein Gewehr hatte ich das letzte Mal mit sechzehn in der Hand. Für mich ist es nur mit Bogen echtes Jagen, verstehen Sie? Wie unsere Vorfahren. Das ist ein ganz anderes Gefühl.«

Beeindruckt starrt sie mich.

Links von ihr beobachtet mich Papa voller Vaterstolz. »Sie ist die beste Jägerin der Welt«, sagt er. »Die Männer können sich warm anziehen. *And tomorrow, she's going to shoot* …«, er bemüht sich um eine möglichst tiefe Stimme, »… *a male desert lion.*«

»*Woooow* …«, macht der Spanier.

»Wenn alles klappt«, wiegele ich ab. »Das ist mein Geburtstagsgeschenk.«

»*You lucky girl* …«

Verlegen lächele ich die beiden an. In Wahrheit kann ich kaum glauben, dass es schon morgen so weit ist. Ich denke an Lutz Arendts Nachschuss bei meinem Bergzebra, an meine schändlichen Zweifel hinsichtlich meines tatsächlichen Könnens als Bogenschützin. Ich beruhige mich damit, dass er im Auto an unserem ersten Tag gesagt hat, das würde eine leichte Jagd werden, nicht vergleichbar mit Papas gefährlicher Büffeljagd, denn am Ende sei ein Löwe auch nur eine grosse Katze. In dem Moment, wohlig warm von den Flammen, die in der Feuerschale aufzüngeln und verschwinden, habe ich natürlich noch keine Ahnung, was in den nächsten Tagen alles passieren wird.

Die Frau lächelt zurück. Und kommt wieder zu Papas Geschichte: »Apropos Büffel, ich habe gehört, dass letztes Jahr eine Amerikanerin in Südafrika einen mit dem Revolver jagen wollte. Sie hat wohl zweimal getroffen und am nächsten Tag noch zweimal, aber er war nur verletzt. Tage später wurde er tot aufgefunden.«

»Typisch Amerikaner …«, seufzt Papa. »Die und die Russen … Ich hab es aufgegeben, sie verstehen zu wollen. Die interessiert nur das Schiessen, das Abenteuer, solche Leute denken, sie wären in einem Western. Die Beziehung zum Wild, das Anpirschen, Fährtenverfolgen, das ist denen voll-kom-men egal. Dabei ist das doch das Wichtigste. Das, was vor dem Schuss passiert.«

Die Spanier nicken, sie sind ganz seiner Meinung, wenn sie auch nicht seine Erfahrung haben.

Ich beobachte Papas Gesicht im tanzenden Feuerschein. Er presst die Lippen zusammen, dann fährt er fort: »Aber immerhin schämen sich amerikanische Jäger nicht für ihr Hobby. Sie posten ihre Jagdfotos auf Facebook, sind stolz drauf, die haben keine Angst. Wir in Europa sind doch völlig paranoid seit dieser Geschichte mit Cecil, dem Löwen in Simbabwe. Wir verstecken uns, trauen uns nicht, davon zu reden, behalten unsere Fotos für uns …«

»Bei uns hat es mit Juan Carlos' Elefantenjagd angefangen«, sagt Valentina lächelnd, ein Hauch Fatalismus unter dem dicken Make-up der Städterin. »So ist es eben heutzutage. Das Internet macht die Leute verrückt, sie brauchen Sündenböcke, um ihren Hass loszuwerden.«

»Genauso ist es«, bestätigt Papa. »Aber das ist doch unglaublich, wir tun ja schliesslich nichts Verbotenes.«

Bei dem Thema sind wir uns nicht einig, er und ich. »Ich hab es dir schon mal gesagt, Papa: Diese Jagdgegner finde ich total gruselig. Das wird noch mal böse enden. Guck dir Luc Alphand an: Er hat wegen der ganzen Drohungen sämtliche Sponsoren verloren, er musste sogar aus Frankreich wegziehen.«

Papa verdreht die Augen. »Ich glaube, du übertreibst, mein Spatz. Das sind nur ein paar Frustrierte, die den ganzen Tag vorm Bildschirm hocken. Die toben sich auf Facebook aus, aber würden keiner Fliege was zuleide tun. Und du bist ja sowieso aus der Schusslinie, du lebst im letzten Jahrhundert. Du weisst ja nicht mal, was das ist, ein soziales Netzwerk.«

Ich strecke ihm die Zunge raus. »Nänänänänä ... Der Kram interessiert mich einfach nicht. Aber ich hab genug gehört. Du kannst mit deinen Fotos machen, was du willst, aber auf keinen Fall postest du welche von mir auf Twitter, Instagram und wie sie alle heissen. Weder mit dem Zebra noch mit dem Löwen morgen, ja?«

Er sagt nichts, trinkt einen Schluck Wein.

»Papa, ich meine es ernst. Die behältst du für dich, okay?«

»Ja doch. Natürlich, keine Sorge, Apo.«

24. April

Martin

Mademoiselle studierte Recht, wenn das mal keine Ironie ist: Rechte, genau die fehlen den Tieren, damit sie vor Mördern wie ihr geschützt sind. In Frankreich hatte es zwar in den letzten Jahren ein paar juristische Vorstösse für Haustiere gegeben, aber bei Wildtieren waren wir davon noch weit entfernt, ehrlich jetzt. In der Beziehung waren die sozialen Netzwerke wenigstens zu was gut: Mangels Gesetzen und Gerichten, die diese Leute verurteilten, kümmerte sich die öffentliche Meinung um sie, dank solcher Gruppen wie STOP HUNTING FRANCE.

Doch obwohl ich seit fünf Tagen sicher wusste, wer sie war, hatte ich die Blondine am Mittwoch noch immer nicht den anderen Usern ausgeliefert, die wollten allmählich aufgeben:

Jerem Nomorehunt: Trotz intensiver Recherche konnten wir die Jägerin nicht finden. Aber andere haben nicht so viel Glück, verlasst euch drauf. Wir bleiben aktiv. #BanTrophyHunting
Oliver MP: Ins Paradies kommt die Fotze ganz sicher nicht.

> **Cln Nl:** Hoffentlich erledigt ein anderer Löwe bei ihrer nächsten Jagd das Problem. Die Natur wird sich schon rächen.

Ich konnte mir nicht erklären, wieso ich das alles für mich behielt. Ich hatte das Gefühl, dass die anderen dort nichts zu suchen hatten, dass das ein Ding zwischen mir und dieser Apolline Laffourcade war. Im Grunde wollte ich mich selber um sie kümmern, auch wenn ich nicht so wirklich wusste, wie. Noch nicht, jedenfalls.

Bisher war ich ihr nur durch die Strassen von Pau gefolgt. Um besser zu verstehen, mit wem ich es zu tun hatte. Sonntag, Montagabend nach meiner Skitour zum Col du Couret und Dienstag hatte ich die Wege der Musterstudentin, die sie bestimmt war, zwischen der Uni und ihrer Wohnung in der Altstadt observiert. Ich beobachtete von weitem, wie sie mit schnellem Schritt durch die Strassen lief, als wäre sie immer in Eile, wie sie in Sportkleidung joggen ging, jeden Abend zur gleichen Zeit, sogar bei Regen. Ich fing an, mir ein Bild ihres hübschen, kleinen Lebens zu machen, ein ziemlich bequemes Leben, wenn man mich fragt. Trotzdem reichte mir das nicht. Ich glaub, es fiel mir einfach schwer, sie einzuordnen, als Person. Das Jagdfoto, bei dem mich jedes Mal eine Scheisswut packte; das, was Monique Mathurin in Saragosse mir erzählt hatte; das, was ich von der Unterhaltung mit ihrem Vater im Schloss in den Weinbergen mitbekommen hatte; irgendwie schien es da Dinge zu geben, die sich mir entzogen. Ich wollte mehr über sie wissen, begreifen, was im Kopf eines solchen Mädchens vorging, sich in Lourdes liebevoll um alte Katholiken kümmern und dann mit dem Bogen einen Löwen abschiessen, als wär's ein stinknormales Hobby.

Weil ich mir ständig vor ihrem Haus die Beine in den Bauch stand, von meinem um die Ecke geparkten Auto aus sah, wie sie ein und aus ging, hatte ich mir alles Mögliche über ihre Wohnung zusammengesponnen, was wohl drin war. Womöglich die Löwentrophäe. Aber auch Jagdfotos von fernen Ländern, Schädel von wer weiss welchen vom Aussterben bedrohten Antilopenarten, neue Beweise für ihre wachsende Akte voller Massenmorde. Und je länger ich hinter meiner Windschutzscheibe sass, desto mehr Lust bekam ich, es mit eigenen Augen zu sehen. Also beschloss ich an diesem Mittwoch auf der Fahrt von meiner Talsohle in die Stadt, als erneut später Schneefall über die Hänge der Pyrenäen hereinbrach und die Flocken sogar die Autofenster bepuderten, dass ich einen Schritt weiter gehen wollte. Dass ich einen Weg finden wollte, bei Apolline Laffourcade einzudringen. Ich dachte immer noch an den Wildschweinkot, den die Kollegen für Bärenausscheidungen gehalten hatten. Und an den Nationalparkdirektor, der mir eine Standpauke halten wollte, als wäre das, was ich getan hatte, wichtiger als Cannellitos Tod, den sich niemand eingestand. Ehrlich jetzt, bei alldem packte mich eine unheimliche Wut. Ich glaub, dass ich auf die Jägerin fixiert war, half mir irgendwie, den ganzen Scheiss zu vergessen.

»Guck, da ist sie«, sagte ich zu Cannelle, als besagte Jägerin aus ihrer Wohnung kam.

Siebzehn Uhr, wie an den beiden Tagen zuvor. Ich hatte ihre kantige, in Joggingsachen fast schon maskuline Gestalt in dem feinen Regen, der auf die Stadt fiel, sofort erkannt. Ich sah ihr nach, wie sie in strammem Tempo durch die Strassen von Pau davonlief. Wartete, bis sie um die Hausecke bog, auf dem Rücksitz schnarchte wie immer röchelnd meine Hündin. Meinen Beobachtungen gestern und vorgestern zufolge hatte ich eine gute Stunde, ehe sie wiederkam. Also stellte ich mich an die Haustür, und als ein Typ rauskam, um im Nieselregen einkaufen zu gehen, schlüpfte ich ins Treppenhaus, brauchte nicht mal den Code.

Sie wohnte im ersten Stock, das wusste ich schon, ich hatte sie ein paarmal am Fenster gesehen. Ich fuhr mit dem Fahrstuhl hoch und stand vor einer Tür, banaler ging es gar nicht, am Klingelschild ihr Name auf einem handgeschriebenen Aufkleber in ordentlicher Schulschrift. Die Tür sah überhaupt nicht gesichert aus, womöglich hätte ich mit ein bisschen Werkzeug das Schloss aufgekriegt. Aber das konnte ich mir dann doch nicht vorstellen: Die Blondine hätte sofort Anzeige erstattet und geahnt, dass jemand sie verfolgte oder ihr Böses wollte, und damit wäre es unmöglich geworden, meine Ermittlungen fortzusetzen oder sich ihr auf irgendeine Weise zu nähern. Nein, fürs Erste wollte ich so unauffällig wie möglich vorgehen. Bei ihr eindringen, ohne sie merken zu lassen, dass ich ihr auf den Fersen war.

Ich sah mich um, suchte nach einer Lösung. Rechts ging eine Tür ins Treppenhaus ab, und auf dem Absatz war ein kleines Fenster mit einem Griff. Ich öffnete es, um mir einen Gesamteindruck zu verschaffen. Unten war ein kleiner Garten mit Eichen und einem völlig verlassenen Kinderspielplatz, nicht ein einziges Gör auf der Rutsche. Aber vor allem ging das Fenster auf den Balkon der Jägerin raus, schätzungsweise nicht mal zwei Meter entfernt. Ich zögerte, ehe ich es wagte. Nicht dass ich Angst gehabt hätte runterzufallen, nein, so bin ich nicht, ich wollte nur nicht von unten gesehen werden. Aber ich sah keine andere Möglichkeit: Letztendlich kletterte ich aufs Fensterbrett, stellte die Füsse auf das schmale, nasse Sims an der Hauswand, richtete mich auf, so gut es ging. Und es gelang mir, eine Hand aufs Balkongeländer zu legen, dann zog ich mich hoch. Glück gehabt, die Balkontür war nicht verriegelt. Eine Minute später stand ich in ihrem Zuhause, im Wohnzimmer.

Wie ein Spion, der in ihre Privatsphäre eindringt.

Ich biss die Zähne zusammen, als ich daran dachte, was ich wohl finden würde.

Es war eine kleine Zweizimmerwohnung, eigentlich nichts Besonderes. Sofa, Couchtisch aus Tropenholz, IKEA-Regal, ziemlich viele Bücher. Ich ging ins Schlafzimmer, Doppelbett, Schreibtisch. Fast war ich enttäuscht von dem, was ich hier vorfand, als wäre die Bewohnerin eine stinknormale Studentin und keine Grosswildmörderin. Hinweise auf ihr blutiges Hobby gab es, ja, aber viel weniger, als ich erwartet hatte. An den Schlafzimmerwänden hingen ein paar kleine, gerahmte Tierfotos, ein Zebra, ein Nashorn, ein Elefant, die Bilder waren in irgendeinem afrikanischen Nationalpark mit dem Teleobjektiv gemacht worden, nahm ich an. Aber kein einziges Bild von ihren *Jagderfolgen* und vor allem nichts, was an das grausame Foto erinnerte, das seit zehn Tagen durchs Netz geisterte. Auf ihrem Nachttisch standen ein hölzernes Kruzifix und ein Rahmen mit dem Foto einer Frau. Wahrscheinlich ihre verstorbene Mutter. Es war übrigens das einzige Foto eines Menschen in der ganzen Wohnung: kein Freund, keine Mädelsabende. Und da fielen mir Monique Mathurins Worte wieder ein, dass Apolline Laffourcade ein bisschen scheu war, und oft allein. Das arme Herzchen ...

Komischerweise fand ich die Löwentrophäe nicht. Dabei suchte ich in allen Zimmern, stellte mir alle möglichen Gegenstände vor, in die man Fell, Kopf oder auch eine Tatze der Raubkatze hätte verwandeln können: Sessel, Teppich, Garderobe, Schlüsselbrett ... Nichts. Sieht so aus, als hätte sie ihn nie erschossen, hätte einer der Trolle gesagt, die uns auf Facebook so gern widersprachen. Vielleicht lebte der Löwe noch gemütlich in seiner Savanne. Vielleicht war das Foto, das uns alle erschüttert hatte, nur eine auf Photoshop zusammengebastelte Montage. Aber ich war eher der Meinung, dass die Trophäe an ganz anderer Stelle zwischengelagert wurde, in einem weiteren Gruselkabinett auf einem von Papas Anwesen. Oder die Trophäe war noch beim Tierpräparator oder wurde gerade erst eingeflogen, das war auch möglich.

Ich sah mir ihre Bücher an, um mir ein Bild davon zu machen, was jemand wie sie wohl las. Klassiker, der gesamte *Rougon-Macquart*-Zyklus, *Moby Dick,* Jules

Verne. Reiseberichte, Francisco Coloane in Patagonien, Nicolas Bouvier. Und Tierbücher, darunter zwei über Bären in den Pyrenäen, die ich sogar selbst zu Hause hatte. Aber quer über den anderen Bänden lag ein Buch, das ich nie im Leben im Haus hätte haben wollen: *Professional Hunter* von einem gewissen John A. Hunter, der seinem Namen alle Ehre machte. Zwischen den Seiten steckte ein Lesezeichen, als wäre sie noch mittendrin. Ich las ein paar Sätze an der Stelle, wo sie offenbar aufgehört hatte:

Ich halte den Löwen für das zweitgefährlichste Grosswild in Afrika. Seine grosse Geschicklichkeit, sich in der kärglichsten Deckung zu verbergen, seine enorme Geschwindigkeit – und zwar vom ersten Augenblick an – sind dabei für mich ausschlaggebend.

Und innerlich kochend legte ich den Schund wieder hin und sagte leise: »Wenn ihrer doch nur dazu gekommen wär, sie kaltzumachen ...«

Im engen Flur bemerkte ich etwas. Eine an die Wand gepinnte Karte, darauf waren mit Kuli Routen eingezeichnet. Eine IGN-Karte, die ich nur zu gut kannte: Ossau – Aspe-Tal – Nationalpark Pyrenäen, Massstab 1 : 25 000. Sie wandert, dachte ich zuerst. Ehe mir einfiel, was ich von dem Gespräch aufgeschnappt hatte, als ich aufs Anwesen ihres Vaters geschlichen war: Ich will einfach nur in die Berge, es soll wieder schneien.

Da flüsterte ich: »Nein, sie wandert nicht. Sie macht Skitouren.«

Das Mädchen war auf den verschneiten Hängen des Ossau- und des Aspe-Tals zu Hause.

Wie ich.

Und da durchfuhr mich ein komischer Gedanke, der mir ganz und gar nicht gefiel. Nämlich dass dieses Mädchen irgendwie eine Einzelgängerin war, Bücher hatte, die ich auch besass, auf Skitouren ging, vermutlich auch das eine oder andere über Tiere wusste. Der Gedanke, dass sie und ich im Grunde ziemlich viel gemeinsam hatten. Aber dieses widerwärtige Gefühl verscheuchte ich hastig, rief mir ins Gedächtnis, dass *sie* die Tiere abknallte. Und das änderte alles.

Ich schaute mir die eingezeichneten Linien auf der Karte genauer an. Eine führte hoch zum Pic d'Aspe, über den Sansanet. Die Route kannte ich, es war eine der anspruchsvollsten des Tals. Fünf Stunden Aufstieg, für die Nordseite waren Steigeisen nötig, ein schwindelerregender Grat. Ich konnte mir nur schwer vorstellen, dass sie das wirklich geschafft hatte, aber wenn es stimmte, war sie keine Anfängerin. Jedenfalls hatte ich jetzt viel mehr Informationen gegen diese Jägerin in der Hand, als man online hätte finden können, das ist mal sicher. Und in dem Moment hatte ich definitiv keinen Bock, sie mit den Facebook-Aktivisten zu teilen.

Als ob diese Jägerin ein bisschen mir gehörte.

Ich ging zurück ins Wohnzimmer, überprüfte, dass ich nichts verstellt hatte, was meine Anwesenheit hätte verraten können. Im Schlafzimmer öffnete ich die Schränke, musterte die gefaltete und auf Bügeln hängende Kleidung. Ganz oben in einem geräumigen Fach entdeckte ich Kunststoffboxen mit Bergausrüstung und ein Paar Skischuhe, wie die übertrieben ausgestatteten Spanier sie trugen, wenn sie vom Col du Somport zu uns rüberkamen. Ultraleichte La Sportiva Spitfire. Klar, wenn sie sich eine Löwenjagd für fünfzigtausend Mäuse leisten konnte, fuhr sie natürlich nicht mit so alten Brettern wie ich durch die Gegend. Aber etwas anderes erregte meine Aufmerksamkeit. Eine Art harter, länglicher Koffer ganz hinten im Fach hinter den Kunststoffboxen. Ganz behutsam holte ich ihn raus, schob die Kisten vorsichtig beiseite. Ich stellte ihn aufs Parkett, machte ihn auf.

Drin lag der Bogen vom Foto. Der, mit dem sie den Löwen getötet hatte.

Einen Moment lang betrachtete ich ihn, die Umlenkrollen, die im Schaumstoffblock steckenden Pfeile, eine Art am Bogen befestigtes Visier.

»Scheisse ...«, flüsterte ich.

Ich wollte ihn in die Hand nehmen, angeekelt und fasziniert zugleich von einem solchen Tötungsapparat.

Doch in dem Moment hörte ich die Wohnungstür.

Zuerst ein Klicken im Schloss.

Dann das Quietschen der Türangeln.

Verdammt, dachte ich, mein Herz fing an zu hämmern. Sie war früher zurück, als ich gedacht hatte, oder ich hatte die Zeit nicht im Blick gehabt. In aller Eile klappte ich den Koffer wieder zu, legte ihn zurück, hinter die Boxen und die Skischuhe. Leise schlich ich aus dem Schlafzimmer, drückte mich hinter eine Tür. Sie hatte mich nicht gehört, nicht bemerkt. Ich sah von hinten, wie sie in ihrem Zuhause ankam, den Schlüsselbund in eine Schale auf der Kommode legte. Sie war nass von Regen und Schweiss, die triefenden Haare tropften ihr auf die Schultern. Ich beobachtete sie beklommen, so, wie man eine seltene Tierart in ihrem natürlichen Lebensraum beobachtet. Mir entging keine einzige Geste, ihre Art, sich zwischen den Möbeln ihrer Wohnung zu bewegen, ausser Atem vom Laufen. In dem Moment war sie mir ganz nah, gerade mal ein paar Meter, wenn ich gewollt hätte, hätte ich mich auf sie stürzen, mit einem Schlag alle Opfer ihrer Massaker rächen können. Aber ich tat nichts. Vielleicht weil ich nicht bereit war, vielleicht auch, weil es zu einfach gewesen wäre. Ich begnügte mich damit, sie auszuspionieren und mir dabei in Erinnerung zu rufen, wer wirklich hinter der Fassade der jungen Sportlerin und Musterstudentin steckte. Ich sah zu, wie sie ihr Handy auf Nachrichten checkte, ein altes Modell mit Tasten, wie sie ein Handtuch vom Sofa nahm, sich die Haare abtrocknete. Und als sie zum Duschen ins Bad ging, schlüpfte ich zur Wohnungstür raus.

26. März

Apolline
D-Day: Tag X.
Heute Abend wird alles anders sein.
Heute Abend werde ich einen Löwen erlegt haben.

Das glaube ich zumindest, deshalb trainiere ich ein letztes Mal, schiesse mit den Pfeilen auf eine provisorische Zielscheibe in einer Ecke des *hunting camp*. Ich habe sechsunddreissig Meter eingestellt, genau die Entfernung zwischen Luderplatz und Ansitz, von wo aus wir den Löwen jagen werden, wie uns der *PH* erklärt hat. Ich bin allein in der Stille des *bush*, konzentriere mich auf den Visiertunnel, schiesse mich ein, in Sechs-Pfeil-Passen. Ich will sichergehen, dass mein Bogen funktionsfähig ist. Ich checke sorgfältig alle Stränge, Punkt für Punkt, meine Pfeilauflage, meinen Köcher, die Rotation der Cams. In diesem Stadium ist das reine Pedanterie, muss ich zugeben, aber es ist mir trotzdem wichtig. Wenn der Löwe vor mir steht, ist es zum Justieren der Waffe zu spät.

Mit dem Zeigefinger am Abzug des Release lasse ich noch einen Pfeil fliegen, ein *perfect shot*.

Ich zucke zusammen, als hinter mir ein »*Not bad, Legolas*« ertönt.

Ich drehe mich um. Da steht Lutz massig wie ein Dickhäuter auf dem dürren Boden, mit seinem Uni-Basecap und der Sonnenbrille. Er geht zu meinem Ziel, begutachtet die Schussplatzierung im aufgesprungenen Holz.

»Dein Vater hat recht, du schiesst ziemlich gut. Sehr gut sogar.«

Ich starre ihn an, frage mich, ob ich gerade richtig gehört habe: ein Kompliment von diesem Typ, der gestern noch kaum ein Wort mit mir gewechselt hat. Einen Moment lang sage ich mir, vielleicht ist das seine Art, sich für sein Verhalten bei dem Bergzebra zu entschuldigen. Aber ich besinne mich sofort: Je länger ich drüber nachdenke, desto unsicherer bin ich mir, dass mein Schuss gesessen hat. Und ausserdem passen Entschuldigungen irgendwie nicht zu ihm. Deshalb sage ich nur: »Vor allem trainiere ich viel.«

»Viel Training, ja.« Den Bruchteil einer Sekunde runzelt er gedankenverloren die Stirn. »Gut, wir wollen bald los. Alle sind bereit, kurzes Briefing, und auf geht's, okay?«

Ich nicke, packe meine Ausrüstung zusammen und treffe ihn dann am Campeingang. Schon seit heute Morgen spüre ich, dass es für den *staff* ein besonderer Tag ist, Papa hat es mir mehrmals gesagt, ein Raubtier zu jagen ist etwas anderes, als aus dem Auto heraus auf eine Herde Springböcke zu schiessen. Auch wenn der *PH* gesagt hatte, es würde keine schwierige Jagd werden, da liegt eine Anspannung in der Luft, die ich am Vortag nicht bemerkt habe, als wir uns an die Bergzebras heranpirschen mussten. Vor allem bei den Fährtenlesern. Heute Morgen habe ich durch den Trennzaun den einen, der uns begleiten wird, neben seinem Zelt beten sehen. Meerepo, der *skinner* mit der Mütze, hatte mir erklärt, dass er Gott um Schutz für die Jäger im Angesicht des Raubtiers bat. Denn einen Löwen zu jagen ist immer gefährlich, sagte er mit hochgezogenen Augenbrauen, man weiss nie, was passiert. *Very dangerous, very dangerous,* wiederholte er lächelnd und zeigte seine spitz zugefeilten Zähne, als wollte er mir Angst machen.

Wir versammeln uns neben dem Land Cruiser, Lutz, der schwarze Fährtenleser, Papa und ich, der Fahrer bleibt hinter dem Steuer sitzen. Eine Art Lampenfieber zieht mir den Magen zusammen, Angst, den Anforderungen meines Ehrgeizes nicht gewachsen zu sein. Papa dagegen lächelt nonstop, er vertraut meinem Können voll und ganz. Es ist mitten am Nachmittag, in der prallen Sonne ist es megaheiss. Ich rücke mein Basecap zurecht.

»Okay, Folgendes«, beginnt Lutz in Bandenführermanier. »Der Löwe hat seit der Lockfütterung so seine Gewohnheiten entwickelt: Ich hätte gern zur grösseren Genauigkeit eine Kamera aufgehängt, aber grob gesagt wissen wir, dass er täglich zwischen siebzehn und achtzehn Uhr zum Luderplatz kommt. Wir fahren da jetzt in Ruhe hin, damit wir mindestens eine Stunde vorher am Ansitz sind. Er müsste vor Einbruch der Dämmerung da sein. Also ... normalerweise.«

Er scheint zu zögern, wirkt unsicherer als beim letzten Mal, als er mit uns gesprochen hat. Als hätte sich die Situation geändert.

»Was soll das heissen, normalerweise?«, wundert sich Papa.

Lutz schnauft geräuschvoll, wendet sich ihm zu. »Normalerweise halt. Aber das sehen wir dann vor Ort, okay? Also, das ist eine Lockjagd: Wenn wir Geduld haben und konzentriert bleiben, ist es ganz einfach. Aber wir vergessen nie, mit wem wir es zu tun haben: Selbst ein angefütterter Löwe bleibt ein Löwe. Wir spielen nicht Rambo, wir nehmen uns Zeit, und wir schiessen nur, wenn wir sicher sind, dass wir ihn auch wirklich tödlich treffen. Ich will Sie nicht in einer Kiste nach Frankreich zurückschicken, okay?«

Er sagt Wir, schaut mich nicht an, aber ich ahne, dass er mich meint.

»Okay«, sage ich.

»Gut. Und nicht vergessen: Er wurde nur zum Abschuss freigegeben, weil er als *Problemtier* eingestuft worden ist. Das heisst, es ist verboten, ein anderes Männchen als ihn zu erlegen. Es wird erst geschossen, wenn ich grünes Licht gebe. Ich muss sicher sein, dass er der Beschreibung entspricht, sonst wird das Ganze um einiges teurer als geplant. Sowohl für Sie als auch für mich.«

»Verstanden«, sagt Papa, der bestimmt daran denkt, wie viel ihn diese Geburtstagsjagd sowieso schon kostet.

Der Deutsche reibt sich die Hände, zögert einen Moment. Dann wendet er sich an mich, als wäre ich auf einmal ein bisschen in seiner Achtung gestiegen. »Junge Dame, das ist heute deine Jagd«, sagt er endlich. »Ich weiss nicht, ob dir das klar ist, aber es gibt sehr viele

Jäger, die liebend gern mit dir tauschen und so eine Trophäe erlegen würden. Also sieh zu, dass es was wird: Wenn dein Pfeil so gut platziert ist wie vorhin beim Training, habe ich keinen Grund zu schiessen. Aber falls es brenzlig wird ...«

Er hält seine .470 mit enormer Stoppwirkung hoch, lässt uns den Rest erahnen; dass er in dem Fall da ist, um das Raubtier zur Strecke zu bringen. Ich nicke mit zusammengepressten Lippen, zum Zeichen, dass ich es begriffen habe.

»*Well* ...«, sagt er und klatscht zum Abschluss des Briefings in die Hände. »Auf geht's.«

Kurz darauf fahren wir mit brummendem Motor aus dem Camp, Papa, Lutz und ich sitzen auf der ersten Bank der Ladefläche, hinter uns der Fährtenleser, der Fahrer ist vorne allein. Meerepo steht vor der Hütte, in der er das Zebra gehäutet hat, hebt grüssend die Hand, und einen Moment lang kommt es mir vor wie ein Lebewohl, als würde ich in den *bush* fahren und nie mehr wiederkommen.

»Alles gut, mein Spatz?«, fragt Papa.

Ich nicke, um ihn zu beruhigen.

Er legt die Handrücken auf die Knie und schliesst die Augen wie ein meditierender Buddha. »Ommmmmmm...«

Entspann dich, soll das heissen.

Wir fahren lange, durchqueren eine weite, mit *fesch-fesch* bedeckte Ebene, feinkörniger Staub aus den trockenen Flussbetten. Hinter uns bildet sich eine riesige braune Wolke, trübt den unendlich blauen Himmel, als ob gleich ein Gewitter über uns hereinbrechen und der Dürre ein Ende machen würde. Papa schneidet Grimassen, tut so, als würde er in den Schwaden ersticken, hustet übertrieben laut. Dann kommen wir auf eine für uns nicht nachvollziehbare Piste, die zu einem Hügel führt. So geht es hinauf, wir werden ordentlich durchgeschüttelt, halten uns, so gut es geht, an den Griffen fest. Stellenweise haben wir einen Ausblick auf die Weite der Ebene, graues, ödes Land breitet sich vor uns aus wie ein Teppich, der nie ausgeklopft wird. Diese berühmte Wüste ist von Löwen und Elefanten bevölkert, die an Hitze und Wassermangel angepasst sind, die Fläche aus Dünen, Bergen und vereinzelten Oasen erstreckt sich kilometerweit, bis zum Meer, ganz hinten im Westen an der *Skeleton Coast,* wo sich Kolonien von Seebären tummeln. *My God,* denke ich, das ist unglaublich. Es hat etwas Unwirkliches, Schwindelerregendes, hier zu sein.

Der Land Cruiser wird langsamer, der Fährtenleser hinter uns steht auf, beginnt seine Inspektion, sucht das Gelände ab. Wir sind unterwegs zum Ansitz, aber ich weiss, dass der Löwe ab jetzt jederzeit auftauchen kann. Mein Puls wird schneller, tatsächlich spüre ich das heftige Pochen, die Hitze verstärkt es noch. Mit zusammengepressten Lippen setze ich mich kerzengerade auf, und obwohl ich weiss, dass ich nie im Leben an die scharfen Augen der Eingeborenen herankomme, suche auch ich. Ich scanne jede Einzelheit der felsigen Landschaft, die zwischen Rot und Weiss variiert, bedeckt mit toten gelben Halmen, die zwischen den Steinen gewachsen sind, büscheweise *milk bushes,* die ihre tausend

Finger zum Himmel recken, *cobas trees,* die Stämme mit Wasser vollgesogen. Ich weiss, dass ein Löwe, selbst ein grosses Männchen, in dieser Landschaft verschwinden kann, das Fell verschmilzt mit dem Sand, vor allem wenn er sich nicht bewegt. Ich mustere die Schatten, kleine Erhebungen, der ganze Körper angespannt.

Und sehe einen *shepherd's tree,* von dessen Ästen eine seltsam tierische Gestalt baumelt, rundherum in den Zweigen sitzen Schildraben. Langsam fährt der Land Cruiser näher, der Fährtenleser ist auf der Hut, Lutz stumm hinter seiner Sonnenbrille. Die Umrisse der Gestalt werden deutlicher, ich erkenne den Eselskadaver, der den Löwen anlocken soll. Oder vielmehr was davon übrig ist: ein kaum noch identifizierbares Gerippe, das einen Meter fünfzig über dem Boden baumelt und sich dreht. Man sieht noch ein wenig graues Fell, das trocknet, die Flanken aufgerissen, darin hängt schwarzes und rotes Fleisch, Reste der Eingeweide liegen rundherum auf den heissen Steinen verstreut. Ich sehe, wie Insekten um das Fleisch herumschwirren, bemerke den Geruch, widerlich und penetrant, der bis zu uns weht, als der Fahrer kurz vor dem Baum hält und den Motor ausmacht.

»Das ist der Ansitz«, sagt der *PH.*

An einem riesigen *milk bush* wurde eine Art provisorischer Unterstand aus Mopane gefertigt, Äste und Laub sind miteinander verflochten. Lutz und seine Männer haben gute Arbeit geleistet, muss ich zugeben. Ich hole meinen Bogen raus, der Koffer bleibt unter der Sitzbank; der Deutsche greift nach Grosskaliber und

Rucksack. Und alle steigen vom Geländewagen, nur der Fahrer nicht, klar, er kehrt um, als sein Boss ihn mit einem Klopfen gegen die Wagentür abkommandiert. Ich sehe dem Land Cruiser nach, schon bald ist er hinter der Böschung verschwunden, lässt uns mitten im *bush* allein zurück, mich, Papa, Lutz und den Fährtenleser. Ein paar Geier kreisen über uns, Ohrengeier, wenn mich nicht alles täuscht. Wir gehen zum Ansitz, kauern uns alle vier unter Zweige und Blätter. Ein bisschen eng, aber die Sicht auf den baumelnden Köder ist einwandfrei.

»Sechsunddreissig Meter«, erinnert der *PH*. »Das müsste passen, oder?«

Papa schaut mich an. »Passt dir das, Apo?«

Ich mustere den Unterstand, als wäre ich Expertin auf dem Gebiet. Und hebe meinen Bogen, als wollte ich einen Pfeil durch die Öffnung schiessen, der Sechsunddreissig-Meter-Pin auf den unteren Teil des Eselskadavers ausgerichtet. Wo nachher mein Löwe sein wird, nehme ich an. Der obere Teil des AVAIL stösst nicht mal ans Blätterdach, der *PH* hat an alles gedacht.

»Perfekt«, sage ich. »Wenn ich hier meinen Schuss verfehle, hab ich die Trophäe wirklich nicht verdient.«

»Tststs, nun red mal keinen Unsinn, mein Spatz. Ich bin mir sicher, dass du von hier aus eine Fliege treffen könntest.«

Ich verziehe das Gesicht, zu angespannt zum Lächeln. Und mir auch zu unsicher.

»Gut«, meint Lutz leise. »Jetzt heisst es warten.«

Ich schaue auf die Uhr: sechzehn Uhr dreizehn.

Wir setzen uns auf den trockenen Boden. Der Fährtenleser geht raus, legt sich ein paar Minuten in den Schatten des *milk bush,* die Mütze über den Augen. Lutz behält den Köder im Auge, schnauft öfters, wirkt ein bisschen gestresst. Eine gewaltige Stille breitet sich aus, einzig das Krächzen der Schildraben ist zu hören, die sich im *shepherd's tree* aufgeregt um das Aas zanken, kein Raubtier stört sie.

»Ist er schon in der Nähe, was meinen Sie?«, frage ich.

Der Deutsche schürzt die Lippen, zögert. »Solange noch Futter da ist, entfernen Löwen sich eigentlich nicht weit von ihrem *kill**, das Gleiche gilt für Luderplätze. Sie kommen täglich wieder, ungefähr zur selben Zeit.«

Aber eigentlich ist das keine richtige Antwort, merke ich. Eigentlich kommt es mir so vor, als hätte er seine Zweifel. Im Nachhinein glaube ich, er wusste schon in dem Moment, dass diese Jagd scheitern würde, wollte es uns aber noch nicht sagen. Wir warten, im Unterstand verstreichen die Minuten. Die Sonne beschreibt ihre weissglühende Bahn, die Schatten der Bäume und Felsen werden länger. Der Umriss des Galgenbaums samt Esel sechsunddreissig Meter vor uns wird mir allmählich vertraut, nichts passiert, abgesehen vom Totentanz der Rabenvögel. Ich warte auf den Moment, wenn die grosse Raubkatze auftauchen wird, versuche mir vorzustellen, von wo sie wohl käme, würde sie hinter den Felsen hervorkommen, vorsichtig über die graue

* Von einem Raubtier erlegtes Wild, Jagdbeute.

Hügelkuppe dort schreiten, hinter uns erscheinen, den Ansitz für einen leblosen Teil der dürren Landschaft halten und ignorieren. Ich streiche über die Medaille in meiner Halskuhle, ganz automatisch, als könnte die Heilige Jungfrau höchstpersönlich den Löwen herbeirufen. Ich schaue zu Papa, der still ein paar Fotos macht: das Innere unseres Unterschlupfs; die Öffnung, durch die ich schiessen soll; mein AVAIL, der an den Zweigen lehnt. Papa lächelt mich an, hebt aufgeregt die Brauen, so glücklich ist er, mit mir hier zu sein. Und trotz der Anspannung wird mir klar, was für ein Glück ich mit meinem Vater habe. Maman hatte immer gesagt, dass wir zu eng sind, er und ich, dass unsere Beziehung mir nicht gerade dabei half, auf andere zuzugehen. Aber ich kann es nicht ändern: Ich verbringe nun mal gern Zeit mit meinem guten alten Papa, bei diesem gemeinsamen Hobby, das uns seit meiner ersten Leierantilope verbindet.

Schon nach siebzehn Uhr dreissig: vom Löwen keine Spur.

Jetzt, am frühen Abend, streicht ein Schakal um den Kadaver, mustert ihn, aber kommt nicht ran mit seinen kurzen Beinen, klebt am Boden. Er schnüffelt in der Nähe nach ein paar Happen, die die Vögel übrig gelassen haben. Dann schnürt er energisch durch den staubigen *bush* davon. Lutz scheint mir immer skeptischer, geradezu hektisch, ein nervöses Zucken durchfährt sein aufgedunsenes Gesicht. Er hält das Gewehr in der Hand, wechselt stumme Blicke mit seinem Fährtenleser, der auf der Schwelle der Hütte hockt.

Ich mache dasselbe mit Papa, der eine aufmunternde Grimasse schneidet und flüstert: »Na los, Mufasa, beweg mal deinen Hintern her.«

Aber um achtzehn Uhr dreissig ist er noch immer nicht da.

Die Sonne verschwindet bald hinter den grauen Bergen, die Landschaft in die Schatten der Erhebungen getaucht, Baum und Esel wie eine makabre Skulptur im Dunkeln. Sachte erheben sich die nächtlichen Geräusche der Tiere. Ich habe das Gefühl, das Aas nicht mehr zu riechen, vielleicht weil ich mich dran gewöhnt habe, vielleicht weil es nicht mehr so warm ist. Ich mustere den dunkler werdenden *bush,* mir ist klar, dass das Erscheinen meines Löwen immer unwahrscheinlicher wird, je mehr Zeit verstreicht. Die Nacht legt sich wie ein schwarzer Schleier über die Wüste.

Man sieht fast nichts mehr, als der PH auf die Uhr schaut und auf Deutsch vor sich hin murmelt: »Scheisse ...«

Ich warte noch, beobachte seine kaum noch erkennbaren Gesichtszüge, schaue Papa an. Und als es neunzehn Uhr dreissig und richtig dunkel wird, ergreife ich die Initiative: »Er kommt nicht mehr, oder?«

Lutz schnauft, guckt noch mal zum Luderplatz, starrt mich kurz an. Und gesteht endlich: »Nein. Er kommt nicht.«

Papa runzelt die Stirn. »*What's the problem?*«

Der Deutsche seufzt wieder. »Das Problem ist, dass er das Gebiet verlassen hat. Ich hatte gehofft, er kommt wieder, aber ...« Er richtet sich auf und meint: »Kommen Sie mal mit.«

Also verlassen wir den Unterstand, stehen zu viert unter dem herrlichen Sternenzelt, das Kreuz des Südens ganz deutlich zu sehen, die Bergkämme nur angedeutet, schwarze, gezackte Horizonte am Himmelssaum. Der *PH* holt eine Taschenlampe aus dem Rucksack, schaltet sie an, bedeutet uns, ihm zum *shepherd's tree* zu folgen. Mit Hilfe seines Fährtenlesers sucht er im fahlen Schein den Boden ab, inspiziert Sand und Steine. Wir steigen durch Geröll, gehen mit ihm bis zum Baum. Ein leichter Luftzug streift meine nackten Waden. Ein Schauer überläuft mich, ich fahre herum, will sichergehen, dass das Raubtier nicht direkt hinter mir steht.

»*Look*«, sagt Lutz gleich darauf und deutet mit seinem Dreifachkinn zu Boden.

Ich schaue auf den Lichtkreis, und zunächst sehe ich bloss brüchige Halme, Steine und Sand in Schwarzweiss. Also kauert er sich hin und zeigt uns eine vage geformte Stelle auf dem Boden. Mit etwas Phantasie kann ich mir vielleicht die fünf Ballen einer Löwenpfote vorstellen. *Wow*, ein riesiges Ding, so gross wie meine gespreizte Hand, das scheint ein wirklich gewaltiges Tier zu sein.

»Das ist er«, sagt Lutz. »Der Löwe. Aber das stammt nicht von heute, die Umrisse sind schon fast verwischt. Um den Köder herum liegt auch Kot, vollgesogen mit Blut: Das ist typisch, wenn Löwen Aas fressen. Aber auch das ist älter als vierundzwanzig Stunden. Sieht man auch am Luder: Das Fleisch ist ausgetrocknet.« Er seufzt. »Wenn er noch in der Nähe wäre, hätte er auf jeden Fall mindestens einmal am Tag hier gefressen.«

Papa schaut sich das Trittsiegel an. »Was ist Ihrer Meinung nach passiert?«

Lutz kehrt uns den Rücken zu, geht ein paar Meter, leuchtet auf den Boden. Und sagt in die Nacht hinein: »Jemand war hier, das ist passiert. Schauen Sie mal.«

Und als wir zu ihm gehen, sehen wir eine andere Spur im Licht. Einen Fussabdruck von einem Menschen. Ein Schuh oder eine Sandale, ich weiss nicht genau. Es sind mehrere, überall auf dem Hügel.

»Sie haben den Schuss gestern Abend gehört?«

»Ich ja«, sage ich. »Glauben Sie, er könnte erschossen worden sein?«

Mit zusammengepressten Lippen schüttelt er den Kopf. »Nein. Nein, er lebt noch, irgendwo.« Er schweigt und mustert die schwarzen Umrisse der Bergkämme, überlegt sich wohl Strategien in seinem erfahrenen Jägerkopf. »Aber jetzt ist es schwieriger. Jetzt hat dieser Löwe etwas gelernt: Er weiss, dass ein Köder Gefahr bedeutet.«

Wieder seufzt er, wirkt verärgert, bestimmt ist er wütend, dass jemand seine Orga durcheinandergebracht hat.

Dann sagt er zu Papa gewandt: »Sie kriegt ihren Löwen, keine Sorge. Nicht heute, aber sie kriegt ihn, glauben Sie mir. Es dauert nur ein bisschen länger als geplant.«

27. März

Charles
Verkrochen in seiner Höhle, wartete er auf die Nacht, die Nacht, jene andere Welt, Welt der Schatten, die der Mond auf russfarbene Ebenen warf, eine Welt, in der die Bäume zu struppigen Geistern wurden, Stinkbäume, Flaschenbäume, Cyphostemma, eine Welt, in der Tiere erwachten, die sich tagsüber verbargen, Welt der Braunen Hyänen mit zerzaustem Fell, leiser als jedes andere Tier schlichen sie auf der Suche nach Aas durchs Dunkel, Welt der Schabrackenschakale, die in der Dämmerung heulten, mit flinken Schritten das Gelände durchmassen, Welt der Lärmgeckos, ihr schnatterndes *teck teck teck* vor dem Bau der Weibchen, Welt der Rüppelltrappe, zwei, drei Hälse schauten aus den Halmen heraus, tiefe, rhythmische Rufe in der Dämmerung, Welt der Skorpione, die aus ihren Löchern krochen, sandige Hänge hinunterliefen, der furchtbare Stachel an der Spitze des gepanzerten Schwanzes, und die Welt der Löwen, wie die seiner Art, nach einem faulen Tag, an dem sie die Hitze gemieden hatten, wenn endlich die Stunde zum Beutemachen kam, die Schlafplätze unter den Bäumen zu verlassen, deren Kronen wie Sonnenschirme aufgespannt waren, sich auf lange

Wanderungen durch das Reich aus Sand und Stein zu begeben, Odysseen bis zum äussersten Rand der Welt, Entfernungen, die tagsüber unmöglich waren, auf der Suche nach neuen Jagdgründen und vielleicht, wer weiss, fremden Rudeln ohne dominantes Männchen, die noch zu erobern waren.

Er verliess die ausserordentlich abgelegene Spalte in den Felswänden, setzte die Ballen seiner Pfoten auf den Schotter und schritt rasch davon, ein flüchtiges Raubtier unter dem sternklaren Himmelszelt, auf der Suche nach anderen Lebensräumen, das Gedächtnis allzu voll mit menschlichen Gestalten, diese Feinde, die, so schien es, alles taten, um ihn von diesem Land zu vertreiben, das sie als das ihre betrachteten, sie sperrten Beute hinter Reihen aus Baumstämmen ein, bedrängten ihn von allen Seiten, um ihn davon abzubringen, sich daran zu laben, zweifellos würde er sich wieder solchen Festmählern hingeben, wenn die Lust, sich auf die Kraals zu stürzen, Ziegen und Kühe in Todesangst schreien zu hören, übermächtig wurde, jetzt, wo er einmal davon gekostet hatte, würde es ihn auf ewig umtreiben, so herrlich war der Rausch gewesen, aber im Augenblick hatte er beschlossen, sich von den Menschen fernzuhalten, sie glauben zu machen, dass sie über ihn triumphiert hätten: all jene, die ihre Gehege bewachten, aber vor allem den kampflustigsten, dessen Weg er gleich zweimal gekreuzt hatte, sein Auftreten war nun im Löwengedächtnis verankert, der, der ihn fürchtete wie kein anderer Mensch, aber so tat, als kenne er keine Angst, der sich aufrecht vor ihn hinstellte, als wäre er genauso stark, jener, der mit seiner Waffe den

Donner herbeigerufen hatte, der Himmel und Erde zum Beben brachte, so mächtig war das Geräusch, der, der ihn schliesslich dazu getrieben hatte, von jenem Fleisch abzulassen, obwohl es noch kaum schwarz geworden war, jenes Fleisch, dessen Geschmack seine Ruhmesjahre in ihm wiederaufleben liess, jenes Fleisch, das in seiner Abwesenheit die Schildraben auffressen würden.

Er schritt an den Felswänden entlang, Nachtwind auf den allzu trockenen Lippen und in der schwarzen Mähne, er durchquerte die Ebene wie ein imposanter Geist, die Karte seines riesigen Reiches im Kopf, unsichtbare Pfade, die er bereits kannte, so oft war er sie gegangen, manche führten zu den Dünen, manche geradewegs zum Ozean, manche ins Gebiet seiner Geburt, voll wehmütiger Kindheitserinnerungen, unterwegs war er noch unschlüssig, fasste schliesslich die Gipfel ins Auge, die vor dem Himmel aufragten, die schrägen, durchbrochenen Umrisse, hoch wie Kathedralen, die beinahe vollkommenen Waagerechten der tafelartigen Hochebenen, bog dann auf Pfade ab, die durch Schluchten führten, nahm die Besteigung des Bergmassivs in Angriff, in den Höhen, so dachte er, würde man ihn vergessen, dort oben würden die Menschen niemals nach ihm suchen.

Komuti

»Stell dir das mal vor: Er stand vor mir, ganz nahe, wie dieser Strauch hier. Er sah mich mit seinen riesigen gelben Augen an, die Ohren in der schwarzen Mähne gespitzt, leckte mit der Zunge über die Nase, ich habe alles ganz genau gesehen, all die kleinen Narben am Maul. Ich hörte seinen Atem, konnte sogar den fleischigen Geruch wahrnehmen, ja, wirklich! Er hätte mich angreifen können, weisst du. Aber er rührte sich nicht. Und ich rührte mich auch nicht. Ich blieb, wo ich war, aufrecht und reglos. Ich sah ihn an, wie ich dich jetzt ansehe. Und in Wirklichkeit hatte er mehr Angst als ich, verstehst du. Ich war ganz ruhig, hielt ihm mit dem Gewehr stand. Wir haben uns lange angesehen, er und ich. Als ebenbürtige Gegner.«

Selbst im Dunkeln erahnte ich Kariunguruas glänzende Gesichtszüge, jene ganz besondere, ihr eigene Art, mich anzusehen. Sie lächelte, ein wenig von oben herab, ein wenig spöttisch, wie immer, als wüsste sie, wie die Dinge sich wirklich abgespielt hatten. Dass ich, auch wenn ich nicht richtig log, meine Begegnung mit dem Löwen doch grosszügig ausschmückte. Sie wandte den Blick ab und sah zum schwarzen, sternenübersäten Himmel empor, über den sich wie ein verschwommener Bogen, von Horizont zu Horizont, die Milchstrasse zog.

Und als ob der Ausgang meiner ruhmreichen Erzählung ihr wieder einfiele, sagte sie endlich: »Aber du hast ihn nicht getötet, Komuti. *Kona kuzepa.*«

»Nein, ich habe ihn nicht getötet. Diesmal nicht«, bestätigte ich mit zusammengepressten Lippen.

Darauf schwiegen wir, ausgestreckt auf dem flachen Felsen, wo wir uns, wie an den Abenden zuvor, gerade geliebt hatten, abseits unserer Familien, die unten in den Hütten schliefen. Es kam mir jedes Mal intensiver vor als beim letzten Mal. Weil ich sicherer wurde, nicht mehr so eingeschüchtert war von dem, wofür sie stand, vor allem wenn Tjimeja weit weg war. Weil ich es wagte, sie ein bisschen härter anzufassen, wie ein Mann, wie die Frauen es gern mögen, auch wenn sie es niemals zugeben würden. Denn auch Kariungurua begann sich fallen zu lassen. Deutete zaghaft an, dass sie unsere Treffen genauso ungeduldig herbeisehnte wie ich. Hinter ihrer königlichen Haltung, die sie vor anderen aufrechterhielt, erkannte ich eine Frau, die mich begehrte. Weitaus mehr als diesen Pavian Kaveisire, weitaus mehr als jeden anderen Himba. Ganz gleich, was Meerepo denken mochte, so viel war gewiss. Und um nichts auf der Welt hätte ich sie aufgegeben. Für sie hätte ich hundert Löwen getötet.

Nächtlicher Wind pfiff die Ufer entlang, als folge er dem Lauf des Geisterflusses. Als wäre das Bett aus Sand und Steinen, da es kein Wasser mehr führte, zu seinem geworden. Über uns seufzten die Blätter des Makalani, als er hindurchfuhr. Kariungurua fröstelte, ihre Perlenschnüre klapperten, als sie sich auf die Seite drehte. Zwischen ihren roten Brüsten glänzte ihr *ohumba*, ein winziges Leuchten.

»Ich habe auch keine Angst vor dem Löwen«, sagte sie. »Schau nur, hier bin ich, mitten in der Nacht ...«

»Weil du weisst, dass ich dich beschütze, wenn er dich angreifen sollte.«

»*Iii...*«, machte sie. »Komuti, der grosse Krieger.«

Sie machte sich noch immer über mich lustig, das wusste ich. Dennoch, als sie das sagte, schwoll ich an vor Stolz, als wäre es wahr, als wäre ich ein mächtiger Himba-Krieger, ich, Komuti. Einen Moment lang lauschte ich noch dem Gesang der Blätter unseres Makalani. Dem Rufen der Flughühner, die irgendwo mit hastigen Flügelschlägen durch die Nacht flatterten.

Kariungurua setzte sich schliesslich auf, bot mir ihren kupferfarbenen Rücken und die Kaskade ihrer Zöpfe, gleich dem Wasser der Epupafälle. Sie machte ihr Telefon an, es warf bläuliches Licht auf die Zweige der Maulbeerfeige über uns. Ich wusste nicht, was sie nachschaute, kein Netz reichte bis hierher, aber sie fuhr minutenlang fort, strich schweigend mit dem Finger über den Touchscreen, wie hypnotisiert von den Bildern, die sie aus unserer Wüstenheimat heraussogen. Ehe sie, ohne sich umzudrehen, wie nebenbei sagte: »Vielleicht braucht es ja eine Frau, um diesem Löwen zu trotzen. Vielleicht gelingt es der Französin, von der alle reden, ihn zu töten. Weisst du, was man erzählt? Dass sie mit ihrem Bogen von einem Berggipfel aus eine Mamba treffen könnte. Niemand trifft so sicher wie sie, nicht einmal die Buschmänner.«

Und bei ihren Worten versank ich in tiefer Stille. Es war das erste Mal, dass Kariungurua mit mir über die weisse Jägerin sprach, und nun glaubte sie bereits stärker an sie als an mich. Man musste das verstehen: Im Grunde war es gleich, dass ich zwei Tage zuvor Mut bewiesen und mich der Raubkatze genähert hatte. Für sie, für ihren Vater, für den meinen, für die Hirten der Gegend änderte das gar nichts.

Der Löwe war noch immer am Leben.

Und im Augenblick wusste niemand mehr, wo er sich gerade aufhielt.

Mein Schuss hatte ihn nicht einmal gestreift, das hatte ich schliesslich begriffen. Zweifellos hatte mich das gerettet: Wäre er verletzt gewesen, hätte er mich gewiss angegriffen, und zur Stunde hätte mein Begräbnis nach Himba-Ritus begonnen. Dabei war der Schuss nicht ohne Folgen geblieben: Er hatte das Raubtier von der Stelle vertrieben, an die der Jäger es gelockt hatte. Zwar hatten sie schon am nächsten Tag versucht, ihn erneut zu ködern, aber der Löwe hatte keine seiner riesigen Tatzen mehr in die Gegend gesetzt. Welch schlechte Nachricht für die Farmer aus der Gegend, wie Tjimeja, der begierig auf die Todesnachricht desjenigen wartete, der seine wertvollste Kuh gerissen hatte. Nun wusste niemand, wo das Raubtier sich befand, ganz in der Nähe oder sehr viel weiter weg, Richtung Damaraland oder angolanische Grenze, alles war möglich. Auch dass der Löwe sich schon in der folgenden Nacht an einen Kraal heranmachte, worauf sich jeder auf seine Weise vorbereitete, der eine reparierte seine Pferche, der andere fachte das Feuer an, der Dritte erwies den Ahnen die Ehre, in der Hoffnung, dass das Unheil einen anderen treffen würde. Daher, nein, meine Heldentat änderte gar nichts. Im Übrigen wusste ausser Kariungurua niemand, dass ich für den Schuss verantwortlich war, den man bis ins Dorf gehört hatte: Ich war mitten in der Nacht zurück in meine Hütte gekommen, hatte das Gewehr meines Vaters, der sein Fehlen nicht einmal bemerkt hatte, zurückgestellt, als wäre nichts gewesen.

Seither tat ich unschuldig, als wüsste ich nichts von den neuesten Entwicklungen, auf die die Himba gut hätten verzichten können.

Nach Ansicht meines Vaters war der Schuss das Werk eines Wilderers. »Niemand von hier«, hatte er gestern gesagt. »Natürlich nicht.« Und Feigling, der er war, hoffte er nun, dass der erfahrene Jäger die Fährte des Löwen aufspürte, damit seine Kundin ihn endlich zur Strecke bringen konnte. Für ihn und die anderen Dorfbewohner war das die einzige Lösung, sie würden ein grosses Fest feiern, sobald die Kunde käme.

Aber ich hatte noch nicht das letzte Wort gesprochen.

Gewiss, mein erster Versuch war gescheitert. Nie würde ich das der Frau, die ich liebte, sagen, aber ich gestehe es: Im Angesicht des Löwen hatte ich Angst gehabt. Ich hatte gezittert, geschwankt, geschwitzt, noch nie hatte ich eine solche Angst erlebt, derart körperlich. Dennoch hatte ich nicht die Absicht aufzugeben. Ich war Komuti, und ich war bereit, dem Raubtier erneut gegenüberzutreten. Ich wusste nicht, wie ich es anstellen sollte, ich hatte dem Jäger gegenüber keinen Vorsprung mehr. Genau wie er, nahm ich an, musste ich mich damit begnügen, zu warten, dass der Löwe eines nicht allzu fernen Tages wieder auftauchte, dass sein Erscheinen gemeldet wurde, wenn möglich nicht zu weit weg von hier. Doch nein, ich würde nicht aufgeben.

Und jetzt war ich zu allem bereit.

25. April

Martin

»Martin, die Pyrenäen sind nicht Yellowstone oder die Serengeti, begreifen Sie das? Hier wohnen Menschen, ob Ihnen das passt oder nicht. Wir haben Bauern, Jäger, ganz normale Leute, Gemeinden mit gewählten Politikern, Schulen … Ein Park ist ein Partner. Die Bevölkerung muss dahinterstehen, sonst erreichen wir gar nichts, glauben Sie mir, ich weiss, wovon ich rede.«

Ich seufzte bei den letzten Worten des Direktors: Ich weiss, wovon ich rede. Das bezweifelte ich nämlich, ehrlich jetzt. Dass er sich mit Politik und Verwaltung auskannte, wollte ich gern glauben, es hatte schlimmere Vorgesetzte auf diesem Posten gegeben. Aber ich hatte ihn nie anders als im Anzug gesehen, nie hatte er einen Fuss auf die Wanderwege im Aspe-Tal gesetzt. Und egal was er in seinen schönen Bonzenreden laberte, genau wie bei unserem hochgeschätzten Umweltminister glaubte ich nicht, dass ihm das Ausmass des Problems bewusst war, die sechste Biodiversitätskrise, vom Menschen verschuldet. Zum Beispiel war ich mir nicht sicher, ob er wusste, dass mehr als eine Million der geschätzten acht Millionen Tier- und Pflanzenarten der Welt vom Aussterben bedroht waren. Dass es aufgrund der Dringlichkeit der Lage vielleicht Zeit wäre, den Alltag der Franzosen ein bisschen aufzumischen, vor allem in einem Nationalpark, der für den Rest des Landes eine Vorbildfunktion haben sollte.

»Ich weiss nicht, ob Ihnen das klar ist, Martin, aber das Image des Nationalparks steht auf dem Spiel«, fuhr er fort. »Wir brauchen draussen im Gelände Beamte, die mit den Nutzern in Kontakt treten. Keine Cowboys, die den Jägern die Autoreifen zerstechen oder Schäfer auf ihren Sommerweiden bedrohen. Ganz zu schweigen von der Verwarnung, die Sie letztes Jahr einer Gemeinde verpasst haben, weil ein Baum gefällt wurde, um eine Almhütte zu bauen. Ein toter Baum ...«

»Ganz genau, ein toter Baum. Der spielt eine wesentliche Rolle im Lebenszyklus der Weissrückenspechte, eine Art, die in Europa so gut wie ausgestorben ist«, erklärte ich.

Da sass er in seinem überheizten Büro, weit weg von den Gipfeln, auf die erneut Schnee fiel, sah mich seinerseits seufzend an, wahrscheinlich kam er zu dem Schluss, dass er und ich nicht dieselbe Sprache sprechen. Ich versuchte, die Sachen zu überdenken, die er mir da vorwarf, als wäre es berufliches Fehlverhalten, fragte mich, ob ich nicht zu weit gegangen war, versuchte, *mich selbst in Frage zu stellen,* was ich Antoine zufolge nie tat. Stimmt schon, im Herbst hatte ich diesen Jägern einen Autoreifen zerstochen, weil sie schon wieder in Cannellitos Revier Wildschweine plagen wollten, wobei ich damals dachte, ich hätte mich schlauer angestellt. Es stimmte auch, dass ich mich letzten Sommer über den Schäfer aufgeregt hatte. Ein Kollege und ich waren für eine Feststellung auf seine Sommerweide raufgestiegen, angeblich hatte nachts ein Bär seine Herde angegriffen, sich den Tieren im Schutz des Nebels genähert. Zwei Stunden lang hatten wir uns diesen unausstehlichen Typ und seinen schieren Argwohn geben müssen. Ehrlich jetzt, ein Blinder mit dem Krückstock konnte sehen, dass es kein Bär gewesen war, der seine Schafe gerissen hatte, ich fand es unglaublich, dass er das einfach so behauptete. Ausserdem tat er nichts, um sein Vieh zu schützen, er hatte sie nachts nicht zusammengetrieben, besass auch keinen Pyrenäenberghund oder so. Von daher, ja, es stimmt, ich hatte ihn ordentlich beschimpft. Aber auch wenn ich drüber nachdachte, hatte ich nicht das Gefühl, es übertrieben zu haben, nein. Die Leitung mochte sagen, was sie wollte, mein Gewissen war rein.

Ich sah mich um, besah mir die Bilderrahmen, die das Büro des Direktors schmückten: die grosse Spirale des Lebens, das Logo französischer Nationalparks; das Foto eines Iberiensteinbocks, der zwei Jahre zuvor im Massiv ausgewildert worden war, um den offiziell ausgestorbenen Pyrenäensteinbock zu ersetzen, einer der Erfolge, den er in seiner Chefbilanz verzeichnen konnte. Ich stand nicht zum ersten Mal in dem Raum, aber nie zuvor war ich auf diese Weise einbestellt worden.

»Ist gut«, sagte ich, weil ich es hinter mich bringen wollte. »Ich versuche, vorsichtiger zu sein.«

Ich dachte, er wäre fertig mit mir, hatte mir nur eins auf den Deckel geben wollen. Doch er legte eine Hand auf sein kantiges Kinn, kniff sich mit Daumen und

Zeigefinger in die Unterlippe, als wüsste er nicht, wie er weitermachen sollte. Dann sagte er: »Sie wissen, dass im Herbst zwei Bären im Béarn ausgewildert werden? Erst gestern hatte ich wieder das Büro des Ministers am Telefon: Diesmal geben alle grünes Licht, sie wollen es tatsächlich durchziehen. Das ist wirklich der falsche Moment, Konflikte im Tal anzuheizen, die Lage ist auch so schon angespannt genug.«

Ich hob die Brauen: An die Auswilderung glaubte ich keine Sekunde. »Ja, und?«

»Und …« Erneutes Seufzen. »Und deshalb werde ich einen Disziplinarausschuss einberufen. Der über Sanktionen gegen Sie beraten wird.«

»Wie bitte?«

»Der Jagdverband will Ihren Kopf, Martin. Die FNSEA auch. Und Sie hatten noch Glück, dass die keine strafrechtliche Anzeige erstattet haben, hätten sie machen können wegen des Reifens. Niemand wird Verständnis dafür haben, wenn die Leitung nicht reagiert.«

Ich brauchte ein paar Sekunden, ehe ich irgendwas erwidern konnte. Ein Disziplinarverfahren: Das hatte ich nun echt nicht kommen sehen. Ich merkte, wie ich die Lippen zusammenpresste. Starrte in sein gespielt bekümmertes Gesicht.

»Was heisst das? … Woran … An was für Sanktionen haben Sie denn gedacht?«

»Das weiss ich offen gesagt noch nicht, das muss der Ausschuss entscheiden. Aber … Also, das kann bis hin zu einer zeitweiligen Suspendierung gehen. Oder zu einer Rückstufung.«

»Wie bitte?!«

»Es tut mir leid.«

Aber so sah er keineswegs aus.

Drückendes Schweigen im Büro, ein vor Wut und Verständnislosigkeit strotzendes Schweigen.

Ich suchte nach Worten, wollte mich verteidigen, ihn überzeugen, von dieser blödsinnigen Entscheidung abzusehen. Aber ich hielt mich zurück: Die Genugtuung würde ich ihm nicht geben, nein, ich bin nicht der Typ, der kuscht. Stattdessen holte ich tief Luft, hob den Kopf. Und platzte, jetzt deutlich unhöflicher, heraus: »Wenn Sie den Beweis haben, dass Cannellito von Jägern abgeknallt wurde, wollen Sie dann immer noch behaupten, dass die unsere Partner sind? Muss es so weit kommen, bis Sie kapieren, was hier läuft? Dass Sie völlig danebenliegen? Dass Ihre Bärenansiedlung totaler Schwachsinn ist?«

Aber ich bekam keine Antwort auf die Frage, stumm sass er in seinem Technokratensessel. Ein Knoten aus Wut drehte mir den Magen um, ich hielt seinem Blick stand, schaute flüchtig auf den Gipsabdruck einer Bärentatze auf seinem Schreibtisch, der stand da rum wie irgendein Nippes. Dann erhob ich mich vom Besucherstuhl. Ich zog meine Rangerjacke über, ging zur Tür und sagte zum Abschied: »Ich wünsche Ihnen einen schönen Zusammenbruch, Herr Direktor.« Und verliess das Gebäude, ohne seine Sekretärin oder die anderen Sesselfurzer eines Blickes zu würdigen, die auf ihre Tastaturen einhackten.

Unter dunklen Wolken ging ich zum Auto. Cannelle knurrte auf der Rückbank, als hätte sie gleich begriffen, dass was nicht stimmte. Ich vergrub die Hand in ihrem nassen Fell, in der Hoffnung, dass ich davon ein bisschen ruhiger wurde. Aber es half nichts, in mir kochte es. Ehrlich jetzt, dieser Disziplinarausschuss war Schwachsinn. Mich sanktionieren, mich, nach all dem, was ich für diesen Park getan hatte, nur damit die Bauern und Jäger zufrieden waren. Unsere Feinde, wenn man es recht bedachte. In meinem Kopf wirbelte alles durcheinander, ich dachte wieder an das Ding mit dem Scheissreifen und an den Scheinangriff des Bären. Ich dachte an die Unterhaltungen mit Antoine über Optimismus. Mehr denn je dachte ich an die schwindende Tierwelt, an die weltweite Krise, gegen die anscheinend nicht mal ein Nationalpark was tun wollte. Ich dachte an die Jäger, die seit Jahrzehnten Arten dezimierten, sowohl hier in den Bergen als auch überall sonst auf der Welt. An den, der am 1. November 2004 Cannelle ausgelöscht hatte, und die gesamte Linie der Pyrenäenbären mit ihr, dachte an die Scheinattacke, die er als Angriff gewertet hatte, daran, dass er weiterhin behauptete, aus Notwehr gehandelt zu haben. Und natürlich dachte ich an Apolline Laffourcade. In mir glomm was auf, ein Plan entstand von ganz allein in meinem gereizten Schädel, ein noch sehr vager Plan. Als wäre diese Jägerin das Einzige, wogegen ich noch kämpfen konnte, jetzt, wo man mich anderswo nicht mehr wollte.

Ich drehte den Zündschlüssel und floh von der Zentrale des Parks auf die Autobahn, vierzig Minuten Fahrt, die Hände ums Lenkrad gekrallt, taub für das Winseln meiner Hündin, die mich anscheinend beschwichtigen wollte, überholte all die weltfremden Städter, schön abgeschirmt in ihren Autos. Ich erreichte Pau, parkte in der Strasse des Mädchens, vor ihrer Jurastudentenwohnung. Ich wartete, dass es siebzehn Uhr wurde und sie wieder für ihren täglichen Lauf aus der Tür kam. Ich sah ihr nach, sie rannte zum Ufer des Gave de Pau, verschwand mit energischen Schritten hinter den Häusern. Und ich stieg aus, um erneut in ihr Haus einzudringen.

Diesmal mit einem klaren Ziel.

28. März

Apolline
Als Lutz zu mir kommt, sitze ich im Liegestuhl auf der betonierten Terrasse vor meinem Zelt und lese ein paar Zeilen *Professional Hunter:*

Als wir zu dem Eingeborenendorf kamen, bei dem die plündernde Elefantenherde so grossen Schaden angerichtet hatte, kamen uns die Einwohner in Scharen entgegen, um mich als Retter zu begrüssen.

Am anderen Ufer des Riviers, unter einem Baum, dessen verschlungene Wurzeln sich wie durstige Vipern in Fels und Sand wühlen, spielen seit heute Morgen fröhlich Bärenpaviane, ich habe gut dreissig Stück gezählt. Winzige Junge hängen am Rücken ihrer Mütter; fruchtbare Weibchen mit extrem angeschwollenem rosa Genitalbereich, *wow,* total krass; und Männchen, ich versuche, das dominante zu erkennen. Beim Umblättern beobachte ich ihr Verhalten, sie scharren auf dem Boden herum, entlausen sich gegenseitig, knabbern irgendwas im Schatten der Zahnbürstenbäume. Ab und zu zücke ich den Feldstecher, um die Gesichter dieser entfernten Cousins des Menschen besser zu studieren.

Der *PH* kommt über die weissen Kiesel bis zu mir, setzt sich auf den steinernen Hocker. Der nette *skinner* ist auch dabei, er grüsst mich, aber hält Abstand, bleibt unten an den Stufen stehen.

»Haben Sie ihn gefunden?«, frage ich und klappe mein Buch zu.

Lutz schüttelt den Kopf. »*Not yet.* Aber wir werden ihn aufspüren, keine Sorge. Es ist nicht meine Art, so schnell aufzugeben oder einen Kunden ohne Trophäe nach Hause zu schicken. Ganz Namibia ist mobilisiert: Sobald er auch nur einen Ohrzipfel aus seinem Versteck hält, bin ich der Erste, der es erfährt, glaub mir.«

Dabei klopft er auf die Hosentasche seiner Jeans, wo sich der Umriss seines *cellphone* abzeichnet. Er tut, als hätte er alles im Griff, aber ich sehe genau, dass er in Wirklichkeit nicht mehr so selbstsicher ist, wie er da hochrot und schwitzend in seinem Poloshirt sitzt. Es macht ihn ein bisschen menschlicher, immerhin etwas. In Anbetracht des Preises, den Papa sicherlich für diese Reise und eine so seltene Trophäe zahlt, geht es für Lutz bei der Geschichte wohl auch um seinen Ruf, vor allem nachdem er getönt hatte, wie leicht diese Jagd werden würde. Denn wir haben schon Donnerstag, es bleiben nur noch drei Tage, um den Löwen zu erlegen. Es geht nicht anders: Papa kann den Aufenthalt nicht verlängern, am Sonntag müssen wir in den Flieger steigen. Mit oder ohne Trophäe.

»Wissen Sie mehr darüber, was passiert ist?«, frage ich. »Wer war das denn, der auf den Löwen geschossen hat? Ein Wilderer?«

»*Well*, das werden wir wohl nie erfahren. Meinen Boys zufolge könnte es ein *outsider* gewesen sein, ein Himba aus einer anderen Gegend. Wahrscheinlich bezahlen ihn die Chinesen, gibt ziemlich viele im Moment auf den Baustellen. Das sind Barbaren, diese Schlitzaugen: Der ganze Handel mit Rhinozeroshörnern, da stecken die dahinter, machen ihre verdammten Liebestränke draus. Aber die Ökos in Europa gehen lieber die Trophäenjäger an, klar, ist ja auch einfacher ...«

Ich nicke, ganz seiner Meinung. »Aber sind Sie sicher, dass er noch lebt?«

»So sicher, wie es morgen wieder heiss wird. Wenn ein Wilderer ihn getötet hätte, hätten wir den Kadaver gefunden. Mit abgeschnittenen Pfoten. Und herausgerissenem Kiefer. Ist das Einzige, was die Chinesen interessiert.«

Er wirft einen Blick auf mein Buchcover, hebt mit Kennermiene die Augenbrauen. Ich merke, dass ich ihn ein bisschen anders sehe, mehr Verständnis habe, als ob wir allmählich Zutrauen zueinander fassen, er und ich. Also entschliesse ich mich zaudernd, die Frage zu stellen, die mich seit drei Tagen quält und mich an meinen Fähigkeiten als Jägerin zweifeln lässt: »Sagen Sie mal ... das Zebra neulich, als Sie geschossen haben. Sind Sie sicher, dass ich es verfehlt habe?«

Aber heute bekomme ich keine Antwort darauf.

»Hängst du immer noch bei der Geschichte? Wär vielleicht an der Zeit, damit abzuschliessen, oder?« Dann reibt er sich die Hände und sagt: »Ich dachte mir, da wir ja heute nicht auf die Jagd gehen ... habt ihr Lust, ein Himba-Dorf zu besuchen?«

Erstaunt über den Vorschlag, verziehe ich das Gesicht. Er will uns beschäftigen, wird mir klar. Ich versuche mir vorzustellen, wie er zwischen den Hütten eines afrikanischen Dorfes umherspaziert, und finde den Gedanken nicht so berauschend.

»Mit … mit Ihnen, oder …?«

»Nein, nein … Mit Meerepo. Er ist ein Himba, weisst du?«

Ich sehe den *skinner* an: *NYC*-Basecap, getönte Brille, *cellphone* am Gürtel. Ausserdem trägt er ein *Russia 2018*-T-Shirt, ziemlich erstaunlich in einer so abgelegenen Gegend. Mit den Himba aus den Fernsehreportagen hat das nicht viel zu tun. Doch als er mir sein breitestes Lächeln schenkt, bemerke ich wieder die Form seiner beiden oberen Schneidezähne, irgendwie spitz zugefeilt. Vielleicht eine Tradition seines Volkes.

»Valentina würde auch mitkommen«, erklärt Lutz, »während ihr Mann mit mir Antilopen jagt. Wenn ihr Lust habt, du und dein Vater …«

Ich bin mir unsicher, frage mich, ob ich das will. Himba habe ich nur gesehen, als wir durch Opuwo gefahren sind, am allerersten Tag. Wenn wir mit Meerepo kommen, ist das womöglich die Gelegenheit, etwas *Authentischeres* zu erleben, sage ich mir. Wie in den burkinischen Dörfern, an die ich gern zurückdenke, damals, mit den Amis de Sœur Emmanuelle.

Dreissig Minuten später sind wir unterwegs, der *skinner* am Steuer des Geländewagens. Die Spanierin wirkt angestrengt, wie eine Schauspielerin aus einem amerikanischen Film, sie trägt einen riesigen Hut auf dem Kopf, das *fesch-fesch* verpasst ihrem Kleid eine neue Farbe. Papa dagegen ist ganz in seinem Element, als würden wir ein Dörfchen in unseren Pyrenäen besuchen.

Komuti
Mein Vater sass auf dem Klapphocker vor dem schwarzen Topf, zog ein Holzstück aus dem Feuer und zündete sich mit der glühenden Spitze eine Zigarette an. »Der Regen wird schon kommen«, sagte er. »Dafür sorgen die Ahnen. Wenn wir neue Ziegen haben, wird es auch etwas zu weiden geben, ihr werdet sehen.«

Meine Mutter und mein Bruder, Schalen mit Maisbrei in den Händen, stimmten ihm zu, wollten ihm wohl nicht widersprechen. Was mich betraf, sass ich ihm gegenüber, die Absätze gegen einen Mopaneast gestemmt, und enthielt mich wohlweislich jeden Kommentars, seufzte im Stillen über so viel Fatalismus.

»Wir haben Besuch«, sagte Tutaapi, er schaute zu den Kameldornbäumen.

Als ich den Motor des Geländewagens hörte, fragte ich mich, wer da zu uns kam. Ob ich zufällig etwas über den Löwen hören würde, endlich, vielleicht dass er letzte Nacht eine Herde angegriffen hatte. Etwas, damit ich die Verfolgung wiederaufnehmen konnte. Touristen, die bis hierher kommen, sind selten, unser Dorf ist bei weitem nicht das traditionellste. Sie fahren lieber weiter in den Norden, mitten ins Himba-Land, nach Etanga, Otjihende, wo sie die Gewissheit haben, schöne Fotos von unseren Frauen zu bekommen, wo Hütten und Kraals besser in Schuss und die Einwohner es gewohnt sind, sie zu empfangen. Andere begnügen sich mit dem eigens für sie nachgebauten Dorf in Opuwo: Dort können sie Kunsthandwerk kaufen, Lieder hören oder sogar nach unserem Himba-Ritus heiraten. Da, wo sie herkommen, weiss man vielleicht nicht, was Heiraten ist, denke ich manchmal.

Aber als ich das Fahrzeug zwischen den Bäumen auftauchen sah, Meerepo hinter dem Steuer erkannte, erriet ich sofort, wer da kam. Mein Freund war kein Reiseführer, aber er brachte manchmal Weisse aus dem Jagdcamp, wo er arbeitete, mit zu uns. Und dafür waren ihm auch alle dankbar: Wenn sie nicht gerade versuchten, um die Preise der Waren zu feilschen, oder uns fotografierten, ohne zu bezahlen, waren Touristen immer willkommen. Ihr Besuch versprach rasche Einkünfte, vor allem in diesem Dürrejahr, wo unser kostbares Vieh verendete. Und sie sorgten auch für ein wenig Abwechslung. Ich selbst habe immer gern beobachtet, wie die Weissen so sind, ihre Art, sich zu kleiden, zwischen den Hütten umherzulaufen und den Kuhfladen auszuweichen. Ich beobachtete ihre riesigen Fotoapparate, die sie zwischen uns und sich hielten, als wären sie unfähig, uns mit blossem Auge zu betrachten.

Tutaapi stand auf, um den drei Weissen entgegenzugehen, Kinder rannten sogar bis zum Geländewagen, um sie zu begrüssen. Schon trugen die Frauen ihre Sammlung hölzerner Kopfstützen und geflochtener Halsketten aus den Hütten. Männer wie mein Vater sassen auf Klappstühlen und nickten zufrieden.

Ich jedoch rührte mich nicht vom Fleck. Ich blieb bei meinen Eltern. Und sah von weitem zu. Da war eine merkwürdig ausstaffierte Frau, sie hatte einen riesigen Hut auf dem Kopf und eine seltsame Tasche über der Schulter. Dann ein Mann mit immerwährendem Lächeln, der Scherze machte und uns mit seinem Telefon fotografierte, ehe er auch nur einen Fuss auf den Boden gesetzt hatte. Und ein Mädchen mit gelbem Haar, schwarzer Hose, weissem Oberteil und einer Tarnmütze, sie sah sich beständig nervös um und wirkte, als ob sie Angst vor uns hätte. Sie war recht gross und kräftig für eine Frau, dabei sah sie jünger aus als ich und hatte eine spitze Nase, wie nur Weisse sie besitzen. Ich brauchte nicht lange, bis ich erriet: Das war die Jägerin.

Die, die glaubte, den Löwen vor mir töten zu können.

Apolline
Selten fand ich Papa so peinlich wie bei unserem Ausflug in dieses Himba-Dorf. Kaum kommen hinter Sträuchern die Dächer der Hütten in Sicht, zückt er sein iPhone im Outdoor-Schutzgehäuse und knipst die kleinste exotische Einzelheit. Unsere Ankunft löst im Dorf eine gewisse Betriebsamkeit aus: Frauen mit roter Haut und Schlammpaste in den Haaren stehen auf, eilen geschäftig umher, als hätten sie uns erwartet. Eine Meute Kinder stürzt sich auf uns, ein Junge klammert sich an meine Cargohose, total niedlich mit seinem Minilendenschurz und der laufenden Nase.

»Meerepo, wie sagt man guten Tag?«, fragt Papa.

»Sagen Sie einfach: *Moro*.«

Papa überlegt sekundenlang. »*Moro*? Da fehlt doch was: *Mordio* muss es heissen, Mordio, der Löwe kommt!«

»Hahaha!«, sage ich, bin die Einzige, die seinen lahmen Witz versteht, der ist nicht mal zwei Namibia-Dollar wert.

Und ab da wiederholt er den Gruss ganz stolz in Dauerschleife: »*Moro, moro, moro ...*«

Ich würde mich am liebsten verkriechen, seine Taktlosigkeit ist mir peinlich, als Jäger im *bush* ist er mir lieber.

Der Ort hat nicht wirklich viel mit den Himba-Dörfern aus den Reportagen zu tun, die innerhalb einer kreisförmigen Holzumzäunung liegen und in denen alles fein säuberlich organisiert ist. Hier kann ich nur schwer die Grenzen abschätzen, die Hütten sind überall verstreut, manche lose um einen kleinen, zentralen Kraal herum angeordnet, andere stehen weiter weg. Die meisten sind winzig und rund, aber es gibt auch viereckige, ganz zu schweigen von denen, die man nur als Ruinen aus Lehm und Ästen bezeichnen kann, sie sind in sich zusammengefallen. Kühe laufen seelenruhig frei herum, als lebten sie genauso hier wie die Himba, überall auf dem Boden trocknen Kuhfladen. Valentina hinter ihrer Luxus-Sonnenbrille nimmt das alles stumm in sich auf und hält ihren riesigen Hut fest.

»Na, dann führ uns mal rum«, ruft Papa unserem *skinner* zu.

»*Pleasure. Follow me, my friends.*«

Und er geht, die Kindermeute im Schlepptau, mit einem Stolz auf die Hütten zu, den ich nie zuvor bei ihm bemerkt habe. Als ob er vor den anderen Himba angeben will, er, der seinen Lendenschurz gegen ein Basecap *made in USA* eingetauscht hat.

»*Moro ..., moro ...*«, ruft Papa weiterhin eifrig jedem Kind zu, das ihm über den Weg läuft, was die Dorfbewohner allmählich lustig finden.

Meerepo nimmt seine Rolle sehr ernst. Er stellt uns dem Dorfoberhaupt vor und erklärt uns Sachen zur Lebensweise der Himba. Er zeigt uns das Heilige Feuer, das der Kommunikation mit den Ahnen dient, erklärt, wie die Hütten aus Erde und Kuhdung gebaut werden.

Papa hört kaum zu, was er sagt, findet alles, was er sieht, putzig: Eingeweide von Tieren, die in einem Mopanebaum trocknen, Plastikringe von Trinkflaschenverschlüssen, die zu Armreifen für kleine Mädchen umfunktioniert wurden. »Guck dir die Mädels an, alles komplett *zero waste*. Wie die Hipster in Paris.«

Aber ich bin unangenehm berührt.

My God, die Leute sind bettelarm. Sie haben fast nichts. Die Kinder spielen mit Draht, Springbockhörnern, Bindfäden, mit nichts. Ich beobachte, wie sie fröhlich im Staub kauern, während andere uns umschwärmen wie Insekten einen toten Löwen. Ich beobachte Papa mit seinem *Moro, moro,* ich beobachte die Spanierin, ich beobachte die Frauen mit den glänzenden Körpern, die darauf zu warten scheinen, dass wir zu ihnen gehen. Und denke bei mir, dass wir hier nichts verloren haben, ich hätte lieber im Camp bleiben und mit dem Feldstecher Paviane beobachten sollen.

Unser *skinner*-Reiseführer bringt uns zum Eingang einer Hütte, eine Himba-Frau sitzt auf einem Stück Plane im Schneidersitz davor. Sobald wir näher kommen, packt sie ein Tütchen aus und holt einen leuchtend roten Stein hervor.

»Ochre«, erklärt Meerepo.

Ein Stück des berühmten Ockers, mit dem sie sich einreiben.

»*Look.*«

Die Himba-Frau demonstriert, wie sie ihre Schönheitscreme herstellt: Sie legt das Stück roten Ocker auf einen flachen Stein, der zwischen ihren Waden klemmt, und zerstösst ihn mit einem anderen Stein zu Pulver. Sie ist es offenbar gewohnt, für Touristen eine Vorführung zu geben. Ich sehe ihr zu, fasziniert und beschämt zugleich von dieser allzu gut eingeübten Szene, verfolge ihre Handgriffe, starre auf ihren traditionellen Schmuck, dessen Bedeutung ich nicht kenne, die seltsame Frisur, wie zwei zusätzliche Ohren auf dem Kopf, ihre eingeschmierten Zöpfe.

Papa verstellt seine Stimme wie in der Werbung: »Ockerpulver: das neue Make-up von Estée Lauder. Garantiert ohne Weichmacher.«

Als sie fertig ist, fordert Meerepo uns auf, ihr Geld zu geben und Fotos mit ihr zu machen. Papa findet das super, er spielt mit, lernt, wie man danke sagt: »*Okuhepa, okuhepa ...*«

Aber ich weigere mich. Das mit der Authentizität hat sich erledigt, denke ich.

Komuti
Ich hockte bei meinen Eltern, abseits der Aufregung der anderen Himba, verfolgte jede Bewegung der drei Weissen, Meerepo führte sie herum wie ein echter Reiseführer. Sie gingen von einer Hütte zur anderen, als wären es Marktstände in Opuwo, und durften einer Schauherstellung von *otjize* beiwohnen. Ausserdem liessen sie sich mit meiner Tante in traditioneller Tracht fotografieren, sie weiss, wie man sich präsentieren muss, damit die Weissen mit der Ausbeute zufrieden waren.

»Wenn das Mädchen nur bald den Löwen erlegt«, sagte mein Vater zwischen zwei Zügen an der Zigarette. »Es heisst, sie könne einen Skorpion von einer Düne herunter mit dem Pfeil durchbohren.«

Es wurde immer schlimmer, dachte ich: Demnächst würden diese Ahnungslosen noch behaupten, sie könne eine Fliege auf dem Rücken einer Giraffe töten. Mir gefiel der Gedanke nicht, dass die Französin hier war. Das war für mich, als würde einer meiner Feinde sich frech in mein Revier wagen, mich in meinem eigenen Dorf herausfordern, vor meinen eigenen Leuten. Mit zusammengepressten Lippen beobachtete ich ihr Verhalten, während sie zwischen unseren Häusern umherging und die Hirten kennenlernte, mit denen ich aufgewachsen war. Der Mann, der sie begleitete, wohl ihr Vater, schien ganz in seinem Element. Folgsam und lächelnd zog er bei jeder neuen Begegnung Scheine aus der Hosentasche, so sind mir die Touristen am liebsten. Sie dagegen wirkte nervös, sah sich beständig um, als wäre der Löwe, den sie und ich töten wollten, in der Nähe. Diese Art, alles misstrauisch zu mustern, gefiel mir nicht, man konnte denken, sie habe nicht mit den anderen kommen wollen, dass man sie gezwungen hatte. Aber am meisten zog sich mir das Herz zusammen, als ich ihr nachsah, wie sie zu einer etwas abseits gelegenen Hütte ging. Eine Hütte, die für mich der Mittelpunkt des Dorfes war.

Apolline
Papa kommt von dem kleinen Mädchen, das er gerade fotografiert hat, wunderschön mit ihren beiden in die Stirn geflochtenen Zöpfen, sie fallen ihr bis über die Augen.

»*Okuhepa!*«, wiederholt er zum tausendsten Mal.

Und die Kleine sieht ihre Freundinnen an und bricht in Gelächter aus. Papa reisst einen Witz nach dem anderen, macht sich vor jeder Hütte bemerkbar, und er ist mir peinlich, aber tatsächlich finden die Himba ihn am interessantesten. Als wäre er der Einzige, der das Spiel mitspielt, das sie von uns erwarten. Nachdem ich an drei Hütteneingängen vorbeigelaufen bin wie an Jahrmarktsattraktionen, will ich nur noch eins: weg. Man darf sich da nichts vormachen, in einer halben Stunde werden wir sicher keine Freundschaften mit diesen Leuten schliessen, die es nur auf unsere Namibia-Dollars abgesehen haben.

Der *skinner* führt uns schliesslich zu einer Art Pergola, wo uns unter geflochtenen Zweigen ein paar Frauen erwarten, sie haben Dutzende Gegenstände auf Plastikplanen ausgebreitet, Himba- und Herero-Puppen, überzogene Halsketten, hölzerne Kopfstützen, Lederhauben ... Eine Art Souvenirshop.

»Hau'n die Preise dich vom Hocker, bleib ganz locker, hol dir Ocker ...«

»Papa, bitte. Ernsthaft, das reicht jetzt.«

Ich will nicht zu ihnen, es ist mir zu peinlich. Deshalb lasse ich Papa und Valentina vorgehen und drehe mich um.

In dem Moment sehe ich sie.

Sie sitzt neben einer vollkommen runden Hütte, ein wenig abseits, und ihr Blick ist so intensiv wie bisher noch keiner, seit wir angekommen sind. Mir fällt sofort auf, wie schön sie ist, sie muss ungefähr so alt sein wie ich. Ihre Züge sind so fein, ihre mandelförmigen Augen so dunkel, ihre Miene so ernsthaft, sie trägt eine dicke Halskette, so stark wie der Körper einer Kobra. Sie hat Steine unter die roten Schenkel geschoben, sitzt mit geradem Rücken und erhobenen Hauptes vor mir, von Kopf bis Fuss mit diesen seltsamen Eisenwaren behängt, an ihr funkeln sie wie der kostbarste Schmuck. Zwischen ihren kupferfarbenen Brüsten leuchtet eine weisse Muschel mit braunen Flecken, sie trägt sie mit Stolz wie einen riesigen Diamanten.

Ich zögere einen Moment, die anderen verhandeln schon mit den Kunsthandwerk-Händlerinnen. Die junge Himba winkt mir nicht zu, lächelt nicht im Geringsten. Aber etwas in ihrem Blick gleicht einer Einladung. Also gehe ich zu ihr. Am Hütteneingang stehen birnenförmige Kalebassen. Und ein russgeschwärzter Topf, darin eine Art weisser Brei, der nicht sehr appetitlich aussieht.

»*Moro*«, sagt sie, noch immer ernst.

»*Moro*«, erwidere ich zum ersten Mal.

Einen Augenblick lang sehen wir uns nur an, sie und ich, ich weiss nicht so richtig, was ich machen soll. Ich bestaune die Armreife an ihren Handgelenken, aber auch an Knöcheln und Waden, manche aus Metall, andere sind einfache Gummiringe. Und letztendlich bricht sie das Schweigen. Sie legt sich eine Hand auf die Brust und sagt: »Kariungurua.«

»Apolline«, sage ich mit der gleichen Geste.

Und in unsicherem Englisch fährt sie fort: »*You ... kill lion?*«

Ich runzele die Stirn, dann verstehe ich.

Sie weiss, wer ich bin, sage ich mir. Sie weiss, warum ich hier bin. Also kauere ich mich hin, damit ich auf ihrer Höhe bin, sehe sie jetzt mit anderen Augen. »*Yes. I'll try to.*«

Sie nickt. Und plötzlich beginnt sie, in ihrer Sprache zu reden, unverständliche Sätze, sie gestikuliert, zeigt auf die Berge hinter sich. Ich hebe die Hände, zum Zeichen, dass ich sie nicht verstehe, aber sie fährt fort, ihre klare, tiefe Stimme in stetem Fluss. Am Ende lausche ich der Musik dieser exotischen Sprache. Dann höre ich: »Ihr Vater hat wegen des Löwen seine wertvollste Kuh verloren.«

Ich drehe mich um. Meerepo steht direkt hinter mir. Er hat meinen Vater und die Spanierin bei den anderen Himba gelassen und ist zu uns gekommen.

»Das hat sie gerade erzählt. Sie sagt, dieser Löwe ist nicht wie die anderen Löwen. Er ist ein Mörder.«

»*Iiii…*«, bestätigt die junge Himba. »*Cow killer.*«

Und plötzlich begreife ich, wieso sie so ernst schaut.

»Das kommt von der Dürre«, fügt der *skinner* hinzu, als sie in ihrer Sprache weiterredet. »Allen Farmern wurde dieses Jahr Vieh gestohlen. Und bei den Ziegenherden ist der Schaden noch grösser.« Sie hebt die Hand und zeigt auf einen älteren Mann auf einem Campingstuhl neben einem bewegungslosen jüngeren. »Er zum Beispiel, der Löwe hat all seine Ziegen getötet. Er hat nichts mehr, keine Herde.«

Ich höre mir an, wie mein Dolmetscher ausführlich den Schaden beschreibt, den *mein* Löwe angerichtet hat, wie ich ihn seit unserer Ankunft in Gedanken nenne, als ob er bereits mir gehört. Da bekommt der Begriff *problem animal,* den Lutz benutzt hat, als wir ankamen, plötzlich eine ganz neue Bedeutung. Wird viel konkreter.

Die junge Frau erhebt sich, dreht uns den Rücken zu, über den ausladend die schwarzen Büschel ihrer Zopfenden fallen, dann bückt sie sich und geht durch den winzigen Eingang, der nur mit einem mottenzerfressenen Stoff verhangen ist, in die Hütte. Gleich darauf kommt sie mit einer ziemlich zerschlissenen Sporttasche *made in China* wieder heraus, wühlt darin herum. Und hält mir eine Kette aus weissen Perlen entgegen.

»Es sind Stücke von Strausseneierschalen«, erklärt mir der *skinner*. »Es ist ein Geschenk, sie will, dass du es trägst.«

Sie sagt noch etwas, er übersetzt: »Sie will, dass du es trägst, wenn du den Löwen tötest.«

26. April

Martin
Wie in der Wettervorhersage angekündigt, schneite es im Aspe-Tal erneut, dicke Flocken tüpfelten Himmel und Gipfel. Am 26. April, dabei war im Februar fast nichts runtergekommen: Ehrlich jetzt, das Klima war zum Verzweifeln, und es gab keinen Grund, den kommenden Jahren optimistisch entgegenzusehen, wenn ich mir den weltweiten CO_2-Ausstoss so anguckte. Da, wo ich stand, auf achthundert Meter Höhe an einem Südhang, blieb es nicht liegen, aber oben auf den Sommerweiden lag bestimmt noch ein guter Meter. Schweigend lief ich zwischen den Bäumen durch, auf Pfaden, die bestimmt auch Wildschweine benutzten. Der Boden war schlammig, voller Blätter und schwammartig vollgesogenem Moos. Ich wusste, dass ich an der Stelle, zu der ich unterwegs war, meine Ruhe haben würde: Niemand kam je in diese Ecke des Buchenwaldes, eingezwängt zwischen einer Schlucht, durch die ein eisiger Bach floss, und einer von dichtem Buchswald überwucherten Steilwand. Ich hatte gehört, dass Bären diese Stelle früher besonders gern mochten, im Herbst kamen sie her und frassen sich mit Bucheckern voll, ohne dass sie befürchten mussten, gestört zu werden. Gute

alte Zeit. Heutzutage lief man garantiert keine Gefahr mehr, einem Bären zu begegnen; wenn's hoch kam, einer Gämse, die der Schnee in tiefere Regionen getrieben hatte.

Ich brauchte eine Stunde bis zur Palombière. Sie stand mitten auf einer kleinen Lichtung, ging zum gegenüberliegenden Hang raus, die Baumwipfel zwischen Bach und Gipfeln wurden immer weisser. Es war nur noch eine verrottete Holzhütte, halb verfallen, die Ringeltaubenjäger kamen längst nicht mehr. Was mich daran erinnerte, dass vor gar nicht allzu langer Zeit noch Dutzende Millionen Ringeltauben auf ihrer Reise nach Süden den Himmel bevölkert hatten, ehe ihre Bahn sich nach Westen verlagerte und man in unseren Tälern kaum noch welche sah. Und dann gab es auch noch Wissenschaftler, die erläuterten, das liege nicht an der Jagd, stattdessen tischten sie uns Märchen über Maisfelder in den Landes auf, die die Vögel anzogen, oder weiss der Teufel was für schwachsinnige Theorien. Ehrlich jetzt, manche halten uns wirklich für Idioten. Durch die Lücke sah ich runter ins Tal, Dächer von Ortschaften, Bedous, weiter hinten Accous. Ich stellte mir die Kollegen vor, wie sie in den Büros des Nationalparks ihre Daten zusammenklaubten, Kollegen, mit denen ich nichts mehr zu schaffen hatte, jetzt, wo der Direktor mich degradieren wollte. Ich fragte mich, was sie ohne mich machen wollten, ohne meine Kenntnis des Reviers und der bedrohten Tierwelt. Dann sagte ich mir, dass es mir scheissegal war. Sollten sie doch sehen, wie sie allein klarkamen, mich konnten sie vergessen.

Denn im Grunde war ich schon weit weg von ihrem Alltag, von diesen Unverantwortlichen, die sich von der Politik kaufen liessen.

Ich wandte den Blick ab, ging zur Palombière. An einem moosbewachsenen Felsen warf ich meinen Rucksack ab. Und machte den Bogen los, den ich hinten an die seitlichen Riemen gebunden hatte, wo ich sonst meine Ski befestige. Den Jagdbogen von Apolline Laffourcade, am Vortag geklaut, als ich wieder in ihrer Wohnung gewesen war, den Bogen mit den etwas abgeflachten Rollen und Gerätschaften an den Seiten, die das Ganze stabiler machten oder irgend so was, weiss der Kuckuck.

Ich pappte ein Buchenblatt als Zielscheibe auf die mit Flechten überzogene Holzwand, in der Nässe blieb es haften. Dann ging ich gut zwanzig Meter weg, den Bogen in der linken Hand. In der Rechten hielt ich das Release des Mädchens, es war mir zu klein, als dass ich es ums Handgelenk hätte schlingen können. Ich nahm einen Pfeil, an dessen Ende ich eine dieser Jagdspitzen geschraubt hatte, die eher eines Folterinstruments würdig gewesen wären, drei pyramidenförmig angeordnete Klingen, scharf genug, um mühelos Muskelgewebe zu durchdringen. Konnte mir kaum vorstellen, dass all das nach Afrika gereist, dass damit auf echte Tiere geschossen worden war. Ich fragte mich, welche Jagdspitze sich wohl ins Löwenfell gebohrt, sein Herz durchstochen und ihn das Leben gekostet hatte. Auf den Bogensportseiten, die ich angeguckt hatte, behaupteten die Anhänger, Bogenjagd wäre nobler als die mit Feuerwaffen, näher an der Natur, fairer dem Wild gegenüber, lauter so Schwachsinn. Aber mich würden sie damit nicht überzeugen: In Wahrheit ist Bogenjagd was für Barbaren, hinsichtlich des Leids der Tiere war eine Ladung Blei allemal besser.

Ich stellte mich fest auf die toten Blätter, klinkte einen Pfeil in die Sehne und spannte den Apparat. Dank der Rollen konnte ich die Befiederung leicht bis an die Wange ziehen, jeder, der ein bisschen sportlich war, hätte das gekonnt. Die Bewegung hatte etwas Angenehmes, das musste ich zugeben. Wie es in den YouTube-Tutorials erklärt wurde, zielte ich auf das Buchenblatt, konzentrierte mich auf einen der leuchtenden Punkte im schwarzen Ring. Wieder dachte ich an den Löwen, der sich eines Tages im selben Visier befunden hatte, nichtsahnend, dass der Tod nahte, dachte an all die erlegten Tiere, seit die Blonde diesen Bogen besass, Zebras, Antilopen, Warzenschweine, Giraffen.

Und mit dem Zeigefinger drückte ich den Auslöser, schoss aufs Ziel.

Nie im Leben hatte ich mit so einer Wucht gerechnet. Ich hatte gedacht, dass der Pfeil einfach in der Hüttenwand stecken bleiben würde, und ausserdem garantiert ganz woanders als im Blatt. Doch als die Spitze ins Holz drang, brachte das die Palombière buchstäblich zum Bersten, der Pfeil flog einmal quer durch. Morsche Holzsplitter spritzten nach allen Seiten, die ganze Wand fiel ein, das Dach sackte unter seinem eigenen Gewicht zusammen, ein Eichelhäher flüchtete sich in die umstehenden Bäume. Und bald war nichts mehr übrig von der Bruchbude ausser einem Haufen aufgeweichter, loser Bretter. Da sah ich mir den Bogen noch mal an, angewidert und beeindruckt zugleich vom Ausmass des Schadens.

Das Ding war kein Bogen, sondern eine kriegstaugliche Waffe.

Gerade als ich einen weiteren Pfeil schiessen wollte, um mich damit vertraut zu machen, vibrierte mein Handy in der Jackentasche, ich wunderte mich, dass ich hier, mitten in der Pampa, Empfang hatte. Es war eine SMS von Antoine, der so tat, als läge ihm was an mir:

> Alles ok, Martin? Hab das mit dem Disziplinarverfahren gehört, tut mir echt leid. Wenn du reden willst, komm heute Abend vorbei.

Aber wenn es jemanden gab, mit dem ich im Moment nicht reden wollte, war er das. Mir sein mitleidiges Getue anhören, zusehen, wie er einen auf nett machte oder seine Liedchen trällerte, nein, danke, ehrlich jetzt.

Ich stand auf der Lichtung, Daumen auf dem Touchscreen, und schaute bei meiner Facebook-Gruppe rein. Mittlerweile redete niemand mehr von der Löwenkillerin, die Nutzer hatten sich anderen zugewandt. Dem Star einer britischen Realityshow, man hatte entdeckt, wie er neben einer riesigen Elenantilope posierte, um Werbung für sein Jagdunternehmen zu machen; was für ein Vollpfosten, meinte Jerem Nomorehunt, ehe er sein traditionelles #BanTrophyHunting postete. Und einem amerikanischen Jäger, der ausnahmsweise auf eine Schraubenziege in Pakistan hatte schiessen dürfen, für hundertfünfzigtausend Dollar, aber hallo. Ich hatte nicht reagiert, als wäre ich aus der Gruppe ausgetreten.

Ich ging auf der Timeline zurück, um Apolline Laffourcades Foto wiederzufinden, das zwei Wochen zuvor unter dem Nickname Leg Holas gepostet worden war, ich betrachtete es lange, sie und ihr Opfer, das ausgestreckt in der afrikanischen Savanne lag. Ich ging noch mal die Kommentare durch, die sich darunter häuften, Kommentare wütender Menschen, die vor ihrem Bildschirm hingen. Und hielt bei diesem inne, ich hatte ihn schon mehrmals gelesen:

Clément Fuckleschasseurs: Wir sollten auf die Jagd gehen und das Gleiche mit ihr machen.

3. NACHSTELLUNG

30. März

Apolline

»Apo, es tut mir wahrlich leid. Ich hab wirklich nicht gedacht, dass sich das so schwierig gestaltet.«

Ich zucke die Schultern, bemühe mich, das Ganze gelassen zu nehmen: »Tja, das gehört auch dazu, wenn man in Afrika auf die Jagd geht. Manchmal muss man eben hinnehmen, dass man dem Wild unterlegen ist. Wenn ich eine Garantie für einen erlegten Löwen will, muss ich zum *canned hunting* nach Südafrika fahren.«

»Natürlich. Aber das ist nicht dein Traum, stimmt's, mein Spatz?«

»Igitt. Durch ein Gitter schiessen, nein, danke. Da kann man ja gleich im Zoo jagen…«

Papa, ein Glas Windhoek in der Hand, sitzt mit mir unter den Ästen des riesigen Anabaums, der ein wenig Schatten spendet, und lächelt mir zu. Nur wir beide auf den Hockern aus Stein und Zement vor der erloschenen Feuerschale, an der er die ganze letzte Woche hier im Kaokoveld den beiden Spaniern seine Jagdabenteuer erzählt hat. Schon spüre ich eine Art Wehmut, wenn ich diesen abgelegenen Ort ansehe, der genau dem Bild entspricht, das wir in Frankreich uns vom wilden, ungezähmten Afrika machen. *Last day:* Heute ist unser letzter Tag. Morgen müssen wir in Windhuk sein, um den

Flieger zu nehmen, Abflug um sechzehn Uhr dreissig. Montag muss Papa wieder auf Arbeit und ich in Pau an die Uni. Zurück in den Alltag, vielleicht sogar noch ein bisschen Ski fahren am Wochenende, falls in den Tälern zufällig ein Rest Schnee liegt.

Papa hat bereits die zwei geplanten Übernachtungen in der Luxuslodge an der *Skeleton Coast* gecancelt, damit wir hier ein paar Tage mehr haben und somit grössere Chancen, den Löwen aufzuspüren. Aber es hat nicht gereicht. Die ganze Woche über haben wir gewartet, haben uns die Zeit mit Dorfbesichtigungen und Jagd auf kleineres Wild vertrieben, Zebra, Steinböckchen, Warzenschwein. Jeden Tag hatte Lutz uns versichert, heute wäre es so weit, *Trust me, this lion will be yours.* Er tigerte auf den sandigen Wegen des *hunting camp* auf und ab, Handy am Ohr, setzte die Buschtrommeln ein, drangsalierte seine Kontakte, die überall im *bush* verstreut sind, lauerte auf die kleinste Information, die die Anwesenheit des Raubtiers verraten könnte. Aber man sah, dass er selbst von Tag zu Tag weniger dran glaubte. Ein Löwenmännchen kann in dieser Wüste wohl innerhalb von vierundzwanzig Stunden achtzig Kilometer zurücklegen, das heisst, es könnte auch sein, dass es gerade die angolanische Grenze überquert. Und dort hat unser guter *PH* absolut keine Chance, an ihn ranzukommen, denke ich mir, nicht mal wenn ich Donald Trumps Sohn gewesen wäre.

Ich versuche, mich an den Gedanken zu gewöhnen, dass ich ohne meine *birthday trophy* aus Namibia zurückkomme, suche nach dem versteckten Sinn hinter diesem Tiefschlag. Ich muss einfach an Maman denken, glaube, dass es seinen Grund und irgendwie mit ihrem Tod zu tun hat. Auf Löwenjagd zu gehen war eigentlich ihr Traum, nicht meiner. Wer weiss, wenn nicht sie ihn erlegen kann, ist es dem Löwen vielleicht vorherbestimmt, am Leben zu bleiben. Vielleicht bin ich als Jägerin nicht gut genug, um Grosswild zu erlegen. Wo ich mir schon nicht mal mehr sicher bin, ein simples Zebra zu schiessen, von daher ...

Papa trinkt sein Bier aus, legt mir die Hand aufs Knie und meint: »Nächstes Jahr, Apo. Versprochen: Nächstes Jahr gehst du auf Löwenjagd, koste es, was es wolle. Wenn nicht in Namibia, dann in Simbabwe. Oder in Sambia, wenn du willst.«

Ich nicke. Und vertiefe mich wieder in John A. Hunter, der noch Salz in die Wunde streut, indem er das Tier erwähnt, das ich nicht mal zu Gesicht bekommen habe:

Ich halte den Löwen für das zweitgefährlichste Grosswild in Afrika. Seine grosse Geschicklichkeit, sich in der kärglichsten Deckung zu verbergen, seine enorme Geschwindigkeit – und zwar vom ersten Augenblick an – sind dabei für mich ausschlaggebend.

Es sollten die letzten Sätze sein, die ich von ihm lese.

Eine Sekunde später donnert Lutz Arendts Stimme, der um den *skinning room* herum auf uns zukommt: »Ich hab Ihnen ja gesagt, dass wir ihn finden!«

Papa dreht sich zu ihm, reisst erstaunt die Augen auf. Ich runzele die Stirn und lege misstrauisch mein Lesezeichen ins Buch.

Stolz wie ein Büffel, verkündet unser Jagdführer: »Es klappt mit der Jagd. Der Löwe wurde von ein paar Hirten gesichtet, nicht weit von hier. Sie haben ihn letzte Nacht knurren hören.«

Papa schaut auf die Uhr: Es ist schon elf Uhr dreissig. Ich weiss genauso gut wie er, dass nach Einbruch der Dunkelheit das Jagen in Namibia verboten ist.

»Sind Sie sicher, dass das noch zu stemmen ist?«

»Na, und ob, wenn wir uns beeilen. *Believe me:* Morgen früh haben meine *skinners* ihm das Fell abgezogen.«

Papa, plötzlich ganz aufgeregt, wirft mir einen Blick zu. Als ob man mit einem Mal wieder hoffen darf.

»Legolas kann seine Pfeile zusammensuchen«, fängt der Deutsche wieder an. »Nicht dass wir ihn noch wegen schlechtgeschraubter Jagdspitzen verfehlen.«

»Fahren wir dann gleich los?«, fragt Papa.

»*Almost*. Ich muss nur eine Kleinigkeit regeln.«

»Eine Kleinigkeit?«

Der *PH* verzieht das Gesicht. »Die Stelle, wo sie den Löwen gehört haben, ist in den Bergen. Meine Fährtenleser kennen die Gegend nicht so gut, und mit dem Land Cruiser ist es ein bisschen schwirig zu erreichen. Wir werden jemanden brauchen, der uns führt.«

»Sie meinen einen Einheimischen?«

»*Exactly*. Meerepo holt gerade einen.« Er schnauft ausgiebig unter seinem Basecap und fügt hinzu: »Er sagt, er kennt einen jungen Himba aus seinem Dorf, der seine Herde öfters dort hingetrieben hat.«

Komuti
Ich stand auf der Ladefläche des Pick-up, hielt mich an den Metallstangen fest, als Meerepo mich zu seinem Jagdcamp brachte, Zopf und T-Shirt flatterten im Wind. Beiderseits der Piste flogen Mopanebäume und Hütten vorbei, ich betrachtete sie, mein Herz klopfte bei dem Gedanken, dem Löwen erneut gegenüberzutreten. Es war alles ganz schnell gegangen: Mein Freund war mit seinem Kollegen, einem Fährtenleser, aufgetaucht, hatte erklärt, dass man die Raubkatze wiedergefunden habe, letzte Nacht, in den Bergen, die ich so gut kannte, dort, wo zweiundzwanzig Tage zuvor der Löwe unsere Ziegen gerissen hatte. Meerepos Boss brauchte einen Führer, um sich in das von steilen Schluchten zerklüftete Gebirge zu wagen. Ich würde natürlich bezahlt werden, fügte er hinzu, um mich zur Zustimmung zu bewegen, er ahnte nicht, dass er mir da etwas anbot, worauf ich nicht einmal mehr zu hoffen gewagt hatte. Eine Gelegenheit, mich vielleicht erneut mit dem Löwen zu messen.

Kurz darauf waren wir unterwegs, wir müssten uns beeilen, sagte Meerepo. In der Hast hatte ich nicht einmal an mein Telefon gedacht: Es war noch immer in dem Behälter hoch oben an einem Ast. Auch Kariungurua hatte ich nicht mehr benachrichtigen können. Sie würde es gewiss von anderen erfahren, die mich hatten wegfahren sehen, dachte ich. Gestern Abend hatten sie und ich uns wieder unter dem Makalani geliebt, bis spät in die Nacht, unter dem endlosen Himmel. Wir hatten noch einmal über den Besuch der Französin im

Dorf gesprochen, von der Halskette aus Strausseneierschalen, die sie ihr einfach so geschenkt hatte. Das hatte ich von weitem beobachtet, ungläubig und verletzt, mir war, als hätte die Frau, die ich liebte, sich für eine Seite entschieden in diesem Wettrennen um die Raubkatze, in dem ich gegen die Jägerin antrat. Dass sie nicht an mich glaubte. Dass sie für die Französin war, wie mein Feigling von Vater, wie Tjimeja, der mich als Bettler betrachtete, wie alle Himba aus der Gegend, die diese Weisse für eine Bogenschützin ohnegleichen hielten.

Aber ich würde Kariungurua beweisen, dass sie mich unterschätzte.

Sowohl ihr als auch allen anderen.

Ich wusste noch nicht, wie ich das anstellen würde, ich hatte weder Bogen noch Gewehr. Aber mir würde schon etwas einfallen. Ich, Komuti, würde diesen Löwen töten. Denn dass ich in diesem Pick-up war, dass mein Freund mich geholt hatte, dass der Löwe sich ausgerechnet in dem Gebirge herumtrieb, wo sich unsere Blicke begegnet waren und wo er unser Vieh gerissen hatte, das hatte etwas zu bedeuten, ahnte ich. Es war der Wille der Ahnen. Zurück zum Ausgangspunkt, eine zweite Chance. Es bedeutete, dass es *mir* zustand, ihn zu erlegen.

Koste es, was es wolle.

Ich war mehrmals in der Nähe des Jagdcamps gewesen, in dem Meerepo arbeitete, aber hatte es noch nie betreten. Wir alle wussten, dass wir uns besser fernhielten, wenn die Kunden des Jägers da waren. Der Geländewagen hielt im Sand, bei einem Elefantenschädel und einer Einfriedung, die gleichmässiger war als der schönste Kraal.

»So, also du gehorchst meinem Boss und hältst dich im Hintergrund«, erklärte Meerepo, als wir das Camp betraten. »Weisst du, ich kenne die Weissen nämlich. Man darf sie nicht enttäuschen. Was die wollen, ist das *wilde* Namibia.«

»*Otjindandi?*«

»Ja, *wild,* das sagen sie immer. Davon träumen die. Sie geben so viel Geld aus, um hier bei uns zu jagen, weil sie bei sich schon alle Tiere getötet haben, verstehst du. Früher gab es dort Wölfe, Bären, jetzt ist da nichts mehr, nur Städte und Häuser, wie in Windhuk.«

Ich nickte, versuchte mir vorzustellen, was er da schilderte.

»Und deswegen wollen die Weissen Afrika auch immer vorschreiben, wie es sich um Elefanten und Nashörner zu kümmern hat, verstehst du? Weil sie bei sich zu Hause sonst was gemacht haben.«

»*Iii…*«

Wir folgten dicken, weiss angemalten Steinen, die akkurat in einer durchgehenden Linie ausgelegt worden waren und bis zum für die Jagd gerüsteten Land Cruiser führten, wo uns der Berufsjäger erwartete. Nie zuvor hatte ich die sonderbare Gestalt dieses Weissen aus solcher Nähe gesehen. Er war sogar noch dicker, als ich ihn von der einen Begegnung in den Strassen Opuwos in Erinnerung hatte. Ich verstand nicht einmal, wie ein Mann überhaupt eine solche Masse erreichte, soweit ich wusste, hatte kein Himba je annähernd so ausgesehen.

Er musterte mich von Kopf bis Fuss, blies mit einer komischen Grimasse die Backen auf, und einen Augenblick lang dachte ich, er würde in mir lesen. Als wüsste er, was mich wirklich hierhergeführt hatte. Aber gewiss irrte ich mich.

»Keiner kennt die Berge wie Komuti, Boss«, verkündete Meerepo.

Der *PH* runzelte die Stirn, dann streckte er mir die schwammige Hand entgegen. »*Welcome in my team.*«

Apolline
Im Zelt checke ich rasch meine Ausrüstung, Sehnen, Cams, Visier, Köcher, die an meine Pfeile geschraubten Jagdspitzen. Alles in bester Ordnung. Ich vertraue auf meinen AVAIL, ein erstklassiger Bogen, der wird mich nicht im Stich lassen, rede ich mir ein. Ich packe ihn in den Koffer und haste endlich los zu den anderen, sie warten in der Mitte des *hunting camp* auf mich. Papa in Cargohosen und kurzärmeligem Hemd, das iPhone im stossfesten Gehäuse, im Reportermodus, bereit für eine Jagd. Dann sind da Lutz, sein Fährtenleser und sein Fahrer, sie haben schon die Ausrüstung in den Land Cruiser geladen.

Und dann ist da dieser einheimische Himba, der geholt worden ist, um das Team zu vervollständigen, er scharrt mit notdürftig geflickten Sandalen über den Boden. Muss wohl ungefähr so alt sein wie ich. Er trägt ein gelbes Oberteil mit abgewetztem Kragen, das unter den Armen weit ausgeschnitten ist. Dazu eine Art Lendenschurz aus kunterbunten Stoffen, mehrere Halsketten. Vor allem aber fällt mir seine Frisur auf: ein in eine Art Stoffhülse eingewickelter Zopf auf dem kahlrasierten Kopf. Im Gegensatz zum *skinner,* der stets lächelt, oder den Fährtenlesern, die immer freundlich zu uns sind, guckt er megaernst. Fast schon finster, würde ich sagen. Als ich mich vorstelle, ihm zur Begrüssung die Hand geben will, zögert er. Und ich merke, dass sein Blick auf meine Perlenkette geheftet ist, die, die mir die junge Himba geschenkt hat, sie schien dem *cow killer* so sehr den Tod zu wünschen. Die Kette, die ich seither um den Hals trage wie ein kostbares Amulett, zusammen mit meiner Goldkette und der katholischen Medaille. Mit einem Mal ist mir das unangenehm, also schaue ich zu Papa.

»So, ich glaub, ich bin *ready.*«

Lutz ruft uns zusammen, reibt sich die Hände für ein weiteres Briefing. »Gut. Also, wir fahren in die Berge. Wir haben keine Zeit mehr, ihn zu ködern, und ausserdem ist der Löwe jetzt, wo er was *gelernt* hat, vorsichtiger geworden. Deshalb wird das eine Pirsch, Sie wissen, was das bedeutet?«

Ich nicke, mir ist klar, dass die Gefahr bei einer Pirsch immer grösser ist als bei einer Lockjagd. Aber auch aufregender.

Der *PH* fährt fort: »Erst mal suchen wir eine Fährte, die frisch genug ist, dass wir ihr nachgehen können, oder, noch besser, einen möglichst frischen *kill*. Sobald wir eine Fährte haben, steigen wir aus und gehen zu Fuss weiter, ich und Legolas gehen voran. Ihr anderen bleibt immer schön hinter uns: Ich hab keine Lust, dass jemand sich einen Pfeil oder eine Kugel aus meiner Express fängt.« Er schaut erst Papa, dann den Einheimischen an. »Ist das klar?«

»Mehr als klar«, sagt Papa, der solche Jagden gewohnt ist.

Der Himba nickt zum Zeichen, dass er grob verstanden hat, auch wenn es auf Englisch war.

»Dann wollen wir mal«, sagt Lutz abschliessend und klatscht in die Hände. »Auf geht's.«

Und gleich darauf sind wir unterwegs. Der Land Cruiser fährt uns weg vom Camp, vorbei an runden Hütten kleiner Dörfer, verlassenen Buden, leeren Pferchen. Ich stecke eine Strähne zurück, die sich im Fahrtwind gelöst hat, und merke, dass ich in der Eile mein Deerhunter-Basecap im Zelt vergessen habe. Nach und nach verschwinden sämtliche Spuren menschlicher Besiedlung, lediglich dürre, steinige Savannen säumen die Piste, vereinzelt verkümmerte Bäume, gelbe, abgebrochene Halme.

Papa streckt den Zeigefinger aus. »Ich glaube, dort fahren wir hin.«

Vor uns ein bergiges Massiv, abgerundete Bergkämme, die sich klar vor diesem Himmel abzeichnen, den nie auch nur die kleinste Wolke trübt. Kein Vergleich zu meinen Pyrenäen, von hier aus wirken die Gipfel trocken und abgewetzt. Das Ganze erinnert an ein riesiges Reptil, das mitten in der Wüste schläft, überwältigt von der Sonne im Kaokoveld, der Körper an allen möglichen Stellen von Tälern zerklüftet. Es ist vierzehn Uhr, als wir zu den orangefarbenen Bergen kommen, Papa fotografiert sie. Von unserer Sitzbank aus sehe ich, wie der Himba den Arm aus dem Fenster streckt, dem Fahrer den besten Weg zeigt, um den Hang hochzukommen. Der Land Cruiser hält sich rechts, und wir fahren minutenlang durch *fesch-fesch,* an unüberwindlichen Steilhängen entlang. Schon mustere ich suchend die Erhebungen, träume davon, den Löwen in der Landschaft auftauchen zu sehen, verborgen in Spalten, die Felswände erklimmend, ich weiss, dass er das kann, wenn er eine Beute jagt. Aber mir ist klar, dass wir erst am Anfang der Jagd stehen.

Und ich denke nicht mal im Traum daran, bis wohin sie uns führen wird.

In einer vom Wagen aufgewirbelten Staubwolke umfahren wir einen Hügel und kommen schliesslich zum Eingang eines Tals, fahren hinein. Eine Ebene, in der vielleicht mal zwischen zwei steinigen, steilen Böschungen ein Fluss geflossen ist, der Boden ist pulvrig, ab und zu ragen ein paar Zahnbürstenbäume auf, in denen Löwen oder Leoparden Schatten suchen können. Für alle Fälle inspiziere ich auch sie, aber da wir weiterfahren, ahne ich, dass Lutz und sein Fährtenleser, der hinter mir steht, glauben, es sei sinnlos, so tief unten Ausschau zu halten. Wir dringen weiter in die Schlucht vor, sie wird enger, beiderseits von Felswällen eingezwängt. Weiter oben ergreifen ein paar Springböcke in verschreckten Sätzen die Flucht.

»Platz da, Mädels, die grosse Jägerin kommt!«, ruft Papa.

Als der Land Cruiser endlich hält, damit der Fährtenleser den Boden untersuchen kann, steigt dieser kopfschüttelnd gleich wieder auf. Das macht er dreimal, geht mit gesenktem Kopf um die Zahnbürstenbäume herum, stumm und konzentriert, dann steigt er wieder auf, und der Wagen setzt sich erneut in Bewegung.

Am Ende der Schlucht fahren wir um eine Biegung und entdecken etwas, was ausserhalb der Dürre, die die gesamte Gegend im Griff hat, sicherlich eine Oase wäre. Auf einem Teppich aus Blättern und Gestrüpp stehen ein paar Palmen mit gelblichen Blättern, ein kompaktes Wäldchen. Auf der braunen Erde erkennt man dunklere Flecken, sie sind feucht, aber nicht die kleinste Pfütze in den Mulden rundherum. Vielleicht müsste man graben, um Wasser zu finden, überlege ich. Um daraus eine echte Wasserstelle zu machen, eine jener von den Tieren begehrten, unverhofften Quellen.

Der Land Cruiser hält ein paar Meter davor, und alle steigen aus, *PH,* Fährtenleser, auch der Einheimische. Nur der Fahrer bleibt sitzen. Lutz bedeutet uns, ihnen zu folgen, beobachtet mit verschränkten Armen, wie seine Männer die Oase umkreisen. Er hat jenes Selbstvertrauen des abgehärteten Jägers wiedergefunden, als wäre nichts passiert. Als wäre er nicht haarscharf dran vorbeigeschrammt, uns nach Frankreich zurückzuschicken, ohne dass wir auch nur versuchen konnten, meine Trophäe zu erlegen.

»Raubtiere lieben solche Stellen«, erklärt er. »Sie liegen stundenlang im Schatten und warten, dass es Abend wird. Kann auch als Versteck dienen, um Beute zu belauern.« Er kratzt sich die verschwitzten Nackenfalten. »Wenn euer Löwe in diesem Gebirge ist, lege ich meine Hand ins Feuer, dass er hier vorbeige…«

Ein Pfiff schneidet ihm das Wort ab, es kommt von einem Strauch.

»Bingo!«, ruft der Deutsche, wie ein Seher, dessen Gabe endlich anerkannt wurde.

Bald stehen wir alle um die Entdeckung des Fährtenlesers herum. In gebrochenem Englisch erklärt er es uns und zeigt dabei mit dem Finger auf verschiedene Stellen: »*Look.* Zuerst lag er hier. Dann ist er dort rübergegangen und hat sich da hingelegt.«

Nur ein erfahrener Fährtenleser konnte diese Trittsiegel erkennen, Papa macht ein Foto davon. Ich sehe lediglich weichen Boden zwischen grossen granatroten Steinen, muss ich zugeben, vielleicht irgendwie ein bisschen eingedrückt.

»Die sind nicht frisch genug«, sagt Lutz. »Von heute Nacht, schätze ich. Wir fahren noch ein bisschen höher, da finden wir vielleicht neuere.« Dann sieht er mich an. »Aber das ist er, junge Dame. Deine Trophäe.«

Und da zieht sich mir das Herz zusammen, alles wird sehr konkret. Mein Löwe ist hier, sage ich mir immer wieder. Irgendwo über uns in diesen Bergen.

28. April

Apolline
Ich kann mich nicht erinnern, dass mir an einem 28. April je so kalt gewesen wäre, ich hatte in der Daunenjacke schlafen müssen. Als ich die schwarzen Balken voller Spinnweben über mir sehe, mache ich, den Schlafsack bis zum Gesicht hochgezogen, automatisch eine Bewegung: Ich lege die Hand an den Hals und streiche über die Medaille und die Kette aus Strausseneierschalen von der Himba, die Kette, die ich tragen sollte, wenn ich den Löwen töte. Wieder habe ich von der Jagd geträumt, wie jede Nacht, seitdem wir aus Namibia zurück sind. Sie verfolgt mich, ich denke ständig daran: an den Löwen, ausgestreckt im Gras, einen Meter vor mir, an meinen Bogen, mein angebliches Talent im Bogenschiessen. Und an den jungen Himba, natürlich.

Reglos liege ich in der Hütte, bei jedem Atemzug kommen weisse Wölkchen aus meinem Mund, ich frage mich, wie das so aus dem Ruder laufen konnte, was wir hätten tun können, um all das zu verhindern. Und seit dieses verflixte Foto im Netz aufgetaucht ist, das Papa nie hätte machen sollen, frage ich mich umso mehr. Ohne das Foto wäre alles anders gekommen, bestimmt.

Ich muss zugeben, dass es eine ziemliche Ironie des Schicksals ist: Ausgerechnet ich wurde in den sozialen Netzwerken blossgestellt, wo ich mich doch immer mit allen Mitteln davon ferngehalten habe. Die erste Woche war wirklich brutal, das hätte ich nie für möglich gehalten. Das Foto war Hunderte Male geteilt worden, Sandra hatte mir die Websites gezeigt, wo es auftauchte, ein Kommentar hasserfüllter als der andere, sie machten aus mir ein Monster, eine blutrünstige Wilde, lauter solch schreckliches Zeug. Papa entschuldigte sich in einem fort, versuchte, das Konto zu löschen, das Foto runterzunehmen. Aber es war zu spät, der Pfeil war abgeschossen. Ich war zur Beute von Jagdgegnern geworden, die hinter ihren Bildschirmen lauerten. Amaury konnte abwiegeln, wie er wollte, ich fand das megagruselig, jeden Morgen stand ich auf und fürchtete, dass die Irren an meinen Namen und meine Adresse gekommen waren, wie bei so einigen Jägern in den letzten Monaten, wie bei den Supermarktleitern und Luc Alphand. Ich wusste, wenn sie es schaffen, mich zu identifizieren, wird das einfach nur die Hölle, ernsthaft jetzt, sowohl für mich als auch für Papa. Ich drehe mich in meinem Schlafsack herum, spüre die harten Bretter der Koje unter der dünnen Matratze. Und sage mir, dass ich im Grunde noch Glück hatte. Dass ich jetzt, wo sie sich endlich anderen zugewandt, andere Opfer gefunden haben, die sie terrorisieren können, endlich anfangen kann, das Ganze zu verdauen.

Es tut gut, das Aspe-Tal wiederzusehen, das war eigentlich das Einzige gewesen, worauf ich Lust gehabt hatte: allein sein, weit weg von der Stadt, der Uni, Menschen. Gestern beim Anstieg mit den Skiern, als ich mich auf meine Schritte und meinen Atem konzentrierte, war es mir beinahe gelungen, diesen Monat der Angst zu vergessen. Es würde mir schwerfallen, die Pyrenäen zurückzulassen, falls ich mein Studium in Paris oder auch in Toulouse beenden müsste. Afrika und die Berge, meine zwei Paradiese. Eine dicke Schneeschicht liegt auf dem Dach der Schutzhütte, ich höre es über mir knacken, genauso wie ich den Wind heulen höre, der in die Steinritzen bläst. Das Licht des anbrechenden Tages kommt stückweise bei mir an, schleicht sich durch die Spalten in der Hütte. Ich schiebe eine Hand unter die Kapuze, löse die Kordel rund um mein Gesicht, und mit einem Mal fällt mich die Kälte an, trotz meiner Daunenjacke, wie die Hitze in Namibia, sobald man im *bush* aus dem Schatten trat. Fröstelnd winde ich mich aus dem Schlafsack und schichte verschlafen die Holzscheite im Kamin um. Ich fache das Feuer wieder an, bald schwärzt der Russ die Schieferdecke, der Wassertopf köchelt über der Glut.

Heute habe ich praktisch nur die Abfahrt vor mir, zurück zu meinem Auto, das auf der kleinen, völlig zugeschneiten Strasse geparkt ist. Nach dem sternklaren Abend gestern und der Kälte nachts war der angetaute Schnee bestimmt wieder überfroren, ich würde aufpassen müssen. Wie ich so mit meiner kochend heissen Tasse vor den tanzenden Flammen, die die Hütte erwärmen, am Herd sitze, gehe ich im Kopf meine Route durch. Hoffentlich habe ich Glück und sehe eine Gämse oder ein Reh oder scheuche sogar ein Auerhuhn unter den Spirken hervor, gestern habe ich ein paar Fährten gesehen. Dann stelle ich mir versonnen vor, einem Bären zu begegnen, mir ist bewusst, dass man damit heutzutage nicht mehr unbedingt rechnen sollte. Selbst wenn im Herbst neue Weibchen ausgewildert werden, wie es in der Zeitung stand, sind die Chancen, welche zu sehen, megagering. Ich schaue auf die Uhr: Zeit zum Aufbrechen. Ich schlinge eine Schüssel Haferflocken herunter, packe meine Ausrüstung in den Rucksack: Minithermoskanne für Tee, Steigfelle und Harscheisen, spezielle Lawinenausrüstung, Steigeisen und Eispickel, *just in case.* Kurz darauf habe ich die Skischuhe an und stosse, in Anorak und Daunenjacke eingemummelt, die Tür der winzigen Schutzhütte auf, die ich gestern eine halbe Stunde lang freischaufeln musste.

Das Wetter ist herrlich, kaum zu glauben, dass es gestern geschneit hat und noch mehr Schneefall vorhergesagt wurde. Die Luft ist trocken, der Himmel eisblau. Gerade geht die Sonne über dem Massif de Sesques auf, die Pässe und Gipfel trennen uns vom Ossau-Tal. Ich erahne die Sohle, schmaler als alle anderen, wo sich verstreute Dörfer zum Vorland hin schieben wie ein Schlangenfossil; auf der anderen Seite die spanischen Bergpässe. Hinter der Hütte erhebt sich Kiefernwald, der zwischen den Kalkblöcken gewachsen ist. Er klettert in Richtung der Gipfel, die Äste schwer vom Schnee, ab und zu fällt eine Ladung runter. Ich ziehe mir die Mütze über die Ohren, reibe die Hände aneinander gegen diese Hundekälte. Und mustere den dicken weissen

Teppich um mich herum, auf unsichtbaren Wiesen, auf den Felsen, wo sich der Schnee in flauschigen Polstern anschmiegt. Ich liebe diesen Ort, zugänglich und doch immer einsam, jedes Mal, wenn ich in der Hütte übernachtet habe, hatte ich meine Ruhe, niemand störte mich.

Auf der Schwelle optimiere ich die Gewichtsverteilung im Rucksack, setze ihn auf: Er wiegt schon was, aber kein Vergleich zu der Last, wenn die Ski dranhängen. Ich laufe an der Wand entlang über den Bruchharsch, hart und spröde wie Glas, wo meine Carvingski lehnen. Die hat Maman mir geschenkt, Dynastar Vertical aus Karbon, ich könnte mir keine bessere Ausrüstung wünschen. Jetzt nehme ich sie von der Steinwand, schlage sie gegeneinander.

Aber höre sofort wieder auf.

Starre auf den Balken, der unterm Dach entlangläuft.

Genau über meinen Skiern steckt ein Pfeil im Holz.

Ein Pfeil, den ich sofort erkenne.

Beman Hunter Pro, Schaft mit Tarnmuster und Striker-Magnum-Jagdspitze mit Dreifachklinge.

In diesem Moment rattert es in meinem Kopf los, die Gedanken überschlagen sich, genauso mein Puls, der plötzlich rast. Mein Geburtstag, Namibia, der Löwe, die Morddrohungen auf Facebook. Ich fahre herum, Rücken zur Steinwand, sehe nach rechts und links. Taxiere mit ganz anderen Augen die mit einem Mal nicht mehr so einladende Landschaft. Taxiere die Kiefern, in Habachtstellung wie lauter stumme Feinde. Taxiere das Durcheinander der unter Schnee begrabenen Felsen, von unsichtbaren Rinnen und Spalten durchzogen. Und mir wird klar, dass ich mich getäuscht habe.

Nein, die Jagdgegner haben sich nicht anderem zugewandt.

Sie sind bei mir eingebrochen.

Und jetzt sind sie hier.

Martin
»Genauso sieht's aus, du bist nicht alleine«, sagte ich leise, als sie herumfuhr.

Ich wusste, dass sie mich nicht sehen konnte, ich versteckte mich hinter dem Sturmholz am Rand eines Tannenwäldchens, dreihundert Meter unterhalb der Hütte. Aber ich sah sie da oben ganz ausgezeichnet durch mein Fernglas. In der eisigen Stille, nur unterbrochen vom ersten Gesang der Ringdrossel, sah ich ihre Skifahrersilhouette im blauen Anorak, ihren wegen der Skischuhe etwas behäbigen Gang im Schnee. Und die Angst, die ganz plötzlich in ihrem Studentengesichtchen stand, wie sie sich nervös in der unberührten Landschaft umsah. Sie wandte sich wieder dem Pfeil zu, zog ihn aus dem Holz und untersuchte die Spitze genauer. Ich hatte ihn bei Einbruch der Nacht abgeschossen, damit sie ihn beim Aufwachen fand, zuvor war ich ihr im Auto von ihrer Wohnung aus gefolgt, danach auf Skiern, den ganzen Anstieg, verborgen im Unterholz. Schon gegen Mittag hatte ich erraten, wo sie hinwollte, dass sie in dieser Hütte übernachten würde, früher schliefen Hirten beim Almauftrieb darin, jetzt war sie auf Kosten des

Nationalparks in eine Schutzhütte umfunktioniert worden. Ich stellte mein Fernglas neu ein und sah, wie sie im Schnee nach meinen Fussabdrücken suchte. Sekundenlang stand sie ganz still, den Jagdpfeil in der behandschuhten Hand, bis es ihr dämmerte.

»Ohne deinen Bogen kommst du dir nicht mehr so stark vor, was«, flüsterte ich.

Und sah nach rechts: Ihr Bogen lag neben mir auf der Schneedecke, über und über mit Visieren und Rollen versehen. Und noch fünf Pfeilen im Köcher.

Ich spürte, wie sie zögerte, da oben vor der Hütte, sich fragte, was sie tun sollte. Sie schob Panik, das sah man. Klar, sie wusste besser als jeder andere, was das anrichten konnte, wenn man so einen Pfeil abkriegte, welchen Schaden die drei Klingen ihrer barbarischen Waffe verursachten. Ehrlich jetzt, in dem Moment wusste ich nicht so genau, was ich machen wollte, wie weit ich gehen würde. Ich wollte sie nicht umbringen, *erlegen,* wie sie es bei einem ihrer Opfer genannt hätte, bin ja kein Psychopath. Aber ihr den Schrecken ihres Lebens einjagen, das ja, das stand auf dem Programm. Mal ein bisschen die Rollen tauschen, damit sie merkte, wie es sich anfühlt, wenn man sich auf der anderen Seite des Bogens befand. Vielleicht verging ihr ja dann die Lust, noch mal ein Tier anzugreifen, hatte ich mir gedacht, das wär doch schon mal was. Weil, ehrlich jetzt, die verdiente mehr als einen Shitstorm in den sozialen Netzwerken.

Sie richtete ihren Rucksack, schnallte in aller Eile ihre Carvingski an, schnappte sich die Stöcke, die ganz in der Nähe waren, und glitt ein paar Meter auf ebener Fläche dahin. Und nahm die Abfahrt in Angriff, auf dem kachelharten Morgenschnee. Sie wollte so schnell wie möglich zurück ins Tal, klar, auf derselben Strecke wie am Vortag, nur in Gegenrichtung. Ich liess das Fernglas sinken, beobachtete, wie sie umsichtig manövrierte, die Vibrationen der Ski übertrugen sich auf sie. Ich sah, wie sie es vermied, zu steil in die Kurven zu gehen. Sie kam meinem Versteck näher, würde ganz nah an mir vorbeifahren. Vielleicht würde sie mich nicht mal sehen, wenn ich mich nicht rührte.

Aber ich hatte andere Pläne.

Ich richtete mich im Unterholz auf, packte den Bogen, legte einen Pfeil ein, hakte die Sehne ins Release. Ich zog die Befiederung zu mir, die beiden Rollen drehten sich von allein. Und mit Hilfe des Kreises im Visier zielte ich auf den riesigen Baumstumpf, der fünfzehn Meter vor mir aus dem Schnee ragte. Der Tannenstumpf war dabei zu verrotten, mit Aststummeln gespickt und vom Moos aufgequollen. Er lag genau auf ihrem Weg, sie konnte gar nicht anders, als ganz nah dran vorbeizukommen. Ich hielt den Bogen schussbereit, rechte Faust am Kiefer, Befiederung an der Wange. Aus dem Augenwinkel verfolgte ich ihre behutsame Abfahrt auf dem Bruchharsch.

Und kurz bevor sie an meinem Ziel vorbei war, schoss ich.

Vor ihren Augen zerfetzte es den Baumstumpf.

»Bingo.«

Holzsplitter flogen in alle Richtungen, landeten im Schnee zu Füssen der Jägerin. Der Überraschungseffekt liess sie auf der Stelle in die Kurve gehen, sie strauchelte mit beeindruckender Kontrolle drei Meter abwärts, hätte beinahe die Ski gekreuzt. Und kam schliesslich quer zum Hang zum Stehen, fast wäre sie gestürzt.

Sie brauchte ein paar Sekunden, um sich zu sammeln, zu begreifen, was gerade passiert war. Sekunden, in denen ich, wenn ich gewollt hätte, problemlos noch so einen Scheisspfeil hätte abschiessen, sie spüren lassen können, wie es sich anfühlte, so ein Ding in den Wanst gerammt zu kriegen. Aber das war nicht der Plan. Ich liess sie sich erholen, die Lage erfassen. Wieder suchte sie die verschneite Landschaft ab.

Und diesmal sah sie mich, unterhalb von ihr.

Wir blickten uns an, sie auf Skiern am Hang, ich zwischen den Tannen, reglose Gestalten in diesem seltsamen pyrenäischen Winter. Wir versuchten beide, den anderen abzuschätzen, die Absichten zu erraten. Wir wechselten kein Wort, weder sie noch ich schrie oder machte das geringste Geräusch, ich hörte das Gepiepse der Rotkehlchen, die irgendwo im Geäst sassen. Aber ich glaube, unsere Bewegungen reichten zur Verständigung, wie eine improvisierte Gebärdensprache. Sie starrte den Hang runter, die Richtung, die sie genommen hatte, um zu ihrem Auto und der Bequemlichkeit ihres Stadtlebens zurückzukommen. Und bei dem Blick, den ich ihr gleich darauf zuwarf, den Bogen in der linken Hand, bereit, einen weiteren Pfeil loszulassen, begriff sie, dass die Sache ein bisschen komplizierter war. Dass ich sie nicht durchlassen würde, nicht hier jedenfalls. Dabei hatte ich den Arm gesenkt, der Bogen drückte mir gegen den Oberschenkel, auf gewisse Art teilte ich ihr mit, dass ich nicht sofort auf sie schiessen würde. Das wäre zu einfach. Ehrlich jetzt, klingt vielleicht komisch, aber ich glaub, Apolline Laffourcade hat all das sehr schnell kapiert. Und das hatte meiner Meinung nach was damit zu tun, dass die Situation ihr irgendwie vertraut war. Weil sie eine Jägerin war, ganz einfach. Für den Bruchteil einer Sekunde runzelte sie sogar die Stirn auf eine Weise, die mir im Gedächtnis blieb. Und mich verunsicherte. Sekundenlang stand ihr nicht mehr die Angst ins Gesicht geschrieben. Sondern eine Kampfansage. Ja, womöglich lag ich falsch, aber genau diesen Eindruck hatte ich: Die Blondine, die auf Skiern deutlich sicherer schien als so mancher meiner Kollegen, forderte mich heraus.

Sie behielt mich im Auge, registrierte die kleinste Bewegung und nahm den Rucksack ab, holte zwei Steigfelle raus, zog die Streifen auseinander, klebte sie ohne Hast unter ihre Ski. Sie sah wieder her, starrte mich mit zusammengepressten Lippen durchdringend an, als wollte sie alles über mich ergründen, wer ich war, wie ich sie gefunden hatte, was mir durch den Kopf ging, wie riskant es tatsächlich für sie war. Und was für Ausrüstung ich hatte. Sie begann, den Hang raufzusteigen, die Ski rutschten auf dem Schnee, ehe sie bei jedem neuen Schritt wieder hafteten, sie beschrieb mit jeder Wendung ein grosszügiges Zickzackmuster. Ich sah ihr nach, wie sie den steilen Anstieg sicher meisterte, zweimal drehte sie sich um, guckte, was ich machte. Von meinem Tannenwäldchen aus beobachtete ich, wie ihre

Gestalt auf der weissen Kruste kleiner wurde, wie sie in energischem Rhythmus die Bergweide nahm. Ich liess ihr den nötigen Vorsprung, bis zur Hütte, wo sie sich nach rechts wandte, wie ich es mir gedacht hatte, da sie auf der anderen Seite auf eine über hundert Meter hohe Felswand gestossen wäre. Ich hob das Fernglas und sah, wie sie an den schneebedeckten Kalkblöcken entlangglitt, mir weitere Blicke zuwarf. Bis schliesslich ihr blauer Parka hinter einem Hügel verschwand. Ich fand, dass sie damit genug Vorsprung hatte, schnallte meinerseits die Ski an, setzte den Rucksack auf, der Bogen war dran festgeschnallt.

Und begann den Aufstieg.

Auf dem harten Schnee sah man ihre Spuren kaum, die Ski sanken nicht ein. Nur die Löcher von den Skistöcken erkannte ich, und die Abdrücke der Kanten, wenn sie eine Wendung machte. Der Hang war mir vertraut, ich war ihn schon Dutzende Male hochgestiegen, genau wie alle anderen, die das Aspe- und das Ossau-Tal zieren. All die Jahre, in denen ich Pfade und Weiden abgeschritten war, um irgendein Nest zu überwachen, irgendeinen Wegweiser zu reparieren, alles im Auftrag des Scheissnationalparks, wo sie mich zu radikal fanden, nicht diplomatisch genug, rufschädigend. Als gäbe es nichts Wichtigeres: unser Image. Ich ging schnell, stiess bei jedem Atemzug Dampfwölkchen aus. In dem Moment hatte ich keinen Zweifel, dass ich sie einholen würde, die Jägerin, egal wie gut sie fuhr. Genauso wenig, wie ich an ihrer Schuld bei dem Löwenmord Zweifel hatte, und garantiert auch bei anderen, ebenso bedrohten Arten. Die einzige Frage, auf die ich keine Antwort hatte, war, wie das alles enden würde. Was ich mit ihr machen würde, wenn sie genug Schiss gehabt hatte.

Ich stieg bis zu der Hütte aus Sandstein und Schiefer mit dem schneeüberhangenen Dach, wo sie übernachtet hatte. Die Schutzhütte war eher ein Geheimtipp, was bewies, dass sie sich hier auskannte, zumindest ein bisschen. Ich hatte die Bude ein paarmal instand gesetzt. Aus dem Schornstein kam schwarzer Rauch, schmutzige Spiralen am blauen Himmel, auf dem sich erste Wolken bildeten. Einen Moment lang betrachtete ich die verschneiten Felswände am Hang gegenüber, erahnte die Buchenwipfel unterhalb des Col du Couret, wo Cannelle abgeschlachtet worden war. Wieder dachte ich an Cannellito, dass die seinen Kadaver garantiert irgendwo unten in einer der unzugänglichen Schluchten versteckt hatten. Aber ich hielt mich nicht länger auf: Davonkommen lassen wollte ich sie ja schliesslich nicht.

Sie war unter den Spirken, arbeitete sich den Hang hoch, verschwand hinter den Bäumen, die wie Gitterstäbe im Gefängnis senkrecht aufragten, garantiert versuchte sie, auf schnellstem Weg ins Tal zu kommen. Ich hatte so eine Idee, welche Strecke sie nehmen würde, es gab ein paar Möglichkeiten zwischen der schnellsten und der ungefährlichsten Piste. Unter den Bäumen war der Schnee nicht ganz so hart, ihre Fährte war besser zu sehen. Ich fuhr in den Wald und folgte ihren beiden Parallellinien, die sich um die Kiefern wanden wie unzertrennliche Schlangen. Ich war mir sicher, dass sie nicht weit sein konnte, drei-, vierhundert Meter, nicht mehr, in Skireichweite. Stellenweise fanden sich andere Spuren auf der Schneedecke, von Tieren: Gämsen, Rehe, Wildschweine, die auf der Suche nach einem Loch im Schnee den Wald durchquerten, um ein paar Triebe zu knabbern. In den Ästen über mir tschilpten Fichtenkreuzschnäbel. Mit Rucksack und Bogen auf dem Rücken glitt ich still unter den Spirken durch, sobald ein Packen Schnee, der den Ästen zu schwer geworden war, runterkam, huschten meine Augen hin. Die Piste war beinahe waagerecht und daher leicht, meine Steigfelle hafteten gut. Ich war gespannt, wohin die Jägerin mich führen würde, wartete auf den Moment, wenn ihre Spur scharf nach rechts, den Abhang runtergehen würde, in der Hoffnung, mich abzuhängen. Sie wusste garantiert nicht, mit wem sie es zu tun hatte. So glitt ich wohl eine gute Stunde voran, mitten rein in den Kiefernwald, ohne dass ich etwas von ihr sah, abgesehen von den beiden Linien, die ins Unbekannte führten, überzeugt, dass ich sie einhole. Ich überquerte einen Bach, passierte wuchtige Kalkblöcke, wie versteinerte Monster. Gelangte auf eine Lichtung, rundherum gab es immer noch weniger Kiefern als Tannen, überquerte sie, gut hundert Meter bis zum nächsten Unterholz.

Aber dann hielt ich an.

Ich hatte ihre Spur verloren.

Auf der Lichtung war der Schnee wieder hart gewesen, die Skispuren so gut wie unsichtbar, deshalb war ich einfach geradewegs drübergefahren, um die Fährte im Kiefernwald wiederaufzunehmen. Aber ich sah sie nicht mehr. Keine Furchen mehr unter den Bäumen, keine Löcher von den Stöcken.

Ich fuhr herum und murmelte: »Du willst mich also abhängen, ja?«

Klar, das war es: ihre Spur verwischen, damit ich sie nicht einholte. Oder zumindest länger brauchte. Sie hatte die Lichtung genutzt, um die Richtung zu ändern, als ihre Ski wieder, ohne einzusinken, über die Schneedecke glitten. Aber mich würde sie damit nicht abschütteln, ehrlich jetzt, wenn sie das glaubte, machte sie sich was vor. Ich kehrte um, suchte nach der Stelle, wo sie abgehauen war. Auf jeden Fall irgendwo unterhalb der Lichtung, dachte ich mir. Ich hatte keine Ahnung, wie gut sie den Sektor kannte, ob sie wusste, dass es von hier aus nur eine mögliche Strecke zur Strasse gab. Ich starrte bei der Abfahrt in den Schnee, überzeugt, dass ich am Ende zumindest die Furchen der Kanten wiederfinden würde. Aber nichts da. *Nada,* wie Antoine sagen würde. Also suchte ich weiter, ging wieder zurück, womöglich hatte ich am Anfang was übersehen.

Und endlich sah ich sie, ihre Spur.

Sie war oberhalb der Lichtung, nicht unterhalb.

Zwei gerade, vollkommen parallele Linien, dazu die Einkerbungen der Harscheisen, die sie für besseren Halt im Schnee an den Brettern befestigt hatte. Denn diesmal ging es richtig bergauf. Ein steiler Anstieg durch den Kiefernwald, nicht mal annähernd eine Diagonale. Da sah ich rauf zu den Gipfeln und starrte durch die Wolkenfetzen auf den berüchtigten Couloir, den einzigen Weg zur anderen Bergseite. Es war kein Pass, nur ein enger Durchgang zwischen zwei Berggipfeln auf über zweitausend Meter Höhe.

Da begriff ich, dass es schwieriger werden würde als geplant.

30. März

Apolline
Ich glaube, die Zweifel kommen zurück, als ich in den Land Cruiser steige. Ich kann noch so an meine Vernunft appellieren, mir einreden, dass ich keine Anfängerin bin, die beste Ausrüstung habe, die es gibt, und genug trainiert habe, nichts zu machen, die Angst ist wieder da. Angst, so einer Jagd, gefährlicher als ursprünglich geplant, nicht gewachsen zu sein. Angst, dass ich unfähig bin, meinen Pfeil abzuschiessen, wenn ich den Löwen im Visiertunnel habe. Aber seit heute Morgen ist da noch etwas: das seltsame Gefühl, dass der Löwe eigentlich nicht für mich bestimmt ist. Dass Maman ihn hätte jagen sollen. Oder jemand ganz anderes, ich weiss auch nicht.

»Alles gut, mein Spatz?«, fragt Papa, als ich mich auf der Ladefläche neben ihn auf die Bank setze.

Ich nicke, behalte die schändlichen Gedanken für mich. Er drückt mich an sich, schon ganz aufgeregt wegen der bevorstehenden Jagd.

»Jetzt geht's dir an den Kragen, Mufasa. Apolline Laffourcade ist hinter dir her.«

Und der Geländewagen pflügt durch den Staub in der Schlucht und höher in die Berge. Wir sind ausserhalb jeder Piste, *in the wild*, geleitet von den Anweisungen des Himba, dessen Sprache ich höre, ohne etwas zu verstehen. Tatsächlich hat er seit der Abfahrt nicht ein einziges Mal gelächelt, nicht gerade ein Sonnenschein. Das Gelände ist steinig, der Land Cruiser arbeitet sich in Zeitlupe vorwärts, folgt für uns unsichtbaren Pfaden. Wir holpern auf schmalen Kämmen dahin, beiderseits Hänge aus trockener Erde, gemischt mit Rot- und Ockertönen. Wir überwinden Pässe und fahren gleich wieder Hänge hinunter, hinterlassen breite Abdrücke unserer dicken Reifen. Wir kommen höher, ab und zu tauchen hinter uns die Ebenen auf, wo wir gestartet sind, schwarz wie Ascheteppiche, gigantisch und öde. Im Moment folgen wir keiner Fährte, aber den ganzen Anstieg hindurch ist der Fährtenleser in höchster Anspannung: Aufrecht wie ein Erdmännchen steht er hinter uns, inspiziert Boden und Büsche, spekuliert über mögliche Strecken, die das Raubtier über Buckel und Senken genommen haben könnte. Der Nachmittag arbeitet sich mit uns gemeinsam vor, langsam und stetig zieht die Sonne am Himmel ihre Bahn, die Stunden vergehen, unsere Blicke sind auf die Umgebung konzentriert, wir werden von den Manövern des Land Cruiser durchgeschüttelt. Unterwegs sehen wir eine Oryxantilope und noch ein paar Springböcke. Der Löwe lässt sich nicht blicken, dabei weiss ich, dass er hier ist, ein Phantomlöwe, der durch das Steinlabyrinth geistert. Bestimmt hat *er* uns längst gesehen. Mir fällt ein, was Papa mal gesagt hat: Einen Löwen sieht man erst, wenn der Löwe es so beschlossen hat.

Es ist sechzehn Uhr, als wir in einer Art Senke, die von drei Hügeln umgeben ist, haltmachen. Im Schritt fahren wir auf ein paar Baumstämme zu, die in der Nähe eines *shepherd's tree* im Sand stecken. Zunächst denke ich, das sei eine Art Wäldchen, ehe ich merke, dass es sich um einen ehemaligen Pferch handelt. Einen Kraal, wie sie es hier nennen. Der Zaun aus ineinander verkeilten Mopaneästen ist ruiniert, an mehreren Stellen eingesunken. Als wir näher kommen, ahne ich, dass dort drin und auch drum herum Tierkadaver liegen. Der Geländewagen hält daneben an, und das ganze Team steigt in der sengenden Sonne aus.

Lutz kommt zu uns. »Wir schauen mal, ob wir eine Fährte finden, der wir folgen können. In dem Geröll ist das nicht so einfach.«

Die anderen gehen stumm um den Kraal herum.

»War das eine Herde, die er angegriffen hat?«, fragt Papa.

»*Yes*. Eine Ziegenherde. Soweit ich weiss, hat der Farmer alles verloren, was er hatte. In einer einzigen Nacht, stellen Sie sich das mal vor. Na ja, wir sind hier eben nicht bei *König der Löwen* ... So ist das Leben im *bush*.«

Es liegt kein Gestank in der Luft, der Angriff muss schon eine Weile her sein. Man sieht nur verstreute Knochen im Geröll herumliegen, von der Mitte des Kraals bis zu einem Umkreis von etwa zwanzig Metern. Rippen, Gliedmassen, Schädel, nicht ein Fitzelchen Fleisch ist noch an den Resten, weisse Knochen wie kalkige Trümmer, die mit der Landschaft eins werden. Der

Fährtenleser sucht wieder nach Trittsiegeln, der Fahrer flüchtet unter die Blätter des Baums. Aber der junge Himba irrt auf diesem Freiluftgrab umher, starrt auf die Überreste, als würde er seiner verstorbenen Eltern gedenken. Ich schaue ihm zu und denke, dass er vielleicht den Farmer kennt, von dem uns der *PH* erzählt hat. Vielleicht ist er deshalb so schwermütig. Für den Bruchteil einer Sekunde spüre ich eine enorme Verantwortung, die auf mir lastet, nämlich diese armen Leute von einer Plage zu befreien. Aber als der Himba plötzlich den Kopf hebt und mich direkt ansieht, weil er gemerkt hat, dass ich ihn beobachte, lese ich etwas ganz anderes in seinem Gesicht. Als ob er und ich Feinde wären.

Mit Unbehagen wende ich mich ab und Lutz zu. »Wir sollten weiter, oder? Es ist megaheiss.«

Er schaut mich an, als würde ich zum ersten Mal mit ihm reden. »Geduld, Legolas. Wir finden ihn, *trust me.* Aber jetzt müssen meine Männer sich mal kurz ausruhen.« Er beobachtet, wie sie sich in den Schatten des *shepherd's tree* flüchten, nur der Himba nicht, er steht immer noch wie hypnotisiert vor den Knochen. Dann starrt Lutz auf meinen Kopf, merkt, dass ich mein Basecap vergessen habe. Da nimmt er sein eigenes mit dem Logo der Uni Stuttgart ab und reicht es mir. »Hier, setz das auf.«

Ich bin erstaunt über die unerwartete nette Geste und zögere kurz, runzele die Stirn. Dann nehme ich das Basecap und setze es auf, muss es nur deutlich enger stellen. »Danke.«

»Ja. Pass gut drauf auf, okay. War ein Geschenk von meinem Neffen.« Dann schaut er weg, wendet sich anderen Dingen zu.

Ich schaue rasch auf die Uhr: nur noch drei Stunden, bis es dunkel wird. Lutz mochte den Optimisten spielen, wir alle wissen, dass die Chancen für einen Abschluss der Jagd schwinden, je weiter der Tag voranschreitet. Ich denke gerade über all das nach, als der Fährtenleser den Arm hebt und zu einem der Hügel zeigt, die uns umgeben. Wir drehen alle den Kopf und erkennen undeutlich, aber unbestreitbar in etwa einem Kilometer Entfernung ziemlich weit oben am Hang eine einzelne, reglose tierische Gestalt.

»Zebra«, meint Lutz. Er holt den Feldstecher aus der Wagentür und guckt durch, dreht am Rädchen, stellt es scharf. Schweigt kurz. Ehe er, beinahe flüsternd, meint: »Nein, das ist kein Zebra. Also, das nenn ich ja mal wirklich Glück …«

Und langsamer und feierlicher als sonst streift er den Riemen über den Kopf und reicht mir schweigend das Fernglas. Da beschleunigt mein Puls, und ich schaue meinerseits durch die Vergrösserungslinsen.

Und sehe zum ersten Mal meinen Löwen.

Plötzlich hab ich eine ganz trockene Kehle.

Dort steht er, die mächtige Gestalt vor dem himmelblauen Hintergrund, stolz und regungslos. Aber nichts daran ähnelt einem ausgestopften Tier, auf den ersten Blick und selbst auf die Entfernung spüre ich, welch gewaltige Kraft in ihm steckt. Die Kraft grosser Raubtiere, jene, die vor keiner anderen Tierart so wirklich

Angst haben. Ich sehe seine schwarze Mähne, den gebogenen, reglosen Schwanz, die spitzen Schulterblätter unter dem kurzen Fell. Er ist wirklich total schön, ein Männchen, wie ich es bei meinen früheren Reisen noch nie zu Gesicht bekommen habe, mager, sehnig, nichts als Muskeln. Angepasst an das Leben in der Wüste, an Wasser- und Beutemangel, in der Lage, zu überleben, was die meisten anderen umgebracht hätte. Tatsächlich beobachtet er uns, bestimmt schon eine ganze Weile. Vielleicht bilde ich mir das ein, aber bereits in diesem Augenblick, durchs Fernglas, habe ich das Gefühl, dass etwas passiert zwischen ihm und mir. Dass wir letztendlich dazu bestimmt sind, uns aneinander zu messen. *My God,* es ist, als würde er mich herausfordern, herzukommen und ihn zu erschiessen. Wenn ich Pflanzenfresser gejagt habe, hatte ich nie so ein Gefühl.

Ich lasse das Fernglas sinken. Und stelle fest, dass eine neue Anspannung das Team erfasst hat, als ob wir mit einem Mal in Gefahr schwebten. Alle sind auf der Hut, stehen aufrecht, sämtliche Sinne hellwach. Das Terrain zwischen uns und dem Löwen ist offen, kaum Bäume, kurze Gräser, die um ein paar Zentimeter über die Steine ragen.

Lutz taxiert die wenigen Erhebungen, tauscht stumme Blicke mit seinem Fährtenleser. Er bedeutet uns, uns hinzukauern, flüstert: »Nicht bewegen, nur gucken. Der Wind ist gegen uns: Wenn wir auch nur versuchen, uns zu nähern, haut er ab.«

Wir gehorchen, und nach einer Weile in der Hocke legen wir uns schliesslich auf den Boden. Ich spüre die glühenden Kanten der Steine durch mein Oberteil, sie drücken mir gegen den Bauch, und die abgebrochenen Halme piksen. Aber das kümmert mich nicht mehr im Geringsten, denn vor mir steht meine Trophäe, und dieser Gedanke füllt mich ganz aus.

»Das ist er«, murmelt der *PH*. »Siehst du die Narbe an der Seite?«

Ich schaue wieder durchs Fernglas und antworte nicht mal, schon beim allerersten Blick habe ich den Schmiss bemerkt. Ununterbrochen beobachte ich die Raubkatze, nehme die geringste Bewegung der starren Gestalt wahr, wenn die Mähne zittert, die Schwanzquaste zuckt, das Maul sich bewegt, sei es auch nur ein ganz klein wenig. Um mich besser wittern zu können, nehme ich an. Ich versuche, ihn einzuschätzen, ihn kennenzulernen, ehe die Verfolgung beginnt. Und ich spüre, wie etwas Neues in mir aufsteigt. Mehr Selbstvertrauen, das Adrenalin erstickt meine Zweifel. Ich sage mir, dass ich es doch kann, ja, dass ich es schaffen werde. Heute Abend vor Einbruch der Dunkelheit werde ich meinen Pfeil abgeschossen haben. Vollbracht haben, was Maman nicht mehr vergönnt war.

Wir bleiben lange so liegen, beobachten den Löwen, ohne dass wir uns ihm nähern können. Warten schwitzend im Geröll, dass er beschliesst, sich in Bewegung zu setzen, irgendwas, damit wir uns rühren können. Der Tag geht dahin, langsam und schnell zugleich, die Sonne zieht ihre Bahn, bringt uns der Nacht näher. Ab und zu werfe ich dem Rest der Truppe einen Blick zu, sie stehen ein Stück weiter weg am *shepherd's tree*. Der

Einheimische fixiert den Löwen ebenfalls, aufmerksam und konzentriert, mit starrem Blick. Genau wie ich. So verstreichen beinahe dreissig Minuten in vollkommener Stille, wir können nichts tun, zweimal hebt Papa sein iPhone und fotografiert, wie ich da mit meinem deutschen Basecap wie eine Abenteurerin auf dem Boden liege. Bis endlich der Löwe das Haupt schüttelt, das riesige Maul aufreisst, von weitem erahnt man die mächtigen Zähne, die raue rosafarbene Zunge. Er steht aufrecht da und scheint mit einem Blick das ganze Gebirge zu erfassen, als wäre es sein Reich. Dann verschwindet er mit sicherem Tritt und einer Art Herablassung, so scheint es fast, hinter der Anhöhe. Lässt den Hang des kleinen Hügels hinter sich.

»*Get up*«, sagt Lutz. Jetzt geht es richtig los.

Er gibt seinen Männern ein Zeichen, und alles kommt in Gang. Das Team versammelt sich um den Land Cruiser, bespricht sich mit dem Himba, der ausschweifend gestikuliert, Pässe und Gipfel in die Luft zeichnet, um die beste Strecke zu bestimmen. Lutz brieft uns rasch, erinnert uns an die Regeln, wie das Ganze ablaufen soll, wie wir uns positionieren und so. Er lässt uns einsteigen, dann fährt der Geländewagen los und holpert über die Steine, überquert das kleine Plateau, fährt ein Stück den Hang hinauf, wo vor ein paar Minuten noch der Löwe stand. Aber ehe wir den Kamm passiert haben, macht der Fahrer den Motor aus.

»Wir gehen zu Fuss weiter«, sagt Lutz und greift nach Gewehr und Walkie-Talkie.

Endlich nehme ich meinen AVAIL aus dem Koffer, überprüfe noch mal, dass alles so ist, wie es sein soll, meine sechs Pfeile in Reih und Glied im Köcher, die Cams drehen sich reibungslos um die eigene Achse. Ich steige vom Pick-up, Papa folgt. Und ausser dem Fahrer, der im Wagen bleibt, arbeiten wir uns als kleine, enge Gruppe zu dem felsigen Grat hoch. Der Boden ist dunkel und bröckelig, eine Art Sandstein, der zu feinem Kies zerfällt, ich gehe sehr vorsichtig, um nicht abzurutschen, den Bogen quer überm Arm. Mir klopft das Herz bis zum Hals, die Schläge pulsieren bis zu den Schläfen. Sekundenlang habe ich sogar Gänsehaut. Ich weiss ja nicht, wohin der Löwe gelaufen ist, vielleicht wartet er gleich hinter dem Hügel auf uns, manche Männchen tun das wohl. Ich bin bereit, jederzeit einen Pfeil aus dem Köcher zu nehmen und einzuspannen. Lutz, ernst und konzentriert, umklammert seine .470 fester. Aber als wir langsam und geduckt den Grat erreichen, atme ich auf. Die Raubkatze ist bereits weit weg.

Der Fährtenleser untersucht die Trittsiegel im weichen Boden, zeigt sie mir. Frisch und tief, so etwas habe ich noch nie gesehen, sie führen vom Grat weg und in einem langen Bogen den Hang hinunter. Aber die Landschaft, auf die wir jetzt blicken, ist anders: Auf dieser Seite des Hügels erstreckt sich eine Art Dornstrauchsavanne, dicht und fast undurchdringlich. Kleine Gruppen aus Dornbüschen und Kameldornbäumen, drum herum weisse Halme, die aus dem Geröll ragen. Hier also, denke ich.

Hier wird es also sein.

Komuti
Ich kannte die Stelle gut, mehrmals war ich an diesen undurchdringlichen Sträuchern vorbeigekommen, mit meinem Vater, mit unseren Tieren, den Blick auf die dornigen Äste geheftet. Wir wussten, dass darin alle möglichen Raubtiere lauern konnten, die es auf unsere Herde abgesehen hatten, dass wir wachsam sein mussten. Der Geländewagen hatte so manchen Umweg fahren müssen, um bis hier hinauf zu gelangen, über die Hänge, die ich dem Fahrer wies, aber tatsächlich waren wir gar nicht so weit weg von meinem Dorf: Der Weg durch die schroffen Schluchten bis zu unseren Hütten dauerte zu Fuss nicht einmal zwei Stunden.

Diesmal waren wir dem Viehmörder wirklich auf den Fersen, das war mir bewusst. Ich musterte den sonderbaren Bogen der Französin, überall Seile und Rollen, die Pfeile steckten an der Seite. Er ähnelte nicht im Geringsten den Bögen, die unsere Vorfahren einst nutzten, ehe Feuerwaffen aufkamen, in jener Zeit, als es einer Heldentat gleichkam, wenn man einen Löwen tötete, ohne dabei sein Leben zu lassen. Ich hätte nicht einmal gewusst, wie ich ein solches Gerät überhaupt anfassen sollte. Deshalb konzentrierte ich mich auf das Gewehr des Jägers.

Ich müsste es im entscheidenden Moment an mich reissen.

28. April

Martin
Ehrlich jetzt, sie war echt gut. Ich folgte ihrer so gut wie senkrechten Spur unter den Spirkenästen schon eine ganze Weile, zwei parallele Linien, die aufbrachen, wenn sie eine Wendung machte, immer deutlicher, je weiter der Tag voranschritt und je weicher der Schnee wurde. Nicht dass es mir schwergefallen wäre, mitzuhalten, nein, mir doch nicht, nicht nach all den Jahren an den Hängen des Aspe-Tals. Aber allmählich dachte ich, dass ich ihr vielleicht ein bisschen zu viel Vorsprung gelassen hatte, vor allem bei ihrer Ausrüstung, ultraleichte Schuhe und Carvingski. Ich hievte bei jedem Schritt die ganze Bindung mit, fast anderthalb Kilo. Klar, das war natürlich anstrengender, ganz zu schweigen davon, was ich auf dem Rücken trug. Ich merkte, wie es auf die Waden ging. Es war so kalt, wie ich es um die Jahreszeit noch nie erlebt habe. Hunger kriegte ich auch langsam.

Ich war mir sicher, dass sie jetzt nicht mehr weit weg sein konnte. Die Müdigkeit spüren musste. Stellte mir vor, wie sie irgendwo in diesem Kiefernwald in ihrem blauen Parka schwitzte. Ich versuchte, zu erraten, woran sie wohl dachte, mit mir auf den Fersen, ob sie Schiss hatte oder sich im Gegenteil ihrer Sache sicher und entschlossen war, mich an der Nase rumzuführen, wie in dem Moment, als sie mir diesen herausfordernden Blick zugeworfen hatte und losgegangen war. Ich erinnerte mich an ihren harten, brutalen Gesichtsausdruck auf dem Foto von ihr und dem Löwen. Ganz in die körperliche Anstrengung vertieft, hatte ich Zeit, über alles nachzudenken, was seit dem Auftauchen dieses Scheissfotos passiert war, das mir keine Ruhe gelassen hatte. Ich dachte an die Trolle auf Facebook, die immer versuchten, Zweifel zu säen, indem sie ihren Schwachsinn verbreiteten, die behaupteten, dass vielleicht nicht die Blonde den Löwen getötet hatte oder dass das Foto sogar gefälscht war. Das alles war jetzt weit weg. Die Blonde war hier, vor mir, ich spürte ihre mörderische Anwesenheit, auch wenn ich sie nicht sah an den bewaldeten Hängen. Einen Moment lang hatte ich das komische Gefühl, nach einem extrem seltenen Tier zu suchen, das man niemals richtig zu Gesicht kriegte, wie den Pyrenäen-Desman, der sich immer in den Gebirgsbächen versteckte.

Es war fast Mittag, als das Geräusch mich in meinem Aufstieg bremste.

Links oberhalb von mir hörte ich den Schnee krachen, sah flüchtig etwas den Hang runterrollen. Ich erstarrte, suchte im Nebel meiner Atemwölkchen das Unterholz ab. Ich dachte Das ist sie, abgerutscht, direkt vor mir. Ganz langsam kauerte ich mich hin und versteckte mich hinter den weissen Hügeln, wartete, dass in der Stille – nur eine Misteldrossel sang – ein weiteres Geräusch sie verriet. Mein Herz pochte heftig, wegen des Anstiegs, aber wahrscheinlich nicht nur. Da war auch Adrenalin dabei. Ohne lange zu überlegen, griff ich nach dem Bogen, der am Rucksack festgeschnallt war, spannte einen Pfeil, das Release in der rechten Hand. Und musterte den Hang durchs Visier. So stand ich sekundenlang, ihren schussbereiten Bogen in der Hand, als wollte ich schiessen, sobald sie die Nase aus dem Versteck streckte. Aber wer gleich darauf aus dem Gebüsch kam, war nicht die Blonde. Mit langsamen Schritten stakste ein Reh durch die Botanik, die Beine wie Streichhölzer im brüchigen Schnee, am Halsansatz die beiden fürs Winterfell typischen weissen Stellen. Es war ein junger Bock, der Bast seines neuen Gehörns fiel gerade ab. Ich beobachtete ihn durchs Visier, da erst wurde mir klar, wie das jetzt aussah, wie die Kollegen gucken würden, wenn sie das sehen könnten. Also liess ich den Bogen sinken. Der Rehbock wandte den Blick, drehte die schwarze Schnauze zu mir, die Ohren reglos rechts und links seines brandneuen Geweihs. In der nächsten Sekunde war er auf und davon, nur ein paar feine Abdrücke seiner Sprünge blieben im Schnee zurück. Und ich rührte mich nicht, das Bild dieser neuen Begegnung mit einem der anmutigsten Geweihträger Europas im Kopf, eine der wenigen Säugetierarten, die meine Spezies noch nicht ausgerottet hat.

Ich wusste, dass ich nicht trödeln durfte, wenn ich sie einholen wollte, aber ich hatte allmählich echt Hunger. Also gönnte ich mir eine Pause, um Kraft zu tanken, holte Käse und Dauerwurst aus dem Rucksack, die Ski quer zum Hang. Dann ging ich weiter, die Harscheisen gruben sich in die weisse Decke, so hatte ich besseren Halt. Der Himmel über den Wipfeln verfinsterte sich, es würde heute Abend wohl wieder Schnee geben. Die Bäume um mich rum standen wie senkrechte Masten da, nur am Ansatz waren die Stämme von den alljährlichen Schneewehen geneigt. Ich kletterte weiter, folgte den beiden parallelen Linien, so direkt, wie es meine Ski zuliessen, scharfe Wendungen zwischen den Bäumen inklusive. Der Wald wurde lichter, zog sich in der Höhe auseinander, ich blieb noch gut zwei Stunden unter den Bäumen, kam endlich auf eine Lichtung.

Die alpine Höhenstufe, mit schwerem, kompaktem Schnee bedeckt, aus dem nur die letzten Kiefern rausguckten. Im Sommer waren hier nur Felsblöcke und Geröll, lediglich ein Wanderweg schlängelte sich durch die Steinhalden. Das Tal war aufgrund des Nebels, der es wie ein riesiger Gletscher überzog, nicht zu sehen. Alpendohlen segelten in der grauen Suppe an den Felswänden lang, die zwischen Wolken und Gebirgsbächen aufragten.

Ich betrachtete die Spur der Blonden, rechts von mir, und sagte: »Verdammt noch mal, wie weit will die denn noch ...«

Die Fährte führte unerbittlich weiter rauf zu den Gipfeln, es gab nicht das kleinste Anzeichen, dass sie sich einen Halt gegönnt hatte. Ausdauer hatte sie, da gab es nichts, ich hatte es nicht mit einer Anfängerin zu tun. Aber die Erkenntnis führte nicht dazu, dass ich aufgeben wollte. Im Gegenteil, ich glaub, es stimulierte mich. Das erhöhte nur den Einsatz, sie trotzdem in die Tasche zu stecken.

Und so stieg ich ebenfalls weiter.

Ich zurrte Rucksack und Bogen zurecht. Und machte mich, Kiefernwald im Rücken, Ski in ihrer Spur, die sich weiter oben verlor, auf, den unberührten Hang zu erobern, das Weiss des Schnees verschmolz mit dem Weiss der tobenden Wolken über mir. Kontinuierliche Kraftanstrengung, Schritt für Schritt, das Gesicht halb erfroren, der Rücken nassgeschwitzt unter der Kombi Parka plus Daunenanorak. Es fing an zu schneien, die Flocken sprenkelten den Himmel und trudelten im Wind über den weissen Boden. Um diese Uhrzeit waren sie noch ungefährlich. Ich hielt an, schlug den Kragen hoch und blickte zurück auf die Strecke, die ich schon zurückgelegt hatte. Mit Schnee hatte ich viel später gerechnet, bei Einbruch der Dunkelheit. Garantiert nicht um fünfzehn Uhr. Derartiger Schneefall am 28. April, dachte ich immer wieder, das Klima war ausser Rand und Band. Aber ich hatte nicht vor umzukehren. Meter um Meter erklomm ich den steilen Hang, Wendung um Wendung. Jetzt war mir klar, was die da versuchte. Sie wollte mich beim Anstieg abschütteln und zwischen den Bergspitzen durch auf die andere Seite und den Hang runter. Sie hatte ja gesehen, wie ich ausgestattet war, rechnete wohl damit, dass sie dabei mit ihrer Topausrüstung die besten Chancen hatte.

Je höher ich kam, desto schlechter wurde das Wetter und desto kälter wurde es. Der Schnee fiel immer dichter, verstopfte die Landschaft wie ein gräulicher Brei. Der Wind trieb die Flocken vor sich her, sie fielen fast waagerecht. Es war dunkel, als würde auf den Gipfeln schon die Nacht hereinbrechen. In dem Moment wurde mir klar, dass die Geschichte heute Abend nicht ausgestanden wäre. Bei dem Scheisswetter würden wir hier oben festsitzen, es wäre zu spät, um vor Einbruch der Nacht runterzukommen. Also ging ich im Kopf durch, was ich alles im Rucksack hatte. Bei meinen Vorbereitungen am Vorabend hatte ich die Möglichkeit einer Übernachtung hier oben mit einkalkuliert, klar, ich kenne schliesslich die Berge. Aber ehrlich jetzt, ich hatte nicht erwartet, dass die mich so weit nach oben jagen oder uns dabei so ein Wetter um die Ohren pfeifen würde. Ich sah auf die Uhr, überdachte die Lage: Wenn ich es auf die andere Seite schaffte, kannte ich eine Schutzhütte, nicht mal eine Stunde Abfahrt. Möglich übrigens, dass die Jägerin ebenfalls dort Zuflucht suchen musste. Dort würde unser Abenteuer enden, dachte ich in dem Moment. Dort würde sie den Schrecken ihres Lebens bekommen.

Aber ich täuschte mich.

Ich verdoppelte meine Anstrengungen in diesem Wetter, das immer mehr zum Schneesturm wurde, ein mieser Nordwestwind, wie es hier im Gebirge manchmal vorkommt. Ich arbeitete mich mit gesenktem Kopf weiter vorwärts, kämpfte gegen den Wind, der mich zur Seite drängte. Mit zusammengebissenen Zähnen ging ich weiter, und ohne dass ich es merkte, schleppte ich nicht nur Kälte und Müdigkeit, sondern auch eine dumpfe Wut mit mir rum, die stärker wurde und mich vorantrieb. Wut auf diese Blonde, die ich seit dem Morgen jagte. Seit ich ihr hübsches Köpfchen gesehen hatte, noch vor der persönlichen Begegnung, hasste ich sie, weil sie so viele Tiere umgebracht hatte. Aber während ich mich abmühte, um sie einzuholen, kam noch etwas anderes dazu, nicht so reflektiert, irgendwie tiefer. Eine Wut, die nur von dem bestimmt wurde, was sich hier gerade auf den Gipfeln des Aspe-Tals zwischen uns abspielte. Dass ich womöglich in meinem eigenen Revier abgehängt wurde. Ein Verlangen, sie aufzustöbern, wo auch immer sie sein mochte, damit sie begriff, mit wem sie es zu tun hatte. All das wurde mir bewusst, während ich mich immer stärker auf Harscheisen und Stöcke stützen musste. Ausserdem passte ich auf, wo ich langging: Der Wind pappte die Flocken auf die bestehende Schneedecke, die frische Schicht war sehr lose, wartete nur darauf, abzugehen, sobald ich Druck ausübte. Ich ahnte die Kraft, die in dieser Schneeschicht steckte.

Und endlich sah ich sie.

Nicht mal hundert Meter vor mir, eine dunkle, undeutliche Silhouette im undurchsichtigen Gelände. Da war sie, stieg vor mir den Berg rauf, dem Kamm schon recht nahe. Fast hatte ich sie, ich würde sie kriegen, diese Skitourengeherin, die sich für Kílian Jornet* hielt. Mit gleichbleibender Kraft stapfte ich durch den Schneesturm, heftete mich an diesen Schatten auf Skiern, schon bald sah ich das Blau ihres erstklassigen Anoraks, in den sie eingepackt war. Sie bemerkte mich nicht gleich, stieg in stetem Tempo und engem Zickzackkurs zum Kamm hoch. Wenn man sie so sah, von hinten, und nicht wusste, welche Strecke sie und ich bereits hin-

* Spanischer Skibergsteiger (geb. 1987). *(Anm. d. Übers.)*

ter uns hatten, hätte man glauben können, dass es ein Kinderspiel für sie war, keine Erschöpfung sie quälte. Aber mir konnte sie nichts vormachen, ich war mir sicher, dass sie ebenfalls Mühe hatte. Ohne langsamer zu werden, folgte ich ihr, Mütze voran, warf ab und zu einen Blick auf ihren Rücken, der hinter dem Schneevorhang verschwand, mobilisierte bei den Wendungen Arme und Beine, als würde ich von ihrem Fortkommen mitgezogen. Ich redete mir ein, dass der Abstand kleiner wurde, je weiter wir in den schmalen Couloir vordrangen, dass ich bei ihr wäre, ehe sie die andere Seite runterfuhr, aber vielleicht lag ich doch falsch. Über uns machte ich undeutlich die Gipfel aus, graue Felskanten, einsame Vorsprünge in den Wolkenmassen. Diese Hetzjagd in Zeitlupe ging eine ganze Weile, Steigfelle und Harscheisen knirschten auf dem Schnee, das Unwetter umtoste unsere Gestalten, Wendung um Wendung. Als gäbe es in diesen Bergen nur noch sie und mich, kein anderes Leben mehr, Gämsen, Wildschweine und Steinböcke versteckten sich fernab von dieser Welt, die zu einer schwarzweissen Wüste geworden war. Es gab in dieser Welt nur noch zwei Menschen, der eine hetzte den anderen, als ob sie nicht mehr zur selben Spezies gehörten, ein Raubtier und seine Beute. Du kriegst sie, du kriegst sie, wiederholte ich ununterbrochen, um mich anzufeuern.

Sie blieb abrupt stehen, drehte sich zu mir um. Hinter der Winterkleidung und in dieser Suppe sah ich ihr Gesicht nicht, aber erriet, dass sie den Abstand zwischen uns schätzte. Ich selbst, die Sinne vor Müdigkeit vernebelt, konnte es nicht mehr genau sagen, vielleicht fünfzig Meter. Wir standen plötzlich reglos mitten am Hang, sahen uns an, ohne uns wirklich zu sehen in den Sturmböen, die die Flocken waagerecht trieben und uns in die Seite fuhren wie Millionen Nadeln, als wollten die Berge selbst uns fertigmachen. Da nahm ich mit vor Anstrengung schwachen Muskeln und getrieben vom schieren Zorn, der mich beseelte, den Bogen vom Rucksack. Und mit behandschuhten Händen legte ich einen der mörderischen Pfeile ein und zielte durch den Flockenvorhang auf sie. So blieb ich, den Bogen schussbereit, mir war klar, dass ich aufgrund von Kälte, Erschöpfung und schlechter Sicht kaum Chancen hatte, sie zu treffen. Ich dachte Scheiss drauf, na los, schiess auf sie, damit die mal Schmerzen kennenlernt. Sekunden vergingen, die Zeit schien genauso stillzustehen wie wir zwei müden Gestalten.

Doch dann merkte ich, wie der Schnee unter meinen Steigfellen ins Rutschen geriet.

Die Schneedecke war durch die Überlast, die ich verursachte, instabil geworden.

Mein ganzes Gewicht auf beiden Skiern.

Ich liess den Pfeil los und merkte es nicht mal, er verschwand im Unwetter. Und ich wurde von dem weissen Strom mitgerissen und rutschte den Hang runter, ohne was dagegen tun zu können, die Ski wer weiss wie über Kreuz, Eis im Kragen, das brannte wie Glut. Eine Minilawine, sie riss mich vierzig Meter weit mit, die Masse war schwer und nass. Ich strandete auf einer Terrasse, völlig groggy, einen Haufen Schnee im Rücken, mit aufgeschrammter Wange, ich war seitlich gegen einen Felsen geknallt. Aber noch heil. Nichts gebrochen, immerhin. Ich stöhnte vor Schmerzen, vor allem am Schenkel, richtete mich auf, so gut es ging.

Und sah nach oben.

Hundert Meter oberhalb von mir erkannte ich ihren Umriss, wie ein Gespenst in dieser weissen Finsternis, sie stand noch immer auf beiden Skiern und machte sich wieder auf. Ich sah, wie sie im engen Zickzack den abschüssigen Couloir in Angriff nahm, umsichtige Wendungen, sobald sie an den Rand kam. Stieg einfach weiter, als gäbe es mich nicht mehr. Verschwand nach und nach hinter dem Schleier aus Schneeflocken. Und war endlich ganz weg, auf der anderen Hangseite. Als hätten die Berge sie gerettet, jene Natur, deren grösster Feind sie doch eigentlich war, eine indirekte Komplizin all dessen, was der Mensch zerstört hatte.

Irgendwann stand ich auf, wühlte mich aus dem Schneehaufen, in dem ich steckte. Aber ich wusste, dass es jetzt, bei baldigem Einbruch der Dunkelheit und dem Unwetter, das sich anscheinend nicht legen wollte und weitere Lagen losen Schnee aufschichtete, Selbstmord wäre, weiterzugehen. Ich sass hier fest, ganz nah am unerreichbaren Pass.

Dazu verdammt, hier zu übernachten, das würde nicht einfach werden.

30. März

Apolline
Es ist schon nach siebzehn Uhr, als wir der Fährte des Löwen nachgehen. Ich mit klopfendem Herzen voneweg, mit der linken Hand umklammere ich den Griff meines AVAIL. Lutz geht rechts neben mir, seine .470 in der Hand. Papa, der Fährtenleser und der Himba sind hinter uns. Diesmal ist es echt so weit, denke ich. Kein Ansitz, kein Köder, eine Pirsch, die John A. Hunters Erzählungen würdig ist, Mensch gegen Raubkatze. Wir stapfen durch den Sand, dann durchs hohe Gras, das uns einen Hauch Deckung bietet. Die Trittsiegel sind gross und deutlich, leicht erkennbar. Stellenweise, wenn das Gestein überhandnimmt, sieht man sie nicht mehr, aber jedes Mal finden wir sie nach ein paar Metern wieder und gehen weiter. Die Sonne strahlt über den Bergkämmen, wirft gewaltige Schatten auf die rote Erde, die aussieht, als würde sie Feuer fangen. Wir haben Gegenwind: Der Löwe weiss sicher, dass wir ihm auf den Fersen sind, aber wenigstens kann er uns nicht wittern. Die Fährte schlängelt sich vom Hang bis zum Fuss der Dornbüsche und verschwindet zwischen den Kameldornbäumen. Also dringen wir in dieses merkwürdige Dickicht ein, umzingelt von unentwirrbaren

Sträuchern. Ich umkrampfe den *grip* meines Bogens, hole tief Luft. Vielleicht geht meine Phantasie mit mir durch, aber ich spüre die Präsenz des Löwen. Er ist da, irgendwo im dichten *bush,* er kann jeden Moment auftauchen, hinter jedem Strauch lauern. Tatsächlich habe ich das Gefühl, seinen Atem zu hören, ihn auf der Haut zu spüren, als wäre er Zentimeter von mir entfernt. Und da wird mir, mehr als bei jeder bisherigen Jagd, das Kräfteverhältnis bewusst. Wir, wir haben unsere Bögen und Gewehre, unsere menschlichen Tricks. Aber der Löwe, der hat alles andere: Gehör, Geruchssinn, Ortskenntnis, alle Sinne eines Wüstenlöwen, über Generationen geschärft. Sinne, die unsere Jäger-und-Sammler-Vorfahren vielleicht noch besassen, ehe sie die Wildnis hinter sich liessen.

Im Team ist kein Platz mehr für lockere Stimmung, alle sind auf die Verfolgung konzentriert, eine unterschwellige Spannung verbindet uns alle. Papa hat mit seinen Witzen aufgehört, der *PH* redet kaum, der Himba guckt mich gar nicht mehr an, Blick im Gesträuch, der Fährtenleser scheint ganz verschwunden, so still ist er. Ab und zu hebt Lutz die Hand, ich erstarre, bereit, einen Pfeil einzulegen, dann gibt er das Zeichen zum Weitergehen. So vergehen dreissig Minuten, schweigend und angespannt, dem Raubtier auf den Fersen.

Bis der Deutsche mich anhält und flüstert: »*Look.* Dort, hinter dem Gebüsch.«

Wir kauern uns hin, damit die Halme uns besser verbergen. Die anderen halten sich in gebührendem Abstand hinter uns.

»*You see?*«

Ich kneife die Augen zusammen, aber sehen tu ich nichts ausser einem unordentlichen Haufen Äste, muss ich zugeben, verkümmerte Blätter, eher gelb als grün, überall spitze Dornen. Ich warte. Da bewegt sich etwas in meinem Sichtfeld, ein Wogen, ganz in der Nähe. Vielleicht dreissig Meter. Ich konzentriere mich darauf. Und erkenne endlich eine Quaste aus schwarzem Fell an einem sandfarbenen Schwanz. Das Einzige, was vom Löwen aus dem Dornbusch rausguckt: sein Schwanz.

»*Wow*«, flüstere ich, vom Adrenalin berauscht. »Das ist mega …«

In dem Augenblick scheint er in Schussweite zu sein, liegt träge im Gras, und der Wind kommt uns entgegen. Aber man sieht nur einen winzigen Teil seines Körpers, das Hinterteil kann man kaum erahnen. Sämtliche Vitalzentren werden von der Vegetation verdeckt. Durch die Blätter blind in sie hineinzuschiessen wäre Selbstmord.

»Er weiss, dass wir hier sind«, flüstert Lutz.

Der PH mustert die umstehenden Bäume, sucht nach einer Möglichkeit, näher ranzukommen, ohne den Wind im Rücken zu haben. Aber das Raubtier lässt ihm keine Zeit: Mit einem Mal verschwindet der Schwanz hinter den Sträuchern, und wir hören das gedämpfte Geräusch seiner Schritte im Sand.

»Los.«

Ich springe hoch, merke, dass ich ein bisschen zittere. Vor Aufregung und auch vor Angst. Sämtliche Erzählungen über Löwenjagden schiessen mir durch den Kopf, Jäger, die so eingeschüchtert waren, dass sie nicht schiessen konnten, Unfälle, die wohl jedes Jahr passieren. Vorsichtiger als je zuvor, Bogen und Gewehr schussbereit, um beim geringsten Anzeichen abzudrücken, gehen wir in einem grossen Bogen zu der Stelle, wo er gelegen hat. Wir finden den Abdruck seines Körpers im platt gedrückten Gras, so kriegen wir eine Ahnung von der Grösse dieses alten Männchens. *My God,* er ist riesig, wird mir klar. Ausserdem erkennt man deutlich Trittsiegel im tiefen, trockenen Sand. Sie zeugen von Flucht: Er ist ganz plötzlich getürmt und hat sich in die Sträucher gestürzt, die sich wie ein enormes Massiv ausbreiten. Papa macht wieder Fotos, um jede Etappe der Jagd festzuhalten, die er mir geschenkt hat. Das Team versammelt sich, bespricht sich kurz, der Fährtenleser schüttelt den Kopf.

»Dort reinzugehen ist zu gefährlich«, erklärt uns der Deutsche. »Da würden wir am Ende durch die Dornen kriechen, und der Löwe wäre im Vorteil.«

»Aussen rum?«, fragt Papa, der solche Jagden schon kennt.

»Aussen rum«, bestätigt Lutz.

Also gehen wir durch Sand und Steine die verschlungene, undurchdringliche, unheimliche Dornenhecke entlang, wie die Grenze eines Reviers, in dem kein Mensch etwas zu suchen hat. Ich schaue zur Sonne, die bereits die Oberkante der Bergkämme berührt. Die Nacht rückt näher, viel zu schnell für meinen Geschmack. Das Wäldchen ist weitläufiger, als ich dachte, wir laufen eine ganze Weile, den Blick auf den Boden geheftet. Vor fünf Stunden sind wir aus dem *hunting camp* aufgebrochen, so langsam spüren wir die Erschöpfung. Und den Hunger. Aber eine Pause kommt nicht in Frage. Still und konzentriert gehe ich vorwärts.

Endlich entdeckt der Fährtenleser einen weiteren Pfotenabdruck des Löwen, noch ganz frisch, die Ballen sind deutlich zu sehen, zwei Meter von den Sträuchern entfernt. »Hier ist er rausgekommen.«

Wir nehmen also die Pirsch wieder auf, dicht beieinander gehen wir von Trittsiegel zu Trittsiegel, Lutz und ich immer noch voneweg. Die Sonne sinkt tiefer, je weiter wir voranschreiten, die Schatten zeichnen riesige Bäume auf die Felsen, waagerechte, endlos langgezogene Hügel. Und bald nachdem der letzte Strahl am Felsvorsprung erloschen ist, versinkt die ganze Savanne in Dunkelheit. Leiser Abendwind kommt auf, treibt Gestrüpp über den trockenen Boden. Plötzlich ist es viel kälter, der südliche Winter übernimmt. Ich fröstele, lege kurz meinen Bogen hin und ziehe eine Fleecejacke über. Papa lächelt mir aufmunternd zu, bald sind wir am Ziel, aber er macht mir keinen so munteren Eindruck. Er weiss genau wie ich, dass die Minuten ab jetzt gezählt sind. In einer Stunde ist es richtig dunkel, und dann darf ich nicht mehr schiessen, egal worauf. Aber Lutz geht mit dem Selbstvertrauen des erfahrenen Jägers weiterhin schweigend voran, nach all den Jahren im Kaokoveld, in denen er dem scheuesten Wild Afrikas nachgestellt hat. Mir wird bewusst, dass ich ihn mit anderen Augen sehe, vor allem seit er mir netterweise seine Mütze geliehen hat, ich vergesse sein Übergewicht, die Art, wie er *sie* sagt, wenn er über mich spricht, dass er mich Legolas nennt, den Nachschuss bei meinem

Zebra. All das ist jetzt unwichtig, in diesem Augenblick zählt allein seine Erfahrung. Und die Stoppwirkung seines Gewehrs, sicherheitshalber.

Die Trittsiegel der Raubkatze führen in den *bush,* schlängeln sich zwischen den Bäumen hindurch, als ob sie ein vage mäanderndes Flussbett zeichnen wollten. Er bleibt unsichtbar, aber seine Präsenz ist greifbar, wie ein allgegenwärtiger Geist, sie steckt in jedem Gestrüpp, dem kleinsten Stein, der ganzen Umgebung. Die Zeit dehnt sich, Minuten zu Stunden, als ob wir schon tagelang unterwegs wären.

Es ist bereits dunkel, als Lutz bei einem herrlichen Abdruck anhält. Einen Augenblick lang mustert er den Boden, sein Blick huscht von einem Quadratmeter Sand zum nächsten. Er bespricht sich mit dem Fährtenleser, der besorgt die Brauen hebt.

»Was ist los?«, frage ich.

Der Himba tritt plötzlich näher, sein bunter Lendenschurz flattert im Wind, und er blickt sich nervös nach allen Seiten um, schaut zu den Sträuchern, die in Dunkelheit getaucht werden, zu den Bäumen, die wie lauter ausgemergelte Dämonen um uns herum verstreut sind. Als wüsste er besser als jeder andere, mit was für einem Tier wir es hier zu tun haben. Ohne zu wissen, warum, beschleunigt sich mein Puls.

»Lutz«, wiederhole ich, »was ist los?«

Ohne mich eines Blickes zu würdigen, sagt er leise: »Der Löwe hier hat zu viel Zeit bei den Viehherden verbracht. Er hat keine Angst vor uns.« Er schnauft und fügt hinzu: »Er führt uns an der Nase rum.«

»Was?«

»Hier waren wir schon mal.«

Ich schaue Papa an. Und lese in seinem Gesicht etwas, was ich, seit wir zusammen jagen, noch nie gesehen habe.

Angst.

Ja, mein Vater bekommt allmählich Angst.

Ich schaue mir noch mal den Boden an, und da merke ich, dass rundherum noch andere Abdrücke sind, die sich mit den ersten überschneiden, aber noch genauso frisch sind, die Spuren vermischen sich. Der Löwe will nicht fliehen: Während die Nacht näher rückt, wandert er in entgegengesetzter Richtung durch den *bush*, beschreibt Kreise, die sich überschneiden, imaginäre Achten. Als ob er uns abschütteln will. Ich merke, wie die Handfläche am Bogengriff ganz feucht wird. Mich überläuft es kalt von Kopf bis Fuss. Ein Gefühl, von dem ich schon gehört, aber das ich noch nie empfunden habe.

Das Gefühl, die Rollen zu tauschen.

Dass die Jägerin zur Gejagten wird.

Ich schaue hoch zum Himmel, dessen Blau sich verdunkelt. Schon funkelt dort das kalte Licht von drei Sternen. Die krummen Äste der Kameldornbäume ächzen im Wüstenwind, nach und nach erheben sich die nächtlichen Geräusche der Tierwelt, Geckos, Gackeltrappen, Nama-Flughühner.

Papa wendet sich an Lutz: »Was machen wir jetzt? Es ist fast dunkel, so langsam wird das doch zu gefährlich, oder?«

Es ist das erste Mal, dass ich sehe, wie er eine Jagd abbrechen will. Weil er mit mir hier ist, errate ich, weil er Angst um die Sicherheit seiner geliebten Tochter hat. Allein hätte er sicher ohne Zögern weitergemacht.

Der *PH* taxiert ihn, auf der Hut, aber nicht so besorgt wie wir. »Wollen Sie abbrechen?«

»Ich weiss nicht ...«, sagt Papa. »Was meinen Sie?«

Lutz schaut sich die Spuren an, die Sträucher, den Himmel, schätzt die Lage ab. »Ich meine, dass es machbar ist, solange man noch was sieht. Aber vor allem ...« Er dreht sich zu mir, sieht mir fest in die Augen. Und als er spricht, redet er diesmal wirklich mit mir: »Vor allem meine ich, dass du das entscheiden musst, Legolas. Denk dran, es ist deine Jagd. Willst du aufhören? Soll ich den Wagen rufen, damit er uns abholt?«

In dem Moment passiert etwas zwischen uns, zwischen Kundin und Jäger. Es geht nicht mehr um Alter, Geschlecht, Erfahrung. Lediglich um Kaltblütigkeit. Er mustert mich prüfend, versucht herauszufinden, ob ich Mumm habe. Ich frage mich das selbst, denke über meine Angst, meine Entschlossenheit, meine Fähigkeiten nach. Nun lasse ich den Blick über das Gelände schweifen.

»Glauben Sie wirklich, das ist machbar?«, frage ich.

»Ja«, bestätigt er. »Wir geben uns noch eine halbe Stunde, bis neunzehn Uhr dreissig. Und weisst du was? Ich beobachte dich jetzt seit einer Woche, und ... ich glaub, du hast das Zeug dazu.«

Es ist natürlich idiotisch, aber als Lutz das sagt, steigt mein Selbstvertrauen wieder.

Und als ich immer noch zögere, von all meinen Zweifeln erfüllt, entschliesst er sich, mir etwas zu sagen, was ich schon vor ein paar Tagen gebraucht hätte: »Wenn du es genau wissen willst ... Dein Schuss bei dem Zebra war perfekt.«

Mehr sagt er nicht, gibt nicht zu, dass er einen Fehler gemacht hat, nicht hätte schiessen sollen. Man darf nicht zu viel verlangen. Aber ich ahne, dass das schon enorm ist für einen Jäger wie ihn, und diese Worte schlüpfen in mich hinein wie eine neue Kraft.

Voller Stolz hole ich tief Luft, beisse die Zähne zusammen. Und verkünde: »Wir machen weiter.«

Und keiner versucht, mich davon abzubringen.

Lutz dreht sich um, gibt seinen Männern das Zeichen, die Verfolgung wiederaufzunehmen. Wir bewegen uns in einem *bush,* den das Halbdunkel verschluckt, es kommt mir vor, als würde die Umgebung sich von Minute zu Minute enger um uns ziehen. Die Dornbüsche sind finsterer, darin unergründliches Dunkel. Und dabei sieht man noch alles, die Pfotenabdrücke heben sich deutlich vom schwarzen Boden ab. Diese letzte Etappe kommt mir länger vor als jede andere, ich glaube allmählich, dass Lutz die Jagd von sich aus abbrechen wird, weil er der Meinung ist, nicht mehr für unsere Sicherheit garantieren zu können. Aber zu keiner Zeit erwähnt Lutz die Möglichkeit umzukehren, er hält sich an meine Entscheidung, geht weiter, die .470 in der Hand, seine hundert Kilo scheinen mit der unsichtbaren Route des Raubtiers verwachsen. Letztendlich habe ich ihn wohl doch falsch eingeschätzt, denke ich, tatsächlich ist mir selten ein derart robuster Jagdführer begegnet.

Manchmal, wenn ich sehe, wie der Fährtenleser nach links und rechts schaut, kommt es mir vor, als ob wir die Spur verlieren, und dann packt mich heftige, eiskalte Angst. Ich habe das Gefühl, dass der Löwe wirklich hinter uns ist, dass eher er uns verfolgt als umgekehrt, geleitet von seinem Gehör, seinem Geruchssinn, seinen Sinnen, die hundertmal schärfer sind als unsere. Ich fahre herum, erwarte, dass er mir auf den Fersen ist, meine Hände, die meine Waffe umklammern, zittern, mit einem Mal scheint mir der Bogen lächerlich angesichts der Muskelmasse eines solchen Tieres. Ab und zu schaut mich sogar der Fährtenleser an und hebt die Brauen, als wollte er sagen, dass er sich gerade ebenfalls ordentlich erschreckt hat. Papa macht jetzt keine Fotos mehr, das wäre fehl am Platz. Der Himba läuft direkt hinter uns, bespricht mit den anderen die Beschaffenheit des Geländes, das er offenbar in- und auswendig kennt. Gewisse Stellen des Dickichts kommen mir allmählich bekannt vor, ich merke, dass wir schon mehrmals hier vorbeigekommen sind, entdecke unsere menschlichen Fussabdrücke, die sich mit denen des Löwen vermischen. Wir durchkämmen den *bush* in alle Richtungen, ein Flecken Savanne, der zum Schauplatz einer nicht enden wollenden Jagd geworden ist, umgeben von Bergen, schwarze Kuppen am Himmelssaum. Ein paar Schakale kommen aus den Dornen hervor, überraschen uns.

»Stopp!«

Ich bleibe abrupt stehen.

Lutz steht rechts von mir und rührt sich nicht. Der Fährtenleser inspiziert mit beunruhigter Sorgfalt den Boden, blickt sich nervös um, schaut kopfschüttelnd zu seinem Boss. Der Himba richtet sich auf, sein Zopf ragt nach hinten. Jetzt ist es keine Nervosität mehr, die ich in den angespannten Gesichtern des Teams wahrnehme, sondern Panik. Unterdrückte Panik, aber doch sehr reell.

»Haben wir ihn verloren?«, frage ich.

Lutz nickt, hebt den Gewehrlauf. Jetzt ist die Nacht ganz nah, die letzten Augenblicke, ehe man nichts mehr sieht. Wir sind umgeben von Dornbüschen und Kameldornbäumen, der Himmel ist dunkelblau.

Der Löwe ist verschwunden, das wird mir klar.

Seine Spur endet zu unseren Füssen, die Wüste hat die Abdrücke verschluckt. Vor ein paar Minuten war er hier, an derselben Stelle, wo wir gerade stehen. Aber, *my God*, wo ist er jetzt? Angst macht sich in mir breit, meine Kehle ist ganz trocken, mein Herz rast, während ich suchend ins Dunkel starre. Ich habe das Gefühl, nichts mehr zu sein, ein verletzliches, dem Löwen ausgeliefertes Wesen, das sich an seinen Hightechbogen klammert wie an eine Rettungsboje. Ich habe das Gefühl, ganz allein zu sein mit dieser geisterhaften Gefahr, dass die anderen alle verschwunden sind, ich höre kaum, was sie einander zuflüstern. In meinem Kopf wirbelt es durcheinander, ich denke an Maman, nie im Leben hätten wir so ein Risiko eingehen sollen, es war Wahnsinn, dass wir so spät los sind. Ich schaue nach rechts und links, eine von Angstschauern gebeutelte Stoffpuppe.

Und endlich sehe ich ihn.

Ja, das erscheint vielleicht merkwürdig, aber tatsächlich sehe ich ihn als Erste, da bin ich mir sicher. Er ist in unmittelbarer Nähe, fünfzehn Meter, wenn's hoch kommt, am Fuss eines ausladenden Gebüschs, in den gedämpften Farben des Dämmerlichts fällt er dort gar nicht auf. Sein Bauch berührt die Erde, aber er liegt nicht träge herum, wie er es tagsüber nach einem Festmahl tun würde. Nein, er hält sich fast wie eine Sphinx, nur der Kopf knapp über dem Boden, die dunkle, gewaltige Mähne steht strahlenförmig ab wie eine erloschene Sonne. Sein Blick ist auf mich gerichtet, als hätte er begriffen, dass ich die Jägerin bin, ich, die ich ihn seit Stunden verfolge. Mir ist klar, dass er mich mit seinen gelben Augen, die ich gerade noch so erkenne, sehr genau sehen kann. Ich habe sogar den Eindruck, dass er in mich hineinsieht, bis zu meinen Absichten vordringt, die dicken grauen Vorderpfoten ausgestreckt vor sich zwischen den Steinen.

Gott, er hat auf mich gewartet.

Instinktiv gehe ich in Position: Ich streiche über meine Medaille und die Himba-Kette, hebe den Bogen, spanne einen Pfeil. Aber der Löwe präsentiert mir seine Vorderseite, die schlechteste Ausgangslage, um ihn zu treffen. Ich sehe seine Flanken nicht, die Angriffsfläche ist gering. Ich werde nicht an ihn rankommen, denke ich plötzlich.

Lutz beugt sich zu mir, flüstert mit beeindruckender Gelassenheit: »Okay, junge Dame, ruhig bleiben. Siehst du sein Kinn, das helle Dreieck über den Pfoten?«

Ich nicke.

»Du wartest, bis er den Kopf hebt, aber hoch genug, dass er dir sein Vitalzentrum präsentiert, und zielst direkt unter das Dreieck, in die Mähne. Keine Sorge, er hat absolut keinen Grund anzugreifen.«

Ich weiss, dass Lutz Erfahrung hat, aber ich habe schon in diesem Augenblick das Gefühl, dass der Löwe sich auf mich stürzen wird. Und mir ist klar, dass mein Pfeil nicht mächtig genug ist, um ihn aufzuhalten, genauso gut könnte man auf einen Lkw in voller Fahrt schiessen. Nur die Stoppwirkung eines grossen Kalibers kann so ein Tier im Lauf aufhalten.

Das Release ist in den D-Loop eingehakt, der Zugarm aktiv, ich ziehe den Pfeil zu mir, während die Cams anfangen, sich zu drehen, und die Kabel gegenüber der Sehne sich anspannen. Ich spüre wie nie zuvor jede einzelne Etappe meiner Auszugskraft, die erst ansteigt und dann abfällt: Peak, Tal, Wand. Ich halte ganz still, die Befiederung am unteren Teil der Wange. Ich richte den Visiertunnel aus: Peep Sight, der blaue Pin des Visiers und, am anderen Ende, das Kinn des Löwen.

Und warte.

Das Team schweigt, versinkt in der anbrechenden Nacht, ich vergesse den Fährtenleser, den Himba, bei dem ich mich unwohl fühle, sogar Papa. Nur Lutz bleibt an meiner Seite, unauffällig und irgendwie beruhigend. Seine Worte scheinen aus mir selbst zu kommen, als wäre er zu meinem Bewusstsein geworden.

»Du kannst ihn kriegen«, sagt er. »Du musst sehr genau zielen, aber du kannst ihn kriegen.«

Adrenalin flutet mir durch die Adern, ich spüre weder Kälte noch Hunger. Die Angst ist immer noch da, ich habe Gänsehaut. Und doch fühle ich mich mit einem Mal unglaublich stark, wie elektrisiert von den Worten meines *PH*. Fähig, diese Jagd zu einem guten Abschluss zu bringen, für die ich von so weit her gekommen bin. Ich bin Apolline, feuere ich mich in Gedanken selbst an, Jägerin der Extraklasse, mein Vater hat hundertmal meine Begabung als Bogenschützin gepriesen. Ich bin Maman, ich bin Papa, ich bin John A. Hunter, in dem Augenblick bin ich alle Löwenjäger, die Afrika je gesehen hat. Ich bin eine von denen, die nicht aufgegeben haben, denen es gelungen ist, der grossen Raubkatze zu trotzen.

Der Löwe rührt sich nicht.

Also warte ich weiter.

Ich bleibe *focused*, der Pfeil schussbereit.

Ich warte, dass das weisse Dreieck, sein Kinn, sich hebt.

Ich warte eine Ewigkeit, scheint mir, fünfzehn Pfund auf meinem Zugarm. Am anderen Ende des Visiertunnels taxiert mich der Löwe mit einer Mischung aus Ruhe und Ungeduld. Als liesse er sich Zeit, um zu zeigen, dass er keine Angst vor mir hat, dass er mich aufgestöbert hat, nicht umgekehrt. Ich atme langsam, stelle mir vor, dass ich mich seinem Atemrhythmus anpasse, dass wir gemeinsam die trockene, frische Abendluft einsaugen. Lutz, der ebenfalls auf die kleinste Bewegung des Tiers achtet, wirft mir einen Blick zu, um sicherzugehen, dass ich durchhalte. Aber ich schwächele nicht, aufrecht und starr wie ein Pflock im Kraal. Kein Schwindel, kein Zittern. Immer in dem geschärften Bewusstsein, was sich hier gerade abspielt, dass am Ende meines Pfeils mit der Jagdspitze der Tod sitzt. Dass das lange Leben dieses Löwenmännchens, in dürren Ebenen, Geisterflüssen und steinigen Gebirgen, nur noch am Krümmen eines Zeigefingers hängt. Dass ich diese Macht über ihn habe, sein Schicksal bestimme, falls ich auf wundersame Weise treffen sollte.

Die Zeit vergeht, und meine Gedanken überschlagen sich. Ich denke über den Sinn des Ganzen nach, mein Verlangen, dieses Tier zu töten. Ernsthaft, ich könnte jetzt auch aufhören, nach dieser anstrengenden, herrlichen Pirsch, die uns den halben Tag gekostet hat. Ich weiss, dass ich mich bis an mein Lebensende an diesen Nachmittag erinnern werde, denn das ist mir das Liebste, das Tier aufstöbern, seinen Spuren folgen, ihm in seinem eigenen Revier näher kommen. Warum gebe ich mich also nicht damit zufrieden? Warum will ich so unbedingt diesen Pfeil loslassen? Aber ich weiss, dass es schon zu spät ist, darüber nachzudenken. Denn in meinem Visier schaut mich ein Löwe an, kein Zebra. Und der stellt sich nicht so viele Fragen, jetzt, da wir einander gegenüberstehen.

Ich sehe, wie er sich ganz leicht duckt, die Ohren anlegt.

Da höre ich Papas Stimme, voller Angst um seine Tochter: »Vorsicht, gleich greift er an!«

Und er hat recht: Der Löwe macht sich bereit. Die fünfzehn Meter zwischen uns kommen mir lächerlich vor, er wäre in ein paar Sätzen bei mir, mit einem Tatzenhieb hätte er mich zu Boden geworfen und mir die Kehle durchgebissen, wie schon bei so vielen Beutetieren. Mich überläuft ein Angstschauer, es hat etwas Grauenhaftes, sich vorzustellen, dass so ein Raubtier sich auf einen stürzt. Aber Lutz bewahrt eiserne Ruhe, hat Vertrauen in mein Können. Es geht alles ganz schnell: Kurz bevor er losstürmt mit seinen riesigen Tatzen, hebt der Löwe das Kinn, gibt die Deckung seines Vitalzentrums auf, direkt in meinem Visiertunnel.

Ich höre Lutz' Stimme, wie von weit her, drängend und erstickt: »*Now.*«

Und mit dem Zeigefinger drücke ich auf den Abzug, lasse die fünfzig Pfund meines AVAIL los.

Dreihundert fps, der Pfeil verschwindet im Halbdunkel.

Der Löwe, abrupt in seiner kaum begonnenen Bewegung gebremst, macht einen Satz im Gras wie eine Impala, krümmt sich. Ein Knurren grollt durch den *bush,* ein Laut des Schmerzes, der ihn gepackt hat. Er landet unsicher auf allen vieren, von jähem Wahnsinn ergriffen, dreht er sich zweimal um sich selbst, wirbelt Staub auf. Und stürzt nach rechts davon, verschwindet hinter den Büschen.

Ich lasse den Bogen sinken.

Schliesse die Augen, mache sie wieder auf, ein Schauer überläuft mich, aber vergeht gleich wieder.

Ich drehe mich zu den anderen um, sie sind starr, überwältigt von der Spannung, unter der wir alle seit Stunden stehen. Etwas überkommt mich, eine enorme

Erschöpfung. Ich sehe Lutz an, der mich beeindruckt anstarrt: »*Wow,* das war höchste Eisenbahn«, meint er.

»Wollte er wirklich angreifen?«

»Ja, wollte er. Hast du gesehen, wie er die Ohren angelegt hat? Es ist selten, aber kommt vor, vor allem bei Löwen, die an Menschen gewöhnt sind. Und wenn der einmal ins Rennen kommt, hätte ihn bei seiner Grösse nur noch meine .470 aufhalten können.«

»Aber ich glaub, ich hab ihn getroffen, oder? Mitten in die Pumpe.«

»Ja, hast du. Das war ein extrem riskanter Schuss, aber du hast ihn getroffen.«

Papa tritt mit stolzgeschwellter Brust zu uns. »Na, was habe ich gesagt?«, ruft er dem *PH* zu.

»Ich muss sagen, so ein Können, in dem Alter, hab ich selten erlebt.«

Papa umarmt mich, gibt mir einen Kuss auf die Wange. »Ach, du ... Du bist wirklich die Grösste, Apo.«

Ich bleibe zurückhaltend. »Warte, noch haben wir ihn nicht gefunden, ja.«

»Mach dir keinen Kopf, er ist tot. Er weiss es zwar noch nicht, aber er ist schon tot.«

Lutz ruft über sein Walkie-Talkie den Fahrer an, damit er den Land Cruiser näher heranfährt. Er zündet sich eine Zigarette an, wie ein Ritual, damit der Löwe Zeit hat zu sterben. Im Schein des Mondes, der zwischen den schwarzen Bergkämmen hervorkommen will, sieht man den Rauch aufsteigen, dann sagt Lutz seufzend: »*Legolas girl* ... «

Ich beobachte die hereinbrechende Nacht mit anderen Augen, komme zur Ruhe. Sterne blitzen am Himmel auf, unzählige Stecknadelköpfe über der Wüste, das Kreuz des Südens bezieht Position, man erahnt schon den Mond, der bald zu sehen sein wird. Der Wind wirbelt schwarzen Staub auf, weht in verstohlenen Wirbeln zwischen den Bäumen davon. Die Stimmung ist mit einem Mal entspannter. Der Fährtenleser bleibt auf der Hut, aber er ist erleichtert, dass diese Jagd endlich vorbei ist, das sehe ich. Nur der Himba bleibt abseits. Ich beobachte ihn, begegne seinem Blick. Und sehe darin etwas Undefinierbares. Unmöglich, zu wissen, was in seinem Kopf unter dem stoffumwickelten Zopf vorgeht, aber mein *perfect shot* scheint ihn nicht zu freuen. Einen Moment lang habe ich sogar das Gefühl, dass er wütend ist, er presst die Lippen zusammen, als hätte er nicht gewollt, dass ich diesen Löwen töte. Als wäre er durch was weiss ich für ein Band mit ihm verbunden, irgendwas Religiöses, was Traditionelles, was sich mir total entzieht. Aber natürlich irre ich mich: Alle Farmer der Gegend wollen ihn tot sehen, den *cow killer*. Vielleicht weiss der Himba in Wirklichkeit ja schon in dem Moment, was alles passieren wird. Welches Risiko er eingehen muss, um zu versuchen, das sich anbahnende Drama zu verhindern.

Zwei Scheinwerfer tauchen in der Hügelsenke auf, der Geländewagen kommt so nahe wie möglich zu der Stelle, an der wir warten, der Fahrer steigt aus und rennt mit einer grossen Taschenlampe für seinen Boss zu uns.

Lutz schaut zweimal auf die Uhr, dann verkündet er: »So, wir können. Er kann nicht weit gekommen sein.«

Er nimmt sein Gewehr wieder auf, für alle Fälle. Und wir folgen mit der Taschenlampe der Fährte, die den Todeskampf des Löwen zeigt, Blutflecken auf den Steinen wie die Kiesel des kleinen Däumlings.

»*Look*«, sagt der Deutsche, »das Blut ist dunkel und dick: Ich denke, du hast das Herz getroffen.«

Wir müssen nicht weit laufen: Nachdem wir um zwei Bäume herumgegangen sind, sehen wir den gewaltigen Umriss des Löwen vor uns, er liegt mit überkreuzten Pfoten auf der rechten Seite im Gras. Ihn so zu sehen ist megabeeindruckend, er wirkt wie ein Riese. Die Taschenlampe wirft kaltes Licht auf sein Fell, als wäre der *bush* schwarzweiss.

»So ein Prachtkerl!«, meint Papa ganz aufgeregt. »Apolline: 1. Mufasa: 0.«

Lutz gibt uns ein Zeichen, geht vorneweg. Er will näher ran, sichergehen, dass das Tier von dem Blutverlust nach meinem Pfeil auch wirklich tot ist. Das Gewehr im Anschlag, schreitet er vorsichtig über die Kiesel, die im Dunkeln liegen.

Ich weiss echt nicht, was Papa sich dabei gedacht hat, in dem Moment. Wie er auf so eine leichtsinnige Idee kam, dabei hat er doch Erfahrung. Vielleicht die Erschöpfung. Oder zu viel Vertrauen in mein Können als Jägerin.

Er geht hinter mir und ruft plötzlich: »Hey, Spatz!«

Ich fahre herum, den Bogen in der Hand, und werde sofort vom Blitzlicht seines iPhones überrumpelt. Ein Foto mit mir und dem gerade erlegten Löwen im Hintergrund. Nicht gestellt, ein Schnappschuss, ehe wir das andere Foto machen, in Pose und richtig ausgerichtet. Dieses Foto macht er einfach so, ohne nachzudenken.

Lutz ist nicht mit drauf, aber die Bewegung und der Schrei überraschen ihn.

Er dreht nur ganz kurz den Kopf.

Das reicht, der Blitz blendet ihn, er stolpert über einen Stein.

In der nächsten Sekunde höre ich ein Knurren, bei dem mir das Blut in den Adern gefriert. Der Löwe steht auf, ernsthaft, er kommt wieder auf die Beine. Das Bild ist surreal, in der Dunkelheit habe ich kaum Zeit, zuzusehen, wie seine riesige Gestalt sich erhebt, wie ein plötzlich auferstandener Kadaver.

Ich stosse einen Schrei aus, Papa rutscht das iPhone aus der Hand.

Ein Schuss geht los, der kommt vom desorientierten Lutz.

Aber ich begreife sofort, dass er sein Ziel verfehlt hat. Ein graues Gespenst, wendig und massig zugleich, rennt durchs weisse Gras davon, zertrampelt Halme und Blätter. In der allgemeinen Verwirrung ist er in weniger als einer Sekunde verschwunden, die Vegetation hat ihn verschluckt, wackelt noch, wo er sie berührt hat. Und da fallen mir schlagartig Papas Worte am Lagerfeuer vor fünf Tagen ein: Ein verletztes gefährliches Tier, das frei herumläuft, ist das Schlimmste, was passieren kann.

29. April

Martin
Als ich die Augen aufschlug, wusste ich sofort, dass das Unwetter vorbei war, ein heftiges, aber vorübergehendes Tief aus Nordwesten. Ich hatte schlecht geschlafen, klar, selbst in meinem Anorak aus Gänsedaunen, der Skihose und mit der Rettungsdecke, die ich auf dem Boden meines Iglus als Schutz vor dem festgestampften Schnee ausgebreitet hatte. Drei Stunden Schlaf, wenn's hoch kommt, nachdem es mir endlich gelungen war, mich in der abgestandenen Luft meiner Schneehöhle, die kaum über null Grad rauskam, ein bisschen aufzuwärmen. Ich hatte so was schon erlebt, ehrlich jetzt, war nicht das erste Mal, dass ich in den Bergen übernachtete. Aber an diesem Morgen war ich wie gerädert, mit dem schmerzenden Schenkel und der angestauten Müdigkeit vom Vortag. Auf tausendneunhundert Meter Höhe, festgesetzt vom schlechten Wetter und von der instabilen Schneedecke, die sich beim kleinsten Übergewicht in eine Lawine verwandelt hätte, hatte ich mir Schutz suchen müssen. Ich hatte mich aus der Falllinie begeben, damit ich keine weitere Ladung abkriegte, hatte mir einen kleinen Felsvorsprung gesucht und mit der Sonde die Schneetiefe überprüft. Dann hatte ich im Gestöber,

das mich wie ein Eisstrudel umgab, begonnen, mit der Schaufel am Hang zu graben. In der Waagerechten, bis ich ein Loch hatte, das gross genug war, um samt Schlafsack reinzuschlüpfen, dort rollte ich mich ein wie ein Bär im Winterschlaf. Stundenlang lauschte ich im Dunkel meines Iglus dem Brausen der Berge, den Sturmböen, die an den Steilhängen tobten, als würden sie ebenfalls die Wut spüren, die ich im Bauch hatte.

Ich schaufelte den Schneehaufen weg, der Himmel beruhigte sich allmählich, lichtete sich sogar, die Wolkendecke riss immer weiter auf. Es war immer noch sehr kalt, aber jetzt sah ich die Berggipfel, den Pic de Sesques, der aus dem Grau ragte, die Sommerweiden und die schneebedeckten Wipfel am Hang gegenüber. Ich schlang hastig einen kalten Imbiss runter, packte mein Zeug zusammen, klopfte mir den Schnee von den Sachen und von den Umlenkrollen des Bogens. Ich schüttelte meine Ski, machte die Bindungen sauber, richtete die Steigfelle. Und ohne mich weiter aufzuhalten, machte ich mich wieder auf den Weg. An den Aufstieg, die Strecke, die ich gestern Abend hatte unterbrechen müssen. In Richtung Couloir, der sich jetzt deutlich vor mir abzeichnete, eine senkrechte Schneezunge zwischen zwei Gipfeln. Inzwischen schien mir die Schneedecke stabil, ich blieb vorsichtig, aber kam gut voran, Gefahr gebannt. Der Schnee war bei dem Sturm über Nacht nicht mal verharscht, meine Steigfelle reichten aus, damit die Ski nach jedem Vorgleiten haften blieben. Mein Ziel war es, die Schutzhütte zu erreichen, wo die Blonde garantiert übernachtet hatte. Ich machte mir keine Illusionen: Sie war bestimmt schon unterwegs und würde vielleicht sogar noch vor Mittag das Tal erreicht haben, wenn sie genauso gut abfuhr, wie sie stieg. Aber ich war sauer und ein bisschen beleidigt, dass ich mich am Vortag so hatte abhängen lassen, ich wollte ihren Spuren trotzdem weiter folgen. Damit ich sagen konnte, dass ich nicht lockergelassen hatte, bis zum bitteren Ende.

Ist nicht meine Art, mich geschlagen zu geben, nicht mit mir.

Als ich den Couloir in Angriff nahm, den schmalen Streifen festgestampften Schnee, passte ich höllisch auf. Ich beschrieb engere Zickzacklinien, blieb in der Mitte der Schneedecke, da, wo der meiste Schnee lag: An den Rändern war er viel instabiler, die Gefahr, ein Schneebrett loszutreten, sehr gross, das wusste ich. Also vervielfachte ich die Wendungen, um einen weiteren Sturz zu vermeiden, der mich sehr viel tiefer reissen könnte als der gestern Abend und mich ernsthaft verletzen. Trotz der Schmerzen und der Müdigkeit in jedem einzelnen Muskel hatte ich ein gutes Tempo drauf. Diagonale für Diagonale, mit fiesem Druck auf die Schenkel, sobald ich die Ski samt Bindung hochwuchten musste, gelangte ich endlich nach oben, dort kreiste ein Kolkrabe. Stand auf dem winzigen Pass auf zweitausendzweihundert Meter Höhe zwischen zwei dunklen Felsspitzen, die wie schwindelerregend hohe Kathedralen aus dem Schnee ragten, Denkmäler, die die Menschheit nie im Leben bauen könnte. Ich nahm die Weite der Landschaft in mich auf, die sich mir zu Füssen ausbreitete, das langgezogene Aspe-Tal vom Vorland bis zum Col du Somport ganz dort hinten, an der spanischen Grenze. Ich versuchte mir das Tal vor ein paar hundert Jahren vorzustellen, die Fauna noch intakt, als der Nordluchs noch im Massiv und sogar in ganz Frankreich heimisch war, Hunderte Wölfe diese Berge bevölkerten, als es den Pyrenäensteinbock noch gab.

Schon sah ich die Schutzhütte. Ein winziger Unterschlupf, zwischen Schnee und Felsblöcken eingeklemmt, zweihundert Meter weiter unten. Ich machte die Steigfelle ab, schloss die Bindung an der Ferse. Und fuhr über den Schnee den Südhang runter. Hier war es ebenfalls nicht überfroren: Ich blieb vorsichtig, aber die Abfahrt war leicht, ich ging bei jedem Schwung betont in die Knie und richtete mich wieder auf. Die alpine Höhenstufe zog sich weit unter den Felsvorsprüngen dahin, überall guckte das Felsenmeer aus der weissen Schneedecke raus, es war hier deutlicher zu sehen als auf der anderen Seite. Ein Schneehuhn flatterte wie eine Erscheinung von einem verschneiten Bergrücken auf, als ich vorbeifuhr, das Vibrieren meiner Ski hatte es aus seinem Versteck aufgescheucht. Ich sah ihm nach, sein Wintergefieder war genauso weiss wie der Schnee.

Sobald ich an der Hütte war, sah ich die Skispur, die davon wegführte. Ich kauerte mich hin und untersuchte die Löcher von den Skistöcken. Rundherum lagen noch kleine Schneekristallhaufen, kaum getauter Schnee: Apolline Laffourcade war vor sehr kurzer Zeit losgefahren. Vor weniger als einer Stunde, schätzte ich. Ich ging um die Hütte rum, warf einen kurzen Blick rein, falls sie was dort gelassen hatte. Aber ich hielt mich nicht lange auf: Auch wenn ich wohl nur eine geringe Chance hatte, sie einzuholen, fuhr ich gleich ihren Spuren hinterher. Man sah sie ganz deutlich im frischen Schnee, sie wanden sich in den für Carvingski typischen Schwüngen zu den niederen Höhenstufen runter. Aber ich merkte gleich, dass was nicht stimmte: Die Spur war nicht so geschmeidig, wie ich es erwartet hätte, als hätte sie bei der Abfahrt stellenweise die Kontrolle verloren, sich wieder auf Kurs bringen müssen. Ich fuhr knapp hundert Meter runter, kreuzte mit meinen alten Skiern ihre Spuren. Bis ich endlich begriff, was das Problem war, und in einer Senke zum Halten kam. Neben den beiden parallelen Linien war klar und deutlich ein roter Fleck im makellosen Schnee zu sehen.

Ein Blutfleck.

»Scheisse, die ist ja verletzt.«

Der Pfeil, den ich gestern Abend bei Unwetter und schlechter Sicht im Fallen abgeschossen hatte, musste sie am Ende doch getroffen haben. Wahrscheinlich am Bein. Und heute Morgen blutete es immer noch, das hiess, es war nicht nur ein Kratzer, die Wunde war wieder aufgerissen. Als ich das kapierte, während ich auf den scharlachroten Kreis in den Eiskristallen starrte, packte mich komischerweise eine Art Aufregung. Wie eine Hoffnung, verlorene Energie, die ich wiederfand. Weil der Blutfleck bedeutete, dass die Partie nicht vorbei war. Dass ich das Glück auch ein bisschen auf meiner Seite hatte. Sie war durch die Verletzung langsamer und vielleicht gar nicht so weit weg, wenn man's bedachte, irgendwo zwischen hier und dem Tal. Mehr als tausend Meter Höhenunterschied, wenn mich nicht alles täuschte: Felsriegel, Bergweiden, Tannenwälder und auch Buchen- und Eichenwälder. Ehrlich jetzt, da war noch Luft. Ich bin ihr wieder dicht auf den Fersen, dachte ich.

Und diesmal würde ich sie nicht so leicht davonkommen lassen wie gestern Abend.

Ich zurrte meinen Rucksack mit dem Bogen zurecht. Und ging umso frischer an die Abfahrt, ganz ermutigt, trotz Erschöpfung und Schmerzen. Ich machte meine Schwünge über ihren, fuhr in Schlangenlinien über die Schneedecke, schnitt bei jeder Diagonalen ihre Spur. Ich sah mir die Stellen an, wo die Linien ausbrachen, sie glichen allmählich denen einer Anfängerin. Meiner Meinung nach war das rechte Bein verletzt: Wenn sie Druck drauf gab, verlor sie den Halt. Zweimal schien sie sogar gestürzt und zwei Meter runtergerutscht zu sein, ehe sie weitergefahren war.

»Jetzt vergeht dir aber das Lachen, was«, sagte ich, als ich das sah.

Ich bemerkte noch andere Blutflecken, im Abstand von mehr als hundert Metern, man konnte sie gar nicht übersehen, so wie sich das Rot vom weissen Schnee abhob.

Auf dieser Seite lag weniger Schnee als drüben. Die Schneedecke war schon von aufgetauten Stellen durchlöchert, drunter kam das noch dunkle, schlammige Weideland zum Vorschein. Bestimmt kamen die Gämsen zum Fressen her, bis der Frühling wirklich da war.

Ich vermied bei der Abfahrt die schneefreien Flecken, fuhr auf schmutzig weissen, mit Schlamm vermischten Schneerändern. Spatzen flatterten dicht über der Bergweide lang, Bergpieper, Steinschmätzer, Heckenbraunellen hielten Parade auf den Steinen. Ich fuhr, so weit ich konnte, ehe ich die Ski abschnallte, nutzte den Schnee aus, solange es ging. Aber als ich an den Rand des Tannenwaldes kam, musste ich aufhören. Sie hatte es genauso gemacht, an derselben Stelle: Ihre Spur brach ab, stattdessen einige tiefe Fussabdrücke von ihren Skischuhen, so ultraleicht sie auch waren. Dann führte ihre Spur unter die Bäume. Ins Unterholz, wo fast kein Schnee mehr lag, nur noch vereinzelte Wehen unter den Tannen. Hier würde es schwieriger werden, ihr zu folgen: Die Fussabdrücke waren diffuser, manchmal sehr deutlich im aufgeweichten Humus, manchmal schwer zu erkennen, wenn der Boden fester war.

Ehrlich jetzt, ich war fertig vom Schlafmangel, und mein Bein tat weh. Aber ich lief, so schnell ich konnte, die Füsse schwer wegen meinen Garmont, neben dem Bogen hatte ich die Ski beidseits am Rucksack. Das Gelände war weich und schwammig, wenn ich nicht aufpasste, konnte es passieren, dass ich in einer spektakulären Rutschpartie den Hang runterstürzte, das wusste ich. Eine gute Stunde lang folgte ich ihr, im Wald mischten sich schon bald Buchen unter die Tannenbäume. Wenn ich ihre Fährte verlor, fand ich sie schliesslich ein Stück weiter unten wieder: ein Fussabdruck, eine Schleifspur in den toten Blättern von einem Sturz, ein abgebrochener Ast. Oder ein Blutfleck auf einer Wurzel im Moos.

Jedes Mal, wenn ich einen sah, stellte ich mir die Jägerin vor, wie sie sich an derselben Stelle abmühte, mit ihrer Verletzung abzusteigen, die ungefährlichste Strecke suchte. Ich versuchte, mich in sie reinzuversetzen, ihre Absichten zu erraten, und hatte dabei das Gefühl, sie immer besser zu kennen. Als ob uns jetzt was verband, ihr und mein Schicksal untrennbar verwachsen. Als ob es heute aufs Ganze ging, auf diesem Südhang des Aspe-Tals. Ich ignorierte meine Müdigkeit und den quälenden Hunger, von eiserner Entschlossenheit getrieben, Berge und Wald waren endlich auf meiner Seite und unterstützten mich. Der Geruch nasser Erde, das Gewirr aus Flechten auf den Stämmen der Tannen, die Tierlaute, Buchfinken, Tannenmeisen, die Abdrücke von Huftieren in den Schneeresten, ich interpretierte alles als Zeichen der Unterstützung. Als ich um den gespenstischen Stamm eines toten Baums rumging, der Stumpf voller Aststummel, überraschte ich sogar ein Auerhuhn, das sich in die Äste flüchtete, um mir Platz zu machen, als wüsste es, was ich vorhatte.

Aber als ich ihre Spur verlor, hielt ich an.

Mit einem Mal stand ich in den toten Blättern und wusste nicht mehr, wo ich hinsollte, ob sie den steilsten Weg eingeschlagen oder im Gegenteil beschlossen hatte, seitlich am Hang langzugehen. Weder Fussabdrücke noch Blutflecken, ich konnte mich an nichts mehr orientieren. Einen Moment blieb ich so stehen, in meiner Verfolgung unterbrochen, und zögerte. Ich ging zurück, suchte nach den letzten Anzeichen, dass sie hier vorbeigekommen war, suchte wieder weiter unten. Aber nein, ich musste mich damit abfinden: Jetzt hatte ich sie verloren. Oder vielleicht hatte sie auch dafür gesorgt, dachte ich, gerissen, wie sie war. Vielleicht hatte sie alles getan, um mich auf die falsche Fährte zu locken. Ich dachte nach, musterte das Waldstück ganz genau, überlegte, wie ich mich wieder an ihre Fersen heften könnte. Und da fiel mir ein, dass es ganz in der Nähe was gab, was mir vielleicht helfen konnte. Dieser Wald war Teil des Bärentrackinggebiets des Nationalparks. Weil, wenn man den Erzählungen der Alten glaubte, die Sohlengänger sich früher oft hier aufhielten. Ja, dachte ich, es lohnte sich, mal in die Fotofalle reinzuschauen.

Ich hastete den Wald runter, suchte nach dem Pfad, der hier irgendwo durchging und den, wie wir wussten, alljährlich die Wildschweine nahmen. Ich fand ihn und lief nach links, sah kaum meine Füsse auf dem schmalen Pfad, Ski und Bogen auf dem Rücken. Ich sah mir die Bäume rundherum genau an, um sicherzugehen, dass ich nicht den verpasste, den ich suchte. Aber ich fand ihn problemlos. Eine gerade Tanne, zwei Meter neben dem Pfad. Am Stamm hing im getarnten Gehäuse eine von Dutzenden Wildkameras mit Selbstauslöser, die es überall im Tal gab, unsichtbar für alle, die nichts von ihr wussten. Es gab sie, um das eventuelle Auftauchen eines Bären zu dokumentieren, aber sie knipste alles, was vorbeikam, Tag und Nacht. Ich streckte mich nach dem Kasten, holte ihn runter und die Kamera raus. Da stand ich im Unterholz, es tropfte mir von den Ästen in den Kragen, und ich sah die Fotos durch, die seit der letzten Kontrolle gemacht worden waren. Natürlich kein einziger Bär dabei, man darf keine Wunder erwarten. Rehe, Gämsen, Wildschweine im Blitzlicht, ein Fuchs.

Und Apolline Laffourcade.

Ja, sie war hier vorbeigekommen. Man sah, wie sie beim Laufen eine Hand auf den roten Fleck am Oberschenkel presste, der ihre Hose beschmutzte. Sie sah fertig aus, wirre Haare unter der Mütze, ganz niedergebeugt. Sie hatte zwar noch den Rucksack auf, aber keine Ski: Bestimmt hatte sie es aufgegeben, die Last mitzuschleppen. Sie musste sie irgendwo versteckt haben. Ich guckte, um wie viel Uhr das Foto gemacht worden war: zehn Uhr siebenundvierzig. Dann sah ich auf die Uhr: elf Uhr drei.

»Sechzehn Minuten«, sagte ich. »Ach, du bist ja ganz in der Nähe.«

Da machte ich mich wieder auf den Weg, ohne auch nur eine Sekunde zu verlieren, in die Richtung, die sie anscheinend genommen hatte. Mit meinen schweren Schuhen kam ich nur bedingt schnell voran, aber sie hatte ebenfalls ein Handicap: ihre Verletzung, die weiterhin die toten Blätter mit kleinen roten Flecken sprenkelte. Und sie kannte das Gelände nicht so gut wie ich, das ist mal sicher. Jedem seine Stärken, jedem seine Schwächen, diese Jagd war fair, niemand konnte behaupten, dass sie nicht ihre Chance gehabt hätte. Ich hastete den Pfad lang, einen Fuss vor den anderen, durch die Bäume, unter tiefhängenden Ästen mit Bartflechten durch, ich keuchte in der eisigen Luft des Bergwalds. Kam an einem der Bäume mit Drahtgitter und einem bisschen Stacheldraht vorbei, damit

Bärenfell drin hängenblieb, was natürlich seit Jahren nicht mehr vorgekommen war. Auf Höhe einer weiteren Wildkamera blieb ich stehen und sah mir die Fotos an: Sie war immer noch drauf, neben Rehen und Wildschweinen, ahnte nicht, dass ihr auf diese Weise nachspioniert wurde. Ich folgte ihrer Spur, Foto für Foto, überlegte, was sich hinter dem erschöpften Gesicht wohl im Kopf abspielte. Die heimlich gemachten Aufnahmen, das war, als wäre ich ganz dicht dran. Ich hatte das Gefühl, sie atmen zu hören, sie zu riechen, in die Privatsphäre der Jägerin einzudringen, alles über ihre Absichten zu erfahren. Ich legte noch einen Zahn zu, achtete nicht mal auf die immer stärker werdende Müdigkeit, rannte beinahe über den schlammigen Boden und wuchtete dabei jedes Mal die drei Kilo meiner Treter mit hoch.

Der Wald veränderte sich, es war neblig, aber die Sonnenstrahlen brachen jetzt durch wie Pfeile aus Licht, die der Himmel ins Laub schoss. Felsformationen kamen zum Vorschein, Kalkblöcke, die sich zwischen Buchenstämmen und Buchsbaumgruppen drängten, von schwammigem Moos, verfaulenden Blättern, Ästen und verrotteten Stämmen bedeckt. Der Pfad schlängelte sich durch diese Anlagerungen durch, ich ahnte, dass das Gelände an den Rändern, unter Humus und Schneebrettern, instabil und von Rissen im Kalkstein durchzogen war. Ich fand mich in einer bewaldeten Gegend wieder, in der ich komischerweise noch nie gewesen war, abseits vertrauter Strecken. Ich war hinter der Blonden, daran hatte ich keinen Zweifel, und nur das interessierte mich in dem Moment, scheissegal, wo ich mich eigentlich befand. Ich überquerte auf Steinen einen Wildbach mit eisigem Wasser voll schwarzer Blätter.

Und endlich tauchte Apolline Laffourcade weit vor mir auf, ihr blauer Anorak wurde von den senkrechten Baumstämmen in Streifen unterteilt. Ich beeilte mich, dichter ranzukommen, und sah, wie sie sich vorwärtsschleppte. Sie stützte sich mit der rechten Hand an den Bäumen am Wegrand ab, um das Auftreten zu erleichtern, die andere Hand auf der Wunde. Selbst von hinten erriet ich, dass sie Schmerzen hatte, trotzdem hielt sie durch. Ich fragte mich, wieso sie in diese Richtung lief, ob sie wusste, wie man zur Strasse kam. Ich war ganz dicht an ihr dran, als ich mit einem Fuss in den Blättern und dem Schlamm ausrutschte. Genug, damit sie sich umdrehte, mich anstarrte. Ich begegnete ihrem Blick, der anders als gestern nichts Argwöhnisches mehr hatte. Nein, jetzt las ich darin Erschöpfung von den vierundzwanzig Stunden, die diese Jagd gedauert hatte. Die Erschöpfung der Beute, in die Enge getrieben, verletzt, gehetzt. Dieselbe Erschöpfung, die ich zu ignorieren suchte.

Als sie sah, dass ich ihr erneut auf den Fersen war, verdoppelte sie ihre Bemühungen, beschleunigte den Schritt. Ich auch, und schon bald rannten wir geradezu den Hang lang, ein Lauf, der von der Last, unseren Schmerzen, Erschöpfung, Hunger, dem steilen, instabilen Gelände gebremst wurde. Ehrlich jetzt, sie imponierte mir, muss ich sagen, selbst verletzt war sie flink wie eine Gämse. Manchmal rutschte sie aus, fiel in die Blätter, aber jedes Mal rappelte sie sich wieder hoch und nahm ihren Vorsprung wieder auf, warf einen Blick nach hinten, um zu sehen, wo ich war. Ich fiel ebenfalls hin, mehrmals, mit dem Rücken auf die Steine, kriegte Äste ins Gesicht, nur die fixe Idee, sie einzuholen, trieb mich. Ich schöpfte aus meinen Reserven, kurz davor, keine Luft mehr zu kriegen, bei all dem Nebel im Wald und den Wölkchen beim Ausatmen. Am Licht erkannte ich, dass wir zum Waldrand kamen, bald wäre helllichter Tag. Dort musste es enden, dachte ich jetzt. Nach den letzten Bäumen.

Weil, irgendwann musste es ja vorbei sein.

Weil, jetzt, nach alldem, konnte ich sie nicht mehr einfach so davonkommen lassen.

Einen Moment lang glaubte ich, sie würde mir entkommen, so ausdauernd war sie, galoppierte vor mir her, ohne dass ich es schaffte, sie einzuholen. Also warf ich wie sie allen Ballast ab: Ski, Rucksack, liess alles in der Herzwurzel einer Buche zurück. Nur eins nahm ich mit: ihren Scheissjagdbogen, den hielt ich in der rechten Hand.

Wir kamen aus dem Tannen-Buchen-Wald, über uns blauer Himmel, an dem nur noch vereinzelte Wolken rumirrten, wie gräuliche Relikte des gestrigen Unwetters. Ich war noch nie hier gewesen, ehrlich jetzt, wusste nichts von dieser Stelle. Aber was ich sah, war ein Karrenfeld, ein Lapiaz, wie es so einige gab, ein Gelände, auf dem sowohl sie als auch ich ein Bein verlieren könnten: Apolline Laffourcade lief über Kalkgestein, ein durch und durch rissiges Felsenmeer, zerfurcht von Spalten und Brüchen, die das rieselnde Wasser gegraben hatte, manche unter Moos oder Schneeresten verborgen, winzige Tannen wuchsen aus den Furchen, weiss der Kuckuck wie. Man lief Gefahr, sich einen Fuss einzuklemmen, sich böse an den scharfen Kanten zu verletzen. Ich bewegte mich wie ein Seiltänzer, meine Treter über klaffenden Löchern, musste manchmal mehr als einen Meter weit springen.

Sie drehte sich um, blickte auf den Bogen in meiner Hand. Aber ich war zu weit weg, um auch nur einen Schuss zu wagen, also lief sie weiter davon, stolperte mit dem verletzten Bein, rappelte sich auf. Wir waren von gigantischen Mauern umgeben, ein Amphitheater aus Felswänden, in denen die Geier hausten, der Fels war in Jahrmillionen bei der Orogenese in Falten gelegt worden, Steinhänge, an die sich die Tannen wie Akrobaten klammerten. Ich beschleunigte, mobilisierte alle Reserven, drängte Müdigkeit und Schmerzen zurück. Ich verringerte den Abstand zu ihr, sie war zäher als jeder Nationalparkranger. In dem Moment waren es nicht mal fünfzig Meter, schätzte ich. Hinter ihr bemerkte ich ein Hindernis, das ihrer Flucht zwangsläufig ein Ende setzen würde: ein Abgrund, bestimmt Dutzende Meter ins Leere, sie würde es niemals schaffen, dort runterzukommen. Eine Schneezunge bedeckte den Felsvorsprung, sie setzte einen Fuss drauf, lief weiter. Aber sie konnte nicht mehr, todmüde wie ich, Schlafmangel, Beine schlapp, null Energie. Ich folgte ihr auf den Firn, schwitzend und keuchend.

Und wir blieben stehen.

Nicht mal zehn Meter Abstand.

Sie drehte sich zu mir um, ihre blauen Augen sahen mich an. Gebeugt, aber immer noch auf den Beinen, eine Hand auf der blutenden Wunde und dem zerrissenen Stoff. Ich baute mich vor ihr auf und hob langsam den Bogen mit dem eingelegten Pfeil. Ich spannte die Sehne, zog die Befiederung zum Kiefer, hielt, zielte durchs Visier auf den blauen Anorak, bereit, sie zu durchbohren. Auf die Entfernung konnte ich sie nicht verfehlen, das war mal sicher. Jetzt ging es ums Ganze, in diesem Moment, der mir wie ein Jahrhundert vorkam. Meine Gedanken überschlugen sich wie Schnee bei einer Lawine, irregeleitet vor Erschöpfung. Ich sah wieder das Foto vor mir, ohne das all das hier nie passiert wäre, dieses Mädchen und der Löwenkadaver im Gras, weit weg von den Pyrenäen in irgendeinem afrikanischen Land, ich kannte nicht mal den Namen. Die ausgestopften Leichen im Büro ihres stinkreichen Vaters, Antilopen, Zebras, Leoparden, Paviane, die makabre Zurschaustellung der Opfer ihres grausamen Hobbys. Hier war sie, nachdem ich mich zwei Wochen lang angepirscht hatte, stand direkt vor mir, stellvertretend für alle Zerstörer tierischen Lebens, für den Rückgang der Fauna, dessen sich die Menschen schuldig gemacht hatten. Die endlose Liste definitiv ausgestorbener Säugetiere, im Laufe der Jahrtausende von meiner Spezies ausgerottet, nie gerächt, nie durch irgendeinen Richter verurteilt. Und gleichzeitig sah ich mir zu, den Jagdbogen schussbereit, wie ich diese ganzen Monster nachmachte, vertauschte Rollen. Ohne so richtig zu wissen, warum ich eigentlich die Skiläuferin noch weiter verfolgte, obwohl sie schon verwundet war, von Wut getrieben und auch weil sie mich anscheinend rausgefordert hatte. Als hätte sie endlich erkannt, dass sie geschlagen war, streckte sie mir die blutbefleckte Hand entgegen, stammelte, was ihr gerade einfiel, um mich abzuhalten. Aber das verstärkte nur meine Entschlossenheit.

Ich umfasste das Release fester.

Sie machte einen Schritt nach hinten, die Füsse im kompakten Schnee. Ich war kurz davor abzudrücken, wirklich, ich war mir sicher, dass ich es durchziehen würde.

Aber in dem Moment ist der Firn eingesunken.

Mit einem dumpfen Geräusch brach der Schnee unter uns weg. Der Boden, der uns trug, wurde in die Karren des Lapiaz gesogen. Ich liess den Pfeil los, den Bogen noch in der linken Hand, und sie und ich fielen in die unsichtbare Falle, ein unerwarteter Schlund im erodierten Karst. Der Fels riss mir den Rücken auf, ich stiess mit der Schulter gegen die Felswand, unmittelbarer Schmerz. Dann verdrehte ich mir den Knöchel beim Aufprall auf dem losen Boden zwei Meter weiter unten. In einer Art düsterem Hohlraum.

In der ein tierischer Geruch hing.

4. ERLEGEN

30. März

Charles
Der Schmerz war ein Gefährte, der nie ganz wegging, verstummte nur manchmal, verschwand für lange Monate, als hätte er ihn besiegt; er glaubte, ihn zu kennen, da er ihn in so vielerlei Gestalt erlebt hatte, den Schmerz, den die Oryxantilope ihm im Todeskampf zufügte, als er sich in ihrer Kehle verbiss, Sekunde um Sekunde, biss, biss, biss, trotz der blindlings um sich schlagenden Hufe, er steckte Stösse der mehr als einen Meter langen Hörner ein, spitz wie Stacheln, sie rissen ihm sogar die Flanke auf, brandmarkten ihn für immer; den Schmerz bei den Kämpfen auf Leben und Tod unter ausgehungerten Löwen, wenn man sich um seinen Anteil schlagen musste, weder Bruder noch Jagdgefährten mehr kannte, die Hiebe mit ausgefahrenen Krallen, die einen benebelten und einem das Fell aufrissen; und den Schmerz nach Stürzen, das eine Mal, als er kletternd ein Zebra gejagt hatte und ganz oben von einer Böschung abgerutscht war, die den Hoarusib säumte, sich die Glieder an den scharfen Steinen schnitt, als er unten aufprallte, viele Monde vergingen, ehe er wieder auf den Beinen war; kein Schmerz jedoch ähnelte seinem Leid, als er verletzt das Weite suchte, nein, dies-

mal war es ganz anders, ein unsichtbarer, stechender Schmerz, der in alle Organe ausstrahlte, dabei brauchte er sie alle, um von den Menschen wegzukommen, ein Schmerz, der ihn innerlich zerfrass, je weiter er durchs Dickicht rannte, der Stock, der in ihm steckte, ragte aus seiner rechten Flanke wie eine Palme, die seitlich aus ihm herauswuchs, das Metall biss sich in die feinen Verästelungen, und dabei wurde das Stechen jedes Mal stärker, die drei Klingen schnitten ihm tief ins Fleisch, quälende Folter unter seinem blutgetränkten Fell.

Aber es brauchte mehr, damit ein Löwe seines Formats den letzten Atemzug tat, was auch immer die jungen Männchen denken mochten, die ihn feige aus seinem Rudel vertrieben hatten: Anstatt ihn niederzustrecken, hielt der Schmerz ihn vielmehr auf den Beinen, wie durch ein Wunder gehorchte ihm sein Körper noch, er rannte, so gut es ging, humpelnd und blutend, um Büsche herum, kroch durchs Gestrüpp, hing am Leben, wie er einst an seiner Mutter gehangen hatte, zu allem bereit, um die Kränkung zu überleben, die er gerade eingesteckt hatte, er konnte diese tiefe Qual aushalten, jetzt, wo sie da war, würde er damit zurechtkommen, die Zähne zusammenbeissen, aus den Reserven schöpfen, denn Sterben stand nicht auf dem Programm, nein, nicht nach all dem, was er schon durchgestanden hatte, Dürre, Hunger, andere Fleischfresser, all die Gefahren, so viele andere waren daran zugrunde gegangen; so lange wie möglich am Leben bleiben, so lange, wie dieser Stock ihm noch nicht sämtliche inneren Organe zerschnitten hatte, sein auf wundersame Weise verschontes Herz weiterschlagen, seine Lunge im Brustkorb weiteratmen liess.

Er stürzte auf verletzten Pfoten davon, kroch unter Dornen hindurch, drang in das Durcheinander von Ästen ein, brachte so viel Abstand wie möglich zwischen sich und die Menschen, die ihn seit dem Mittag hetzten, die Zweibeiner, schon geisterten sie in seinem Kopf herum, wie sie ein paar Meter vor ihm in der anbrechenden Dunkelheit standen, mit ihren Waffen und bedrohlichen Blicken, wenn sie nur nicht solche Werkzeuge besässen, hätten sie schnell begriffen, mit wem sie es aufgenommen hatten, in drei Sätzen hätte er sie gehabt, wie wehrlose Beutetiere, sie mit einem Hieb niedergestreckt, Krallen und Zähne in ihr nacktes Fleisch gegraben. Getrieben von Wut und Schmerz, raste er durch den *bush,* sprang von Stein zu Stein, stolperte, aber fing sich jedes Mal wieder, knurrte in Todesqualen, sein Blut sprenkelte die Erde wie lauter Ockersteine, die er in seinem rasenden Lauf verstreute, entschlossen, jedes noch so kleine Hindernis, das sich vor ihm auftat, zu überwinden, und sei es auch lebendig, sei es ein weiterer Mensch, der sein Revier schändete, nur fliehen, ganz gleich, er würde alles entfesseln, was noch in ihm steckte.

Komuti
Die Gruppe wurde regelrecht von Hysterie ergriffen.
»*Where is he?*«, schrie die Französin. »*Where is he?*«
Was ich im Schein des aufgehenden Mondes in ihrem Gesicht las, war keine Angst mehr, sondern blan-

kes Entsetzen. Sie hatte einen neuen Pfeil in ihren sonderbaren Bogen eingespannt, drehte sich im Kreis und zielte wahllos auf Bäume und Sträucher. Der andere Weisse, ihr Vater, wie ich annahm, lachte nicht mehr, er hielt sich von den Dornsträuchern fern, sah sich nach allen Seiten um. Der massige Jäger versuchte mit geladenem Gewehr einen kühlen Kopf zu bewahren, leuchtete suchend mit der Taschenlampe ins Dickicht, neben ihm sein Damara-Fährtenleser, der zitterte wie ein Blatt im Wind. Ich war ebenfalls erschrocken, muss ich gestehen, ich spähte schaudernd in die Sträucher.

Ich konnte es nicht glauben: Der Löwe war von seinem eigenen Tod wieder aufgewacht. Er hatte im Gras gelegen, niedergestreckt von dem Pfeil, der ihn getroffen hatte, und in der nächsten Sekunde war er wieder lebendig, machte sich auf seinen Viehmörderpfoten davon. Ich wusste, dass manche Kühe, die wertvolleren, roten, widerstandsfähigsten, sich manchmal weigerten zu sterben, wenn die Stunde kam, sie zu opfern. Niemals jedoch hatte ich von einem Löwen gehört, der dem Tod auf solche Weise trotzte. Vielleicht schützte ihn irgendein Zauber, sann ich, während ich in Sand und Geröll auf der Stelle trat und mir unter meinem Lendenschurz die Härchen an den Beinen zu Berge standen. Vielleicht besitzt er eine ganz besondere Macht. Aber bei all den Gedanken, die sich in meinem Kopf überschlugen, setzte sich bald ein einziger durch. Wenn es dem Pfeil der Französin nicht gelungen war, den Löwen zu töten, war das gewiss kein Zufall. Womöglich war das der Wille der Ahnen. Vielleicht weil dieser Tod mir zustand.

Seit wir im Jagdcamp losgefahren waren, hatte ich auf meine Stunde gewartet. Im Geländewagen an den Hängen, zu Fuss im *bush,* den ganzen Nachmittag hatte ich für den Jäger den Führer gespielt. Ich zeigte die besten Strecken hinauf zum Massiv, wie man diesen oder jenen Hügel umfuhr und die steilen Stellen vermied. Ich beobachtete, wie die Französin durch die Kameldornbäume vorwärtsmarschierte und so tat, als fühle sie sich wohl, ausstaffiert mit ihrer sonderbaren Kleidung. Wie Meerepo mir geraten hatte, verhielt ich mich unauffällig, wich ihrem Blick aus, aus Furcht, dass sie erriet, was ich im Schilde führte. Ich hatte gesehen, wie sie der Fährte folgte, die sie allein niemals bemerkt hätte, hatte gesehen, wie sie sich konzentrierte, wie sie Angst bekam, als die Nacht hereinbrach, hatte gesehen, wie sie auf das Raubtier zielte, das sich auf uns stürzen wollte. Bei alldem war ich dabei gewesen, hinter ihr, schweigend und ohnmächtig. Ohne Waffe, mit all den anderen um mich herum, hatte ich keine Schwachstelle gefunden, keine Gelegenheit, ihren Platz einzunehmen und den zu erlegen, der die Herde meines Vaters vernichtet hatte. Als der Pfeil losgeschnellt war, hatte ich gedacht Vorbei, nun ist es zu spät, ich würde mich niemals rühmen können, einen Löwen getötet zu haben.

Aber der Löwe war nicht tot.

Die Auferstehung, so wurde mir in der akuten Panik klar, war die Gelegenheit, auf die ich gewartet hatte.

Er war nicht zu sehen, wir hörten ihn nur in den Büschen knurren, seine Wunde beklagen, die ihm unweigerlich grosse Pein bereiten musste.

»*Get in the car!*«, befahl der Jäger den beiden Franzosen. »Alles in den Land Cruiser!«

Und wir rannten zum Geländewagen, der etwas weiter unten wartete, so nah, wie es eben ging in dem unwegsamen Gelände. Hinten auf der Ladefläche holte der Deutsche einen riesigen Scheinwerfer heraus, der Damara schaltete ihn ein, richtete ihn auf den *bush* wie eine nächtliche Sonne. Der Jäger befahl dem Fahrer, durch die Bäume zu fahren, umkrampfte sein Gewehr.

»Vorsicht an den Seiten«, rief er seinen Kunden zu. »So, wie der sich aufführt, springt er uns womöglich noch hintendrauf!«

»Aber ...«, wandte das Mädchen starr vor Schreck ein.

»Ruhe.«

Das Auto holperte über die Steine, der Lichtkreis glitt suchend über die Haufen verworrener Äste. Wir hörten das Raubtier nun nicht mehr, lediglich das Brummen des Motors in der Nacht. Er schlich nicht mehr im Kreis herum, um uns in die Irre zu leiten, diesmal floh er wahrhaftig, geradewegs durch die Dornstrauchsavanne. Ich stellte mir vor, wie er durchs dichte Gestrüpp lief, vor Schmerzen jaulend unter den Ästen hindurchkroch. Der Fährtenleser entdeckte die ersten Blutflecken auf den Steinen, er leuchtete von der Ladefläche aus darauf, damit er sie besser sah. Der Fahrer fuhr weiter, folgte ihnen eine gute Weile, das Gewehr des Jägers auf die Blutspur gerichtet, bereit zu feuern, sobald der Löwe auftauchte. Ich für meinen Teil erdachte tausend Listen, lauerte auf den rechten Moment, wenn ich handeln konnte. Wir hielten uns an die roten Flecken, der Land Cruiser arbeitete sich vorwärts, wie es der *bush* zuliess. Dornen kratzten im Vorbeifahren über die Wagentüren.

»Glauben Sie, dass wir ihn noch wiederfinden?«, fragte der Vater.

Der Jäger brummte. »Wohl kaum, das Viech rennt verflucht schnell. Ich gebe uns noch eine Viertelstunde, dann fahren wir zurück.«

Der Tag erschien mir bereits weit weg, nun war die Nacht wirklich da, einzig erhellt durch unsere Scheinwerfer, den Mond und die Sterne, die sich in einer Kuppel über unseren Köpfen wölbten. Wir fuhren im Schritttempo über das mit Löchern und spitzen Steinen übersäte Gelände, am undurchdringlichen Dickicht entlang. Ich, der ich diese Gegend wie kein Zweiter kannte, begann zu ahnen, welche Richtung das verletzte Raubtier eingeschlagen hatte: zu den von Steilhängen zerklüfteten Tälern. Wohin wir ihm, wie es vielleicht glaubte, nicht folgen konnten. Wir verloren seine Fährte, fanden sie wenig später wieder. Schliesslich kamen wir an den Rand dieses *bush*, übersät mit Bäumen und Dornbüschen, und stiessen zuletzt auf einen Felsvorsprung, der für den Geländewagen zu steil war.

»Scheisse!«, machte der Jäger.

»Ist er da runter?«, fragte das Mädchen und starrte ins Leere.

»Sieht ganz so aus.«

Sie leuchteten mit dem Scheinwerfer in die Schlucht, hielten vergebens in den Felsen nach dem Löwen Ausschau.

Der Deutsche knurrte. »Gut, mehr können wir nicht tun, wir fahren zurück ins Camp. Wir werden morgen noch mal mit ein paar Gewehren herkommen müssen, um ihn zu erlegen. Wenn er bis dahin nicht verblutet ist.«

Den Weissen stand die Erleichterung ins Gesicht geschrieben.

»Was war denn da los, Ihrer Meinung nach?«, fragte das Mädchen.

»Keine Ahnung, hab so was noch nie gesehn. Aber weisst du, die Jagd ist nicht unbedingt eine exakte Wissenschaft.« Er starrte auf den letzten Blutfleck, auf einem grossen Stein rechts vom Geländewagen. »Das Blut ist doch eher hellrot. Vielleicht ist dein Pfeil am Ende nur im Fleisch stecken geblieben. Da geht es um Zentimeter.«

Ich lauschte ihrer Diskussion, ohne die Analyse des Fachmannes im Einzelnen zu verstehen. Doch mir war gleichgültig, wo genau der Pfeil eingedrungen war. Ich wollte nicht, dass wir umkehrten, ich wollte die Jagd fortsetzen, allein, ohne diese Leute, für die ich ein Niemand war, ohne diese Französin, die nicht zielen konnte. Und dafür war ich zu allem bereit. Der Jäger verstaute den Scheinwerfer, drehte sich zu mir um, ihm fiel auf, wie angespannt ich war, wie ich sein grosses Kaliber anstarrte, das er fest in der Hand hatte. Jedoch schloss er daraus wohl lediglich, dass ich mir Sorgen machte, weil ein solches Tier viel Schaden anrichten konnte, wenn es frei herumlief.

»*Don't worry*«, sagte er daher zu mir. »Ich kriege ihn. Wenn er bis dahin überlebt, erledige ich ihn morgen, glaub mir.«

»*O. k., boss*«, antwortete ich nur.

Er schnaufte, dann fragte er: »Kannst du uns wieder runterleiten?«

Und da verstand ich augenblicklich, dass es nun ums Ganze ging, mit dieser einen Frage. Jetzt oder nie. Das Tal, auf dessen höchstem Punkt wir uns befanden, kannte ich sehr gut, bis hin zu den engen Rinnen, die sich in die Felswände geschlichen hatten.

»*Yes, boss*«, erwiderte ich sofort. »Dort gibt es einen Weg.«

Er wechselte ein paar Worte mit dem Fahrer. »Auf geht's.«

Und wir fuhren weiter, am Abgrund entlang.

»Hier. Neben dem Hügel.«

Der Fahrer gehorchte, umfuhr die schwarze Erhebung, der runde Umriss hob sich unter der Milchstrasse ab. Ich gab Anweisung, wie wir fahren mussten, eine riskante Strecke zwischen angehäuften Felsblöcken am Rande der Schlucht. Der Geländewagen fuhr Schritt, begann die Abfahrt den Hang hinunter, die vier Räder passten geradeso auf den Felsgrat.

»Hier entlang.«

Der Land Cruiser hielt kurz, der Jäger betrachtete die Böschung, im Scheinwerferlicht wirkte es, als stürze sie senkrecht hinunter in die Schlucht.

»Bist du sicher? Das sieht steil aus.«

»Nein, das geht schon.«

Der Fahrer zögerte. Dann fuhr er doch, lenkte den Wagen Richtung Abgrund. Er fuhr sehr langsam, wirkte beruhigt, weil der Boden fest war. Wir fuhren eine kurze Strecke den Hang hinunter, holperten über Bodenwellen, alle starrten auf den Mann, der das Lenkrad umklammerte.

Und schliesslich kippte der Wagen zur Seite.

Die Räder hingen in der Luft.

Auf dieses Loch hatte ich Meter um Meter gelauert, ein Stück Hang war in der letzten Saison weggebrochen. Die Französin stiess einen Schrei aus, ihr Vater packte die Metallstange und hielt sich daran fest. Der Geländewagen fiel auf die Seite, begann den Hang hinunterzurutschen, die Passagiere in der Fahrerkabine und auf der Ladefläche wurden hin und her geschüttelt, fielen übereinander. Weitere Schreie ertönten, Angst vor einem noch schlimmeren Sturz, dass der Wagen unten in der Schlucht zerschellte und niemand lebend davonkam. Doch der Fall war von kurzer Dauer. Das Auto strandete ein Stück weiter unten auf einer Terrasse. Genau wie das andere Auto Monate zuvor an derselben Stelle.

Genau wie ich es geplant hatte.

Anschliessend herrschte lange Stille, die Passagiere lagen im Geröll am Boden. Alle bemühten sich, zu begreifen, was gerade geschehen war, zählten Verletzungen und Prellungen, rieben sich Rücken oder Schenkel. Ich sah, wie der Jäger aufstand, offensichtlich unverletzt, nur ein wenig angeschlagen.

»Alles klar?«, rief er seinen Kunden zu. »Nichts gebrochen?«

Die beiden Weissen verneinten: noch mal mit dem Schrecken davongekommen, wie ich es mir gedacht hatte. Niemand war wirklich verletzt. Der Deutsche wandte sich mir zu, starrte mich sprachlos an. Ich aber liess vor allem sein Gewehr nicht aus den Augen, das zwei Meter weiter gelandet war. Ich warf einen letzten Blick auf die verunfallte Gruppe, als wollte ich mich vergewissern, dass ich mich keiner Tragödie schuldig gemacht hatte. Und dann stürzte ich mich auf die Feuerwaffe und suchte das Weite.

Ich hörte ihr erstauntes Geschrei, als ich den Hang hinunterraste: »Hey, bleib hier!«

»Lutz! Der ist ja wahnsinnig, das ist megagefährlich!«

Doch keiner von ihnen versuchte, mich aufzuhalten, sie waren zu sehr damit beschäftigt, sich von dem Sturz zu erholen. Ich rannte durch Sand und über Sandstein den Hang hinunter, das Gewehr in der Hand, stellenweise rutschte ich ein Stück auf meinem abgewetzten Schurz, stiess mich an Steinen, stolperte über Felsspalten, erhob mich sofort wieder. Meine Augen brauchten einen Moment, ehe sie sich an die Dunkelheit gewöhnt hatten, waren noch von den Scheinwerfern geblendet. Ich lief davon, so schnell mich meine Beine trugen. Rannte eine bröckelige Anhöhe hinunter, sprang abwärts über mehrere Steinblöcke, überquerte einen kleinen Felsgrat. Und schon bald hörte ich keine menschliche Stimme mehr, nur noch das Jaulen der Schakale in der Ferne. Bald schon war ich ganz allein, bewaffnet mit einem grosskalibrigen Gewehr, lief zu Fuss durch diese finstere Schlucht, die bis in die Eingeweide der Welt hineinzuführen schien. Allein mit meinem Schicksal, das ich soeben in die Hand genommen hatte. Und irgendwo in den Spalten der Schlucht war der verwundete Löwe, der, so glaubte ich noch immer, mir bestimmt war. Der Mond stand nunmehr hoch und hell am Himmel, sein Licht offenbarte die Einzelheiten des Geländes, das ich durchquerte, gefährliche Felsgrate, über die ich vorsichtig balancierte, von der Nacht verdunkelte Felsen, Steilwände, die über den Abhängen thronten. Ich klammerte mich an meinen Mut, folgte meinem Instinkt, allein von meiner Ortskenntnis geleitet, zeichnete den möglichen Weg des Tieres durch die Felsen nach. Ich wusste, dass solche Löwen zu den waghalsigsten Klettertouren fähig waren, ich hatte schon beobachtet, wie die Weibchen sich beinahe senkrechte Wände hinauftrauten. Eine Weile arbeitete ich mich im Ungewissen vorwärts, auf den Spuren all jener Hirten, die diese Ausläufer der Berge bereits beschritten hatten. Dann fand ich endlich zwei rote, nasse Flecken auf einem kantigen Stein.

Zwei Blutflecken, spärlich vom Mondlicht erhellt.

Mein Herz tat einen Satz.

Es ist so weit, dachte ich. Ich hatte seine Fährte wiederaufgenommen.

Ich stand vor einem Engpass, der sich zwischen zwei Felswänden hindurchschlängelte. Ich nahm einen tiefen Atemzug, umklammerte das Gewehr. Und ging hinein, ungeachtet der Angst, die mich an allen Gliedern zittern liess. Mir war bewusst, in welche Gefahr ich mich begab: Ein verwundeter, von Menschen in die Enge getriebener Löwe war das Gefährlichste, was einem Himba passieren konnte. Falls ich ihn zufällig überraschte, falls er mich erwartete, hinter einem Felsen lauerte, würde er mich nicht ignorieren, wie seine Artgenossen es manchmal taten, wenn wir in den heissesten Stunden des Tages in einiger Entfernung an ihnen vorbeikamen. Nein, er würde sich instinktiv auf mich stürzen, ohne zu zögern, mich in Stücke reissen, bis ausser einem Häufchen Fleisch und Blut nichts mehr von mir übrig wäre. Darum ging ich so vorsichtig wie ein Zebra, die Finger fest ums Gewehr gekrallt. Ich versuchte mir Mut zuzusprechen, dachte an jene Vorfahren, die es einst mit solchen Tieren aufgenommen hatten. Was ich nun empfand, diese Angst, mussten sie ebenfalls empfunden haben. Sie aber hatten keine Wahl gehabt: Gelang es ihnen nicht, diesen Feind zur Strecke zu bringen, der Vieh, Männer, Frauen und Kinder bedrohte, so würde es niemand an ihrer Stelle tun, weder Berufsjäger noch ein Gesandter aus irgendeinem Ministerium. Sie waren dazu verdammt, es zu Ende bringen. An diesem Gedanken hielt ich mich fest, Schritt um Schritt. Als ich endlich aus dem erdrückenden Schlauch heraus war, schlotterte ich am ganzen Körper. Aber ich lebte.

Auf dem dürren Boden waren weitere Blutflecken, ich konnte dem Löwen nun mühelos folgen. Die Fährte führte den Hang hinunter, wurde einige Meter weiter unten von der Nacht verschluckt. Ich folgte ihr talwärts. Der Boden bröckelte, ab und zu rutschte ich ab. Ringsumher ragten Bäume an den Hängen auf, krumme Äste streckten sich über den Abgrund, Wurzeln klammerten sich an Felsspalten. Stellenweise erkannte ich Abdrücke auf dem weichen Boden, hier hatte das Raubtier eine seiner mächtigen Tatzen hingesetzt, dort war es abgerutscht, sein Fortkommen war von der Wunde beeinträchtigt. Ich würde ihn einholen, dachte ich daher, mit einer solchen Verletzung würde er es nicht weit schaffen. Doch ich hatte ihn noch immer nicht eingeholt. Und je weiter ich lief, desto mehr imponierte mir seine Widerstandskraft, desto mehr konnte ich ermessen, was für ein Löwe er war. Unsere Blicke hatten sich gekreuzt, bevor er unsere Ziegen tötete, und als ich ihn das erste Mal erlegen wollte, war ich gescheitert. Wie ich meine Schritte nun in seine Abdrücke setzte, war mir, als ob ich endlich lernte, ihn einzuschätzen.

Sonderbarerweise fiel mir erst, als ich fast unten am Hang war, wieder ein, wohin dieses Tal führte. Die restlichen Meter rannte ich über einen Haufen loser Steine, der Lendenschurz über und über mit Staub bedeckt. Hielt kurz an, sah zu den Felsvorsprüngen hoch oben empor, gepeinigter Horizont unterm Sternenhimmel. Ich glaubte die Scheinwerfer des Geländewagens zu sehen, wo sich gewiss der Jäger und sein Team zu schaffen machten. Ich stand jetzt auf festem Boden, im Bett eines Geisterflusses. Sand und Flusskiesel, einst von altertümlichen Wildwassern vor sich hergetrieben, wurden von Sand-Balsambäumen, Tamarisken und Zahnbürstenbäumen verziert. Im Mondlicht erblickte ich neue Blutflecken, frische Pfotenabdrücke, in Schlangenlinien und unsicher. Sie führten unbarmherzig flussabwärts.

Und dann, wurde mir endlich bewusst, zu meinem Dorf.

Ein flüchtiger Gedanke schoss mir schlagartig durch den Kopf. Der Gedanke, dass das Raubtier, wenn es in diese Richtung floh, einem der Meinen begegnen könnte. Doch ich vertrieb ihn sogleich.

Und begann zu rennen, um ihn hoffentlich einzuholen.

Mit dem Gewehr in der Hand hetzte ich durch den Sand, folgte der Fährte durchs ausgetrocknete Flussbett. Der Nachtwind zerrte an meinem Zopf und dem T-Shirt, ich kniff die Augen zusammen, damit ich besser ins Dickicht und in die abgebrochenen Baumstümpfe an den Ufern spähen konnte. Keuchend rannte ich meinem Schicksal als Löwentöter entgegen, bald würde ich ihn einholen, bald würde ich ihn erlegen, das sagte ich mir unablässig vor. Ich erblickte ein paar fliehende Tiere, als ich näher kam, sie setzten über Äste oder hinter eine Düne, ich erkannte Schakale oder vielleicht Hyänen. Wenn ich sie mir nicht einbildete, weil meine von Angst getriebene Vorstellungskraft sich ein ganzes Tierreich zusammenphantasierte.

Als die Fährte auf einer Bahn runder Steine endete, hielt ich an.

Das Hämmern meines Herzens hielt meinen ganzen Körper gefangen.

Ich hatte das Gewehr umklammert, drehte mich im Kreis, suchte die Umgebung ab. Ringsumher ragten Felsen und Dickicht wie lauter böse Geister auf, die Leben zu nehmen, sich in Bewegung zu setzen vermochten, um mich zu verschlingen. Ich suchte die Gestalt des Dämons, sah ihn überall, hinter meinem schweissnassen Rücken, das blutige Maul aufgerissen, kaum geschwächt von seiner Verletzung. Ich spürte, wie ich schwach wurde, wirre Reden kamen mir über die Lippen, ich stammelte Worte, um das Entsetzen zu bannen, flehte die Ahnen um Hilfe an.

Als sich ein paar Meter entfernt ein Schatten in den Pflanzen bewegte, fuhr ich herum, schoss, ohne überhaupt zu zielen, der Gewehrkolben warf mich zurück, ich fiel über eine Wurzel. Sofort sprang ich hoch und bemerkte meinen Irrtum: Nur ein Windstoss in den Blättern eines *velvet raisin bush*. Ich verlor die Nerven, das merkte ich, aber es gelang mir nicht, zu meiner Kaltblütigkeit zurückzufinden. Überall erschien mir der Löwe, allwissend, körperlos, die Bedrohung liess mich keinen Augenblick mehr allein. Doch er war nicht hier, ich hatte mir seine Gegenwart eingebildet.

Nein, ich ahnte es: Er war weitergerannt.

Und ich hatte gerade kostbare Zeit verloren.

Da stürzte ich fieberhaft und schwitzend noch schneller das Flussbett entlang. Die schlimmsten Szenarios setzten sich in mir fest, ich dachte an meinen Vater, meine Mutter, an Tutaapi, die dort vorn in den Hütten schliefen. Das Dorf war mittlerweile nicht mehr weit, ich eilte darauf zu, mein Herz litt Todesqualen, die müden Füsse pflügten durch den Sand. Der Löwe war vor mir, womöglich ganz dicht, womöglich schon dort. Ich rannte noch schneller, schöpfte aus meiner Angst, damit ich das Tempo durchhielt, drängte die Müdigkeit zurück. Noch konnte ich eine Tragödie verhindern, noch konnte es gelingen, an diesen Gedanken klammerte ich mich, damit ich nicht langsamer wurde. Ich wollte sie unbedingt vor der Gefahr warnen, die auf sie zukam, dachte an mein Telefon in dem Plastikbehälter oben im Baum, wo der Empfang besser war. Ich konnte nur auf meine eigenen Kräfte zählen, und auf das gestohlene Gewehr vom Jäger. So galoppierte ich eine lange Strecke dahin, an eingestürzten kleinen Schluchten und an Sträuchern vorbei, rannte die Böschung hoch und am Ufer entlang, um abzukürzen, als ich mich den gewundensten Biegungen des Flussbetts näherte, verlor beständig die Fährte des Raubtiers und fand sie wieder, erwartete nach jeder Windung, ihm gegenüberzustehen. Das Dorf war gefährlich nahe, Bilder stürzten auf mich ein, unaufhaltsam und grauenerregend.

Doch was dann geschehen sollte, erriet ich erst, als ich den Makalani sah.

Ich erblickte ihn im Licht von Mond und Sternen, aufrecht und strubbelig, als ich eine Anhöhe aus getrocknetem Schlamm überwand. Einmalig unter tausend anderen, bei den flachen Felsen am ausgetrockneten Ufer. Die Palme, unter der ich so viele Male die schönste Himba von ganz Kaokoveld getroffen hatte. Die Palme, unter der wir uns geliebt hatten, ihr rundes Hinterteil an meinen Oberschenkeln, ihr Lederrock gegen meinen Bauch gedrückt.

Kariungurua.

Der Gedanke fuhr mir ins Herz wie einer der Pfeile der Französin.

Als ich heute Morgen mit Meerepo das Dorf verliess, hatte ich keine Zeit gehabt, ihr Bescheid zu sagen. Es war spät, zu dieser Stunde schliefen unsere Familien sicher unter den Dächern aus getrocknetem Kuhdung.

Zu dieser Stunde pflegten wir uns ausnahmslos jeden Abend zu treffen. Zu dieser Stunde wartete sie meist unter dem Makalani auf mich, weil sie vor mir da war.

Ich begann zu rennen, wie ich noch nie gerannt war, mein ganzer Körper verbrannte sich, meine Beine eine einzige Folter, das Herz zersprang mir fast. Ich wollte schreien, rief im Geiste die Ahnen an, suchte in mir nach verborgenen Kräften, um das Unausweichliche abzuwenden. Alles erschien mir plötzlich in grausamer Logik, als wäre alles an diesem Tag, die gesamte Pirsch, dazu bestimmt gewesen, mich bis hierher zu führen, genau zu diesem nächtlichen Augenblick. Als der Makalani grösser wurde, hoffte ich auf ein Wunder, dass die Frau, die ich liebte, mich dieses eine Mal versetzt hätte. Ja sogar, dass sie entschieden hätte, unsere Beziehung zu beenden, ganz gleich, wenn sie nur woanders wäre.

Doch Kariungurua war dort, wartete auf mich.

Und der Löwe raste durchs Flussbett auf sie zu.

29. April

Apolline
Als ich wieder festen Boden unter den Skischuhen habe, brauche ich einen Moment, ehe mir klar wird, in was für einer Höhle ich da gelandet bin. Den Geruch bemerke ich nicht mal, glaub ich. Als Erstes spüre ich den stechenden Schmerz in meiner Wunde am Oberschenkel, die auf die Felsen blutet. Beim Sturz ist sie wieder richtig aufgebrochen, *my God,* das tut total weh. Nach der Nacht in der Schutzhütte dachte ich, sie ist dabei, sich zu schliessen, aber jetzt glaube ich, dass es genäht werden muss, um zu verheilen. Der Hohlraum ist eng, ein schmaler Gang, wo nicht mal zwei Leute durchpassen. Ich ächze und richte mich auf, so gut es geht, stütze mich an den Felsen ab, stehe gebeugt unter der Lichtquelle und schaue zu dem Spalt im Lapiaz zwei Meter über mir. Die Schneezunge hatte ihn verdeckt, das Loch war unmöglich zu sehen, wir sind einfach drauf gegangen, natürlich ohne weitere Vorsichtsmassnahmen.

Der Typ ist nicht besser dran als ich, er liegt drei Meter weiter im Gang, mir scheint, er hat sich den Knöchel verknackst. Wir sehen uns an, ich begegne seinem verwirrten Blick, seine Haare stehen wild ab, aber ich wechsle kein Wort mit ihm. Ich kann kaum glauben, was seit gestern Morgen alles passiert ist, dass er mich durch die Berge gehetzt, sogar blindlings im Schneesturm auf mich geschossen hat. Und all das, weil ich einen Löwen gejagt habe, den ich dann nicht mal erlegen konnte, er weiss überhaupt nicht, was in Namibia wirklich passiert ist. Ernsthaft, der Typ hat sie doch nicht mehr alle. Er hält meinen Bogen noch in der linken Hand, als hätte er sich dran festgeklammert, er hat Glück, dass er sich nicht an einer Jagdspitze geschnitten hat. Ich beisse die Zähne zusammen und winde mich schleppend vorwärts, passe auf die Verletzung auf, damit es nicht noch schlimmer wird. Links hinter dem Felsen sehe ich Licht: ein Ausgang. Bloss raus hier, das ist das Einzige, woran ich denke, raus aus dieser Scheissspalte und weg von dem Irren. Ich behalte ihn im Auge, als ich mich durch den Gang schleppe.

In dem Moment schaut er nach hinten in die Höhle.

Als hätte er gerade einen Dämon gesehen.

Cannellito

Das Biest erwacht, mit einem Schlag stellt sich das Fell auf.

Das ganze Rückgrat versteift sich bei dem Getöse in den Tiefen der Höhle.

Zweihundert Kilo Muskeln und Fett, schlaff nach wochenlangem Schlaf.

Augen auf, wieder zu, blinzeln im Halbdunkel, das die Eindringlinge entweihen.

Die letzten Träume erlöschen, verschwommen wie die Erinnerungen an den vergangenen Frühling. Letztes

Jahr zur gleichen Zeit, da war er schon einen Monat lang auf den Beinen.

Hatte wie rasend Tausende Hektar durchmessen.

Hatte sich wieder Reserven angefressen, noch schwach von der Fastenzeit, alles war ihm recht, um sich den Wanst zu füllen, er wühlte unterm Schnee nach Eicheln, nahm tote Baumstämme auseinander und lutschte die Larven aus, frass tote Gämsen, Wildschweine, Rehe, lief bis hinunter ins Tal und graste wie ein gewöhnliches Schaf, Fleisch, Pflanzen, Insekten, wenn man solchen Hunger hat, ist alles recht.

Und er war auch wieder in die Bärzeit gekommen, heftig und doch vergebens, hatte, dem Trieb des Unterleibs gehorchend, das Weibchen gesucht, von den Gebirgsbächen bis zu den Gipfeln, das unauffindbare Weibchen, ein Geist, ein Mythos, seit Jahren war er keinem begegnet. Er, das Bärenmännchen, hatte sein Revier markiert, sich ausgiebig an Schubberbäumen ausgetobt, sich an ihnen gescheuert, sie gekratzt, gebissen, Hauptsache, er hinterliess ein Zeichen, signalisierte, dass ein Weibchen, falls es noch eins gab, nur ihm gehören konnte. Eine Bärzeit zum Wahnsinnigwerden, am Hinterteil fiel ihm das Fell aus, so sehr wütete die Lust in ihm.

Einsamer als je zuvor, auf den Spuren der Vorfahren, letzter Vertreter einer bereits erloschenen Linie, er war tot, wusste es nur noch nicht.

Allein in den Buchswäldern, allein in den Bergwäldern, verkrüppelte Buchen, Kiefern, Tannen, Mehlbeerbäume an den steilen Hängen.

Doch damit war es in diesem Jahr nichts. Gestörtes Klima, gestörte Kreisläufe, das sollte noch einer verstehen. Ein Winter, der an Kraft gewann, wenn eigentlich die Bärzeit hätte beginnen müssen, seit Bärengedenken hatte es so etwas noch nie gegeben, unmögliche Kälteeinbrüche, wenn es Zeit war, sich aufzumachen. Genauso gut konnte er die Winterruhe verlängern, diese Bärzeit aufschieben, die ohne Frühling oder Weibchen vollkommen sinnlos war. Wieder einschlafen und auf später verschieben, weiterschlafen, wo alles dazu einlud.

Schlafen, bis die Welt wieder den gewohnten Gang ging.

Schlafen, ohne von irgendwelchen lästigen Eindringlingen gestört zu werden.

Er kannte die Menschen. Ihren Geruch, den sie aus den Dörfern unten mitbrachten, so oft war er ihnen auf Waldwegen begegnet, unter Tannenzweigen, die vor Baumbart trieften. Bei diesen Fleischfressern, die ihm so ähnlich waren und genau wie er manchmal auf den Hinterbeinen liefen, war es das Beste, man hielt sich möglichst fern. Vermied es, sich mit ihnen anzulegen, wenn einem sein Leben lieb war.

Aber Ausnahmen bestätigen die Regel.

Nicht hier in seiner Höhle, seinem Winterquartier, wo sich kein Tier hineinwagen durfte, ohne dass es seinen Zorn zu spüren bekam. Zwei Zweibeiner waren von der Decke gefallen wie die Bucheckern im Herbst, in dem Gang gelandet, der nach draussen führte. Das reichte, um seine einfachsten Instinkte zu wecken.

Er richtete sich unter der Steindecke auf, wandte den beiden Leichtsinnigen die Schnauze zu.

Sog ihren unerträglichen Schweissgeruch ein.

Brummte noch einmal, mit Nachdruck, jetzt war er richtig wach.

Richtete den massigen Körper auf, die Muskeln unter dem braunen Fell arbeiteten.

Und machte seinem Ärger Luft, dass man ihn so aus der Winterruhe riss.

Apolline
Ich erahne nur die gewaltige Gestalt aus Fell, die sich im Dunkeln aufrichtet, sie passt gerade so unter die Steindecke. Ich denke erst an ein Wildschwein, das ebenfalls durch eine der Spalten im Karst gefallen ist. Aber als das tiefe, kräftige Brummen durch die Höhle hallt, kapiere ich, womit wir es zu tun haben. Und ich muss zugeben, ich krieg den Schreck meines Lebens, mein Puls fängt an zu rasen. Ein Bär, *my God,* ein Bär. Die Fährte habe ich schon im Schnee gesehen, ein-, zweimal. Habe einen Haufen Artikel über die letzten Sohlengänger in unseren Tälern gelesen, über diese Wiederansiedlung, die vielleicht im Herbst stattfindet. Beim Wandern habe ich oft davon geträumt, einen dieser letzten Überlebenden zu sehen. Aber das hier ist was anderes: Wir sind in der Höhle eines Männchens und haben seinen Winterschlaf gestört.

In den Jagdgegner kommt Leben, und in mich auch. Ich vergesse meine Verletzung, mache, dass ich zum Licht komme, raus aus der Höhle, ehe der Bär mich schnappt. Ich stecke zwischen den Felswänden fest, zwänge mich in wilder Hast in den Schlauch, robbe angstgetrieben die letzten Meter, Hände und Füsse in der Erde. Ich krieche unter einem nassen Felsblock durch, quer über mir, da fragt man sich, wie das gewaltige Bärenmännchen es hier durchgeschafft hat. Endlich bin ich draussen, mein Puls auf zweihundert. Und begreife, wo wir sind.

Wir sitzen auf einem Felsband fest.

Links geht es in die Tiefe: ein erschreckend steiler Hang, fast senkrecht, hinunter in den Gebirgskessel. Rechts eine fünf Meter hohe Steinwand, die zurück auf den Lapiaz führt. Die käme ich wahrscheinlich hoch, ich bin keine schlechte Kletterin. Aber nicht so, in dieser Notlage, nicht mit meiner Verletzung, nicht in Skischuhen. Verkrüppelte Buchen wachsen hier, die Stämme winden sich ums Gestein, und ein paar Rhododendren, ein Miniwald auf der schneefreien Terrasse. Ich presse eine Hand auf die Wunde und entferne mich, so weit es geht, vom Höhleneingang im Wurzelgeflecht. Drehe mich um. Ich sehe, wie der Mann nun auch aus dem Schlauch kommt, wie ein Irrer, auf allen vieren durch die toten Blätter, knallrot von der Anstrengung, meinen Bogen hat er immer noch in der Hand, er hält ihn sonst wie. Er stürzt auf das Sims, sucht nach dem Ausweg, den ich nicht finden konnte, starrt das Loch an, aus dem er gerade gekrochen ist.

Und eine Sekunde später kommt der Bär heraus.

Ich hatte mir Braunbären kleiner vorgestellt, vor allem am Ende der Winterruhe. Ernsthaft, von hier aus kommt er mir riesig vor, ich habe den Eindruck, einem Grizzly gegenüberzustehen. Ein Koloss aus Muskeln und gesträubtem Fell, runde Ohren, in der Mitte die Schnauze, ein etwas dunklerer Buckel über den Schultern, die vier Beine so dick wie Tannenstämme. Er tritt auf das Felsband, schaut uns gereizt an, wiegt den dicken Kopf hin und her, brummt verärgert, dass man ihn aus der Winterruhe gerissen hat. Aus dem Maul kommen Atemwolken, die Lefzen sind schaumbedeckt. Sekundenlang bleibt er so stehen, vielleicht noch halb im Schlaf, bedrohlich, aber er zögert, sich uns zu nähern, trampelt mit vorgestreckter Schnauze auf den nassen Blättern herum. Von meinem Winkel aus beobachte ich ihn, versuche, ihn einzuschätzen, die Panik zu beherrschen, die mir die Glieder schlottern lässt. Er nimmt unsere Witterung auf, denke ich, wägt die Gefahr ab. Er hat mehr Angst als wir, ich wiederhole es wie ein Mantra, Er hat mehr Angst als wir. Aber drei Meter vor mir bereitet sich der Mann auf einen Angriff vor, er ist nicht so zuversichtlich wie ich. Man kann unmöglich vorhersagen, wie jemand in so einer Situation reagieren wird, da gewinnen Überlebensmechanismen die Oberhand. Der Typ starrt den Bären mit einem undefinierbaren Blick an, irgendwo zwischen Entsetzen und Faszination. Und tut etwas, was ich nicht von ihm erwartet hätte: Er fasst den Bogen mit der linken Hand, nimmt einen der letzten zwei Pfeile aus dem Köcher. Und spannt ihn ein, um sich gegen einen Angriff verteidigen zu können, der ihm sicherlich unabwendbar erscheint. Er stabilisiert den Bogenarm, spannt unbeholfen, die Finger zittern am Release. Ich weiss in dem Moment nicht, was ich denken soll, er macht mir Angst, fast so sehr wie der immer noch regungslose Bär. Man sieht, dass der Kerl eine solche Waffe nicht bedienen kann, dass die Angst seine Handgriffe leitet.

So vergeht ein Augenblick.

Ich stehe neben einem Baumstamm.

Er hockt starr mit schussbereitem Bogen da.

Der brummende Bär vor uns scharrt über den Boden vor seiner Höhle. Er hofft, dass wir uns davonmachen, glaube ich zu erkennen. Dass wir durch irgendeinen Engpass entwischen. Er will uns nur verjagen, mehr nicht, damit er zurück in seine Höhle kann. Aber es ist unmöglich, wir sitzen mit ihm auf diesem Stück Fels fest. Er oder wir, das wird mir in dem Moment klar, es gibt keinen Ausweg.

Und als er unruhig wird, erkenne ich die Zeichen eines kurz bevorstehenden Angriffs, sie ähneln denen meines Löwen vor einem knappen Monat auf verblüffende Weise: Er legt die braunen Ohren an, das Nackenfell richtet sich auf wie ein Dornenkamm. Gleich greift er an, gleich greift er an, schiesst es mir durch den Kopf. In der Sekunde darauf stürzt er in einer furchterregenden Attacke auf den Jagdgegner zu, wirft seine ganze Masse auf die Länge des Felsbandes, die Beine trommeln wie Keulen über den Boden, gewaltig wie ein Lkw, der auf uns zufährt. Im Nachhinein glaube ich, und das würde ich später auch sagen, dass es wirklich nur eine Scheinattacke war. Der Bär wollte uns nur einschüchtern, einen Meter vor uns hätte er haltgemacht und wieder

Position bezogen. Aber in dem Moment hat man absolut nicht diesen Eindruck. Tatsächlich habe ich nie etwas so Beeindruckendes gesehen wie diesen Angriff: Man sieht sich schon, wie der Bär sich auf einen stürzt, wie man unter seinem Gewicht zusammenbricht, Zähnen und Klauen des gewaltigsten Fleischfressers von Europa ausgeliefert. Mit weit aufgerissenen Augen drehe ich mich zu dem Mann. Ich müsste eingreifen, Nein rufen, sagen, dass er den Pfeil in meinem AVAIL nicht loslassen soll, weil das Wahnsinn ist. Kein Bogen der Welt ist in der Lage, einen solchen Angriff abzuwehren. Da braucht es ein Gewehr wie das von Lutz Arendt, mit grosser Stoppwirkung.

Aber es ist schon zu spät.

Der Pfeil schnellt zwischen seinen verkrampften Fingern hervor, mit dreihundert fps.

Und bleibt in der Schulter des Sohlengängers stecken.

Der Bär, im vollen Lauf, brüllt auf vor Schmerz, schwenkt nur ab, donnert gegen die Felswand, entwurzelt mit einem Schlag die Zwergbuchen. Er stellt sich fest auf die Hinterbeine, um nicht abzustürzen. Und richtet sich auf, der Karbonschaft ragt aus dem braunen Fell, in das sich jetzt rotes Blut mischt, mit einem Mal dreht er durch, schüttelt wild den Kopf und zeigt die riesigen Zähne. Er knurrt, kratzt an der Wunde, röchelt wie ein Tier im Todeskampf, stösst gegen die Stämme, hat seine Bewegungen nicht mehr unter Kontrolle. Es ist wirklich beängstigend, was für Kräfte er entfaltet, als würde er alles wegfegen, Bäume, Menschen, Felsen, uns in einen Sturz von hundert Metern mitreissen. Aber er scheint sich zu fangen und plötzlich zu begreifen, was passiert ist. Noch immer brummend, dreht er sich mit rasselndem, schwerem Atem zu seinem Angreifer, der genauso schreckensstarr wie ich vor der Felswand hockt.

Und lässt sich mit seinem ganzen Gewicht auf ihn fallen.

Die Vorderpfoten brechen dem Mann sofort den Brustkorb, zweihundert Kilo Fett und Muskeln. Das Brustbein wird von Tatzen und Klauen zusammengedrückt wie eine gewöhnliche Luftmatratze. Dann reisst der Bär das riesige Maul auf, zeigt die Zähne. Und er geht zentimeterweit ans Gesicht seines Opfers heran und brüllt, wie ich noch nie ein Tier habe brüllen hören. Ein Schrei, bei dem einem das Blut in den Adern gefriert, die Zähne dicht am Schädel des Typen. Als ob er sich gleich draufstürzen will, in den Kopf beissen wie ein Grizzly. Schon sehe ich es vor mir, das Gesicht wie im Schraubstock, Knochen kurz davor, im Kiefer des grossen Fleischfressers zu bersten. Ich fange den Blick des Mannes auf, eine Horrorvision, das werde ich nie vergessen, der Blick von jemandem, der sich bereits sterben sieht. Vielleicht irre ich mich, ich denke Er bringt ihn um, ganz sicher, er ist dabei, ihn umzubringen. Als ob die Geschichte sich wiederholt: Bär, Löwe, lauter grosse, in die Enge getriebene Säugetiere, gezwungen, sich gegen uns Menschen zu wehren.

Ich habe keine Zeit, zu überlegen oder meine Medaille zu berühren.

Instinktiv hechte ich zu meinem AVAIL, der in den toten Blättern liegt, packe ihn fest wie nie, umkrampfe den *grip*. Mit dem Rücken am nassen Stein spanne ich in Höchstgeschwindigkeit den letzten Pfeil ein. Rasch ziehe ich die Befiederung zu mir, linker Arm aktiv, ohne Release, die Sehne spult über die Cams, die Bewegung ist fast zum Reflex geworden. Ich spähe durch den Peep Sight, fixiere den leuchtenden Pin bei zehn Metern, nie hätte ich mir beim Einstellen träumen lassen, dass ich eines Tages quasi auf Armeslänge einen Bären schiessen müsste. Ich nehme mir die Zeit für einen Atemzug, mir ist bewusst, dass ich nur einen Schuss habe. Ich presse die Lippen zusammen, klammere mich an meine Kaltblütigkeit. Ich ziele auf das Vitalzentrum an der zuckenden braunen Flanke, das Tier erdrückt den am Boden liegenden Mann. Ich weiss, dass man nicht zu tief zielen darf, wenn man durch den Brustkorb eines Bären will, wegen der dicken Fettschicht am Bauch. Ich visiere eine Stelle ziemlich weit oben an, zehn Zentimeter links von der Schulter, weit genug weg von den Knochen, die den Pfeil stoppen könnten.

Und mit einem *perfect shot* durchbohre ich dem letzten Bären beide Lungenflügel.

5. RITUAL

2. April

Apolline
Authentizität wollte ich haben, jetzt kriege ich sie, das wird mir klar, als der Geländewagen unter den Kameldornbäumen hervorkommt, hinter sich die Staubwolke aus dem *bush*. Das Himba-Dorf hat nicht mehr viel mit dem zu tun, das wir vor fünf Tagen besucht haben: Kein Kind kommt uns entgegengerannt, keine Frau will uns eine Kleinigkeit verkaufen oder vorführen, wie der Ocker zerstossen wird. Die Stimmung ist natürlich ganz anders. Zu den traditionellen Hütten haben sich Igluzelte gesellt, wie man sie bei Decathlon kaufen kann, ein gutes Dutzend, schätze ich, ein bunter Haufen rund um die Mopanebäume. Massenhaft Tierfelle und alte Sporttaschen hängen in den Ästen über den Kunstfaserzelten.

»Das sind Gäste«, erklärt Meerepo, der mit schwarzer Sonnenbrille am Steuer sitzt, er wirkt sehr ernst. »Aber es werden noch viel mehr erwartet, manche kommen von weit her.«

Ich nicke zum Zeichen, dass ich verstanden habe. Ich werfe Lutz und Papa einen Blick zu, beide sitzen stumm da, mit dem Anlass entsprechenden Mienen. Niemandem steht mehr der Sinn nach Wortspielen oder zweifelhaften Witzen über die örtlichen Gebräuche, nicht mal nach Fotos, zumal Papa in dem Chaos der Jagd sein iPhone verloren hat. Der Geländewagen hält ein Stück abseits der Hütten, der *skinner* bedeutet uns, ebenfalls auszusteigen.

»*Come with me.* Ich stelle Sie der Familie vor.«

Wir gehen zur Dorfmitte, wo sich die Himba versammelt haben, viel mehr als beim letzten Mal.

»Die Trauerfeierlichkeiten werden mehrere Tage dauern«, fährt der *skinner* fort. Trotz der Umstände, die uns herführen, will er uns noch etwas beibringen.

Abseits der Menge zerlegt ein Mann neben einem Metallbehälter eine Kuh. Er hackt mit einer Machete auf den enthäuteten Kadaver ein.

»Wir werden mehrere Tiere opfern. Die Hörner kommen nach der Beerdigung ans Grab. Mit den Spitzen nach unten, so ist es bei Frauen Brauch.«

Er nähert sich drei Männern auf Klappstühlen, die sich unterhalten, sie tragen dicke Ketten und Stoffhauben. Er grüsst: »*Wa penduka?*«

»*Mba penduka nawa.*«

Wir schütteln Hände, ohne recht zu wissen, mit wem wir es zu tun haben, ich weiche den Blicken aus, fühle mich megaunwohl. Dann gehen wir weiter. Die meisten Frauen zeigen sich in der Himba-Tracht, die ich schon mehrmals gesehen habe, aber manche tragen aufwendige Kleider, bunt und bauschig, und eine merkwürdige Frisur mit zwei Spitzen. Ein junges Mädchen kommt zu mir, in der Hand einen Stock, darauf ein paar Metallbecher, an den Henkeln aufgefädelt. Sie bietet mir einen an, schenkt mir einen grossen Kaffee ein, ich kann nicht wirklich ablehnen, dann geht sie zu Papa, der gehorcht ebenfalls. Ich bedanke mich, sie lächelt mich an, als wäre alles in Ordnung. Und wir schlendern weiter, die heissen Becher in der Hand.

»Kommen Sie, hier drüben.«

Ich erkenne es wieder: Hier, vor dieser Hütte, hat das Mädchen mir die Kette geschenkt. Ich fasse mir an den Hals, streiche über die spröden Perlen. Sehe ihr Gesicht vor mir, so feine Züge, mir zieht sich das Herz zusammen, wenn ich daran denke, dass sie nicht mehr ist. Vor der Hütte wurde eine Art Einfriedung aus Mopaneästen errichtet, darin ein gutes Dutzend Himba: Frauen links, sie sitzen auf alten Decken; Männer rechts, etwas bequemer auf Campingstühlen.

»Das ist ihre Familie«, erklärt uns Meerepo.

Er geht hinein und schüttelt weitere Hände, winkt uns, ihm zu folgen.

»Das ist Tjimeja. Er ist ihr Vater, ein sehr geachteter Mann. Er besitzt eine der schönsten Herden im Kaokoveld. Er trägt Trauer, sehen Sie?«

Anders als die anderen hat der Mann keine Stoffhaube auf dem Kopf, seine grauen Haare sind offen und nach hinten gekämmt, ein Stoffband hält sie. Seine Halskette sieht aus wie geschält. Ich reiche ihm die Hand, sage schüchtern: »*Moro.*«

»*Moro*«, erwidert er mit tonloser Stimme.

Genauso macht er es bei Papa und dem *PH*.

Ich wage kaum, ihn anzuschauen, so leid tut es mir, dass meine Löwenjagd mit dem Tod seiner Tochter geendet hat. Dabei sehe ich tatsächlich keine Wut bei ihm. Nur eine bodenlose Traurigkeit: Er sieht mitgenommen aus, Müdigkeit in den Augen. Er weist uns einen Sitzplatz am Eingang der Einfriedung zu, neben drei birnenförmigen Kalebassen. Eine Weile sind wir still, und wie schon hundertmal seit der tragischen Nacht lasse ich die endlose Verfolgung in den Bergen Revue passieren, sie erheben sich nicht weit von hier hinter den Hütten, rote Felsen unter verzweifelt blauem Himmel. Ich begreife immer noch nicht, wie der Löwe nach meinem Pfeil wieder hatte aufstehen können, dabei war ich mir sicher gewesen, dass der Schuss gelungen war. Womöglich war ich am Ende doch keine so tolle Bogenschützin. Vielleicht hatte ich recht, als ich dachte, es wäre Maman bestimmt gewesen, das Raubtier zu erlegen, nicht mir. Maman: Wie gern hätte ich sie jetzt bei mir, wünschte mir, dass der Krebs sie uns nie genommen hätte.

»Gestern wurde die Verstorbene befragt«, erklärt uns Meerepo. »Das ist Tradition, da gibt es ein richtiges Ritual. Sie haben die Leiche in ein Rinderfell eingewickelt und getragen, um sie zu fragen, wer für ihren Tod verantwortlich ist.«

Ich sehe ihn an, zögere.

»Und ... was ist dabei herausgekommen?«

»*Nothing*. Also, doch: Der Schuldige ... Also, der Löwe war's, tja.«

Ich nicke schweigend, erleichtert und schuldbewusst zugleich.

Am Tag nach der Jagd, nachdem uns ein zweiter Wagen zurück ins Camp gebracht hatte, war Lutz mit einem anderen Jäger seines Schlages und zwei grossen Kalibern losgezogen, dem Löwen den Gnadenstoss zu geben. Aber er hatte ihn nicht gefunden, als wäre das Tier wieder mal in der Wüste verschwunden. Ihm zufolge würde der Löwe irgendwann seiner Verletzung erliegen, falls er nicht schon tot war, und jemand würde in den nächsten Wochen den Kadaver finden. Aber ich bin mir da nicht so sicher. Tatsächlich habe ich das Gefühl, dass dieser Löwe anders ist als alle anderen. Zäher und hartnäckiger. Als könnte er nicht sterben.

Papa sieht, wie unwohl ich mich fühle, und tätschelt mir mitfühlend die Schulter, lächelt ermutigend. Ich war diejenige, die darauf bestanden hatte, dass wir unseren Rückflug ein paar Tage aufschieben, ich konnte mir nicht vorstellen, Sonntag abzureisen, wo gerade eine junge Frau gestorben war. Aber jetzt, wo ich hier bin, denke ich, es wäre vielleicht besser gewesen, wir hätten den Flug genommen. Meine Anwesenheit ändert nichts am Kummer dieser Leute, für die wir nur Fremde sind. Ich will einfach nur zurück nach Pau, zu Amaury und Enguerrand, nach Hause, mich in eine Schutzhütte in den Bergen zurückziehen. Will, dass die Geschichte endlich abgeschlossen ist. Nicht im Traum ahne ich, was mich dort erwartet.

Lutz, der neben den Himba riesig wirkt, wendet sich an den *skinner:* »Hast du ihnen das mit dem Geld gesagt? Dass meine Kunden sie entschädigen?«

»*Yes, boss.* Das ist gut, so können sie die Kühe bezahlen, die bei der Zeremonie geopfert werden.«

Und der trauernde Vater, der versteht, worüber wir reden, bekräftigt das noch, bedankt sich: »*Okuhepa.*«

Woraufhin ich mich noch schlechter fühle. Es erinnert mich auf traurige Weise wieder daran, was die französischen Expats in Burkina Faso zu mir gesagt haben. Dass Leben in Afrika nicht den gleichen Stellenwert hat wie bei uns. Wir bleiben ziemlich lange, wohnen der Trauerfeier bei, für die ich mich trotz allem verantwortlich fühle, wenigstens zum Teil. Männer und Frauen trinken Kaffee, beweinen die Verstorbene, gedenken ihrer, wie schön sie war, wie geschickt sie mit dem Vieh umzugehen wusste, welch vorbildliche Ehefrau sie einem Mann namens Kaveisire gewesen wäre, offenbar der ideale Gatte.

»Meerepo?«, sage ich kurz darauf.

»*Yes?*«

»Und dein Freund? Der junge Mann, der uns durch die Berge geführt hat. Ist er nicht hier?«

Der *skinner* schüttelt mit undefinierbarer Miene den Kopf. »Komuti? Ich habe gehört, dass er gestern hier war, während der Befragung der Verstorbenen. Aber heute, ich weiss es nicht. Ich selbst habe seit dem Angriff nicht mehr mit ihm gesprochen.«

»Wie geht es ihm?«

Meerepo lächelt, hebt die Augenbrauen. »Er steht unter Schock, glaube ich. Er war … Er kannte sie gut … Also, ich meine, wie alle hier halt.«

Papa richtet sich auf seinem Kanister auf. »Es war Irrsinn, ganz alleine dem Löwen hinterherzurennen. Er hätte ebenfalls getötet werden können.«

»*Yes, I know.*«

»Weisst du, warum er das gemacht hat?«

»*No idea.* Aber wissen Sie, hier wollten alle, dass der *cow killer* stirbt. Darum vielleicht.«

»Den nehme ich so schnell jedenfalls nicht wieder mit«, knurrt der Deutsche.

2. Mai

Martin

»Was hatten Sie denn vor? Laut Aussage von Apolline Laffourcade haben Sie sie zwei Tage lang durch die Berge verfolgt, mit einem Jagdbogen. Sie haben die junge Frau dreimal bedroht, indem Sie mit gespanntem Bogen auf sie zielten. Schliesslich haben Sie gegen siebzehn Uhr einen Pfeil auf sie abgeschossen, als Sie beide sich auf etwa zweitausend Meter Höhe befanden. Der Pfeil hat Madame Laffourcade am rechten Oberschenkel verletzt. Daher noch einmal meine Frage: Hatten Sie die Absicht, einen Mord zu begehen, ja oder nein?«

Ich lag im Krankenhausbett, Thoraxdrainage auf der einen, Infusion mit Antibiotika auf der anderen Seite, und schwieg weiterhin, sah zum Zimmerfenster und wich den Blicken der Polizisten aus.

»Sie werden uns schon ein bisschen entgegenkommen müssen«, versuchte der, der mich befragte, es noch mal, er war hartnäckiger als der andere.

Ich hörte, wie sie seufzten.

»Das bringt nichts«, sagte sein Kollege. »Du siehst doch, dass er nicht reden wird.«

Er hatte recht: Ich hatte den beiden Menschen in Uniform nichts zu sagen. Das Einzige, was ich in dem

Moment wollte, war, dass sie abhauten, mich mit meinen Schmerzen alleine liessen, gegen die es kein Mittel gab. Ein stechender Schmerz durchfuhr meine gebrochenen Rippen beim Einatmen. Aber das war nicht das Schlimmste.

Der Polizist setzte noch eins drauf, drehte den Dolch in der Wunde, die am allermeisten schmerzte: »Noch mal zum Bären. Laut Apolline Laffourcade hatte das Tier nicht die Absicht, irgendjemanden zu verletzen, sondern hat nur versucht, Sie mit einer ...«, er warf einen Blick in sein Notizbuch, »... einer *Scheinattacke* einzuschüchtern. Ihr zufolge hätte er gar nicht erst angegriffen, wenn Sie ihn nicht mit dem Pfeil verwundet hätten. Und sie hätte ihn nicht erschiessen müssen. Können Sie diese Version bestätigen?«

Ich kniff die Augen fest zu, presste die Lippen zusammen. Als könnte ich ihn so zum Schweigen bringen.

»Sie als beamteter Nationalparkranger wissen sicherlich, dass die Tötung eines bedrohten Tieres eine Straftat darstellt. Und geahndet wird mit ...«

Er hätte wieder in seine Notizen gucken müssen, aber ich ersparte ihm die Mühe. Eher für mich als zu ihnen sagte ich leise, ohne ihn eines Blickes zu würdigen: »Zwei Jahren Gefängnis und einer Geldstrafe von 150 000 Euro. Artikel L415-3 des Umweltgesetzes.«

»Ganz genau.«

Da senkte sich unerträgliches Schweigen übers Zimmer, ich starrte weiterhin wie gelähmt ins Grau, und sie wussten nicht mehr, wie sie die Ermittlungen in diesem Fall führen sollten, der in *La République des Pyrénées*

Schlagzeilen machte. Ich wartete, dass sie beschlossen, aus dem Zimmer zu gehen, beobachtete die spärliche Vogelwelt in den Eichen rund ums Krankenhaus: eine Elster in den Ästen, eine Heckenbraunelle, ein Hausrotschwanz. Ehrlich jetzt, in dem Moment hätte ich höchstens mit den Vögeln reden wollen. Und mit meiner Hündin, die von Antoine gefüttert wurde, sich ohne mich aber bestimmt ein bisschen langweilte.

»Na komm«, sagte der, der langsam die Geduld verlor.

Und endlich machten sie sich auf den Weg. Ich hörte, wie sie die Tür öffneten, und der andere rief mir noch zu: »Sie sind sich hoffentlich darüber im Klaren, dass Sie nicht mehr leben würden, wenn Apolline Laffourcade es nicht geschafft hätte, so schnell Hilfe zu rufen.«

Und sobald ich ganz allein war, schloss ich die Augen.

Und sagte mir ein ums andere Mal, dass mir das lieber wäre: nicht mehr leben.

Ich hatte keine Ahnung, wie sie wohl von dem Felsband weggekommen war und es zurück auf den Lapiaz geschafft, eine Stelle mit Handyempfang gefunden hatte. Konnte mich nur an das danach erinnern, als der Hubschrauber von der Sécurité civile gekommen war, mich versorgt und nach Pau gebracht hatte. Rippenbrüche, Pneumothorax: Laut den Ärzten war ich noch mal davongekommen, nach achtundvierzig Stunden Morphiumtherapie bekam ich nur noch intravenös Antibiotika und Paracetamol, und aus meinem Brustbein ragte eine Drainage, die Luft aus dem Pleuraspalt sog. In zwei Tagen käme ich raus, hiess es, und binnen zwei Wochen hätte ich womöglich nicht mal mehr Schmerzen beim Atmen. Aber die Ärzte hatten keine Ahnung, was mir im Moment am meisten weh tat, wussten nichts von dem Krater, der sich in mir aufgetan hatte und mich zerfrass. Mein Gesundheitszustand war mir scheissegal, und der von der Blonden auch, die war nach ein paar Stichen schon wieder bei Papa gewesen, und was mit mir wurde, wenn die menschliche Justiz sich auf mich stürzte, scherte mich auch nicht.

Das Einzige, woran ich dachte, war Cannellito. Und der Pfeil, den ich selbst auf ihn geschossen hatte. Cannellito, der Sohn von Cannelle und einem slowenischen Männchen, letzter Vertreter der Béarn-Bären. Immer wieder durchlebte ich die Attacke. Wir hatten ihn in seinem Unterschlupf gestört, nach allem, was ich gelesen hatte, war das das Einzige, was ein Braunbärenmännchen dazu trieb, Menschen anzugreifen. Ich sah mich zusammengekrümmt im Höhlengang liegen, ein Ort, den kein menschliches Wesen je entweihen sollte, nahm den Raubtiergeruch wahr, der mir sofort in die Nase gefahren war. Ich sah mich gefangen auf dem Felsband, zwischen Zwergbuchen und Rhododendren, in die Enge getrieben wie ein Beutetier nach langer Hetzjagd, von Angst und Schmerzen gebeutelt. Und ich sah Cannellito auf mich losgehen, die ganze Masse Bär raste auf mich zu, mit angelegten Ohren, vorgestreckter Schnauze, offenem Maul, man sah die Zähne, sekundenlang hatte ich mir vorgestellt, wie er sich auf mich stürzte und ich nichts tun konnte. Es war alles so schnell gegangen. Ich versuchte mich zu erinnern, was in dem Moment in mir vorgegangen war, was mich dazu getrieben hatte, den Pfeil einzulegen und zu schiessen, wie der Kerl fünfzehn Jahre zuvor, der Cannelle erschossen hatte. Ein Reflex, für den ich keine Erklärung fand, meine Gliedmassen wie ferngesteuert von etwas Unterbewusstem, bar jeder Vernunft. Selbsterhaltungstrieb, würde mein Anwalt ein paar Wochen später sagen, als er auf Notwehr plädierte.

Oder womöglich der Jagdtrieb.

Der Gedanke setzte sich bei mir in den nächsten Tagen allmählich durch, und das tat mir noch viel mehr weh. Wie eine grausame Erinnerung, dass ich dieser Spezies angehörte, die so viele Tiere ausgerottet hatte, über Jahrtausende. Als trüge ich diesen Dreck in mir, den wir nie loswerden, eine Geisteskrankheit, erblich und unheilbar. Als wäre ich auch nicht besser als die ganzen Irren, die stolz neben ihren Opfern posierten, die Verbrechen unserer Vorfahren ins Unendliche steigerten. Ja, solche morbiden Gedanken quälten mich ununterbrochen. Und von da an hasste ich mich genauso sehr, wie ich alle Apolline Laffourcades dieser Welt hasste. Mehr denn je schämte ich mich, ein Mensch zu sein. Und ja, ich wäre lieber tot gewesen, als mit so einer Last weiterzuleben. Hätte gerne mein Leben gegeben, im Tausch für Cannellito.

Nachdem die beiden Polizisten weg waren, bewegte ich mich den ganzen Tag lang nicht. Ich wartete mit schmerzender Brust und gebrochenem Herzen, unfähig, irgendwas zu machen. Ich beobachtete die Vögel, die unbeweglichen Wolken über der Uniklinik, versuchte, zwischen den Eichenwipfeln einen Blick auf die

Berge zu erhaschen. Gegen siebzehn Uhr machte ich schliesslich den Fernseher an, auf France 3 Nouvelle-Aquitaine sah ich, wie der Umweltminister im Béarn ankam. Krisenbesuch, klar. Laut Antoine würde er was zum Thema Bären sagen.

Im Fernsehen kamen Bilder des offiziellen Konvois, die Autokolonne fuhr von Motorrädern begleitet ins Aspe-Tal rein, an der Gave lang, vorbei an Felswänden, wie ich selbst so oft, durch Ortschaften, die mir vertraut waren. Sie fuhren unter wolkigem Himmel bis nach Etsaut, und kurz darauf stellte sich der Minister hinter ein kleines Rednerpult auf dem Dorfplatz. An seiner Seite der Präfekt, mein Direktor und ein paar Politiker aus der Gegend, ich erkannte sie, auch den, dem ich letztes Jahr eine Verwarnung verpasst hatte. Nach dem Austausch von Höflichkeiten begann in sehr feierlichem Tonfall die Rede.

»Vergangenen Montag gegen vierzehn Uhr ist Cannellito, der letzte Bär der Béarn-Täler, getötet worden, nachdem ihn zwei Skitourengeher in seinem Bau gestört hatten. Es ist ein immenser Verlust, sowohl für unser Naturerbe, denn der Bär ist fester Bestand der pyrenäischen Kultur, als auch für die Artenvielfalt unseres Landes, in einer Zeit, in der die Aussterberate laut Wissenschaftlern hundertmal höher ist, als sie sein dürfte.«

Der hatte es nötig, solche Fakten anzubringen, wo er den Jägerfreunden des Präsidenten wer weiss wie viele Geschenke gemacht hatte und jedes Jahr am Budget der Nationalparks knauserte. Aber das hielt ihn nicht vom Schwafeln ab.

»Der Justizminister und ich können bestätigen, dass derzeit Ermittlungen laufen, um die Umstände dieser Tragödie näher zu beleuchten, insbesondere ob Notwehr geltend gemacht werden kann, um diesen Akt zu rechtfertigen.«

Ich holte tief Luft, um meine Wut zu bezähmen, was neue Schmerzen in der Rippengegend zur Folge hatte. Ich hörte weiter zu, wie der Minister schöne Worte fand, er überschlug sich beinahe, um zu betonen, wie tragisch diese Nachricht war. Und ich ballte die Fäuste, als er Folgendes von sich gab:

»In jedem Fall scheint mir, dass nach Cannelles Tod 2004, und nun dem ihres Sohnes, auch nach eingehender Beratung mit den Politikern vor Ort, dass die Umstände nicht mehr gegeben sind, um den Aufbau einer Bärenpopulation im Aspe- und im Ossau-Tal zu gewährleisten. Ich muss Ihnen daher mitteilen, dass ich entschieden habe, jegliche Auswilderungsprojekte von slowenischen Bären im Béarn bis auf weiteres auszusetzen.«

13. April

Komuti
Die Sonne stand hoch am Himmel wie ein unerschütterlicher Herr, erdrückte Ebenen und Berge, als der Pick-up ruckartig anfuhr und aus dem Dorf holperte. Ein paar Männer lagen schlapp auf einer alten Matratze, einer mehr oder weniger betrunken, sie nahmen den ganzen Platz auf der Ladefläche ein. Die Frauen beschimpften sie, sie sassen auf Pappen, sorgfältig darauf bedacht, ihren Schmuck und die ockerfarbene Haut intakt zu halten. Ich für meinen Teil sass stumm mit aneinandergepressten Knien da, die ganze Unruhe war mir gleichgültig. In den verschränkten Fingern hielt ich meine Entdeckung vom Vortag.

Das Dorf schien mir sehr leer, nachdem die letzten Gäste abgereist waren. Himba, Herero, Damara, sie waren von weit her gekommen, um Kariunguruas Andenken zu ehren. Tagelang hatten die nächsten Verwandten ihre geliebte Tochter beweint, sie wechselten einander ab, erzählten ununterbrochen von ihr. Ihr Vater wehklagte, als wäre er der unglücklichste Mann unter der Sonne, als hätte niemals jemand sie so sehr geliebt wie er, die junge Himba, hinweggerafft, ehe sie hatte gebären können, nicht einmal den Gatten hatte sie geehelicht, obgleich er ihn so sorgfältig ausgesucht hatte. Tjimeja hatte mich kein einziges Mal angesehen, für ihn war ich wie ein Geist, der elende Sohn eines Klans ohne die geringste Ehre. Allerhöchstens ein Freund seiner Tochter. Und Zeuge der Tragödie, die über ihn hereingebrochen war, einer, der nach dem Unfall mit dem Geländewagen, von dem alle gehört hatten, dem Löwen hinterhergejagt war, aber der nichts hatte tun können, um den Angriff zu verhindern. Ein Leichtsinniger, womöglich. Er hatte keine Ahnung von der Wahrheit, von der Liebe, die mich und die Verstorbene einte, von all dem, was wir so viele Nächte miteinander geteilt hatten, sie und ich, von dem, was ich hatte vollbringen wollen, um ihn zu überzeugen, dass ich ihrer würdig war. Niemand hatte eine Ahnung, ausser Meerepo. Und vielleicht meine Mutter, der aufgefallen war, dass sich ihr Sohn in den letzten Wochen verändert hatte, die eine Beziehung vermutet und wahrscheinlich sogar meinen Blick bemerkt hatte, der, ich konnte nicht anders, den lieben langen Tag zu Kariunguruas Hütte gewandert war.

Das Herz von Kummer und Wut gleichermassen zusammengedrückt, hielt ich mich fern vom Klagen und Schluchzen bei den Trauerfeierlichkeiten, irrte zwischen den Gästen umher wie ein Fremder, den Stock in der Hand, hüllte mich und mein Geheimnis in Schweigen. Ich kämpfte mit den letzten Bildern, die mir von ihr geblieben waren und mich immerfort heimsuchten, ihre sterbliche Hülle, wie gestrandet am Ufer des ausgetrockneten Flusses, ein paar Sekunden nach dem Löwenangriff, das riesige *ohumba* leuchtete kalt im Mondlicht. Ihr vollkommener Körper, leblos und von Wunden zerrissen, zugrunde gerichtet von Tatzenhieben, Krallen und Zähnen, sie hatten sich in ihr majestätisches Fleisch gegraben, das Blut rann aus ihr heraus und in die Nacht, über ihre schon rote Haut, die trockene Erde, die Flusskiesel. Pausenlos durchlebte ich immer wieder die Szene, phantasierte, dass es anders hätte ausgehen können, dass es mir gelungen wäre, das Tier zu töten, ehe es bei ihr war. Ich war wütend auf die ganze Welt, vom Groll zerfressen. Ich verfluchte meinen Feigling von Vater und den Vater Kariunguruas, ohne die wir uns nicht heimlich an diesem Ort hätten treffen müssen, an dem sie ihr Leben gelassen hatte, ich verfluchte mein ganzes Volk, unfähig, sich einem Löwen entgegenzustellen wie einst, verfluchte die Minister, die von Windhuk aus über unser Leben bestimmten, verfluchte die Ahnen, weil sie eine solche Tragödie zugelassen hatten.

Und am meisten verfluchte ich die Französin.

Bei der Zeremonie, als sie die Befragung der Verstorbenen durchgeführt hatten, wie es der Brauch verlangt, hatte der Hüter des Heiligen Feuers am Ende festgestellt, dass niemand die Schuld an der Katastrophe trage, es komme alles vom Löwen, er allein sei der Schuldige. Er und das Unheil, das anscheinend bereits auf Tjimejas Tochter lag, ohne dass wir recht wussten, wieso. Hätte mein Vater die ganze Geschichte gekannt, erfahren, dass ich sein Gewehr gestohlen hatte, dass ich es gewesen war, der bereits einmal versucht hatte, den Löwen zu töten, an jenem Ort, zu dem der erfahrene Jäger ihn gelockt hatte, dass ich in den Bergen absichtlich den Unfall mit dem Wagen herbeigeführt hatte, dann hätte er gewiss mich als den Schuldigen angesehen, hätte wieder einmal die ganze Schuld auf seinen Sohn geschoben, wie er es stets tat. Aber ich wehrte mich gegen diesen Gedanken. Nein, ich war nicht verantwortlich für den Tod meiner Geliebten. Nicht mehr als der Löwe, den die Dürre zu unseren Kraals getrieben hatte.

In meinen Augen war die Weisse schuld.

Die Weisse, die in unser Land gekommen war, um an unserer Stelle den Löwen zu töten.

Die Weisse, die angeblich so geschickt mit ihrem Bogen war.

Die Weisse, die man mit den besten Buschmännern verglich.

Die Weisse, der Kariungurua sogar eine Kette geschenkt hatte.

Ja, in meinen vom Weinen geschwollenen Augen war sie an allem schuld. Sie verdiente all das in sie gesetzte Vertrauen gar nicht. Mochte sie auch einen Bogen wie aus einem amerikanischen Film besitzen, ein ganzes Team aus Jägern und Fährtenlesern, die ihr bei der Pirsch zur Seite standen, es war ihr nicht gelungen, das Tier zu erlegen. In diesem Augenblick, als ihr Pfeil sein Ziel verfehlte, war das Schicksal der Frau, die ich liebte, besiegelt worden. Wenn man mir, Komuti, solche Hilfsmittel zur Verfügung gestellt hätte, ich hätte dafür gesorgt, dass der Viehmörder niemals wieder aufstand. Das war gewiss, wiederholte ich immer wieder mit vor Schmerz zusammengebissenen Zähnen. Und es war mir gleichgültig, wie viel Geld das Mädchen und sein Vater Tjimeja als Entschädigung gezahlt hatten.

Der Pick-up rollte auf der schnurgeraden Piste weg vom Dorf. Ich betrachtete die Landschaft, die roten, grauen, schwarzen Massive, die sich aus den Ebenen erhoben, übersät mit Felsblöcken und vereinzelten Dornbüschen. Statt Bäumen und Kraals kamen allmählich bunte Verkaufsbuden, zwischen Mopanepflöcke gespannter Draht und Wellblechwände in Sicht, lauter Anzeichen, dass die Stadt Jahr um Jahr weiter in den *bush* vordrang. Wir nahmen die asphaltierte Strasse hinein nach Opuwo, den Hügel hinunter bis zur Hauptstrasse, wo sich Supermarktauslagen und die Stände von Ockersteinverkäuferinnen aneinanderreihen, vielleicht hatte Kariungurua sich früher bei ihnen Nachschub geholt. Wir hielten gegenüber der Tankstelle, alle Passagiere stiegen aus, der Säufer verlor keine Zeit, torkelte den Gehweg entlang zum *bottle store.*

Und ich ging zu Meerepo, der auf einem Steinmäuerchen auf mich wartete, mit einer neuen Sonnenbrille und seiner *bad boy*-Mütze. Es war das erste Mal seit dem Unglück, dass ich ihn wiedersah, ihn, der sich als Einziger vorstellen konnte, was ich durchmachte.

»Na, mein Freund?«, empfing er mich. »Wie hältst du dich?«

Ich zuckte die Schultern. »Mein Vater hat die Entschädigung für seine Herde bekommen«, erzählte ich, anstatt mich über meinen tiefen Kummer auszulassen. »Er wird neue Ziegen kaufen können.«

»Das ist gut.«

»*Iiii…* Für ihn ist es gut, ja.«

Vor uns stiegen Touristen aus einem Minibus, sofort stürzten sich die Ovazemba-Händlerinnen mit Halsketten auf sie. Einen Augenblick lang sah ich ihnen zu, dann zeigte ich Meerepo das Mobiltelefon, das ich seit dem Morgen nicht aus der Hand gelegt hatte. Er hob mit Kennermiene die Brauen.

»*Wow.* iPhone XS Max! Hast du dir das Schmuckstück mit der Entschädigung für die Ziegen gekauft?«

»Ich habe gar nichts gekauft. Ich habe es gefunden.«

Wieder starrte ich auf den Apparat, der in dem äusserst robusten Gehäuse steckte, zwar ausgeschaltet und mit leerem Akku, aber in einwandfreiem Zustand.

»Ich war gestern noch mal in den Bergen«, fuhr ich fort. »Ich bin die ganze Jagdstrecke noch mal zu Fuss abgegangen, durch den *bush,* zu den Stellen, wo wir der Fährte des Löwen gefolgt sind, ich habe mich in das Mädchen hineinversetzt, dort, wo sie ihren Schuss verfehlt hat. Ich musste das tun, verstehst du. Dort habe ich es gefunden. Im Geröll.«

Meerepo legte sich eine Hand auf den Mund. »Das gehört ihrem Vater!«, erriet er. »Ich erkenne es, er hat es im Jagdcamp oft benutzt.«

»Ja, ich glaube auch. Er muss es in der Panik verloren haben, als der Löwe auferstanden ist.«

Er nahm das topaktuelle iPhone in die Hand, drehte es hin und her.

»Ich schenke es dir, wenn du es willst«, sagte ich da.

Er schaute mich ganz erstaunt an.

Ich seufzte. »Wenn du mir bei etwas hilfst.«

»Bei was denn?«

»Glaubst du, du kannst retten, was dort drauf ist?«

Er runzelte die Stirn, ahnte vielleicht schon, was für ein Gedanke da in mir aufkeimte. Musterte den Apparat, Verlangen im Blick.

»Komm mit, wir schauen mal, was sich machen lässt.«

Und wir standen auf, traten aus dem Schatten der Tankstelle, liefen an den Ladenschildern der Chinesen und an Friseursalons hinter Wellblechwänden vorbei. Dann waren wir im Internetcafé, in dem Meerepo früher gearbeitet hatte und das er immer noch häufig besuchte. An der Glastür empfing uns ein Bild: Der Kopf eines jungen Mannes, er trug die gleiche Frisur oben auf dem Kopf wie ich, darunter stand *Proud Himba*. Drin verdarben sich ein Mann und eine Frau in traditioneller Kleidung am Bildschirm die Augen, die Computerplätze waren mit kleinen Trennwänden aus verzogenem Holz abgeteilt. Als wir hineinkamen, sahen die beiden kaum auf, die Bilder aus einer anderen Welt hatten sie in den Bann gezogen. Mein Freund setzte sich an einen freien Platz, machte die Maschine an, die wie ein sterbendes Insekt zu surren begann. Überall liefen elektrische Kabel wild durcheinander und waren drunter und drüber an die einzige Steckdose angeschlossen.

»So, dann wollen wir mal sehen, was du so drauf hast, hm?«, sagte Meerepo, als er das iPhone an den Computer anstöpselte.

Ich sah ihm mit aufgerissenen Augen zu, konnte nicht nachvollziehen, was er da im Einzelnen tat. Er öffnete alle möglichen Fenster in jeder Ecke des Bildschirms, das hatte ich ihn schon einmal machen sehen, er war ja Informatiker von Beruf. Er wischte auf dem Telefon herum, murmelte Worte vor sich hin, als würde er tatsächlich mit dem Apparat reden.

Dann lobte er sich: »Bingo. Diese Weissen benutzen immer die gleichen Passwörter …«

Auf dem Bildschirm tauchte eine Vielzahl kleiner Rechtecke auf. Das Innere des Telefons, vermutete ich.

Mein Freund drehte sich zu mir um. »Und was such…«

»*Oviperendero*«, fiel ich ihm ins Wort. »Der Weisse hat die ganze Zeit über Fotos gemacht.«

»Natürlich, die Fotos.«

Und bald darauf lief im Rhythmus von Meerepos Mausklicks die ganze Reise der Franzosen vor unseren Augen ab. Dutzende Fotos. Fotos von meinem Land, vom Himmel aus, von dem sie mit ihrem riesigen Flugzeug herabgestiegen waren. Fotos von Vater und Tochter, sie lächelten wie typische Weisse und trugen sonderbare Kleidung, um sich im *bush* zu verstecken. Fotos von ihren ersten Jagden, das Mädchen stand mit dem wunderlichen Bogen selbstbewusst an der Kruppe eines toten Zebras, mächtig stolz auf sich, als hätte sie mit blossen Händen einen Büffel zur Strecke gebracht. Ich betrachtete all die Fotos mit einer Mischung aus Neugier und Zorn. Nicht weil ich das geringste Problem damit gehabt hätte, dass Leute wie sie hier bei uns Geld ausgaben, um Tiere zu jagen, die es bei ihnen nicht mehr gibt, sondern weil ich den Ausgang ihrer teuren

Reise kannte, wusste, wozu sie geführt hatte. Als wir zu den Fotos von meinem Dorf kamen, von dem unerwarteten Besuch, schwieg ich. Meerepo drehte sich zu mir um, als auf einem Foto die Französin und Kariungurua Arm in Arm vor der Hütte standen, als wären sie enge Freundinnen. Anschliessend durchlebte ich nochmals Foto für Foto den Tag der Pirsch in den Bergen, erst im Geländewagen, dann zu Fuss, von mittags bis zur Dämmerung, ab und zu waren mein Umriss und mein Lendenschurz mit drauf.

Dann kam das allerletzte Foto, kurz bevor der Löwe wieder aufgewacht war.

Ein recht sonderbares Foto, in weisses Licht getaucht, so ähnlich wie das Leuchten in Gewitternächten, wenn Blitze über den *bush* zucken. Man sah die Jägerin mit dem Bogen in der Hand, sie war herumgefahren, hatte die Mütze des Jägers auf dem Kopf. Ihr Gesicht war deutlich zu sehen, aber ich erkannte sie kaum. Es wirkte härter, bestimmt wegen der Überraschung, wie von einer Art Wildheit ergriffen, die mir an ihr nicht aufgefallen war. Sie trug zwei Halsketten. Die, die Kariungurua ihr geschenkt hatte. Und eine andere, aus Gold, glaube ich, mit einer Art Medaille dran, die sehr deutlich am unteren Bildrand herausstach, es waren Buchstaben eingraviert. Allein dieses Schmuckstück musste mehrere Kühe wert sein, schätzte ich. Aber die Französin war nicht allein auf dem Foto. Direkt hinter ihr war der Löwe. Er lag ausgestreckt im Gestrüpp, dunkles Blut rann ihm aus der Flanke.

»Verrückt, er liegt echt da wie tot«, meinte Meerepo.

»*Iii.* Wenn man nicht weiss, wie es weiterging, könnte man glauben, sie hätte ihn gerade erlegt.«

Ein paar Augenblicke betrachteten wir ungläubig das Bild, dem kein anderes mehr folgte. Von Kariunguruas Tod hatte selbstverständlich niemand Fotos gemacht, bald schon würde es von ihr keine Spur mehr geben, ausser in den Herzen derer, die sie geliebt hatten. Ich biss die Zähne zusammen.

»Erinnerst du dich an das Foto, das du mir neulich gezeigt hast, nach der Versammlung mit dem Herrn vom Ministerium? Von dem Amerikaner, den die ganzen Leute mit dem Tod bedroht haben, bloss weil er eine Oryxantilope geschossen hat.«

Mein Freund nickte, als könnte er Gedanken lesen.

Ich schaute wieder das Foto der Französin an, das noch auf dem Bildschirm war, es sah in der Tat so aus, als hätte sie den Löwen getötet. »Ich schenke dir das iPhone«, wiederholte ich, »wenn es dir gelingt, das Foto im Land des Mädchens zu verbreiten. Wie heisst sie noch mal?«

»Ihren Namen weiss ich nicht mehr. Aber mein Boss hat sie immer anders genannt, es klang wie …« Er kramte im Gedächtnis und sagte endlich: »Leg Holas.«

EPILOG

10. Oktober

Charles
Im Schatten der Düne erkannte man kaum das Haarkleid, der Körper halb in Sandhügeln versunken, Sandkörner im Fell, in Mähne, Ohren, Augenlidern, herangetragen vom Seewind, um ihn zu begraben, um diesem Männchen beizukommen, ihm, der alles überstanden hatte, er lag wie tot, ein undeutlicher Umriss in der steinigen Landschaft, Fels oder Raubtier, zum Verwechseln ähnlich, er hätte hier enden können, seine Überreste wären vom Sand und von anderen Tieren verschlungen worden, als Aas verzehrt von all jenen, die ihn zu Lebzeiten gemieden hatten, Schakalen, Hyänen, Schildraben, er hätte auf ewig mit jenem abgelegenen Ort verschmelzen können, an den keine Menschenseele kam, zur Legende, zum Phantom, zum Aberglauben werden können, eine Geschichte, die Jäger und Hirten am flackernden Lagerfeuer erzählten, endlos romantisiert, um den Mythos zu wahren, er hatte jedoch andere Pläne, als die Phantasie derer zu nähren, die ihn so gejagt hatten: Als der Tag sich dem Ende zuneigte und die Sonne die Dünen berührte, schüttelte er das Rückgrat und erhob sich, stellte erst die Vorderbeine, dann die Hinterbeine auf, machte sich in der Däm-

merung auf den Weg, setzte die Pfoten in den lockeren Sand, die Abdrücke zeichneten seinen Irrweg über Senken und Hügel nach, immer geradeaus, Signalen folgend, die nichts Vertrautes hatten und denen er sich jeden Moment näher fühlte, Gerüchen und Geräuschen einer anderen Welt, er lief nicht wie ein Löwe, der fast gestorben wäre, hatte sich von seiner Verletzung erholt wie von anderen, früheren Wunden, das Metall, das in ihm gesteckt hatte, war endlich draussen, wie durch ein Wunder hatte sich nichts entzündet, vielleicht war er ein Überlebender, aber waren das nicht alle Raubtiere in den Trockengebieten?

So arbeitete er sich über poröse Bergkämme, erinnerte sich an die letzten Monate, seitdem er jenes Land und jenes Vieh geflohen war, das die Menschen zu ihrem gemacht hatten, eine Odyssee, die kaum zu glauben war, ein einzelner Löwe durchwanderte Ebenen und Gebirge, lauerte auf Genesung und suchte sein Heil, Hunderte von Kilometern hatte er zurückgelegt, auf der Suche nach einem Ort, an dem er bleiben konnte, fernab von den Menschen und ihren allzu verlockenden Kraals, einem Ort, wo es noch Beute gab, die von der Dürre verschont worden war, einen Grund, noch ein wenig weiterzuleben, wo doch der Tod ihn nicht hatte haben wollen, einen Ort, wo es vielleicht sogar ein neues Rudel gab, das er erobern konnte, wenn er schon träumte, dann grosszügig, er hatte sich weiter vorgewagt als jeder andere seiner Brüder, um vielleicht einen solchen Ort zu finden, getrieben von einem Instinkt, den nur er allein kannte, auf dem Weg gen Norden hatte er mickrige Flüsse und trockene Flussbetten durchquert, Uniab, Khumib, Sechomib, Munutum, hatte Engo- und Hartmann-Tal im hintersten Winkel des Landes durchwandert, war sogar bis zum Kunene vorgedrungen, der wirklich Wasser führte, entschlossen hatte er ihn durchschwommen, die Mäuler der Nilkrokodile ignoriert, die diesen Fluss bevölkerten, war bis in jenes ferne Land vorgedrungen, das die Menschen Angola nannten, und bald wieder ins Kaokoveld zurückgekehrt, war weiter umhergeirrt und anderen Männchen ausgewichen, die ihn problemlos hätten zurückdrängen können, hatte sich allmählich schon damit abgefunden, sich nie irgendwo niederlassen zu können, als ewiger Nomade umherzuziehen.

Als er bereits nichts mehr erwartete, erstreckte sich vor ihm der Strand, nach einem Bergkamm wie alle anderen war die Skelettküste vor ihm aufgetaucht, sie erstreckte sich grenzenlos unter dem Himmel des südlichen Afrikas, Wellen wurden wie schäumende Kriegerinnen auf den Sand geworfen, machten der Wüste eine ungewisse Grenze streitig, als würden neue Dünen die vorherigen ersetzen, nach dem Festland das Meer, er blieb hoch oben auf dem Aussichtspunkt stehen, erfasste die Landschaft, die sich unter ihm auftat; die Küste kannte er, er war während seiner Wanderungen in der Nähe gewesen, hatte von ihrem Wasser gekostet, das viel zu salzig war, um seinen Durst zu stillen, hatte Seevögel in Grasbüscheln gejagt, Kapscharben und Weissbrustkormorane, hatte von toten Grindwalen gefressen, die auf den Kieseln gestrandet waren, Fleisch, das das Meer den Raubtieren an Land bescherte, aber nie hätte er vermutet, was er jetzt entdeckte: potentielle Beute, Hunderte, Tausende, dicht gedrängt, eine riesige Kolonie am Meeresufer, durch irgendein Wunder hatten sich hier Seebären versammelt, braune, fette Gestalten, die am Ufer entlanggrobbten, aus Leibeskräften brüllten, ein unbeschreibliches Getöse, Männchen, Weibchen, Junge, so weit das Auge reichte, der intensive Duft ihrer Ausscheidungen, er sah zu, wie sie sich in zwei Revieren tummelten, zum Jagen der Beute in die Wellen tauchten, mit unbeholfenem Watscheln zurück auf den Strand robbten, die Nachbarn anrempelten, so viele waren es, er liess den Blick über diesen fabelhaften Ort schweifen, wie eine neue Welt, betrachtete eingehend die Ränder der enormen Schar und sah endlich die beiden Löwinnen, die seit Monaten hier waren, zwei Weibchen thronten träge über der Masse, der Ort war ihnen vertraut, sie bereits geübt in der Jagd jenes so einzigartigen Wildes, er begegnete ihren Blicken, suchte nach dem dominanten Männchen, das ganz in der Nähe sein musste, wagte nicht, sich vorzustellen, dass alles so einfach sei. Doch die Weibchen waren allein, unterstanden keinem Alphamännchen, und als er das begriff, breitete sich etwas in ihm aus, das Gefühl, endlich am Ende seiner Wanderung angekommen zu sein, das Leben bescherte ihm vielleicht, was er nicht einmal mehr zu hoffen gewagt hatte, eine zusätzliche Chance, die die Wüste ihm verwehrte. Fernab von den Menschen, ihren Waffen, ihren Kraals und ihrem eingepferchten Vieh.

Auswahlbibliographie

Vincent Lemonde und Samuel Figuière: *Kilum. Rencontre avec les Himbas.* Paris: Steinkis 2017.

Les Himbas font leur cinéma. Film von Solenn Bardet. Gedeon Programmes 2012.

Michel Pastoureau: *L'Ours. Histoire d'un roi déchu.* Paris: Seuil 2007. Deutsch: *Der Bär. Geschichte eines gestürzten Königs.* Aus dem Französischen von Sabine Çorlu. Neu-Isenburg: Wunderkammer 2008.

Gérard Caussimont: *Plaidoyer pour Cannelle. Pour la sauvegarde de l'ours dans les Pyrénées.* Portet-sur-Garonne: Loubatières 2005.

John A. Hunter: *Professional Hunter. Un guide de chasse au Kenya.* Paris: Montbel 2007. Deutsch: *Die Löwen waren nicht die Schlimmsten. Weisser Jäger im Schwarzen Erdteil.* Aus dem Amerikanischen von Dietrich Niebuhr. Innsbruck: List 1953.

Solenn Bardet und Simon Hureau: *Rouge Himba. Carnet d'amitié avec les éleveurs nomades de Namibie.* Saint-Avertin: La Boîte à Bulles 2017.

Philip Stander, Lianne und Will Steenkamp: *Vanishing Kings. Lions of the Namib Desert.* Pietermaritzburg: HPH Publishing 2018.

Dank

Ich bedanke mich bei allen Säugern, menschlichen und tierischen, die das vorliegende Buch ermöglicht haben, vom wolkenverhangenen Himmel über Etsaut bis zu den Kraals von Orupembe.

Bei Hélène, ich weiss, was ich ihr zu verdanken habe, sowohl bei diesem Roman als auch bei den vorherigen.

In Namibia danke ich dem genialen Félix Vallat, Freund-Reiseführer-Fixer-Dünenpilot-Mambafänger, ohne den nichts gegangen wäre, sowie der wunderbaren Charlotte Hiernard (Ecosafaris Namibia: die beste Agentur für Ihre Reisen und Reportagen in diesem Land, *yes Papa!* Ganz zu schweigen von TOSCOs Beitrag zum Tierschutz im südlichen Afrika); ich danke meinem Bruder Jérémie Niel, unvergleichlicher Gefährte bei der Standortbestimmung, Champion im *fesch-fesch*-Fahren und im Bezirzen von Springböcken (sag mal, der Pferch da ist doch aus Mopane, oder?); Dank an die unentbehrlichen *lion rangers* in Kunene, Cliff Tjikuundi, Linus Mboro und Rodney Tjavara (sowie dessen legendäre Höflichkeit); an Maxi Pia Louis, Direktorin von NACSO, Namibian Association of CBNRM Support Organisations; an Tanja Dah, *Chief executive officer* des Verbandes professioneller Jäger Namibias; an Philip

Stander für die unglaubliche Umsiedlung und die Ankunft à la *Mad Max;* an John Heydinger für die lange Nachtwache bei den Löwinnen; an alle namibischen Züchter, Damara, Herero, Himba, die bereit waren, mir ein wenig aus ihrem Alltag zu erzählen, von jenem anfälligen, aber verantwortungsvollen Zusammenleben mit den Raubtieren der Wüste; an die Dolmetscher: Joree Tjavara fürs Otjiherero, Charles Naruseb fürs Damara, Lara Potma fürs Afrikaans. Und natürlich bedanke ich mich bei Charlie-Xpl114, mir wird für immer das Bild dieser Raubkatze im Gedächtnis bleiben, wie sie auf der Rückbank schlief, während wir den Hoanib hinunterfuhren (und ihr Geruch auch, denn … nun ja). Möge sie noch lange Jahre durchs Kaokoveld streifen, weit weg von Kühen und Pferchen.

Im Béarn danke ich den Experten für Umweltschutz, nämlich den Rangern im Aspe-Revier des Nationalparks Pyrenäen (meine Hochachtung für eure unentbehrliche Arbeit im Gelände, auch wenn dieser Klugscheisser von Martin das anders sieht), vor allem Patrick Nuques, Jérémy Bauwin, Claire Brocas und Jérôme Demoulin; Dank auch an Éric Sourp für die wertvolle Lektüreauswahl in Tarbes; ich danke Jean-Jacques Camara vom ehemaligen Office national de la chasse et de la faune sauvage für den schönen Austausch in den Bergen von Etsaut; Damien Minvielle für die Erzählungen über Treibjagden auf Skiern; ich danke Jérôme Ouilhon; Maxime Bajas; Jean Lauzet für das Bärentracking im Ossau-Tal; ich danke Jean Soust; ich danke natürlich Stéphane Laborde und Jean-Christophe Tixier für ihren warmherzigen Empfang in Pau (selbst bei angelehnter Tür). Und den letzten Bären, Néré und Cannellito, die sich versteckten, aber in unseren Wandererträumen präsent waren.

Ich danke den Jägern aller Art und aller Kaliber, von der Ardèche bis nach Guayana, für ihre Geduld angesichts meiner Unwissenheit als *Pseudoöko:* Marc Lutz, Olivier Copin, Hugues Lambin.

Ich danke Matthieu Mairesse vom Jagdreisebüro Sable Safari sowie seiner anonymen Kundin, die mir ihre Zeit schenkten und umfassend von ihrem seltsamen Hobby erzählten.

Ich danke Audrey Kiener vom Bogengeschäft Spirit Archerie in Saint-Martin-de-Crau für die technischen Details zum Visiertunnel des Mathews AVAIL.

Ich danke Patrick Amblard für den Pneumothorax mitten im Lockdown.

Ich danke meinen Korrekturlesern, dass sie all die Biester aufgespürt haben, die fälschlicherweise zwischen diesen Zeilen lauerten: Clémentine, Olivier, Dominik, Félix, Patrick, Marie, Jérémie, Marie-Claire.

Ich danke meiner Verlegerin Nathalie Démoulin für ihre beständige Unterstützung.

Ich danke den französischen Buchhändlern hier und in Übersee, die meine Arbeit unterstützen, manche schon seit meinen ersten literarischen Gehversuchen.

Ich danke dem Centre national du livre, das es mir ermöglichte, mich dem Schreiben dieses Buches gelassener zu widmen.

Und ich danke Marie. Dass sie da ist.

COLIN NIEL IM LENOS VERLAG

Nur die Tiere
Roman
Aus dem Französischen von Anne Thomas
286 Seiten, Paperback
LP 227
ISBN 978 3 85787 827 5

»Colin Niels brillanter Roman, eine Geschichte der grotesken
Zufälle und unumstösslichen Notwendigkeiten in den abgelegenen
Berghöhen des französischen Zentralmassivs, nimmt so überraschende und turbulente Wendungen, dass jede Nacherzählung
das Lesevergnügen ruinieren würde.«
Günther Grosser, Heilbronner Stimme

Lenos Polar – spannend, tiefgründig, kritisch

Joseph Incardona
Asphaltdschungel
Roman
Aus dem Französischen von Lydia Dimitrow
339 Seiten, Softcover
ISBN 978 3 85787 494 9

»Ein ausserordentlicher Kriminalroman. (…) Joseph Incardona bringt, was sehr selten gelingt, einen vollständig fremden, neuen Ton in die Kriminalliteratur. (…) Wie er den Wettlauf zwischen Polizei, zerstörtem Vater (›ein Raubtier‹) und dem sowohl mörderischen als auch traumatisierten Pascal beschreibt, sucht seinesgleichen.«
Tobias Gohlis, Die Zeit

Lenos Polar – spannend, tiefgründig, kritisch

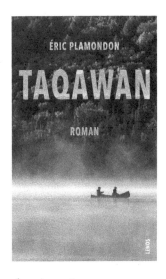

Éric Plamondon
Taqawan
Roman
Aus dem Französischen von Anne Thomas
208 Seiten, Paperback
LP 223
ISBN 978 3 85787 823 7

»Plamondon erzählt mit seinem ebenso action- wie kenntnisreichen Roman von der vielschichtigen historischen Entrechtung und der neuerlichen Selbstbehauptung von Kanadas Ureinwohnern.«
Cornelius Wüllenkemper, Deutschlandfunk